Kris Brynn

The Shelter – Zukunft ohne Hoffnung

AF217912

Über die Autorin

Kris Brynn ist das Pseudonym einer deutschen Autorin, die die Wand ihres Kinderzimmers lieber mit Bildern der Mondlandung schmückte, als mit Pferdepostern. Trekkie aus Überzeugung und Autorin aus Leidenschaft. Während des Studiums der Literaturwissenschaften begann sie sich auch durch die klassische Phantastik zu lesen und entwickelte ein Faible für Inselutopien. Ihr Kunstgeschichtsstudium schloss sie mit einer Arbeit ab, die sich mit Filmarchitektur im SF-Genre beschäftigt. Nachdem sie zwei Jahrzehnte für ein internationales Medienunternehmen gearbeitet hat, widmet sie sich jetzt ganz ihren Storys. Die Autorin lebt mit ihrer Familie in der Nähe von Stuttgart.

Kris Brynn

THE SHELTER – ZUKUNFT OHNE HOFFNUNG

beBEYOND

Vollständige ePub-to-Print-Ausgabe des in der Bastei Lübbe AG erschienenen eBooks »The Shelter – Zukunft ohne Hoffnung« von Kris Brynn

beBEYOND in der Bastei Lübbe AG

ISBN 978-3-7413-0131-5

www.be-ebooks.de
www.lesejury.de

S, E, C, U, R, I, T und Y

Sie kamen zu zweit auf uns zu.

Obwohl sie noch ungefähr dreißig Meter von uns entfernt waren, ließen mich die abwechselnd rot und blau pulsierenden Kragen ihrer Uniformen zusammenzucken. Den Schriftzug darauf konnte ich aus der Entfernung nicht entziffern, ich hatte aber keinen Zweifel daran, dass es sich um ein Wort handelte, das aus den Buchstaben S, E, C, U, R, I, T und Y bestand.

Meine Beine fingen an zu zittern und zu kribbeln – ein eindeutiges Zeichen dafür, dass sie sich auf ein schnelles Entkommen vorbereiteten, aber der Delta hielt mich am Ärmel fest.

»Wir bleiben genau hier stehen, Rick, Sir«, befahl er mir, und sein Ton duldete keinen Widerspruch. »Hier, an dieser Stelle.«

Unter meinen Achseln wurde es feucht, und ich riss mich los. »Warum sollte ich auf dich hören und dir vertrauen?«

Die in meine Kleidung eingelassenen Sensoren übermittelten eine Warnung an das kleine Tablet-Armband. Ich warf einen kurzen Blick darauf und entzifferte: *Blutdruck über dem Durchschnittswert*. Überraschung.

»Weil wir es fast geschafft haben. Überlassen Sie mir das Ganze.«

Es fiel mir schwer zu glauben, dass er uns tatsächlich ungeschoren aus dieser Situation herausbringen konnte, schließlich war er ein Delta und kein Alpha. »Bei allem nötigen Respekt. Du konntest vor ein paar Minuten ja nicht einmal geradeaus laufen, ohne zu stolpern!« Meine Verunsicherung schlug in Wut um. »Mir egal, was du vorhast, aber ich ...«

In dem Moment stürmte der Delta mit einer für seine Modellreihe völlig unerwarteten Geschwindigkeit auf die Sicherheitsbeamten zu. Diese hatten nicht einmal Zeit, sich Gedanken darüber zu machen, wie sie auf den Androiden reagieren sollten, der ihnen wie ein Pfeil entgegenschoss, als der auch schon einen der Männer mit einem blitzschnellen Fußfeger von den Beinen holte.

Ich sog verblüfft den Atem ein. Noch während ich mich wunderte, aus welcher hinterletzten Ecke seines veralteten Speichers der Delta diese Angriffstaktik ausgegraben haben könnte, hatte er dem zweiten Beamten bereits die Handfläche gegen die Nase gerammt. Ich glaubte, das Knacken des Knochens selbst über die Entfernung hinweg deutlich zu hören, und schloss angewidert die Augen. Mein Armband piepste lauter. *Blutdruck erreicht hohes Niveau. Herzschlag stark beschleunigt. Suchen Sie die nächste Medikamentenausgabe auf! Riskieren Sie nicht Ihren Versicherungsschutz!*

Als ich die Augen kurze Zeit später wieder öffnete, lagen beide Männer auf dem Boden, und der Delta stand über ihnen. Einer der Sicherheitsbeamten schrie etwas, was ich nur undeutlich verstand. Es hatte offenbar mit der Mutter des Deltas und ihrer angeblichen sexuellen Vorliebe für Tiere zu tun. Natürlich wusste der Beamte genauso gut wie ich, dass Androiden weder Eltern noch sexuelle Vorlieben haben, aber das war ihm in dem Moment vermutlich egal. Er wischte sich über das blutende Gesicht. Der andere versuchte aufzustehen, wurde aber durch die auf ihn herabprasselnden Stiefeltritte des Deltas daran gehindert, und so lag er zusammengekrümmt auf dem Boden, als würde er am liebsten wieder in den Bauch seiner Mutter hineinkriechen. Die er im Gegensatz zu den Androiden hatte.

Als sich auch der Mann mit der gebrochenen Nase nicht mehr rührte, ließ der Delta von den Sicherheitsbeamten ab, drehte sich zu mir um und sprintete den Gang zur Luke zurück, vor der ich immer noch fassungslos stand, als hätte man mich dort am Fußboden festgenagelt.

Im ersten Moment wunderte es mich, dass er nicht außer Atem war, als er mich erneut am Arm packte und Richtung Tunnelöffnung schob. Aber dann fiel mir ein: Androiden hatten keine Lunge. Auch die Deltas nicht. Das konnte man schon mal vergessen.

Mein Armband piepste wie verrückt.

Siebzehn Stunden zuvor

Ich starrte auf das leicht flimmernde, durchsichtige Viereck, das von einem kleinen Kästchen auf dem Schreibtisch in die Luft projiziert wurde. Zahlen und Buchstaben schimmerten knapp über der Tischoberfläche.

»Es ist ganz einfach, Rick. Machen Sie sich keine Sorgen.« Ein spitzer Nagel, der abwechselnd in allen Farben des Regenbogens schillerte, tippte auf das leere Feld zwischen einer Zahlenkolonne und einer Adressbezeichnung. »Hier werden die Registrierungsnummer und der Name der betreffenden Person eingetragen, und dort drüben, in dieser Maske, verwalten Sie die Daten der CDF. Die Aktualisierung wird ebenfalls zu Ihren Aufgabe bei uns gehören. Nichts, das nicht zu bewältigen wäre. Über die Verifizierung der Namen müssen Sie sich keine Gedanken machen, das ist nicht unser Bereich.«

Die junge Angestellte des Institutes of Registration of Illegal Runners, kurz IRIR, warf ihr gewelltes erdbeerrotes Haar zurück und strich sich ihr knapp sitzendes Kostüm mit einer aufreizenden Bewegung an den Hüften glatt.

Meiner Meinung nach war nichts einfach. Und ich machte mir Sorgen. Die Erdbeerrote aber, die ein Holo-Schild am Revers ihrer eng anliegenden Bluse trug, welches meine müden Augen mit der ständig flackernden Botschaft *Hallo – Ich bin Deborah* malträtierte, war die Entspanntheit selbst. Lächelnd setzte sie sich so nah neben mich, dass ihre beeindruckende Oberweite mich wie zufällig streifte. Unverzüglich stellten sich die Härchen meines Unterarms auf.

»Die Daten für die CDF werden dann sofort weiter-geleitet. Nur Minuten später erfolgen Festnahme und Überprüfung der Person. Aber wie gesagt, machen Sie sich keine Sorgen. Wir haben noch niemals fehlerhafte Formulare abgeschickt. Ein internes Programm sorgt innerhalb von Millisekunden für eine letzte Kontrolle. Und außerdem werden natürlich die Gesundheitsdaten aller inhaftierten Personen vor der Umsiedlung noch einmal genau gecheckt.«

Die Abteilung CDF – *Contagion, Disease and Fatalities* – würde also sofort losschlagen, nachdem ich die Daten freigegeben hatte. Doch – ich musste zugeben, das machte mir Sorgen.

»Sie haben noch niemals einen vollkommen Gesunden … umgesiedelt?«, hakte ich krächzend nach. Umgesiedelt. Ich konnte das Wort kaum aussprechen.

»Aber nein!« *Hallo – Ich bin Deborah* schenkte mir ein strahlendes Lächeln, das aber nicht bis zu ihren Augen reichte. »Irrtümer gibt es nicht. Oder haben Sie schon einmal von einem Fehlzugriff gehört?« Ein amüsiertes Kichern begleitete ihre letzte Frage. Es war offensichtlich, dass sie keine Antwort erwartete.

Nein, dachte ich. Von einem solchen Patzer hatte ich noch nie erfahren. Aber was hieß das schon? Wer konnte mit Sicherheit sagen, welche Informationen die Bevölkerung erreichten und welche einfach unter den Teppich gekehrt wurden?

Mein ohnehin schon dürftiges Grundeinkommen war der Grund dafür gewesen, dass ich mich überhaupt auf den Job beim IRIR beworben hatte. Obwohl es scheinen mochte, als hätte ich in diesem Punkt freiwillig gehandelt, war das keineswegs so. Bisher hatte ich geregelte Beschäftigungen aller Art vermeiden können, aber eine

Message in meinem persönlichen Post-Account hatte mich unmissverständlich und mit fast verächtlicher Wortwahl auf die Tatsache hingewiesen, dass man, falls ich nicht binnen vierzehn Tagen eine Arbeitsstelle akzeptierte, alle meine Person betreffenden Versicherungsleistungen unverzüglich einstellen und das Grundeinkommen, das ich monatlich bezog, empfindlich kürzen würde. Beides konnte ich mir auf keinen Fall leisten. Niemand, der noch bei Verstand war, konnte sich das leisten. Denn vom Gleiterunfall bis hin zu den häufigen Raubzügen der Außenbezirk-Gangs oder auch gesundheitlichen Problemen durch die Umweltverschmutzung konnte einem vieles das Leben in den Zonen Londons versauen. Eine Versicherung in der Hinterhand zu haben war deshalb genauso wichtig wie ein Dach über oder ein Kissen unter dem Kopf.

Ich hatte also nicht lange überlegen müssen, sondern mir die Wegbeschreibung zum Vorstellungsgespräch wenige Minuten nach Erhalt der Mail auf mein Tablet-Armband geladen. Von dort konnte ich die Informationen jederzeit über das schmale Display auf meinen Unterarm projizieren. Niemand, der noch bei Sinnen war, würde einem Bürger aus Miseria freiwillig begegnen wollen. Das war auch der Grund, weswegen man normalerweise Mundschutz und Handschuhe trug, wenn man sich außerhalb der eigenen vier Wände bewegte. Der Inner Circle war beliebt und relativ sicher, die Immobilien- und Mietpreise dementsprechend hoch. Und selbst meine Bude im ersten Ring außerhalb der City trieb mich monatlich fast in den Ruin. Je weiter man sich den Außenringen näherte, desto preiswerter wurden die Apartments. Genauso wie die Wohnungsmiete nahm dort aber auch die Lebenserwartung ab. Also hatte ich die Hinterhöfe und Müllhalden gemieden und war ausschließlich über die Main-Pedestrian-Ways zur Common-Rail-Station gelangt, auch wenn dies länger gedauert hatte. Sicher war sicher.

Die junge Frau stöckelte auf hohen Absätzen Richtung Tür und öffnete sie mit einer fast übertrieben eleganten Bewegung ihrer schlanken Hand. Mit einem kaum wahrnehmbaren Zischen glitt die Milchglasscheibe in eine Vertiefung in der Wand. Ich zuckte leicht zusammen, denn ich hatte erwartet, in den leeren Flur zu blicken, aber auf der Schwelle stand ein Astro, den ich unschwer als einen Delta-01 identifizieren konnte.

Grundgütiger! Das wird ja immer besser, ging es mir durch den Kopf. War die Fabrikation der Deltas nicht schon vor einiger Zeit eingestellt worden? So hatte man es zumindest in den News-Apps lesen können. Und jetzt auch noch einer aus der 01er-Serie! Ein Uralt-Modell!

Hallo – Ich bin Deborah nahm den Androiden wie ein schüchternes Kind an die Hand und führte ihn in das Büro.

»Darf ich bekannt machen?«, gurrte sie. »Rick, das ist Ihr persönlicher Assistent für besondere Botengänge.« Sie machte einen kleinen Knicks in meine Richtung und vollführte mit der Hand eine Demutsgeste. Dann wandte sie sich dem Delta zu. »01, das ist dein Kollege und Betreuer Rick.«

Der optisch jung wirkende Astro kam mit leicht schleppendem Gang auf mich zu, und ich meinte mich zu erinnern, dass die unausgereiften motorischen Bewegungsabläufe einer der Gründe für den Stopp der Serie gewesen waren. Die andere Ursache zeigte sich in dem Augenblick, als der Delta den Mund aufmachte.

»Rick, Sir«, schnarrte er mit einer viel zu hohen, leicht abgehackten Stimme. »Angenehm … Ihre … Bekanntschaft zu … machen.«

Ein Menschenähnlicher, der eigentlich eine Gehhilfe benötigte und die Sprachmelodie eines Chorknaben besaß. Na, das konnte ja heiter werden. Mir gefiel mein neuer Job in der Anstalt, wie ich das IRIR im Geheimen nannte, von Minute zu Minute weniger. Ich brauchte dringend eine Tasse Tee.

Grummelnd, aber ohne ein Wort, ignorierte ich die mir dargebotene Hand. Mit Androiden hatte ich so meine Probleme. Und mit alten Modellen kam ich in keiner Weise zurecht. Den hier durfte man nun wahrhaftig nicht mehr auf die Gesellschaft loslassen. Woher bekamen die Firmen bloß immer diesen Neuronenschrott? Die Anstalt müsste doch wirklich in der Lage sein, sich die neueste Androiden-Serie leisten zu können. Einen Alpha-03 zum Beispiel. Den hätte ich gerade noch so akzeptieren können. Wäre mir zwar schwergefallen, aber ich hätte mein Bestes versucht.

Der Delta-01 war in einen hellblauen Overall gehüllt, der an ihm klebte wie eine Wurstpelle. Der Seitenscheitel seines perfekt gestutzten Haares war perfekt gezogen. Keine einzige Strähne hatte sich auf die falsche Seite des Kopfes geschlichen. Er sah lachhaft aus.

Die Astros, wie man Androiden auch nannte, irritierten mich. Ich wusste schlichtweg nicht mit ihnen umzugehen. Sie sahen aus wie Männer, hatten die dunkle Stimme eines Mannes – von der 01er-Reihe des Delta-Modells mal abgesehen –, ihre Oberfläche bestand aus einem Gewebe, das der menschlichen Haut auf eine geradezu unheimliche Art und Weise ähnelte, und sie bewegten sich frei und selbstständig. Sie wurden den Menschen als Assistenten für einfache Arbeiten zugeteilt, waren als Fahrer von Taxi-Gleitern tätig, hatten Jobs in der Krankenpflege, wurden für gefährliche Arbeiten eingesetzt oder verrichteten anspruchslose Dienstleistungen.

»Rick? Mr Thorndyke?«

Die einschmeichelnde Stimme von *Hallo – Ich bin Deborah* ließ mich hochfahren. Meine Augen hatten sich am Display festgesaugt, und ich war in Gedanken gewesen.

»Äh, ja?«

»Gibt es dazu noch Fragen irgendwelcher Art?« Mit einer geübten Bewegung warf sie ihr Haar über die linke Schulter. Sie lächelte und legte mir sanft eine Hand auf den Unterarm.

»Nein.« Ich räusperte mich. »Nein«, wiederholte ich dann mit fester Stimme, »alles klar. Ich nehme an, falls Detailfragen auftauchen, kann ich mich vertrauensvoll an den Delta wenden?« Ich blickte den Astro nicht an, während ich sprach, aber er nahm sich die schamlose Freiheit, trotzdem auf meine Frage zu antworten.

»Selbstverständlich stehe ich … Ihnen jederzeit mit Rat und Tat zur … Seite, Rick, Sir!«

Schleimscheißer, dachte ich.

Der Tag wollte kein Ende nehmen. Über den Ausführungen von *Hallo – Ich bin Deborah* versank ich irgendwann in einem dichten Nebel der Langeweile, der mich zu umhüllen schien, dennoch regte es mich furchtbar auf, dass der Delta die meiste Zeit hinter meinem Rücken stand und mir über die Schulter schaute. Steht ein Mensch neben einem, dann merkt man das. Man spürt seine Anwesenheit. Vielleicht ist es die Wärme, die er abstrahlt, oder der Geruch, den er verströmt. Aber wenn sich ein Android in der Nähe befindet, dann ist da nichts. Absolut nichts.

Als *Hallo – Ich bin Deborah* mich nach Stunden des monotonen Irrsinns endlich entließ, hoffte ich, die Fahrt nach Hause im Gleiter solo antreten und in einen Autonomic steigen zu können, der selbstständig fuhr. Leider hatte ich mich mit dieser Annahme geirrt. Denn hinter den Digitalkonsolen des leicht angestaubten Drifters, Baujahr 2060, dessen geringfügig angekratzte Schönheit im Glanz der irisierenden Neonreklame der Stadt schillerte, hatte der Delta-01 Platz genommen.

Der Drifter gehörte zum Gesamtpaket. Er wurde sozusagen zum Job dazugeliefert. Eine kleine Bestechungsmaßnahme der Anstalt. Denn die Stellenbeschreibung verlangte zwar Konzentrationsfähigkeit, aber keinen Universitätsabschluss, und der Intelligenzquotient des Stelleninhabers musste auch nicht die Norm sprengen. Es gab nur noch wenige Menschen im ersten Outer-Rim, die sich auf das Niveau einfacher Datentipper herabließen. Der Großteil strebte nach Höherem. Bei den Bewohnern des Inner Circle brauchte man gar nicht erst für so einen Job werben. Die meisten hatten keine Arbeit, sondern lebten, nicht zuletzt dank Aktiengewinnen an der Pharmabörse oder anderen finanziell lukrativen Taschenspielereien, in Saus und Braus.

Ich würde also ab morgen einen Job antreten, den jeder Idiot machen konnte, und eine weitere Demütigung bei dieser Sache war, dass es sich beim IRIR um einen Überwachungsdienst handelte. Man lieferte Entflohene aus Miseria an die Behörden aus. Das hatte eindeutig einen üblen Beigeschmack. Auch wenn jeder Bewohner im Inner Circle insgeheim dankbar für diese Auslieferungen war, was jedoch keiner freiwillig zugegeben hätte – die Taste, die zur Übergabe führte, wollte dennoch niemand drücken. Im Inner Circle der Stadt sowieso nicht, und auch in den ersten Ringen außerhalb des Zentrums riss sich niemand darum, der noch alle Tassen im Schrank hatte. Und dafür gab es einen Grund.

Zehn Jahre zuvor war geschehen, wovor Mediziner schon lange gewarnt hatten. Infektionskrankheiten waren auf der

Insel zur häufigsten Todesursache geworden, und Zoonosen dabei zügig an jeder Erkältung, an jeder Infektion, an jeder Antibiotikaresistenz vorbei an die Spitze marschiert. SARS, Hanta, Ebola oder Gelbfieber waren nur einige von unzähligen Seuchen, die vom Tier auf den Menschen übertragen wurden, und schließlich gab es niemanden mehr, der nicht mindestens einen Krankheitsfall dieser Art in seinem Bekannten- oder Verwandtenkreis hatte.

Mit Entsetzen hatten die Inselstaaten beobachtet, wie die Zahl der Todesfälle in die Höhe schnellte, in die Millionen ging, ganze Kleinstädte entvölkerte. Wie Mediziner damals tatsächlich noch Diskussionen führten, ob man alle bioethischen Bedenken über den Haufen werfen und für bestimmte Berufs- und Bevölkerungsgruppen verpflichtend Zwangsimpfungen vorschreiben dürfe, von denen man nicht einmal wusste, ob sie etwas bringen würden, oder ob dieses Vorgehen zu weit in die persönliche Freiheit eines Menschen eingreife.

Als diese Fragen geklärt waren, der medizinische Diskurs endlich ein Ende nahm und einige provisorische Zwangsimpfungen zur Vorschrift wurden, von denen man sich das Ende der Infektionen versprach, hatte sich die Hälfte des Staates England bereits infiziert, siechte unheilbar dahin oder war schon tot. In Wales, Schottland und auf den irischen Inseln sah es nicht anders aus.

Der letzte Befreiungsschlag der Politiker, deren Felle angesichts des Massensterbens und der eigenen Hilflosigkeit davonzuschwimmen drohten, war die Errichtung einer Zone für die Infizierten und die Einteilung der Menschheit in eine strikt definierte Drei-Klassen-Gesellschaft. Im Inner Circle von London, in Metro-City, sollten diejenigen leben, die die nötigen finanziellen Mittel besaßen, um sich als Stützen der Gesellschaft hervorzutun. In den beiden Außenringen der Stadt, den Outer-Rims, schuf man Wohnraum für die, die ebenso wie die Menschen im Inner Circle noch gesund waren.

Den infizierten Rest verfrachtete man an einen Ort, dem man den Namen Habitat Miseria gab: ein Bezirk enormen Ausmaßes, in dem gelitten und gestorben wurde. Ein Bezirk, aus dem es normalerweise kein Entrinnen gab. Statt Internierung nannte man es »Umsiedlung«.

Familien, Freunde und Geschäftspartner wurden getrennt. Jeglicher Widerstand bezüglich der Einteilung in die eine oder andere Klasse der neuen Gesellschaft wurde unterbunden. Selbst Bestechung war dabei kein Thema.

Jeder, der die Pestilenz überlebt oder sich noch nicht angesteckt hatte, bekam ein Mini-Tablet-Armband und musste Kleidung tragen, deren eingewebte Sensoren permanent Körperdaten an das Armband übermittelten. Diese wurden dort ausgewertet und eventuelle Abweichungen sofort dem Health Service gemeldet, der sie zu den zwei größten Pharmafirmen des Landes weiterleitete, woraufhin die Industrie ihre Produktion anpasste, an der Optimierung einzelner Arzneimittel arbeitete oder die Herstellung anderer zurückfuhr. An fast jeder Straßenecke gab es Medikamentenausgabefächer, die – hielt man das Armband unter den Scanner – die entsprechenden Pillen auswarfen. Die Kosten dafür übernahm zu einem kleinen Teil die Regierung, zu einem anderen kleinen Teil die Versicherung. Aber der größte Batzen wurde in Kredits direkt über das Armband vom Konto des Trägers abgebucht.

Man atmete auf. Wusste man nun doch, wie man mit dem Problem umzugehen hatte. Die Angelegenheit hatte sich erledigt. Die Insel war gerettet. Der Rest der Welt würde sich beruhigen, und die angrenzenden Länder auf der anderen Seite des Kanals würden ihre Grenzen wieder öffnen. So dachte man zumindest.

Was würden Sie als Infizierter tun? Abgeschnitten von Ihrer Familie, getrennt von Ihren Freunden, die Gesichter von Vater, Mutter, Sohn oder Tochter auf der Netzhaut eingebrannt, in Gedanken noch immer zu Hause? Erinnerungen an Abschiede voller Tränen und Verzweiflung – und einem unterschwelligen winzigen Funken Hoffnung, es würde alles wieder gut werden. Vielleicht hatten die Behörden sich ja geirrt! Die Hoffnung, nicht infiziert zu sein – schließlich geht es Ihnen prächtig! Nur ein kleiner Schnupfen, sonst nichts! Es konnte sich nur um ein Missverständnis handeln, etwas, was wiedergutzumachen war.

Aber weder dem IRIR noch der CDF unterlaufen irgendwelche Patzer. Pannen sind nicht vorgesehen im System. Das System irrt sich nicht.

Wenn Sie das erst einmal begriffen haben, werden Sie kurz wütend, und dann stellt sich lähmende Resignation ein. Sie ergeben sich Ihrem Schicksal, denn was können Sie schon unternehmen? Sie sind nur ein Rädchen im Getriebe, und man muss die, die noch gesund sind, doch schützen, oder? Auch vor Ihnen. Hauptsache denjenigen, die Sie zurücklassen mussten, geht es gut. Hauptsache, sie sind wohlauf. Und so schlecht ist es in Habitat Miseria nicht. Man soll nicht meckern, wenn man eine Zeltplane über dem Kopf hat, und auch die Decken werden für jeden reichen. Genauso wie die Mahlzeiten, die aus einem großen Topf kommen.

Doch irgendwann fällt Ihnen auf, dass es immer die gleichen Mahlzeiten sind, die Plane schon lange ein Loch hat und dass die Decke Sie nicht mehr gegen das hereintropfende Wasser schützen kann. Sie merken, dass Sie es satthaben, jeden Tag in einer Schlange für ein bisschen Porridge anstehen zu müssen, um das Sie sich dann mit den Menschen streiten, mit denen Sie sich gestern den letzten Kanten Brot teilten. Sie können die Husterei und den blutigen Auswurf nicht mehr ertragen, den Ihr Bettnachbar jede Stunde auf den Boden spuckt, und überhaupt sind Sie angewidert von dem Siechen und Sterben um sich herum.

Sie wollen nur noch weg. Und dann versuchen Sie es eben. Und mit Ihnen andere. Es wird erst nicht gelingen, denn die Zone wird scharf bewacht, und das Sicherheitspersonal, das aus Alpha-Androiden besteht, wird nicht zögern, auf alles und jeden zu schießen, der sich der Schleuse auch nur ansatzweise unerlaubt nähert. Es sind ja auch nur die lebenden Toten, die auf das monströse Tor zulaufen. Die kann man abknallen wie die Karnickel. Doch Sie schmieden Pläne, und mit jedem Tag werden Sie erfindungsreicher.

Vielleicht hängen Sie sich unbemerkt an einen der Konvois, die Kranke und Infizierte im Habitat abladen und für die die mächtigen Riegel der imposanten Stahlschleuse geöffnet werden. Möglicherweise können Sie sich unter der Ladeplane des Transporters verstecken, der die Zone einmal im Monat mit dem Allernötigsten versorgt.

Mit der Zeit gewinnen Sie Brüder und Schwestern im Geiste. Zusammen fühlen Sie sich stark. Und dann gelingt es Ihnen. Aus dem lebenden Toten ist ein Runner geworden.

So zumindest stellte ich mir das immer wieder vor. Und: Hatte ich schon erwähnt, dass auch Sofie dort ist? Wenn sie noch dort ist. Wenn sie nicht schon verreckt ist. Im Habitat Miseria.

Der Popel am Boden

Wenn einem die Arbeitsplatz-Optionen ausgehen, nimmt man auch einen Job an, der einen nicht nur als Armleuchter abstempelt, sondern auch zum Helfershelfer macht. Und mir waren die Optionen ausgegangen, und deshalb führte ich von nun an *nur* noch die berühmten Befehle aus. So wie die anderen auch, die in der Anstalt ihrer Beschäftigung nachgingen. Ich hatte läuten hören, dass die Selbstmordrate im IRIR und die Quote der Crash-Abhängigen jedes Jahr höher wurden. Wahrscheinlich war auch mein Stuhl nur deswegen frei geworden, weil sich mein Vorgänger in einen Müllschacht gestürzt hatte – ein beliebtes Vorgehen, wenn man seinem Leben ein Ende setzen wollte. Die dort herrschende Strahlung verwandelte einen menschlichen Körper binnen Sekunden in ein Häuflein rot glühende Asche.

Nun ja. Ich war hart im Nehmen. Dachte ich zumindest.

Ich versuchte, nicht weiter darüber nachzudenken, sondern blickte aus dem Cockpit auf die Stadt. Das IRIR hatte seinen Hauptsitz selbstredend im Inner Circle, und die Fahrt bis zu meiner Behausung würde fast eine halbe Stunde dauern.

Wir passierten die verglasten Türme des Bankenviertels, und ich musste tief in meinem Innern eifersüchtig zugeben, dass der Astro den Drifter hervorragend beherrschte. Nach Büroschluss waren die Cloudways verstopft mit Gleitern, die gleichermaßen ihren Weg heimwärts suchten. Geschickt lavierte der Delta das Gefährt die Straßenbegrenzung entlang, jeder Überholvorgang saß. Wie vorauszusehen war, befolgte er mustergültig alle Verkehrsregeln, und der Antrieb des Drifters hustete nicht ein einziges Mal. Das Fahrgefühl war schlichtweg großartig, und mir fiel auf, wie lange ich die Welt schon nicht mehr von oben betrachtet hatte. Gleiterzulassungen wurden immer seltener vergeben, und nur derjenige, der über genügend Kredits verfügte, war in der Lage, solch ein Fahrzeug registrieren zu lassen. Der Rest der Bevölkerung klaute sich Bikes, nahm die Common Rail oder ging zu Fuß. Letzteres galt es jedoch unter allen Umständen zu vermeiden. Stichwort: Außenbezirk-Gangs und Bewohner von Miseria, die sich »verirrt« hatten, sprich geflohen und noch nicht gemeldet worden waren.

Die verglasten Sky-Towers der Stadt, die vor der Errichtung der Zonen in ihrer Gesamtheit London geheißen hatte, überragten die Spitze des zu jener Zeit höchsten Turms, dem Shard, bei Weitem. Das Gebäude von Lloyds drohte inmitten des aufragenden Glassplitters zu versinken, und The Gherkin, die Essiggurke, war nur ein kleiner Popel am Boden der Metropole. Alles leuchtete und pulsierte wie ein reich behangener Weihnachtsbaum und nichts deutete von oben darauf hin, dass das hier nur eine Seite der Medaille war, und zwar die polierte, die im Licht funkelte.

Nachdem wir ohne Probleme die zweitletzte Überwachungsstation der CDF – Contagion, Disease and Fatalities passiert hatten, wo mich ein kompakter Alpha geschäftsmäßig dazu aufgefordert hatte, meine Identifikationsnummer fehlerfrei zu nennen, lenkte der Delta den Drifter in eine der mickrigen Parkbuchten im vierzigsten Stockwerk des Turmes, der mein Apartment beherbergte. Unser Fahrzeug schillerte nicht annähernd so prächtig wie die Gefährten, zu denen es sich gesellte.

»Wir sind ... zu Hause, Rick, Sir«, tirilierte mein Fahrer mit seiner hohen, synthetischen Stimme. »Metro-City, Outer-Rim 1, Sektor ... 13.«

»Nicht wir – ich«, korrigierte ich knurrend. Mir war unwohl bei dem Gedanken, nach der Fahrt durch Licht und Farben mein Hundeloch betreten zu müssen. Aber da mir nichts anderes übrig blieb, ließ ich das Cockpit aufklappen und stieg langsam aus.

Da stand ich nun auf dem Absatz zwischen Drifter-Bucht und Innenschleuse, ließ mir vom Wind die Haare zerzausen und hörte den Delta gerade noch säuseln, dass er mich am nächsten Morgen pünktlich abholen würde, bevor ich mich umdrehte und mein Auge an den Irisscanner hielt. Mit einem lauten Zischen öffnete sich das Tor und ich betrat die feuchte Kälte des Ganges zu Apartment 480 A.

Home Sweet Home.

Mein Apartment war vorzeigbar, aber Damenbesuch hatte ich ohnehin seit Sofies ... Auszug ... nur selten, was mich dazu verleitete, das Innere stets im Zustand meiner individuellen Lebensgestaltung zu belassen. Was in meinem Fall hieß: Verpackungen blieben erst einmal so lange liegen, bis sich der Weg zum nächsten Müllschlucker auch wirklich lohnte. Ein Vorgehen, das übrigens nicht nur ich in dieser Form pflegte, sondern ebenso die übrigen Apartmentbewohner auf Korridor A. Zumindest schienen wir uns immer nur dann zu begegnen, wenn wir unter größter Anstrengung versuchten, Arme voller Kunststofffolie in den Schacht zu stopfen.

Ich streifte Handschuhe und medizinischen Mundschutz ab, den ich mir, gleich nachdem ich aus dem Gleiter gestiegen war, angelegt hatte, und murmelte meine Bestellung in den Dine-O-Maten, der in der Küche in einer Ecke vor sich hinrostete. Wie immer kam er erst in die Gänge, nachdem ich ihm mit meinem Stiefelabsatz einen beherzten Tritt in seine technischen Eingeweide versetzt hatte. Zuerst stürzte ich den heiß ersehnten Darjeeling hinunter, dann schnappte ich mir das mit Käse belegte Brötchen, das der Bio-Drucker in das Ausgabefach warf, orderte dazu noch eine Flasche Bier, die wie immer lauwarm war, und schlurfte ins Wohnzimmer. Noch im Gehen nahm ich einen Schluck, und mein Tablet-Armband informierte mich umgehend darüber, dass ich nicht mehr als eine Flasche trinken dürfe, ohne an diesem Abend ernsthaft meine Leber und meinen Versicherungsschutz zu riskieren.

Kaum hatte ich einen Fuß auf den Teppich gesetzt, funzelte das Deckenlicht auf, und das fenstergroße Display des Nachrichtenkanals hüpfte durch die Mitte des Raumes. Seufzend stellte ich die Bierflasche ab und justierte das Empfangskästchen, welches auf dem kleinen Tisch neben der Couch stand. Das Bild beruhigte sich, und wie jeden Abend erschien die junge Frau mit dem unnatürlich weißen Haar.

Ich hatte es mir eigentlich abgewöhnen wollen, die Nachrichten anzusehen, aber aus Mangel an Fachkenntnis war es mir bis jetzt noch nicht gelungen, die automatische Aktivierung des Empfangsgerätes auszuschalten. Die Deckenbeleuchtung ließ sich nur über das Display regeln – dahinter steckte eine Logik, die sich mir nicht erschloss, sodass ich auch nicht hinter das Geheimnis kam, wie ich aus einem Vorgang zwei unterschiedliche machen konnte. Ich hatte nie als Techniker gearbeitet und reparierte meinen Dine-O-Maten, indem ich kräftig dagegen trat. Und wenn ich auf den News-Feed verzichten wollte, musste ich im Dunkeln oder in meiner vollgesauten Küche essen.

»… will ich wie jeden Abend den Dank des IRIR, des Institutes of Registration of Illegal Runners, und der CDF – Contagion, Disease and Fatalities übermitteln, die sich bei allen aufmerksamen Bürgern des Landes, die Runner-Sichtungen unverzüglich an die zuständigen Behörden weitergeleitet haben, erkenntlich zeigen werden.«

Der starre Blick der jungen Dame, die mir direkt in die Augen zu schauen schien, machte mich unruhig.

»Auch in diesem Quartal«, fuhr sie mit einem gekünstelten Lächeln fort, »war die Zahl der Whistleblower in unserem Land höher als in den benachbarten, unabhängigen schottischen, irischen, nordirischen und walisischen Staaten. Gleichzeitig können wir voller Freude mitteilen, dass die Zahl der Neuerkrankungen insgesamt deutlich zurückgegangen ist.« Ihr Lächeln wurde breiter, und sie strich sich wie einstudiert eine Haarsträhne aus dem Gesicht. Anschließend deutete sie mit dem Zeigefinger direkt in die Kamera. »Dieser große Erfolg ist nur durch Ihre Unterstützung möglich geworden. Ein Dankeschön an alle, die sich auch heute mit so großem Einsatz daran beteiligt haben, dass Metro-City auch Metro-City bleibt. Die Bonuspunkte werden auf Ihr Konto gebucht.« Dann legte sie beide Hände vor sich auf das Pult, richtete den Oberkörper auf und skandierte den Satz, der die Nachrichten jeden Abend beschloss: »Misstrauen schafft Selbstvertrauen!«

Ja, klar. Und wir sitzen alle im selben Boot. Manche aber haben eine Yacht. Alle Tiere sind gleich, aber manche sind gleicher. Dass ist nicht lache.

Müde schloss ich die Augen. Diese aufmerksamen Mitmenschen, die dem Institute of Registration of Illegal Runners die Infizierten auslieferten, wurden für ihre Dienste belohnt. Denn für jeden gemeldeten Runner gab es Bonuspunkte, die man in Lebensmittel, Gebrauchsgegenstände oder sogar in eine Urlaubsreise umwandeln konnte. Die Werbung versprach obendrein einen Drifter, hatte man erst fünfhundert Punkte beisammen.

Und schon morgen würde ich zu denjenigen gehören, die die Infos in die Datenspeicher hackten, die zu den Festnahmen führten. Aber auch Namen und Adresse des Denunzianten, der einen Flüchtigen meldete, würde ich in das System eingeben und zudem noch erfassen, wo, wann und in welchem Zustand ein Illegal Runner gesichtet worden war, der aus Habitat Miseria entkommen war. *Hallo – Ich bin Deborah* hatte mir erklärt, dass in seltenen Fällen sogar Name und Adresse der Runner bekannt waren. Die CDF erledigte dann den Rest, trennte die Spreu vom Weizen und stellte fest, ob es sich bei den genannten Personen nur um methabhängige Torkler, Synthehol-Trinker oder wirklich um todkranke Runner handelte, die auf ihrer Flucht womöglich schon andere Menschen angesteckt hatten.

Da mein Magen zu rebellieren begann, stand ich auf und schwankte zum Waschraum. War das Sandwich schuld oder doch die Tatsache, dass ich mich auf einen so völlig bekloppten Job eingelassen hatte? Mir war der Appetit auf das angebissene Syntho-Käsebrot, das traurig auf meinem Teller lag, gründlich vergangen.

Mein Bett hatte schon vor dem Schrillen des Timers damit begonnen, mich sanft aus dem Schlaf zu schaukeln. Das Deckenlicht stellte sich auf die von mir eingegebene Helligkeit ein. Ich mochte es, noch ein wenig im Halbdunkel zu liegen, deswegen konnte ich zuerst nicht viel erkennen. So gut wie blind wedelte ich vor dem Display herum. Der Lärm verstummte, und ich schaute mit nur halb geöffneten Lidern träge zu den Zahlen empor, die an der Decke flimmerten. Dann meldete mein Armband, dass sich meine Körperfunktionen alle im normalen Bereich bewegten und es für mich in den nächsten Stunden keine Notwendigkeit gäbe, die Medikamentenausgabefächer anzusteuern. Der Tag beginnt doch prächtig, dachte ich bitter.

7.45 Uhr. In nur fünfzehn Minuten würde der 01 mich abholen. Ein Weilchen noch, nur ein kleines Weilchen. Ich schloss die Augen, rollte mich noch einmal zusammen, steckte den Kopf unter das Kissen, lauschte meinem Atem. Die Vorstellung, in weniger als einer Stunde damit zu beginnen, den lieben langen Tag Daten eingeben zu müssen, half mir ganz und gar nicht dabei, den Hintern aus dem Bett zu bekommen. Der Drifter würde in einer Viertelstunde andocken und ich meinen ersten Tag als Datenerfasser des IRIR antreten. Geschniegelt und gestriegelt – soweit das in der kurzen Zeit, die mir jetzt noch blieb, überhaupt machbar war.

Dass dieser Arbeitstag sich für alle Zeit in mein Gedächtnis einbrennen würde wie ein backsteinharter, bitter schmeckender Yorkshire Pudding am Boden eines alten Kochtopfes, konnte ich nun wirklich nicht ahnen. Selbst wenn ich es hätte kommen sehen, aus welchen Gründen der Vorsehung auch immer – ein Entrinnen hätte es dennoch nicht gegeben.

Wie ein halskranker Kanarienvogel plapperte der Delta in einem fort, während ich mich bemühte, seine enervierende Stimme zu ignorieren, und angestrengt aus dem Beifahrerfenster des Cockpits starrte. Die Sonne war gerade aufgegangen, aber der Smog der Außenbezirke schluckte ihr Licht nahezu vollständig, sodass die Vorstadt durch den schummrigen Nebel nur zu erahnen war. Der Drifter glitt mühelos durch diese Dunstglocke, und wieder passierten wir die einzelnen Grenzstationen auf dem Weg zum Innenbezirk ohne Zwischenfälle.

Herkunft und Ziel? ... Identifikationsnummer? ... Bitte übermitteln Sie die Daten Ihres Armbands ... Strecken Sie Ihre Zunge heraus ... – immer wieder der gleiche einschläfernde Sermon des zuständigen Alphas in Sicherheitsuniform, dessen Taser stets griffbereit im schicken Holster steckte. Ein zweiter trug die Daten in ein durchsichtiges Tablet ein.

Ich fragte mich, was der Delta wohl dabei verspürte, wenn er überhaupt Gefühlsregungen hatte. Er war wie ein ausgemustertes Objekt, degradiert zum puren Diener und Begleiter. Empfand er Neid? Hatte er Träume? Einen Berufswunsch? Würde er gerne dort stehen, wo jetzt gerade sein wie aus dem Ei gepellter, höherentwickelter Alpha-Bruder stand? Würde er mir gerne freudig das Wattestäbchen in den Mund schieben?

Grundgütiger, jetzt war es schon so weit, dass ich mir über die Astros Gedanken machte!

Ich schloss die Augen und versuchte, mich zu konzentrieren. Mich auf das vorzubereiten, was der erste Arbeitstag mir abverlangen würde. Aber mein Gehirn schien sich nicht auf eine Sache konzentrieren zu wollen, und so schossen mir ständig die Informationen durch den Kopf, die mir am Abend zuvor eingetrichtert worden waren. Whistleblower, Runner.

Immer wenn ich an die große Zahl der Denunzianten dachte, stellten sich mir sämtliche Nackenhaare hoch, und auch jetzt lief es mir wieder kalt den Rücken hinab. Natürlich sah ich ab und zu einmal einen Typen in einem der äußeren Bezirke, der mir seltsam vorkam. Einen Schwankenden, der sich nur mühsam auf den Beinen hielt, oder irgendeine obskure Figur in dunklem Kapuzenmantel, die scheinbar unbeteiligt auf dem Gehsteig herumlungerte. Noch nie aber war ich auf die Idee gekommen, derartige Gestalten der Anstalt zu melden. Warum auch? Die Wahrscheinlichkeit, dass es sich um Existenzen handelte, die mit einer x-beliebigen synthetischen Droge dealten oder das Zeug selbst konsumierten, war ungemein höher, als dass sich Infizierte in aller Öffentlichkeit blicken ließen. Auch der Gedanke, dass es sich bei einer der verhüllten Personen eventuell um Sofie handeln könnte, machte die Sache nicht besser. Obwohl ich nicht damit rechnete, dass sie überhaupt noch lebte.

Der Delta hatte den Gleiter in der Zwischenzeit sauber eingeparkt, und ich schälte mich aus dem Sitz. Die dreieckigen, verspiegelten Flächen des Institutsgebäudes schillerten wie Kristalle. Ich folgte meinem synthetischen Begleiter bis in die monumentale Lobby, und dort warteten wir beide, in altmodische Sitze gezwängt wie in riesige Dinosauriereierschalen, dass uns *Hallo – Ich bin Deborah* abholte.

Stattdessen stolzierte jedoch *Mein Name ist Helen* in die Vorhalle und bedeutete uns, ihr zu folgen – anscheinend hatte Deborah heute ihren Maniküretag, oder ich hatte sie gestern durch meine nicht sehr gesprächige Art vergrault, weshalb sie es vorzog, an diesem Morgen mit einem anderen neuen Mitarbeiter zu flirten. *Mein Name ist Helen* jedoch konnte ihr in jeglicher Hinsicht das Wasser reichen. In einem neongrün funkelnden, eng anliegenden Hauch eines Kleides – das auf einer Cocktailparty die Sensation des Abends gewesen wäre und ebenso irritierend fluoreszierte, wie es gestern noch Deborahs Fingernägel getan hatten – trippelte sie auf ihren Pfennigabsätzen voran, als wolle sie Nieten in den Marmorboden hämmern.

Vor einiger Zeit schon hatte mir die Werbung, die von den Dächern der Common-Transport-Waggons an die

Tunnelwände projiziert wurde, gezeigt, dass hochempfindliche Sensoren an bestimmten Kleidungsstücken in der Lage waren, kontinuierlich Daten über Prozesse in der Umgebung, in der sich der Träger aufhielt, zu erheben. Auf diese Weise wurden permanent optische und akustische Parameter ausgewertet und in Informationen umgewandelt. Eingewoben in die Stoffe wurden die Applikationen unsichtbar, aber durch diese Apps konnte die Kleidung nun Form, Farbe oder Struktur verändern. Je nachdem wie die Sonne stand, welche Temperatur herrschte oder welches Geräusch in der Umgebung zu hören war – der Stoff reagierte darauf. Slogans auf T-Shirts konnten wechseln, ein kurzes Kleid konnte zu einem langen werden oder umgekehrt.

Ich wollte gar nicht wissen, auf welche Parameter das Etuikleid von *Mein Name ist Helen* ansprach. Vielleicht würde es braun leuchten, wenn ich laut furzte.

Ich stellte also keine Fragen, sondern trottete artig, aber in gehörigem Abstand zusammen mit dem Delta hinter ihr her.

Im Gänsemarsch durchschritten wir etliche Korridore, die mal links, mal rechts abbogen, sodass ich nach einigen Minuten vollkommen die Orientierung verloren hatte, bis wir endlich vor einer Stahltür stehen blieben, auf die *Mein Name ist Helen* mit theatralischer Geste zeigte und tschilpte: »Ihre eigene Tür, Rick. Und hinter dieser Tür – Ihr eigenes Büro! Willkommen im Arbeitskollektiv des IRIR!« Sie drehte sich auf dem Absatz um und stöckelte klackernd davon.

Ich wusste mir nicht anders zu helfen – ich starrte den Delta mit hochgezogenen Augenbrauen verwundert an. Dieser zuckte nur mit einem Ich-werde-immer-so-behandelt-Blick die Schultern, und ich legte meine Handfläche auf den Scanner, woraufhin die Tür mit dem mir schon vertrauten Zischen zur Seite glitt.

Erst blieb ich zögernd auf der Schwelle stehen, während der Astro mit forschem Schritt mein neues Reich betrat. Ein Reich, das, wie ich feststellen musste, aus einem Miniatur-Schreibtisch, einem Drehstuhl und einem Kleiderständer bestand. Fenster gab es keine, dafür aber eine komplett verspiegelte Wand, die sich gegenüber vom kleinen Eingabepult befand. Ich konnte mir jetzt schon vorstellen, welche optischen Qualen ich zukünftig angesichts dieser Positionierung zu erleiden hatte, und dachte dabei nicht nur an mein eigenes Spiegelbild, sondern auch an das Display des Receivers, welches zwangsläufig ebenfalls zurückgeworfen werden musste. Schon jetzt bekam ich Kopfschmerzen.

Der Raum war winzig. Da ich selbst fast zwei Meter messe, wäre es mir dennoch in der Theorie möglich gewesen, entlang der Verspiegelung ein Nickerchen auf dem Fußboden zu halten, ohne mit den Schuhen an die andere Wand zu stoßen.

»Na fantastisch!« Ich ließ mich in den Drehstuhl fallen, darauf gefasst, dass dieser jeden Augenblick zu Staub zerfallen könnte.

»Es gefällt Ihnen also, Rick, Sir?«

»Das war ironisch gemeint.«

»Ich bitte um … Entschuldigung«, sagte der Delta. »Die Sprachnuancen … entgehen mir meist.« Er stellte sich neben mich. »Soll ich Sie jetzt … mit der Datenbank verbinden?«

»Haben wir eine Alternative?«, murmelte ich.

»Nun ja, wir könnten … ersatzweise versuchen, eine Verkabelung der inneren Komponenten der …«

»Vergiss es, das war ein Witz.« Ich holte tief Luft. Gott, war der anstrengend.

»In der Tat? Nun, wie bereits erwähnt, die Sprachnuancen der …«

»Ich weiß!« So langsam wurde ich ungeduldig. »Jetzt verbinde mich, alles klar?«

Als er mir den Kopplungs-Chip in meinen Zeigefinger injizierte, zuckte ich kurz zusammen. Danach gab er den Verbindungscode in den Receiver ein, der auf dem Schreibtisch stand, und nachdem sich das Display mit einem *Willkommen, Arbeiter beim IRIR* materialisiert hatte, trat er ein paar Schritte zurück, lehnte seinen Körper an die Wand und schloss die Augen. Während sich der Delta regenerieren konnte, sollte ich also nun die ersten Anweisungen meines neuen Arbeitgebers entgegennehmen – des Instituts zur Registrierung illegaler Läufer.

Schon nach wenigen Minuten war mir klar, dass ich meine Meinung über die Arbeitsmoral der Kollegen und Vorgänger gründlich revidieren musste. Ich hatte immer vermutet, dass vor allem die Kombination aus moralischem Druck und eintöniger Arbeit den Berufsgenossen enorme Leiden auferlegte. Jetzt musste ich allerdings feststellen, dass etwas anderes hinzukam, was jeden noch so willigen Bewerber über dreißig oder vierzig für diese Aufgabe von vornherein disqualifizierte: Die Schnelligkeit, mit der die Daten auf dem Display erschienen und wieder verschwanden, war schlichtweg irrsinnig. Da das Durchschnittsalter der Weltbevölkerung inzwischen fünfundsechzig Jahre betrug, waren Angestellte für diesen Job nicht wie der sprichwörtliche Sand am Meer zu finden. Nun wurde mir einer der Gründe klar, warum es so viele Whistleblower und so wenig Stellenbewerber gab. Ein Großteil der Bevölkerung in Metro-City sah sich zwar durchaus als Verfechter der »guten Sache« und damit auch als potenzieller Vollstrecker, war aber für eine Arbeit beim IRIR oder der CDF schon aus physischen Gründen gänzlich ungeeignet. Auf was für einen Mist hatte ich mich da nur eingelassen?

Name um Name, Geburtsdatum um Geburtsdatum, Adresse um Adresse flimmerte über das Display, blieb nur einige Sekunden stehen und wurde dann durch ein neues Wort oder eine noch nicht da gewesene Zahlenkombination ersetzt. Ich fing an zu schwitzen, traute mich aber nicht, mir den Schweiß von der Stirn zu wischen. Was, wenn mir die Nase juckte? Was, wenn ich auf die Toilette musste? Wo war die überhaupt? Wann konnte ich die Daten in die andere Maske einpflegen? Ich bildete mir ein, dass mir dazu mehr Zeit zur Verfügung stünde und ich dabei ein wenig durchatmen könnte, bevor es wieder mit der Erfassung der eingehenden Meldungen weiterging.

Aber der Datenstrom nahm kein Ende. Hektisch bemüht, keine der Information zu verpassen, sah ich mir, ohne nachzudenken, Begriff um Begriff an, um ihn dann simultan und fehlerfrei in die dafür vorgesehenen Formulare des IRIR zu hacken. Aus den ganzen Inselstaaten kamen die Daten gebündelt an meiner Station an. Auch Jahre nach den ersten Krankheitsfällen waren die Menschen anscheinend noch panisch, ihr hustender Nachbar auf der Wartebank einer Common-Rail-Station könne sich mit der Pestilenz angesteckt haben. Niemals hätte ich gedacht, dass es so viele Meldungen geben würde, wo doch die Quote der tatsächlich Infizierten in letzter Zeit stark zurückgegangen war. Wie hoch war dann wohl die Quote der Verhafteten? Davon sprach man im News-Feed nie.

Vornamen, Nachnamen – alles verschwamm zu einer Abfolge von Buchstaben, die keinen Sinn mehr ergab. Der Vorgang erschien mir immer absurder. Warum musste ich das tun? Warum war das technisch hochentwickelte IRIR nicht in der Lage, die Daten automatisch einzuspeisen, sobald ein Whistleblower eine Meldung durchgab? Noch nie hatte ich darüber nachgedacht, doch jetzt verstand ich selbst diese einfache Tätigkeit nicht mehr. Und meine Verwirrung nahm zu. Ich hätte das Alphabet abschreiben können, ohne zu merken, dass ich es tat.

Was ich damit sagen will: Als der Name Richard Thorndyke über den Monitor flatterte, hackte ich ihn genauso ein wie die anderen auch. Erst einige Minuten später hatte ich das Gefühl, ein Déjà-vu zu haben, aber da keine Zeit blieb, um darüber nachzudenken oder noch einmal nachzuschauen, verdrängte ich den Gedanken, bis eine rote Lampe über der Tür zu leuchten begann, deren Blinken von einem ohrenbetäubenden Schrillen begleitet wurde. Der Delta erwachte daraufhin aus seiner Starre und teilte mir mit, dass es an der Zeit sei, »eine Pause … einzulegen, Rick, Sir«.

Ich war wie gerädert. Mein Kopf dröhnte, meine Augen tränten, meine Handgelenke schmerzten, und meine Pupillen schienen inzwischen ein Eigenleben zu führen. Mein Kater nach dem letzten Synthehol-Vollrausch war ein Scheißdreck dagegen gewesen. Mein Akku war leer, ich war völlig ausgelaugt – ja, ich fühlte mich regelrecht krank, aber das Déjà-vu verfolgte mich noch immer. Es klopfte an meine Schädeldecke, kratzte an den Gehirnwindungen. Nur um auf Nummer sicher zu gehen, wagte ich einen Blick in die Suchfunktion der Datenbank, die ich nach wenigen Sekunden gefunden hatte, und tippte meinen eigenen Namen in die Maske. Ich erwartete keinen Treffer, sondern wollte nur dieses Gefühl loswerden, das in meinen Eingeweiden rumorte und mir zuflüsterte, ich hätte vorhin einen verhängnisvollen Fehler begangen.

Richard Thorndyke, Metro-City, Outer-Rim 1, Sektor 13, Apartment 480 A.

Die Buchstaben begannen, vor meinen Augen Kasatschok zu tanzen.

Ich schaute mich verstohlen um. Der Delta behielt mich zwar professionell im Auge, schien aber nicht daran interessiert zu sein, was ich tat.

Handelte es sich hier um einen Test? Eine Prüfung des IRIR?

Wollten sie einfach nur wissen, ob ich aufmerksam genug, ob ich geeignet genug war, diesen Job auszuüben?

Hatte ich es verbockt? Würden sie mir meine Bezüge streichen, müsste ich ab sofort auf der Straße leben, zusammen mit Meth-Dealern, und mir mit Pennern die Glykol-Flasche teilen?

»Nur noch zehn … Minuten Pause, Rick, Sir. Ich kann Ihnen nur empfehlen, mit der Möglichkeit zu … liebäugeln, das Büro zu verlassen, um sich die Beine zu vertreten, Sir.«

»Was?«, murmelte ich. Ich starrte immer noch auf das durchsichtige Display.

»Ihr Arbeitstag hat fünfhundertfünfzig … Industrieminuten, Rick, Sir. Das sollten … Sie im Auge behalten. Es sind nur … zwei Unterbrechungen vorgesehen, und eine meiner Aufgaben besteht darin, Sie … auf diese Pausen aufmerksam zu machen.«

»Gibt es hier eine Art Check?«, fragte ich.

»In jedem Stockwerk gibt es … einen Dine-O-Maten, Rick, Sir. Dort könnten Sie sich ein Syntho-Truthahnsandwich … holen. Ihre Statur verlangt sicherlich nach einer nennenswerten Kalorienaufnahme.« Der Delta stockte. »Von welchem Check sprechen Sie? Die Bio-Scanner der Essensausgaben … funktionieren einwandfrei.« Er wirkte verwirrt. Wohl ein weiterer Bug in seiner Software.

Ich verlor die Nerven. »Ich will kein Scheiß-Truthahn-sandwich! Überhaupt – was geht dich mein verfluchtes Gewicht an? Ich bin für meine Größe durchaus angemessen proportioniert. Ich will verdammt noch mal nur wissen, ob meine Arbeit hier beobachtet und überprüft wird! Ob es Kontrollen gibt!«

Statt einer Antwort deutete der Astro auf ein kleines Kameraauge in einer Zimmerecke, welches mir noch nicht aufgefallen war.

Verflixt, auch das noch.

»Und Tests? Absichtlich eingebaute Fehler im System?« Es musste doch eine einfache Erklärung für das alles geben, verdammt!

Der Delta zuckte mit den Schultern. »Wie Sie unschwer mitbekommen … haben, handelt es sich bei meiner Serie nicht um das aktuellste Modell, Rick, Sir. Und ich finde … keinerlei Informationen über Tests oder interne Kontrollen in meinen Datenbanken.«

Verflucht! Ich war ein Runner. Irgendein Idiot hatte der Anstalt meinen Namen gemeldet. Aber wer würde so etwas tun? Was für einen Grund mochte es dafür geben? Es gab keine Rivalitäten mehr, wie sie früher gang und gäbe gewesen waren. Jeder lebte für sich, kaum einer heiratete – warum auch, wenn die Gefahr einer Trennung vom Partner, weil er ins Habitat verschleppt wurde, jederzeit gegeben war? Man knüpfte keine Kontakte, schloss keine Freundschaften, man begegnete sich am Müllschlucker. Gemeldet wurden diejenigen, die verdächtig schienen, die hinter vorgehaltener Hand husteten, die keinen Mundschutz und keine Fingerhandschuhe trugen, aber doch nicht ich! Ich gehörte keiner Gang an, hatte noch nie gedealt, ja verflucht, ich hatte noch nicht einmal harte Drogen konsumiert! Noch nie! Hinter mir war niemand her! Oder doch?

Hektisch fing ich an, nach dem Verursacher zu suchen. Meine Finger tippten ungeduldig über die Maske, wischten Informationen zur Seite, holten andere hervor, vergrößerten sie, um sie danach in den Papierkorb zu ziehen. Verflucht! Wer war mein Whistleblower?

Dann hörte ich die Drohne. Ihr Surren war deutlich zu vernehmen – wahrscheinlich leiteten die Lüftungssysteme die Geräusche von draußen ins Gebäude, sodass man auch in einem fensterlosen Büro nicht komplett von der Außenwelt abgeschnitten war.

Sie sind mir schon auf der Spur! Die würden keine halben Sachen machen. Tauchte ein Name erst einmal im System auf, lief das Protokoll unerbittlich an. Da konnte man um sich schlagen, mit den Beinen strampeln oder sich die Kehle aus dem Hals schreien – es half einem nicht weiter. Ich hatte das schon erlebt: Ein Hilferuf war vor einiger Zeit aus einem benachbarten Apartment gedrungen, und nur wenig später war ein Alter mit Ziegenbart, der immer und immer wieder lautstark beteuerte, er sei nicht krank, von zwei Alphas wie ein Getreidesack den Korridor entlanggeschleift worden.

Ich geriet restlos in Panik, konnte keinen klaren Gedanken mehr fassen. Mit einem Fingerschnipsen, das mir wegen meiner schweißnassen Hand kaum gelingen wollte, beendete ich die Softwareanwendung und riss die Jacke von der Stuhllehne. Ich war schon auf halbem Weg in Richtung Korridor, als mir einfiel, dass der Delta mir folgen würde. Wo sollte ich hin? Ich konnte das Gebäude nicht einfach so verlassen. Außerdem war da noch der Kopplungs-Chip in meinem Zeigefinger!

Und dann wurde mir mit einem Schlag bewusst: Ich war erledigt! Wenn mir jetzt nicht sofort irgendetwas Geniales einfiel, war mein Leben gelebt. Das grandios groteske Ende eines Daseins. Aus. *Game over.* Ich wusste, dass ich nicht infiziert sein konnte, ich fühlte mich nicht krank, mein Tablet-Armband zeigte nicht einmal erhöhte Körpertemperatur an, dennoch würde die CDF das übliche Vorgehen bei Runner-Fällen kompromisslos durchziehen. Und was, wenn sie dabei doch etwas fänden? Irgendetwas? Etwas, was ihnen nicht gefallen würde. Meine patzigen Antworten? Meine ironischen Bemerkungen?

Verunsichert stand ich da. Die Jacke in den zittrigen Fingern.

Dann geschah etwas, mit dem ich niemals gerechnet hätte. Der Delta stürmte mit einer Schnelligkeit an mir vorbei, die ich ihm nicht zugetraut hätte, und bedeutete mir währenddessen, ihm zu folgen.

»Mir nach!«, sagte er ruhig.

»Bitte?«

Er war schon einige Schritte vorausgeeilt. »Sir, Sie sollen sich mir anschließen!«, rief er über seine Schulter.

Er stotterte nicht mehr. Warum stotterte er nicht mehr?

Den Bruchteil einer Minute stand ich wie angenagelt auf dem Flur, nachdem ich aber nochmals meine Optionen in Gedanken durchexerziert hatte, beschloss ich, der Anweisung zu folgen und die Beine in die Hand zu nehmen. Mir war in diesem Moment völlig egal, was das alles zu bedeuten hatte, wichtig war nur, aus dem Gebäude herauszukommen, dessen Grundriss ich nicht einmal in Grundzügen kannte. Und das weder geknebelt, gefesselt, bewusstlos geschlagen oder gar tot. Und so war ich fast dankbar, den Delta vor mir zu sehen, der, ohne auch nur ein einziges Mal zu zögern, durch das Labyrinth aus Korridoren mäanderte. Das Drohnengeräusch hatte sich verzogen, aber das war nicht verwunderlich, weil inzwischen enervierendes Sirenengeheul alles andere übertönte. Der grelle Klang ließ meine Ohren schmerzen.

Der Delta legte ein unglaubliches Tempo vor. Ich hatte nicht die geringste Ahnung, wohin wir eigentlich rannten, und hetzte einfach blind hinter ihm her.

Dass der Delta den Aufzug mied, rechnete ich ihm hoch an. Aber woher konnte ich wissen, ob er mich nicht doch noch auslieferte und ich dem IRIR auf direktem Weg und in vollem Galopp in die Arme lief?

Was hatte er vor? Wo brachte er mich hin?

Noch bevor ich ihm etwas zurufen konnte, stoppte der Androide plötzlich und fing meinen Körper, der ungebremst in seinen hineinrannte, ohne Kommentar ab. Stattdessen zeigte er stumm auf eine Klappe, die fast mit dem Anstrich der Wand verschmolz, in die sie eingelassen war. Völlig außer Atem zuckte ich ratlos mit den Schultern. Ich hatte keine Ahnung, was er von mir wollte.

»Wenn Sie die Güte hätten?«, hob der Delta an.

»Was zu tun?«, fragte ich konfus. Ich wollte noch eine Verwünschung hinzufügen, da hatte er schon mit einer Hand die Klappe angehoben und winkte mit der anderen auffordernd in Richtung des dunklen Lochs, das sich hinter dem kleinen Durchlass auftat.

»Einer der Datenschächte«, antwortete er ruhig. »Sie führen durch das gesamte Gebäude. Manche enden in den einzelnen Büros, andere wiederum im Untergeschoss.«

»Und der hier?« Ich konnte mir kaum vorstellen, dass ich in diesen schmalen Tunnel passte.

»Im allgemeinen Serverraum im Keller.«

Ich schnaubte. »Wie witzig. Du hattest also die ganze Zeit nichts anderes im Sinn, als mich bei deinen Kollegen abzuliefern, die den Datenstrom überwachen und aufpassen, dass die Drähte nicht anfangen zu glühen?« Wütend über die Naivität, mit der ich ihm gefolgt war, wollte ich auf der Stelle kehrtmachen, aber er hielt mich an der Schulter zurück.

»Die Server verwalten sich selbst. Dazu braucht es keine Kontrolle.«

»Und was ist mit Überwachungskameras, Sensoren, Thermografie? Man wird mich sofort entdecken.«

»Nicht, wenn Sie aus diesem Schacht in den Serverraum kommen. Der Weg ist sehr mühsam, aber …« Er sah mich direkt an. »… er lohnt sich. Das meine ich nicht in Bezug auf die Aussicht.«

»Ach was.«

Ich konnte nicht lange überlegen. Hatte keine Zeit, mir Alternativen auszudenken. »Wie lange … rutsche … ich denn da?«, wollte ich wissen.

»Es ist kein Rutschen, eher ein Hinabkriechen.«

»Wie lange?«

»Kommt darauf an, wie schnell Sie kriechen.«

Na prima. Wieder eine dieser Astro-Antworten. »Ungefähr?«, schnauzte ich ihn an.

»Bei einem Mann von Ihrer Größe und Ihrem Gewicht circa 35,26 Minuten. Gemessen an der durchschnittlichen, körperlichen Fitness eines Zweiunddreißigjährigen.«

Ich wollte nicht wissen, woher er wusste, wie viel ich wog. »Eine halbe Stunde in diesem Reagenzröhrchen?« Das würde ich nicht durchhalten. »Habe ich da überhaupt Licht?«, bohrte ich weiter.

»Die Serverleitungen glühen.«

»Glühen? Wie in *Hitze?*« Das wurde ja immer besser.

»Nein, wie in *Glimmen*. Wir haben keine Zeit zu debattieren.«

Ich atmete kurz durch. Er hatte recht. Die Sirenen heulten, die Drohnen waren gestartet worden – ich hatte keine Wahl. Nicht mehr lange und die ersten Sicherheitsbeamten würden unserer Spur folgen. »Kommst du mit?«

»Quasi. Ich werde unten auf Sie warten.« Er schenkte mir wieder einen seiner teilnahmslosen Blicke.

»Du nimmst also den bequemen Weg, sehe ich das richtig?« Ich begann, an meiner Unterlippe zu nagen.

»Korrekt. Ich bin auch nicht derjenige, der gesucht wird, und – ich wiederhole mich nur ungern – deswegen sollten Sie sich beeilen und sich Ihre Fragen für später aufheben.«

»Und der Chip, den man mir unter die Haut gejagt hat?«

»Hören Sie mir eigentlich zu? Ich kann Ihnen jetzt keinen Unterricht in Nano-Elektronik geben.« In der Stimme des Deltas vibrierte zu meiner weiteren Überraschung Ungeduld. Dann seufzte er. Er seufzte! »Der Chip verliert durch die Interferenzen im Schacht seine Wirkung.«

In diesem Moment hörte ich Schritte näher kommen. Ein lautes Stiefelpoltern wie Kanonendonner. Und kaum war diese Information in meinem Gehirn angekommen, sah ich auch schon die zwei Security-Beamten auf uns zurennen. Herrgott, ich war wirklich der letzte Trottel. Warum hatte mich der Delta nicht einfach in den Schacht hineingestopft, um meine dämlichen Fragen zu ersticken, die uns nur Zeit gekostet hatten?

Aber der Astro hatte anderes vor. Und als er im nächsten Augenblick auf die Sicherheitsbeamten zuwalzte, zog er eine echte Ninja-Nummer ab.

Der Tunnel

Ich warf einen letzten, kurzen Blick auf die beiden menschlichen Sicherheitsbeamten, die immer noch zusammengekrümmt auf dem Boden lagen und sich nicht rührten. Es blieb keine Zeit, sich Gedanken zu machen, denn der Delta stieß mir auffordernd einen Finger in den Rücken.

Tief durchatmend straffte ich die Schultern, streckte dann die Arme ins Innere des Schachtes und kroch hinein. Ein Stück vor mir konnte ich tatsächlich so etwas wie ein pulsierendes Licht ausmachen, aber ansonsten war es stockfinster. Und eng. Unglaublich eng. Ich drehte vorsichtig den Kopf und wollte den Astro noch fragen, warum er das eigentlich für mich tat, aber da knallte die Klappe zu, und ich war allein.

Als ich endlich das Ende der Röhre erreichte, kam es mir vor, als hätte ich Stunden eingequetscht in einem altertümlichen Bettkasten verbracht. De facto sagte mir mein Tablet-Armband jedoch, dass es etwas weniger als fünfundvierzig Minuten gewesen waren. Ich musste rein fitnesstechnisch zweifellos noch an mir arbeiten. Neben mir blinkte und glomm es in Rot und Grün, und vor mir befand sich die Klappe zum Serverraum. Als ich sie bemerkte, fühlte sich das an wie Weihnachten. Irgendein wunderbares Weihnachten, das ich in meiner Kindheit feiern durfte. Nur – wie öffnete ich das Ding? Auf Anhieb konnte ich weder einen Sensor entdecken, noch einen archaischen Schalter oder Hebel sehen. Mich umzudrehen und mit den Füßen gegen den Deckel zu

donnern, stand nicht nur wegen der Enge der Röhre außer Frage. Ich hatte zu viel Angst davor, dass der Lärm
Aufmerksamkeit erregen würde. Es wurde langsam er-
stickend heiß. Hinzu kam, dass sich die Sauerstoffmole-
küle in meinem Gefängnis drastisch reduzierten. Nach
einer Weile, während der ich, vor mich hin japsend wie
ein Goldfisch auf dem Wohnzimmerteppich, an den Ka-
beln herumfummelte, entdeckte ich hinter einer violett
leuchtenden Verbindung einen Fühler, und instinktiv
legte ich forsch den Daumen darauf. Die Klappe glitt
langsam zur Seite, und ich sog dankbar die Luft ein, die
mir entgegenströmte. Unsicher streckte ich den Kopf aus
dem Tunnel und blickte auf die sauber polierten Arbeits-
schuhe des Deltas unter mir.

»Willkommen im Serverraum, Rick, Sir. Sie haben
sich Zeit gelassen, wie ich sehe.«

Ich grunzte. Ich war schweißgebadet und stank bestimmt wie ein Iltis.

»Wenn Sie sich aus der Röhre befreit haben, stünde es
Ihnen frei, mir zu folgen.«

»Was du nicht sagst.« Ungelenk glitt mein schwitzen-
der Körper aus dem Backofen und fiel auf den Boden.
Während ich stöhnend meine Knochen nachzählte,
konnte ich sehen, wie der Astro auf dem Absatz kehrt-
machte und sich entfernte.

»Himmel noch mal! So warte doch!« Ich beeilte mich
aufzustehen und lief hinter ihm her.

Der Serverraum war gigantisch groß, ein schwarzer,
mannshoher Kasten reihte sich an den anderen wie in einem monumentalen Dominospiel. Zudem herrschte eine
Eiseskälte, und da mir noch der Schweiß über den Rücken lief, fing ich auf der Stelle an, erbärmlich zu frieren.
Die Arme um den Körper geschlungen stolperte ich dem
Delta hinterher, der um eine Ecke verschwunden war, an

der einige der schwarzen Kästen in allen Neonfarben glühten, blinkten und leuchteten. Kaum war ich um die Kurve, als ich wie angewurzelt stehen blieb.

»Du hast mich beschissen!«, stieß ich erbost aus.

An die zehn Androiden standen mir gegenüber, und soweit ich es beurteilen konnte, gehörten sie alle der veralteten Delta-Reihe an.

»Was führt Sie zu der Annahme, Rick?«

»Was mich zu der …? Das ist jetzt nicht dein Ernst?«

»Wenn ich Sie bescheißen wollte, wie Sie es so unziemlich ausdrücken, stünden Ihnen doch in diesem Moment Alphas gegenüber, nicht wahr?«

Ich sah, wie die anderen Deltas nickten. Einige von ihnen hatten bei der Erwähnung ihrer Nachfolgemodelle die Augenbrauen hochgezogen.

»Ich habe Sie gerettet, Rick. Es wäre an der Zeit, sich zu bedanken. Unsere übereilte Flucht war in der Form nicht geplant, aber wir sind nun in Sicherheit.«

Ich verstand kein Wort, was der Delta mir offenbar ansah.

»Durch die fahrlässige Unachtsamkeit eines Bruders konnte dieser Fehler passieren. Etwas ist nicht ordnungsgemäß abgelaufen, Rick, und dafür möchte ich mich entschuldigen. In aller Form.« Er warf einen scharfen Blick auf die anderen Astros. »Darf ich höflich um Auskunft darüber bitten, wer von euch für das Hacking der Datenbank verantwortlich war?«

Ungeduldig wedelte ich mit den Armen. »Ich bin hier! Würde mir jemand ein paar Fragen beantworten, verdammt … ich …«

»Noch nicht. Einen Moment«, schnitt mir mein Delta das Wort ab. »Caliban, du hattest doch den Auftrag, den Datensatz erst in einer Woche im System auftauchen zu lassen. Darf ich dich bitten, dich zu erklären?«

Mit Erstaunen beobachtete ich, wie sich der angesprochene Delta wand. »Ich …«, begann er, »Es muss Probleme mit meinen Subroutinen gegeben haben«, gab er schließlich flüsternd zu.

»Welcher Art?«, hakte mein Delta unbarmherzig nach.

»Unspezifischer Art«, antwortete Caliban leise.

Ich sah von einem zum anderen. Von was redeten sie?

Mein Delta schwieg eine Weile und schien den anderen Astro mit den Augen zu durchbohren. »Du solltest deine Programmierung überprüfen lassen. Es scheint einen Fehler bei den Updates gegeben zu haben.«

Der Delta nickte eifrig. »Natürlich, werter Ariel.«

»Ariel?«, echote ich fassungslos.

Doch dieser war mit seinem Gegenüber noch nicht fertig. »Ich möchte nur dieses eine Mal in den rhetorischen Habitus unserer menschlichen Brüder verfallen«, presste er zwischen den Zähnen hervor. »Verfluchte Scheiße, Caliban! Du hast kolossalen Bullshit angerichtet, und ich möchte, dass so eine Kacke nie wieder vorkommt! Habe ich mich deutlich ausgedrückt?«

Wahrscheinlich fielen mir in diesem Moment fast die Augen aus dem Kopf. Ich musste dringend nachdenken. Aber ich hatte einfach zu viele Fragen, und was da gerade geschah überstieg meine Auffassungsgabe. »Ich will Antworten«, brachte ich schließlich heraus.

Mein Delta, der nun wieder die Ruhe selbst war, sah mich auffordernd an. »Nur zu«, sagte er mit einer einladenden Handbewegung und lächelte.

»Also …«, begann ich. »Warum muss ich die Namen der Runner manuell eingeben? Warum werden sie nicht automatisch eingespeist? Warum erschien mein Name überhaupt? Du weißt genauso gut wie ich, dass ich nicht infiziert bin. Und warum hilfst du mir? Was für eine Show hast du da eben oben auf dem Gang abgezogen, und ...« Ich zeigte in die Runde. »... wer sind diese Typen hier?«

Ich war auf alles vorbereitet, aber nicht darauf, dass einer der Androiden anfing zu lachen. Er warf den Kopf in den Nacken und stieß ein meckerndes Gelächter aus.

»Was ... warum ... Du kannst nicht lachen!«, schrie ich. Wie konnte das sein? Er war ein Astro! Selbst die Alphas zeigten keine Gemütsregung. In ihrer Gesichtsmaske bewegte sich kein unnötiger Muskel. Warum auch? Sie waren Auszuführende. Dienstleister. Ja, verdammt. Sie waren Sklaven. Sklaven der Menschen. Maschinen, die uns halfen, dreckige oder eintönige Arbeit zu erledigen.

Es dauerte eine gefühlte Ewigkeit, bis der Android sich beruhigt hatte. Er trat ein paar Schritte vor und streckte mir die Hand hin. »Es tut mir leid, wenn ich dich erschreckt habe. Ich bin Alonso«, sagte er freundlich und grinste immer noch.

Mir wurde kurz schwarz vor Augen. Alonso!

»Was?«, stotterte ich.

Und dann ging es los. Alle stellten sich mir vor, traten vor mich hin, strecken die Hand aus, ergriffen meine und schüttelten sie. Sie spannten sie nicht in einen Schraubstock, nein, sie gingen sanft mit ihr um. Als Letzter kam mein Delta an die Reihe. Lächelnd legte er seine Handfläche in meine. In seinem Gesicht tauchte etwas wie Wärme auf.

»Es freut mich, offiziell deine Bekanntschaft zu machen, Rick. Ich heiße Ariel, wie du schon mitbekommen hast. Und gleich werden wir deine anderen Fragen beantworten. Setz dich, bitte.« Er deutete auf einen der Stühle, die um einen Holztisch herum platziert waren. Holz! Das war mir vorher gar nicht aufgefallen.

Ich schluckte. Brachte keinen Ton heraus. Ariel. Außerdem gab es einen Sebastian und einen Gonsalo. Die Namen Adrian, Francisco, Stephano und Ferdinand waren gefallen. Und Caliban, der mir mit niedergeschlagenen Augen entgegentrat und irgendetwas verbrochen hatte, was ich nicht verstand. Zwar hatte ich noch nie einen Beruf länger als zwei Jahre ausgeübt, dennoch verfügte ich über eine umfassende Schulbildung, und ich kannte meinen Shakespeare, wenn ich ihm begegnete. Und hier im Serverraum befand sich fast das gesamte Personal aus *Der Sturm*.

Mit gebeugtem Oberkörper, so als ob ich weitere Schicksalsschläge abwehren wollte, schlich ich zum Tisch. Unbewusst fuhr ich mit den Handflächen über die glatte, glänzende Oberfläche.

»Mahagoni«, klärte einer der Deltas mich auf. Welcher auch immer. »Der Tisch ist über zweihundert Jahre alt.«

Es fiel mir schwer, die Androiden auseinanderzuhalten. Nur Ariel konnte ich seltsamerweise sofort wiedererkennen, nachdem ich ihn kurz aus den Augen verloren hatte. Keine Ahnung, was ihn von den anderen unterschied. Ich wusste einfach, welcher der Deltas er war. Mit der Zeit sollte ich auch lernen, die übrigen zu identifizieren. In diesem Moment aber, im Serverraum, an dem zweihundert Jahre alten Mahagonitisch, war mir das unmöglich.

Ich nahm auf der gepolsterten Sitzfläche des Stuhles Platz und meinte, noch nie so bequem gesessen zu haben. Augenblicklich entspannte sich meine Schultermuskulatur, und ich griff gierig nach dem Saft, den man vor mich gestellt hatte. Es kam mir wie Stunden vor, seit ich das letzte Mal etwas getrunken hatte, und dankbar schraubte ich die Flasche auf. Auch die Raumtemperatur war angenehmer geworden. Vielleicht hatten die Deltas mir zuliebe an den Thermo-Einstellungen herumgeschraubt.

»Nun«, begann Ariel, der sich mit im Schoß gefalteten Händen neben mich gesetzt hatte. »Kommen wir jetzt zu deinen Fragen. Wie lauteten diese noch gleich?«

Bevor ich antworten konnte, hatte sich der Delta mir gegenüber erhoben und ratterte los: »Also ... warum muss ich die Namen der Runner manuell eingeben? Warum werden sie nicht automatisch eingespeist? Warum erschien mein Name überhaupt? Du weißt genauso gut wie ich, dass ich nicht infiziert bin. Und warum hilfst du mir? Was für eine Show hast du da eben oben auf dem Gang abgezogen, und ... wer sind diese Typen hier?«

Ich verschluckte mich fast, aber Ariel hob nur leicht den Kopf und sagte freundlich: »Danke, werter Sebastian.« Seine Finger lösten sich aus ihrer Verschränkung, und er drehte den Oberkörper, sodass er mir direkt ins Gesicht sehen konnte.

»Zuerst möchte ich zur Frage nach der manuellen Eingabe der Daten Position beziehen«, begann er. »Diese ist leicht zu beantworten. Wer, glaubst du, wird zur Verantwortung gezogen, wenn mal ein falscher Zugriff erfolgt?«

»Ich dachte, das käme nie vor«, entgegnete ich achselzuckend.

Ariel seufzte. »Nähmen wir einmal an, es käme vor. Wer würde verantwortlich gemacht werden? Das IRIR oder derjenige, der die Daten eingegeben hat?«

Ich schwieg. Diese Frage beantwortete sich von selbst.

»Ich sehe, wir können gleich zum nächsten Punkt kommen, der ein wenig diffiziler ist. Warum du?« Ariel lehnte sich wieder zurück. »Das könnte mit der Antwort auf die Frage verbunden werden, warum wir dir helfen wollen, und es hat auch etwas mit ...« Er stockte kurz. »... der Show zu tun, die ich, und ich zitiere, ›abgezogen‹ habe.«

Ein anderer Delta hob die Hand. »Ich bitte darum, den letzten Teil der Frage zurückzustellen, werter Ariel. Das würde momentan zu weit führen.«

Mein Delta nickte. »Antrag stattgegeben, werter Gonsalo. Wir stellen diese Antwort zurück. Gehen die übrigen Brüder damit d'accord?«

Alle stimmten zu. Es ist wahrscheinlich, dass mir für einen kurzen Moment die Kinnlade herunterfiel. Ich kam mir vor wie in einem altehrwürdigen Gerichtssaal. Nur die albernen Perücken fehlten.

»Dann kommen wir auf die Tatsache zurück, dass der Name Richard Thorndyke von der Datenbank erfasst wurde«, fuhr Ariel fort. »Auch wenn das einen Hauch früher geschah«, er warf einen scharfen Blick auf den Astro, von dem ich annahm, dass er Caliban war, »als es gedacht war. Du solltest ursprünglich sehr viel behutsamer an die Sache herangeführt werden, aber die Dinge haben sich ein wenig beschleunigt.«

Ich gab ein Räuspern von mir. »Ja, mich würde außerordentlich interessieren, was hinter alldem steckt«, krächzte ich.

»Es ist ganz einfach.«

»Wirklich?« Es fiel mir schwer, das zu glauben.

»Du wirst im Habitat gebraucht.«

Grau in all seinen Nuancen

Mir wurde schummrig. »Moment«, stotterte ich. »Das soll jetzt aber nicht deine Erklärung sein. Im Habitat vegetieren Halbtote vor sich hin. Da werde ich nicht gebraucht. Da wird niemand gebraucht, der nicht halbtot ist.«

Keiner der Androiden machte den Mund auf.

»So ist es doch«, hakte ich nach. »Das Habitat ist mit Infizierten besiedelt, die man zum Schutz der restlichen Bevölkerung dorthin gebracht hat.«

»Das sagt man im Allgemeinen«, sagte Sebastian oder Alonso oder Gonsalo.

»Das ganze System beruht auf dieser Tatsache!«, rief ich und sprang vom Stuhl auf. »Alles! Die Tablet-Armbänder, die Überwachung durch die Pharmafirmen! Behörden wie das IRIR und die CDF existieren allein aufgrund dieses Umstands!«

»Die Sache ist ein wenig anders, als sie erscheint, Rick«, erwiderte Ariel ungerührt. »Es gibt nie nur Schwarz und Weiß. Es gibt auch Grau, in all seinen Nuancen.«

Dieses Mal saß ich tatsächlich in einem Autonomic, aber es war mir egal. Im Cockpit hätte eine umwerfende Werbeschönheit mit langen Beinen, ausgeprägten Kurven und Windmaschinen-Flatterhaar sitzen können – es wäre an mir vorbeigegangen.

Ich war damit beschäftigt, die Gedanken in meinem Kopf zu ordnen, in dem es aussah wie in einem unaufgeräumten Kinderzimmer. Oder in meinem unaufgeräumten Zimmer, egal. Benommen starrte ich an Ariel vorbei aus dem Fenster, und die Handschellen an meinen Gelenken schnitten mir in die Oberschenkel, so fest presste ich die Hände darauf.

Ein Gedanke dominierte. Nämlich die Ungewissheit, ob es richtig gewesen war, in diese Sache einzuwilligen.

Nachdem die Deltas mir im Serverraum mit der ihnen eigenen Umständlichkeit das Nötigste erklärt hatten, war ich in schallendes Gelächter ausgebrochen. Ich hatte mich gar nicht beruhigen können, mir auf den Schenkel geklopft und wäre fast erstickt. Das war der größte Brüller, den ich jemals gehört hatte! Ein richtiger Partykracher!

Laut Ariel und seinen künstlichen Brüdern gab es nämlich gar keine Infektionen mehr. Die Gefahr war vorüber! Ein Heilmittel war von den ehemals Infizierten selbst entwickelt worden! Vor Jahren schon! Aber die Welt wusste es nicht – nein, sie durfte es noch nicht erfahren. Ihr wurde stattdessen ein ausgeklügeltes Drama vorgegaukelt. Vieles verstand ich nicht. Doch Ariel bestand darauf, mir nur die wesentlichen Dinge zu erklären. Laut ihm würde ich den Rest hören, wenn ich erst einmal in Miseria angekommen war.

Zuerst hatte ich mich geweigert, den Infizierten zu spielen und mitzukommen. Ich hatte angenommen, den Deltas wären einfach die Neuronen durchgeknallt. Kann ja vorkommen bei alten Modellen. Dann jedoch hatten die Androiden ihren Trumpf ausgespielt.

»Du wirst gebraucht, Rick.«

»Das werde ich nicht. Ich lebe hier, und ich lebe hier gut.«

»Aber du lebst allein, ohne Ziel.«

»Mein Ziel ist es, ohne Ziel zu leben, und das gelingt mir ganz hervorragend.« Ich war selbst erstaunt, wie leicht mir diese Lüge über die Lippen kam. Seit Sofies »Verschwinden« lebte ich vor mich hin, das stimmte. Ein Ziel war seitdem nicht mehr in Sicht gewesen, das stimmte ebenfalls. Aber ich wäre verdammt froh darüber gewesen, wenn sich eins am Horizont aufgetan hätte.

»Rick, du verfügst über außerordentliche Menschenkenntnis und Empathie und nutzt diese Gaben nicht. Sie liegen brach. Du hast sie nur einmal zum Einsatz gebracht.«

Ich wollte nicht darauf angesprochen werden. Die Anwendung meiner angeblichen Gaben hatte zwar dazu geführt, dass ich gegenüber einem früheren Brötchengeber durchsetzen konnte, dass es uns Arbeitern gestattet wurde, wenigstens in den Pausen das Tablet-Armband abzulegen. Denn nach anstrengender, manueller Tätigkeit wollte man einfach mal für dreißig Minuten nichts über die eigene Körpertemperatur oder die Leber- und Cholesterinwerte hören und lesen. Diese Reform, die die Geschäftsführer letztendlich als ihre persönliche Idee ausgaben, hatte mich aber den Job gekostet. Vermutlich hatte das jedoch nicht an meinem Verbesserungsvorschlag an sich gelegen, sondern an der Tatsache, dass ich es geschafft hatte, die Arbeiter zu einer geeinten Gruppe zu formieren, die vor das Büro des Schichtleiters gezogen und dort eine Art Sitzstreik absolviert hatten. Diese Meinungsäußerung war nicht gut angekommen, und auch die Versammlungen in den Pausen, in denen ich angeblich »aufrührerische Reden« geschwungen hatte, waren den Vorgesetzten sauer aufgestoßen.

»Humbug! Wer sagt das?«, schnappte ich deshalb.

»Sofie. Sie sagt das. Sie glaubt an dich. An deine Überzeugungskraft. Deswegen haben wir deinen Namen ins System geschleust. Sie will dich sehen, dich bei sich haben, mit dir arbeiten. Sie erfreut sich bester Gesundheit und ist einer der klügsten Menschen, den wir jemals kennenlernen durften.«

Für ein paar Sekunden dachte ich, ich hätte mich verhört. Sofie?

Die Vorstellung, dass sie gesund und munter war und mich bei sich haben wollte, ließ meinen Magen vor Überraschung einige Salti schlagen. Man hatte sie damals von mir weggerissen, nachdem es uns wochenlang gelungen war, ihre Krankheit vor der Außenwelt zu verbergen. Sie hatte das Apartment nicht mehr verlassen, lag mit rotgeäderten Augen und gurgelnden Lungenflügeln auf dem Sofa. Wollte nicht essen, nicht trinken, konnte kaum schlucken und nur wenig und mit krächzender Stimme sprechen. Ich hatte die blutbesudelte Toilettenschüssel geputzt, ihr über die Stirn gewischt, sie notdürftig gewaschen und versucht, sie zu füttern. Während dieser Zeit hatte ich beschlossen, dass ein geregelter Job in unserem gemeinsamen Leben nicht an erster Stelle stehen konnte.

Dann wurden wir verpfiffen. Ich weiß nicht, von wem – das erfährt man ja nie –, aber ich nehme an, dass der Whistleblower in derselben Wohneinheit gelebt haben muss. Und erst einige Wochen nachdem die uniformierten Alphas der CDF – Contagion, Disease and Fatalities unsere Wohnungstür aufgebrochen, mich festgehalten und das schwache Häuflein Elend mit verfilztem Haar und leichenblasser Haut weggetragen hatten, das einmal meine wunderschöne Freundin gewesen war, war mir aufgegangen, dass ich mich nicht angesteckt hatte. Ich war gesund geblieben, während Sofie in Miseria vor sich hinsterben musste. Ich wusste nicht, ob man das ernsthaft Glück nennen konnte.

Was antwortet man also, wenn einem eröffnet wird, dass die Frau, mit der man einmal den Rest seines Lebens hatte verbringen und vielleicht sogar eine Familie hatte gründen wollen, dass diese Frau, von der man dachte, sie sei schon lange tot, sich kerngesund und voller Tatendrang danach sehnte, ihren ehemaligen Partner wieder bei sich zu haben?

Genau.

Kurz darauf sprühten die Deltas mir irgendein furchtbares Zeug in die Augen, das mich binnen Minuten aussehen ließ wie ein tollwütiges Karnickel und auf der Netzhaut brannte wie Feuer. Man legte mir nahe, ein wenig zu husten und vor mich hinzuschniefen, gebückt zu schlurfen, als ob ich unter großen Magenschmerzen leiden würde, und ab und zu Laute des Leids und Schmerzes auszustoßen. Das fiel mir nicht allzu schwer, denn ich hatte seit dem Frühstück keinen Bissen mehr gegessen und meine Eingeweide spielten verrückt. Dann übergaben sie mich der Anstalt, und die reichte mich eine halbe Stunde später an die CDF weiter.

Und jetzt saß ich hier im Gleiter. Immer noch mit schmerzendem, leerem Magen, Ariel zu meiner Linken und Alonso zu meiner Rechten. Auf dem Beifahrersitz hatte es sich ein Alpha der CDF bequem gemacht. Niemand sprach ein Wort, und die Stadt lag in der einsetzenden Dämmerung plötzlich unter mir wie ein alles verschlingender Moloch. Keine Spur mehr von der blinkenden Weihnachtsbaum-Atmosphäre.

Wir landeten direkt vor dem Haupttor des Habitats. Ariel hatte mich durch einige Stöße seines Ellbogens in die Seite immer wieder dazu aufgefordert, ein wenig zu husten und zu stöhnen, was ich daraufhin halbherzig getan hatte, bis wir uns Miseria näherten. Mein Japsen beim Anblick der hohen Betonmauer, die wie ein Ring um eine undurchsichtige Kuppel lag, ließ mich glaubhaft wie einen Infizierten im Endstadium wirken. Das Lager erinnerte an ein überdimensionales Treibhaus oder ein monströses Tiergehege. Ein Käfig, aus dem es kein Entrinnen gab. Wie die Filmkulisse eines apokalyptischen Zombie-Streifens ragte der Zwinger aus Beton und Stahl empor, in dem man die gefährlichste Spezies der Welt eingeschlossen hatte. Es war nicht möglich, einen Blick durch das Dach der Kuppel zu werfen. Obwohl der Gleiter direkt darüber seine Landekreise zog, war außer einem milchigen Schimmer nichts zu erkennen.

Das Stahltor, vor dem der Autonomic schließlich landete, erstreckte sich in eine kaum fassbare Höhe. Man bekam den Eindruck, es reiche bis in den Himmel. Der Gigantismus der Anlage ließ meine Knie noch weicher werden, und ich malte mir im Geist die Zahlenkolonne an Kredits aus, die dieser Bau verschlungen haben mochte. Hier also lebte Sofie?

Ariel musste mich stützen, als ich aus dem Gleiter stieg, so sehr zitterte ich. Alonso warf mir einen Blick zu, den ich nur als bewundernd interpretieren konnte. Offenbar war er von meinen vermeintlichen Schauspielkünsten, die ich innerhalb so kurzer Zeit erworben hatte, ziemlich angetan. An Ariels Arm hängend stolperte ich auf das Haupttor zu. Der Alpha ging voran. Alonso folgte. Dann spulte die CDF vor dem Eingangsportal den üblichen Identifikations-Sermon ab. Wir waren die einzigen Neuankömmlinge, mussten uns in keine Schlange einreihen und deswegen auch nicht warten. Wie mochte dieses Prozedere wohl vor einigen Jahren abgelaufen sein, als die Zahl der Neuinfizierungen noch immens hoch gewesen war?

Seltsamerweise untersuchten sie mich nicht. Schon bei der Übergabe hatte mich niemand mit Blutabnahme,

Blutdruckmessung, Fieberthermometer oder welchen Tests auch immer traktiert, mit denen sie feststellten, ob ein Mensch tatsächlich infiziert war oder nur an einem hartnäckigen Schnupfen litt. Keiner wertete die Daten meines Armbands aus. Man hatte es mir sogar abgenommen! Ich konnte nur vermuten, dass dahinter ebenfalls die Deltas steckten. Waren medizinische Ergebnisse im Vorfeld durch sie gefälscht und dann der CDF übergeben worden? Inzwischen traute ich ihnen alles zu. Diese angeblich antiken Modelle hatten es faustdick hinter den Ohren. Keine Ahnung, ob das nun gut oder schlecht war.

Als sich das Tor endlich für uns öffnete wie eine gigantische Mausefalle, wollte ich nur noch weg. Einfach verschwinden. Mich auflösen. Dorothys rote Schuhe zusammenklacken lassen und davonfliegen wie im *Zauberer von Oz*. Ich hatte panische Angst. Welchem absurden Plan hatte ich da nur zugestimmt? Ariels Griff um meinen Oberarm wurde fester, wahrscheinlich fürchtete er, ich würde gleich zusammenbrechen. Er hatte allen Grund dazu. Mein Leben war bis jetzt in ruhigen Bahnen verlaufen, und ich hatte alles dafür getan, es nach Sofies Abtransport nicht schlingern zu lassen. Hatte mich zurückgezogen, mich mit dem Nötigsten zufriedengegeben und die selbstgewählte lähmende Isolation gemocht. Aufregung stand nicht auf meinem Programm. Aber seit einigen Stunden war ich nicht mehr zur Ruhe gekommen. Weder psychisch, noch physisch.

Die Flügel der gigantischen Tür öffneten sich nur so weit, dass die beiden Androiden und ich eintreten konnten. Mir war aufgefallen, dass Ariel wieder angefangen hatte, leicht stolpernd zu gehen, und mich beschlich der Eindruck, dass auch er, obwohl ganz Maschine, einen recht ordentlichen Schauspieler abgab.

Hinter dem Portal tauchte nicht etwa das Infizierten-Camp mit Zelten und Garküchen auf, auch der süßliche Geruch der Verwesung fehlte, stattdessen fiel mein Blick auf eine weitere Mauer, die in Höhe und Massigkeit der ersten ähnlich war. Wir befanden uns in einer Art Gang, einem Korridor zwischen zwei monströsen Begrenzungsmauern.

Ariel beugte sich zu mir. »Hier werden die Konvois mit den Lieferungen entladen und die wenigen Runner übergeben, die in den letzten Monaten gefunden wurden. Kein gesunder Außenstehender und kein Alpha ist bis heute über diesen Korridor hinausgekommen. So können wir unsere selbstgewählte Isolation aufrechterhalten, bis der Augenblick gekommen ist, an die Öffentlichkeit zu treten«, flüsterte er mir ins Ohr.

Ich hatte keine Zeit zu überlegen, was er mir damit sagen wollte, denn ein Alpha war hinzugetreten und löste meine Handschellen.

»Name?«, fragte er.

»Richard Thorndyke. Heute … ge… ge… gefasst und übergeben, steht alles … in Ihren Unterlagen, Alpha-6«, antwortete Ariel an meiner statt und fiel dabei wieder in sein typisches Gestotter zurück.

Der Alpha blickte ihn scharf an, und der Delta senkte demütig den Kopf. Alonso stand wie angewachsen hinter ihm. Auch er starrte auf den Boden, als hätte er dort etwas sehr Interessantes entdeckt.

»Gut«, schnarrte der uniformierte Android, nachdem er ein paar Sekunden auf einer Konsole herumgetippt hatte, die in eine Vertiefung der zweiten Mauer eingelassen war. »Korrekt.« Er griff demonstrativ nach seinem Taser.

Verblüfft registrierte ich, wie mein Delta einen Diener machte und schnarrte: »Untertänigsten Dank, Alpha-6. Demnach dürften wir jetzt weiter? Ist alles zu deiner Zufriedenheit?«

Auch Alonso verbeugte sich leicht, und ich fragte mich, ob ich dem Beispiel folgen sollte. Dann aber empfing ich einen harten Stoß in den Rücken, sodass ich direkt vor die zweite Mauer taumelte, und hörte, wie sich hinter mir die schweren Stiefel des Alphas fortbewegten. Mit einem dumpfen Ton, der bis in meinen Magen vibrierte, schloss sich das Portal und unterbrach die Verbindung zur Außenwelt.

»Du kannst dich jetzt umdrehen, wir sind allein«, nahm ich Alonsos Stimme durch mein Gefühls-Kuddelmuddel wahr. »Der kommt nimmermehr.« Er lachte leise. »Die Alphas wollen mit den Infizierten nichts zu tun haben. Die machen nur ihre Arbeit, und die heißt: Befallene einweisen und aufpassen, dass keiner jemals wieder herauskommt.«

Sein letzter Satz schwebte noch in der Luft, da schwang auch schon das zweite Portal auf. Und was ich dahinter erblickte, raubte mir erneut den Atem.

Sonnenschwester und Mondbruder

Ein Schwall warme Luft umhüllte mich wie ein Kokon. Und das nicht auf die unangenehme, stickige Art, wie man sie von den Outer-Rims kannte. Sondern sanft, leicht, fast zärtlich.

Ein Geruch stieg mir in die Nase und katapultierte mich unerwartet in die Kindheit zurück. Ich sah meine Großeltern Hand in Hand im Sonnenschein an Blumenrabatten entlangspazieren. Großmutter drehte sich um, winkte mir enthusiastisch zu, und ich rannte zu ihr, so schnell mich meine Stummelbeine trugen, und streifte dabei mit dem Ärmel über herrlich duftende Pflanzen, die den Wegesrand säumten. Das war es. Der intensive Duft von Kensington Gardens. Zumindest so, wie er sich in mein Gehirn eingegraben hatte. In der Abteilung *Friedvolles, das niemals wiederkommen wird.*

Verblüfft drehte ich mich zu Ariel um, dessen Züge eine bemerkenswerte Wärme ausstrahlten. Ich stutzte. »Wie machst du das?«, wollte ich wissen. Wie konnte er nur so voller Gefühl sein? Warum ich gerade kurz davor stand, emotional verrücktzuspielen, wusste ich wenigstens.

»Genieße es für einen kurzen Moment, Richard, denn wir müssen weiter. Doch etwas Zeit haben wir noch«, sagte er und ignorierte damit die Frage. Dann breitete er demonstrativ die Arme aus wie ein Dirigent vor dem großen Finale. »Schau dich um! Atme tief ein!«

Und das tat ich. Seltsamerweise war es unter der Kuppel heller als draußen. Falls mir jemand erklärt hätte, warum das so war, hätte ich es vermutlich nicht begriffen. Ich verstand gar nichts mehr, denn das alles schien jenseits meiner geistigen Fähigkeiten stattzufinden, die – und das will ich betonen – keineswegs unterdurchschnittlich sind.

Meine Großeltern hatten immer erzählt, sie seien an einem Ort aufgewachsen, wo Fuchsien wild wuchsen und Salzwasser in der Luft lag. Ich bin dort aufgewachsen, wo gar nichts wuchs, außer Monster aus Glas und Stahl, und wo die Luft zum Schneiden dick war. Also selbst wenn dort etwas gewachsen wäre, was einer näheren Betrachtung würdig gewesen wäre, hätte ich es gar nicht sehen können. Aber jetzt blickte ich auf saftiges Grün und hatte das dringende Bedürfnis, die Schuhe auszuziehen.

»Darf ich barfuß laufen?«, fragte ich deswegen und wunderte mich zugleich über mich selbst. »Ich weiß, es ist albern.« Und außerdem war es komplett gegen meine Gewohnheiten. Nicht einmal in meiner eigenen Wohnung zog ich die Schuhe aus.

»Tu es einfach. Es ist Gras, es beißt nicht.«

Entlang der grauen Mauer verlief ein schmaler Kiesweg, der an die Wiese grenzte, auf der ich stand. Der grüne Teppich zu meinen Füßen strahlte im Licht, und ich fragte Ariel, warum die Pflanzen trotz der Isolation von jeglichen meteorologischen Einflüssen so saftig und frisch waren.

»Später werden all deine Fragen beantwortet. Denk jetzt nicht darüber nach, sondern spüre den Augenblick.«

Den Augenblick spüren. Mein Delta klang wie ein Guru. Ich musste grinsen und bohrte die Zehen noch tiefer ins Gras, sodass mich die Halme kitzelten. Eine Weile lang stand ich nur stumm da und genoss das Gefühl, nach Jahren wieder auf einer Wiese zu stehen, dann aber sah ich auf und entdeckte weiter draußen die Dächer einiger Gebäude.

Alonso, der mich beobachtete, deutete auf eines der Häuser, das ganz links stand. »Die Versammlungshalle. Gleich daneben findest du das Getreidelager – wenn du genau hinschaust, kannst du eventuell Arbeiter erkennen. Heute ist ein großer Tag. Wir haben uns das allererste Mal an alkoholischen Getränken versucht.« Er lachte. »Du kommst also gerade rechtzeitig zum Finale.«

»Bier und Schnaps«, ließ sich mein Delta vernehmen. Er nickte gewichtig, als ob er den Geschmack von Hopfen, Malz und Gerste bereits auf der Zunge spürte.

Ich kniff die Augen halb zusammen und beschirmte sie mit der Hand. Tatsächlich konnte ich einige kleine Punkte erkennen, die hin und her zu laufen schienen. Trotz der Wärme wurde mir ein wenig kühl, und ich fröstelte.

»Ich verstehe das nicht«, murmelte ich. »Wie kann das sein?« Woher kamen der Baustoff, die Samen, die ganzen Materialen, die für so etwas nötig waren?

»Deswegen haben wir dich zuerst hierhergebracht, damit du es mit eigenen Augen sehen kannst«, sagte Ariel und legte behutsam die Hand auf meine Schulter. »Du hättest es uns nicht geglaubt, wenn wir dir im Serverraum darüber berichtet hätten.«

Natürlich nicht. Die Nachrichten, die Zeitungen, das Common-Web, alle Medien, die einem zur Verfügung standen, hatten stets etwas anderes gemeldet. Selbst hier kam mir die Wahrheit wie ein holografisches Spiel vor. Aber das Gras unter meinen Füßen war real. »Warum haltet ihr das geheim?«

»Später, Rick. Später. Zuerst wollen wir dich Prospero vorstellen.«

Prospero. Der Zauberer aus Shakespeares *Der Sturm*, der gemeinsam mit seiner Tochter auf eine Insel geflüchtet war.

Und so wunderte es mich nicht im Geringsten, dass meine Begleiter die Ansammlung von Häusern, die wir nun ansteuerten und die ich von Weitem gesehen hatte, Island City nannten.

Der Weg dorthin führte uns über einen schmalen Pfad, der mitten durch die Wiese verlief, vorbei an landwirtschaftlich bewirtschafteten Flächen, Wassergräben und kleinen Teichen. Ich staunte nicht schlecht, als ich Fische darin entdeckte. Tausend Fragen lagen mir auf der Zunge, aber ich brachte kein Wort heraus. Dafür redeten Ariel und Alonso umso mehr. Sie berichteten, dass man sich einst bei der Planung des Habitats nach langen Streitereien für ein riesiges Areal entschieden hatte, das in einem Teil lag, den man früher als Metropolitan Green Belt bezeichnet hatte. Grün war zu jenem Zeitpunkt allerdings nicht mehr viel davon gewesen, Umweltverschmutzung hatte das Gebiet fast ruiniert. Einige führende Politiker und vor allem die Pharmaindustrie waren Sturm gegen das Vorhaben gelaufen, die überkuppelte Zone ausgerechnet dort errichten zu wollen. Verschiedene Industriezweige hatten am ehemaligen Green Belt als Baugrund immer noch großes Interesse, und ausgerechnet in diesem Gebiet musste man die Infizierten unterbringen? Ging das nicht weiter weg?

Es wurde vorgeschlagen, die Bewohner kleinerer Inseln vor der Küste umzusiedeln, aber am Ende scheiterten alle Alternativen an den Kosten. Und so war die überdachte Betonrotunde auf einer Fläche von acht Quadratmeilen nach zähem Ringen beschlossene Sache gewesen. Außerdem musste das Habitat unkompliziert und am besten auf dem Landweg mit dem Nötigsten angefahren werden können. Viele hielten das für Verschwendung, denn die Erkrankten würden sowieso sterben, aber der Regierung hatte ein enormes Bedürfnis, ihr schlechtes Gewissen, das wie eine dunkle Wolke auf ihr lastete, zu beruhigen. Man hatte sich nicht rechtzeitig um die Infizierten gekümmert, deren Immunsysteme auf die Zwangsimpfungen nicht reagieren konnten, weil man komplett wirkungslose Impfstoffe verabreicht hatte. Daraus folgte, dass man die Ausbreitung der Pestilenz verschlief, und sie lange nicht als letal erkannte. Außerdem waren die Pharmafirmen nicht in der Lage, einen wirksamen Impfstoff zu finden – da wollte man sich nicht auch noch den Vorwurf machen müssen, sich der Todgeweihten auf die denkbar schäbigste Art zu entledigen.

Mittlerweile hatten sich die Kritiker und Nörgler beruhigt, und das Habitat war Teil des öffentlichen Lebens geworden. Dennoch herrschte die Vorstellung, dass es in seinem Inneren womöglich nicht viel anders aussah als in einer mittelalterlichen Leprakolonie.

Und so trottete ich staunend wie ein Astronaut auf seiner Erkundungsmission eines fremden, besiedelten Planeten neben meinem Führern her und bekam den Mund nicht mehr zu.

»Standen die Gebäude schon immer hier?«

»Die meisten, aber sie wurden umgebaut. Renovierungsmaßnahmen waren dringend erforderlich. Schließlich benötigte man, nachdem wir das Heilmittel entwickelt hatten, ordentliche Wohn- und Arbeitsgebäude. Aber einige Baracken stehen auch leer, denn wir haben zahllose Menschen an die Pestilenz verloren.« Ariel wedelte mit der Hand vor seinem Gesicht, als er eine Biene verscheuchte. »Das ist einer von Maggies Störenfrieden«, brummte er. »Entfernen sich immer weiter vom Stock, die kleinen Biester. Oder sie stellt ihre Kästen hier inzwischen ebenfalls auf.«

Ich genoss das Brummen des Insekts, das eine scharfe Kurve flog, als wolle es uns an der Nase herumführen. »Ihr habt Honig, ihr habt Getreide, ihr habt Fische.«

»Und Gemüse. Eier würden uns auch gefallen, aber seit der Pestilenz ... Vögel sind seitdem verboten, und die Beschaffung von Hühnern wäre ausgesprochen diffizil«, ergänzte Alonso eifrig. »Außerdem haben wir selbstverständlich Obst.«

»Selbstverständlich«, wiederholte ich, auch wenn es das ganz und gar nicht war. »Warum braucht ihr dann noch Nahrung von außerhalb? Warum die Konvois?«, fragte ich wieder und dachte erneut an das Elend in den Outer-Rims.

Ariel blieb vor einem knorrigen Baum stehen und deutete darauf. »So wie dieses Gewächs zu viele morsche Äste hat, hast du zu viele Fragen im Kopf«, schwadronierte er. »Warte noch, Rick.«

Auf was? Dass mir meine Fragen aus dem Kopf purzelten und auf den Boden fielen? Dass jemand die morschen Äste absägte? Die Metapher hatte eindeutig Schwächen, aber ich wies ihn nicht darauf hin. Anscheinend gefiel sich mein Delta in der Rolle des Philosophen. Der Ausspruch »Geduld ist eine Tugend« hätte in diesem Moment ohne Zweifel besser gepasst.

Doch ich hatte keine Geduld. Und als wir endlich die ersten Siedler trafen, platzte ich schier vor Neugierde. Ich schüttelte einem bäuerlich gekleideten Mann die Hand, die er mir geschäftsmäßig hinstreckte, als wolle er mir seine Kuh verkaufen. »Ian«, brummte er. Ich nannte ihm meinen Namen, und er drückte noch fester zu. Neben ihm stand eine hagere Alte, allem Anschein nach seine Frau, die sich die knochigen Finger an einer mausfarbenen Schürze ab-

wischte und mich dann umarmte wie einen Kriegsheim-
kehrer. »Helen«, flüsterte sie in meinen Hemdkragen.

Als wir weitergingen und ich mich kurz umsah,
konnte ich sehen, wie sie sich Tränen aus dem Gesicht
wischte.

»Sie freuen sich, dass du hier bist«, stellte Alonso fest.

»Offensichtlich. Aber warum?«

»Fragen, Fragen.« Ariel seufzte.

Ich hätte ihm am liebsten einen Tritt versetzt. »Herrgott, was ist hier los? Wo ist Sofie? Du kannst nicht von
mir verlangen, dass ich einfach alles kommentarlos
schlucke, was sich hier vor mir auftut!«, schrie ich wütend. »Ich bin in dein Scheiß-Kaninchenloch gesprungen,
und du faselst hier herum wie diese bekiffte Raupe,
die … wie heißt sie noch gleich …«

»Sie hat keinen Namen«, half mir Alonso sofort weiter. »Nicht im Buch. In einigen frühen *Alice im Wunderland*-Filmen jedoch …«

»Lass gut sein, werter Bruder«, wurde er wiederum
von Ariel unterbrochen, der stehen blieb und mich fi-
xierte. »Schön. Schließen wir eine Abmachung. Du war-
test bis nach dem Abendritus, und dann darfst du Prospero beim Essen alle Fragen stellen, die dir auf der
Zunge liegen.«

»Wie viel Zeit hat denn der Mann?«, brummte ich
mürrisch. Nach diesem Ritus traute ich mich gar nicht
erst, mich zu erkundigen. »Wie ist er denn so?«, fragte
ich stattdessen.

»Einen Mann wie Prospero kann man nicht mit Worten beschreiben«, entgegnete Ariel schwärmerisch. »Er
ist einfach.«

Frustriert beschloss ich, mir die Fragerei fürs Erste zu
sparen, denn anscheinend hatten die Deltas in geheimer
Übereinkunft beschlossen, keine vernünftigen Antwor-

ten mehr zu geben. Offenbar waren ihnen die Neuronen vor Begeisterung durchgebrannt. Falls so etwas technisch möglich war.

Persönlich erlaubte ich mir, seit mich Sofie verlassen hatte – bis dahin hatte ich noch an Liebe, Vertrauen und Respekt geglaubt –, keine spirituellen Gefühlsduseleien mehr. Mein lauwarmes Bier und die labberigen, synthetisierten Salatblätter, die der Dine-O-Mat ausspuckte, als ob er unter Brechreiz litt, waren Wunder genug. Doch ich wusste, dass fundamentalistische Tendenzen in den letzten zwanzig, dreißig Jahren in England explosionsartig zugenommen hatten. Dabei handelte es sich vor allem um kleine Gruppen – der Islam oder das Christentum spielten so gut wie keine Rolle mehr. Die Sekten orientierten sich an buddhistischen oder animistischen Glaubensformen, die von einer Allbeseeltheit der Natur ausgingen, und gründeten sich auf modernen Adaptionen dieser Glaubensrichtungen. Außerdem ließ sich eine Vielzahl von Menschen auf Wunderheiler ein. Kurz nachdem die Pestilenz ausgebrochen und sich rasant ausgebreitet hatte, wurde wie wild mit Kristallen herumgefuchtelt. Es wurden Holo-Heilungen durchgeführt und Magnete aller Größen und Formen in den Zimmern der Kranken ausgelegt. Auch die Energy-Sekte, deren Motto simpel und deswegen für alle verständlich »Energize« lautete, hatte enorm viele Anhänger gefunden. Energie um uns und in uns und einfach überall.

So langsam wurde mir ein wenig mulmig zumute. Das Gefühl der Schwere, das mich vor der Mauer fast gelähmt hatte, schien wieder zurückzukehren. Da von einem Abendritus die Rede gewesen war, befürchtete ich, gleich einem religiösen Fanatiker zu begegnen. Einem, der laut Ariel, einfach da war, sich also durch seine bloße Existenz legitimierte. Ich hatte aber auf dem Weg keine Kruzifixe, Buddha-Statuen oder andere Zeichen von Spiritualität gesehen. Auch konnte ich nicht glauben, dass sich Sofie auf eine solche Art der Bevormundung einlassen würde. Denn das war es doch, was Gurus ausmachte, oder? Sie kontrollierten und bevormundeten. Man war kein freier Mensch mehr, wenn man sich einem religiösen Eiferer anschloss.

Meine Gedanken kreisten, und ich trottete unaufmerksam neben den beiden her, als mich Ariel anwies, stehen zu bleiben. Wir waren auf einer kleinen Erhebung angekommen, von der man auf einen quadratischen, von vielen Menschen bevölkerten Platz sehen konnte. Sie schienen auf dem Boden zu sitzen, und jeder Einzelne reckte etwas in die Luft, was sich bei genauem Hinsehen als ein belaubter Zweig entpuppte. Alle hatten sich einer ausladenden Treppe zugewandt, auf deren oberster Stufe ein hochgewachsener Mann stand. Auch er hielt einen Zweig in der Hand. Hinter ihm befand sich ein breiter, mit Ziegeln gedeckter Gebäudekomplex, der mich spontan an eine römische Villa erinnerte. Die Treppenstufen führten zu einem Portal, vor dem vier runde Säulen ein Vordach stützten.

»Prospero«, flüsterte Ariel ehrfurchtsvoll und zupfte mich nervös am Ärmel.

»Wo ist sie?« Instinktiv suchte ich in der Menge nach Sofies langem braunem Haar, nach ihrem schmalen Gesicht, ihrer eher kleinen Statur. Aussichtslos, sie unter den vielen Menschen zu finden. Unsinnig anzunehmen, sie hätte sich in all den Jahren nicht verändert.

»Du wirst sie hier wahrscheinlich nicht sehen«, hörte ich Alonso sagen. »Sie hat die Erlaubnis, während der Abendriten die Abläufe des folgenden Tages vorzubereiten. Diese Aufgabe nimmt sie sehr in Anspruch.«

Prospero hatte nun damit begonnen, die Säulen mit langsamen Schritten zu umkreisen. Den Zweig hielt er dabei hoch über dem Kopf, und er schien etwas zu skandieren.

»Was sagt er?«

»Im Groben geht es darum, die Sonnenschwester und den Mondbruder um eine gute Ernte zu bitten und die Prosperianer auf den folgenden Arbeitstag einzustimmen. Es würde zu weit führen, wenn ich jetzt anfinge zu rezitieren.« Ariel drehte sich kurz zu mir und blickte dann wieder gebannt auf das Geschehen unter uns. Prospero hatte nun die Richtung gewechselt und beschrieb mit seinen Schritten eine Acht um jeweils zwei Säulen herum.

»Den Mond...?«, setzte ich an, verstummte jedoch gleich wieder. Die Menschen auf dem Vorplatz schwangen nun mit den Oberkörpern vor und zurück, sodass es von uns aus aussah, als ob sie zu einer einzigen Welle verschmolzen. Einer hin- und herwogenden Welle. Die Perfektion der Bewegung machte mich sprachlos, und ich vergaß, was ich eigentlich hatte fragen wollen.

Ich schreckte auf, als mir Alonso ein Zeichen gab, nicht zurückzubleiben, und folgte den beiden Deltas beim Abstieg. Je näher wir der Siedlung kamen, desto deutlicher konnte ich ein Summen hören, das bald zu einem Mantra wurde. Es hörte sich an, als hätte sich die Biene wieder zu uns gesellt und ihr ganzes Volk mitgebracht. Die Melodie schwirrte über meinem Kopf. Schließlich fielen auch die Deltas in den Singsang ein, was einen fast schon gruseligen Effekt hatte, aber ich brachte es einfach nicht fertig, sie zu unterbrechen. Auf der einen Seite faszinierte mich dieses neuentdeckte Land mit seiner Wärme, dem satten, saftigen Gras, den Feldern und der eigenartigen Ruhe, die mir völlig fremd war. Keine Spuren von Smog, abgetragenen Landflächen oder verdorrten Böden. Dass mir hier jedoch eine Show geboten wurde, der es an verstörenden Elementen nicht mangelte, bereitete mir großes Unbehagen. Also war Sofie doch in einem Wicca-Kult gefangen? War Prospero der Priester einer Erdreligion? Und was zum Henker sollte mein Part in der Sache sein? Ich war kein spiritueller Mensch, und auch Sofie war keiner gewesen. Oder sie hatte es gut vor mir verborgen gehalten. Meine Religion war die der Abkapselung, die ich im Laufe der Jahre perfektioniert hatte. Etwas anderes hatte ich nicht gebraucht. War das der Punkt, an dem sie bei mir ansetzen wollten? Würde Sofie mir mein sinnloses Leben vorhalten?

»Ich möchte schon im Vorfeld einige Fragen beantwortet haben, wenn es dich nicht zu sehr aus dem Konzept bringt, Ariel«, sagte ich überfreundlich und versuchte, mir meine Unsicherheit nicht anmerken zu lassen. Die Menschen hatten aufgehört zu singen, und der Delta schritt ausladend voran, schien sich aber dann mit Alonso kurz im Gehen zu beraten.

»Nun gut«, sagte er nach einer Weile, ohne stehen zu bleiben.

Ich wollte ihm keine Gelegenheit geben, weiter auszuholen, und beeilte mich, meine Frage zu stellen und sie dabei so zurückhaltend wie möglich zu formulieren. »Ist Prospero eine Art Seelenhirte?«

»Nein. Er ist der Führer dieser Gemeinde.«

»Wie darf ich das verstehen?«

»Das ist doch ganz einfach, Rick. Er führt. Er leitet. Was gibt es da nicht zu verstehen?«

Das war wie beim Beruferaten. So kamen wir nicht weiter. »Leitet er sie als spiritueller Führer?«

»Warum ist das von Bedeutung?«

Die Antwort war nicht Teil der Abmachung. »Moment! Ich frage, nicht du. Also: Was soll das mit der Mondschwester und dem …«

»Sonnenschwester. Mondbruder«, korrigierte Alonso.

»Danke auch. Dem Bruder, eben. Ritus, Führer, dieser Palmwedel …«

»Ein Ahornzweig«, unterbrach mich Alonso erneut.

»Entschuldige meine Unkenntnis. Der Ahornzweig. Was ist außerdem …«

»Rick.« Ariel war abrupt stehen geblieben und hatte sich zu mir gedreht. »Hör auf mit diesen albernen, selbsterklärenden Fragen«, sagte er und schnitt mir mit einer raschen Handbewegung das Wort ab, als ich gerade den Mund aufmachen wollte. »Jawohl, selbsterklärend. Prospero hat verstanden, dass der Mensch mithilfe von Ritualen am Effektivsten funktioniert. Religion weist das Ego, den Narzissmus sanft in seine Grenzen. Die Gemeinde wird mit einfachen Verhaltensweisen und Regeln konfrontiert, an denen sie sich festhalten kann. Wenn diese sich auf das beziehen, was die Menschen tagtäglich beschäftigt, ist das nur förderlich. Unsere Gemeinde besteht zum größten Teil aus Bauern. Und was ist für deren Arbeit wichtig?«

Er wartete eine Weile, dann setzte er nach. »Rick?«

»Oh.« Ich starrte auf meine nackten Zehen. »Ich dachte, das wäre eine rein rhetorische Frage gewesen.«

»Wärme, guter Boden, keine Schädlinge. Um nur einige Faktoren zu nennen, die für eine ertragreiche Ernte sorgen«, platzte Alonso eifrig heraus.

Wo die Sonne herkam, war klar. Die Kuppel war nur von außen undurchsichtig, doch das Material ließ die Wärme und das Licht hindurch. Was aber war mit Regen? Der war für das Gedeihen einer Pflanze schließlich auch wichtig. Wie wurde bewässert? Funktionierte das über Kondenswasser? Nutzte man die Teiche? Diese Fragen sparte ich mir am besten für später auf.

»Um zu vermeiden, dass ich nachher eingesperrt werde und eine Strafarbeit machen muss«, fing ich an und konnte an Ariels zusammengezogenen Augenbrauen ablesen, dass er meine Worte nicht einzuordnen wusste, »fasse ich zusammen: Ja, ich hab's kapiert. Was ich aber konkret wissen möchte, ist, ob die da vorn ...« Ich deutete mit der Hand auf die Häuser der Siedlung, die inzwischen sehr nahe gerückt war. »... ob die das ernsthaft glauben oder einfach nur mitmachen. Zur Erbauung, gegen die Langeweile, weil sie es müssen, weil sie überlebt haben oder ...«

»So darfst du nicht denken und nicht reden! Diese Menschen lieben Prospero!«

War Ariels Gesicht gerötet? War das möglich?

Ich zuckte mit den Schultern. »Dann lass ich's eben. Ich bitte um Entschuldigung für meine unangemessenen Worte«.

Er strahlte – das tat er wirklich! – und bot mir die Hand an. »Entschuldigung angenommen, Rick!«

Seufzend ergriff ich sie und hätte meine Finger vor Schreck fast wieder zurückgezogen. Es war etwas, was mir im Serverraum entgangen war, als mich alle Deltas begrüßt hatten. Ariels Hand war warm.

Prospero

Mit meinem Vergleich mit dem römischen Haus hatte ich nicht sehr danebengelegen. Alonso, der beim Reden keinen Atem holen musste und unentwegt plapperte, erklärte, das Hauptgebäude sei früher einmal eines der vielen Krankenhäuser des Habitats gewesen, an das man mit der Zeit weitere Gebäudeteile angefügt habe. Deswegen verfüge auch nur das Haupthaus über ein Ziegeldach, während die Erweiterungen, die so angeordnet waren, dass es in der Mitte ein Atrium gab, Dächer aus Stroh hatten.

»Das Brennen von Ziegeln hat sich als sehr aufwendig erwiesen«, wurde ich belehrt.

Mein absichtlich heftiges Nicken freute ihn, und er dozierte weiter: »Die Säulen kamen natürlich erst später dazu, und das gestaltete sich wirklich kompliziert. Kannst du erraten, aus welchem Material sie sind?«

Da ich wusste, wie viel es ihm bedeutete, wenn ich mitspielte, und ich die Deltas nach meinen Fragen bei Laune halten wollte, inspizierte ich die Pfeiler, indem ich mich so weit vorbeugte, dass meine Nase fast dagegenstieß. »Holz?«, fragte ich wenig später verblüfft. »Ihr habt Holz so gefasst, dass es aus der Ferne aussieht wie Marmor?« Meine Überraschung war nicht gespielt.

Sein Gesicht verfärbte sich wieder, dieses Mal offensichtlich vor Begeisterung. »In der Tat! Die Gemeinde verfügt über eine Reihe sehr talentierter Handwerker und Maler. In den Innenräumen wirst du ihre Arbeit ebenfalls bewundern können.«

Auf dem Weg zu Prosperos Anwesen waren wir an einigen einfach gekleideten Männern und Frauen vorbeigekommen, die mir, wie das alte Paar auf dem Feld, zuerst ihre Namen genannt, dann die Hand gereicht, mir auf die Schulter geklopft oder mich umarmt hatten. Als ich wenig später, nachdem sich die Eingangstür für uns geöffnet hatte, in einer geräumigen Vorhalle stand, die früher der Krankensaal gewesen sein musste, begrüßte mich ein weiterer Delta nur mit einem knappen Kopfnicken.

»Das ist Richard Thorndyke, werter Lucius«, sagte Ariel mit einem ebenso mageren Nicken. »Sag bitte auch dem werten Publius, dass wir hier sind.«

Da ich annahm, dass es sich bei dem werten Publius ebenfalls um einen Delta handelte und beide hier in dieser Quasi-Römervilla ihren Dienst verrichteten, sagte ich ein wenig zu spitz: »Shakespeare überall. Sind euch bei *Der Sturm* die Namen ausgegangen, oder habt ihr euch einfach eurer Umgebung angepasst? Wo ist Titus Andronicus, das alte Haus? Ich hoffe nicht, dass mir jetzt die Hände und der Kopf abgetrennt werden? Und solltest du nicht eigentlich verbannt sein, Lucius?«

Shakespeares *Titus Andronicus* war ein Stück voller Grausamkeiten, Folter, Vergewaltigung und – wie schon erwähnt – abgeschnittener Hände und Köpfe. Und das in Reinkultur. Wenn heutzutage ein Regisseur einen Holo-Film drehte, der weit weniger blutig war, landete dieser auf dem Index.

Lucius' Lippen wurden schmal, Alonso imitierte das Ausstoßen von Luft, und Ariel schloss kurz die Augen, als ob er insgeheim bis zehn zählen müsse, um sich zu beruhigen. »Verzeih, werter Bruder, aber ich hatte nur wenig Zeit, ihn vorzubereiten«, sagte er dann an Lucius gewandt, dem dies wohl genügte, denn er nickte knapp und bedeutete mir, ihm zu folgen.

»Allein?«, fragte ich unsicher.

Obwohl ich meine beiden Deltas immer weniger verstand – die Körperwärme, das Augenbrauenzucken, die facettenreiche Mimik –, wollte ich nur ungern ohne die beiden die Höhle des Löwen betreten. Aber der werte Lucius antwortete nicht, und so interpretierte ich meine Frage als hinfällig.

Widerwillig folgte ich ihm in ein Nebengebäude, und wir passierten dabei verschiedene weiß getünchte Räume, in denen Tische und Stühle standen und die den Eindruck von Konferenzzimmern oder Büros vermittelten. Schließlich traten wir hinaus ins Atrium, und ich wurde, ohne dass ich es wollte, langsamer. Es war inzwischen Spätseptember, und draußen, in meiner Welt, wollte zu dieser Jahreszeit nichts mehr blühen und alles kränkelte, aber hier strahlten verschiedene Stauden in den prächtigsten Farben. Obwohl es im Habitat jetzt auch zu dämmern begonnen hatte, rahmten sie ein kleines Fischbecken wie ein Ring aus züngelnden, bunten Flammen ein. Teichrosen bedeckten die Wasseroberfläche, und an einer Seite des Wassers stand eine weiß gestrichene Holzbank, die mich in ihrer Form an englische Gartenlandschaften des neunzehnten Jahrhunderts erinnerte.

»Stockrose, Indianernessel und Kokardenblume. Sie wachsen hier schon früh und verblühen erst spät. Ein ideales Klima für einen ganzjährigen Bauerngarten.«

Ganz so schlank, wie Prospero von der Anhöhe aus gewirkt hatte, war er nicht. Der Ansatz eines Bauches wölbte sich unter einer schlicht geschnittenen, beigefarbenen Jacke mit Stehkragen, die mit ein paar großen Knebelverschlüssen zusammengehalten wurde. Dazu trug er eine weite Leinenhose. Seine Kleidung wirkte ein bisschen abgetragen und erinnerte mich an das, was man immer noch Mao-Uniform nennt, nur ohne die Taschen.

Am liebsten hätte ich ihn sofort gefragt, was er sich dabei dachte, den Rest Londons zu verarschen, aber ich erinnerte mich gerade noch rechtzeitig an meine gute Kinderstube. Also bemühte ich mich, eine freundliche Miene aufzusetzen und auf gut Wetter zu machen, obwohl Bilder vom Not und Elend der Outer Rims vor meinem inneren Auge aufflackerten und mir in den Sinn kam, dass die Konvoi-Lieferungen ins Habitat in den letzten Jahren wahrscheinlich auch rar gewesen waren. Weniger Neuinfizierte, weniger Lebensmitteltransporte. Hinzu kam, dass mir Sofie bislang vorenthalten worden war und ich mir meine Chance auf ein freundliches Willkommen nicht verderben wollte. Und noch ein letzter Punkt hielt mich davon ab, den neunmalklugen Nörgler zu spielen: Ich war verflixt noch mal beeindruckt von dem, was ich bis jetzt gesehen hatte.

»Sie haben sich hier ein schönes Plätzchen geschaffen«, erwiderte ich deshalb statt einer pöbelhaften Beleidigung. »Ich könnte mir gut vorstellen, dass auch Bewohner der Outer-Rims an so einem Garten Gefallen fänden.« Diesen Zusatz konnte ich mir beim besten Willen nicht verkneifen.

Sein langer Bart, dessen Grau von weißen Fäden durchzogen wurde, zitterte, als er breit grinste. »Sei willkommen, Richard, auch wenn du gern frei von der Leber weg redest. Wir haben erst ein wenig später mit dir gerechnet, und aus diesem Grund kann Miranda dich nicht sofort gebührend empfangen und du musst mit meiner Person vorliebnehmen.« Seine Augen lächelten.

Verdammt, er war mir nicht unsympathisch. Das hatte ich unbedingt vermeiden wollen. Ich wollte versuchen, mir einen kritischen, neutralen Blick zu bewahren.

»Setzen wir uns doch, Richard. Miranda wird uns nachher Gesellschaft leisten. Erzähl mir von deinen ersten Eindrücken.«

Ich wusste nicht, wer Miranda war, aber ich wusste genau, was er von mir hören wollte. Aber aufspringen, in die Hände klatschen und die paradiesischen Zustände des Habitats preisen, das war nicht mein Stil.

»Ganz nett«, antwortete ich daher zurückhaltend. Die Untertreibung des Jahres.

Wieder erschien dieses verflucht jungenhafte Grinsen, bei dem sich winzige Fältchen um Prosperos Augen zeigten. Sein Alter war schwer zu schätzen. Zwischen sechzig und fünfundsiebzig schien mir alles möglich. Zudem trug er das halblange weiße Haar zu einem kleinen Zopf gebunden, was ihn aussehen ließ wie einen dieser Friedensbewegten, die sich vor hundert Jahren das herrschende Gesellschaftssystem so richtig vorgenommen hatten.

»Du hast viele Fragen. Und deswegen will ich dir gleich die beantworten, die ganz oben auf deiner Liste steht, wie sie es bei allen tut, die wir neu anwerben. Ja – du bist nicht der Einzige, aber einer von wenigen. Wir müssen diesbezüglich gerade eine Durststrecke überwinden. Loyalität ist schwer zu finden.« Während er sprach, lehnte er sich auf der Bank zurück und hielt sein Gesicht in die Sonne. »Wir sind auf einem guten Weg, aber wir sind noch nicht angekommen. Die Konvois, die uns seit geraumer Zeit leider sehr unregelmäßig besuchen, liefern uns nicht nur Güter, die wir dringend brauchen, um unabhängiger zu werden, mit ihnen schmuggeln wir auch Materialien nach Island City, an die wir hier sonst nicht gelangen. Wir haben beschlossen, die Dinge selbst in die Hand zu nehmen, nachdem wir von den Pharmafirmen im Stich gelassen worden waren und sich auch sonst niemand wirklich für uns interessierte. Für London ist allein von Bedeutung, die Existenz des Habitats innerhalb der kommenden Jahre vollkommen aus dem Gedächtnis seiner Bewohner zu streichen. Es gibt weniger Neuerkrankungen, die Bevölkerungszahl wird sich im Laufe der Zeit wieder erholen. Man wird uns vergessen. Vergessen wollen. Deswegen sind wir gezwungen, hier selbst Historie zu schreiben.«

Historie schreiben. Das gefiel mir nicht. In der Geschichte der Menschheit hatte man dies immer wieder getan, wenn man vorgeblich im Namen einer Mehrheit handelte – doch am Ende wurde dann dafür gesorgt, dass diese Mehrheit keine wirklichen Einflussmöglichkeiten hatte.

Meinen skeptischen Blick deutete er richtig, denn er fügte hinzu: »Wir haben hier eine solidarische Gesellschaft erschaffen, und die Deltas sind unsere Verbindung nach draußen. Sie sind Kundschafter, Spürhunde, diejenigen, die Spuren verwischen oder Spuren legen, sie manipulieren medizinische Daten und verhindern so, dass man die wahre Großartigkeit von Habitat Miseria entdeckt. Miseria ... Wir verwenden diesen Ausdruck schon ewig nicht mehr, denn er trifft auf uns nicht mehr zu. Das tatsächliche Gesicht unserer Gemeinschaft soll so lang versteckt bleiben, bis der richtige Zeitpunkt gekommen ist, es ans Licht zu bringen. Hinzu kommt, dass wir noch auf die Konvoi-Lieferungen angewiesen sind. Wir brauchen die Schmuggelware. Deswegen schicken wir immer noch scheinbar Infizierte hinaus in die Rims.«

Er registrierte meinen überraschten Gesichtsausdruck und wiederholte: »Scheinbar infiziert. Du hast richtig gehört. Du hast selbst erfahren, mit welchen Mitteln wir einen Krankheitszustand vortäuschen können. Zum jetzigen Zeitpunkt soll niemand herausbekommen, dass wir uns ein Paradies erschaffen haben. Doch wir müssen noch ein wenig an der ...« Er stockte kurz. »... Effizienz der Abläufe im Habitat arbeiten. Deswegen bist du hier.

Miranda konnte mich schnell davon überzeugen, dass du das Rädchen im Getriebe bist, das uns so lange gefehlt hat. Ohne falsche Bescheidenheit kann ich von mir sagen, dass ich ein guter Redner bin, ein ordentlicher Rhetoriker, ein überzeugender Darsteller, aber du, Richard, du sollst hervorragend auf dem Gebiet der Redekunst sein. Uns fehlen hier in einigen Bereichen noch die geeigneten Leute. Wir haben Handwerker, Ärzte, Lehrer und Gärtner, aber jemand, der die Menschen mit Worten richtig aufrütteln kann ... der fehlte uns bislang.«

»Sie wollen, dass ich Ihre Reden schreibe«, stellte ich fest.

»Und mitdenken kannst du ebenfalls«, lobte er. »Wie Miranda versprochen hatte. Die richtigen Worte zu Papier zu bringen ... das fällt mir schwer. Und Horatio, den du später kennenlernen wirst, ist zu umständlich. Alles dauert einfach zu lange. Es ist zu mühsam, und mit dem Ergebnis bin ich nie hundertprozentig zufrieden. Bis jetzt habe ich noch niemanden gefunden, der mir eine Rede schreiben kann, auf die ich wirklich stolz bin.«

»Wer ist ...«, setzte ich an, wurde aber mit einer freundlichen Handbewegung Prosperos daran gehindert weiterzusprechen.

»Bevor wir ins Detail gehen, Richard. Du musst müde sein. Lucius wird dir dein Zimmer zeigen, wo du auch die Möglichkeit hast, dich frischzumachen.«

Er stand auf und gab mir das Zeichen, dass unsere Unterredung erst einmal beendet war. Mir aber brannte noch eine Sache auf der Zunge. »Ich muss zuerst Sofie sehen.«

Seine Züge wurden weich, und er fuhr sich langsam über den Bart. »Wie gesagt, sie wird uns beim Abendessen Gesellschaft leisten. Wir haben hier die alten Namen abgelegt, damit wir uns ganz der neuen Aufgabe hingeben können. Sofie heißt jetzt Miranda, und für dich werden wir uns auch noch etwas überlegen müssen.«

Ich verkniff mir die Bemerkung, dass es in Shakespeares Dramen mindestens vier Charaktere meines Namens gab, von den Königen mal ganz abgesehen, und dass ich darüber hinaus nicht vorhatte, mir einen Teil meiner Persönlichkeit einfach so wegnehmen zu lassen.

Prospero lächelte ein letztes Mal, strich seine Jacke glatt und wandte sich mit einem freundlichen Nicken zum Gehen.

Prospero und Miranda. Der große Zauberer und seine in diesem Fall selbsternannte Tochter waren aus den Seiten des shakespeareschen *Der Sturm* entkommen und im wahren Leben auf der Insel angekommen.

Das war in der Tat mehr als verstörend.

Mein Zimmer war geräumiger, als ich es mir vorgestellt hatte, und auch das Bad ließ keinerlei Komfort vermissen. Es besaß ein Waschbecken und eine Dusche, die – so hatte Prospero noch kurz angemerkt, bevor er sich aus dem Atrium zurückgezogen hatte – ihr Wasser aus den Zisternen bezog, die sich unter der Erde befanden und das gesamte Habitat versorgten.

Der Androide Lucius zog es vor, stumm wie einer der Fische im Atriumteich neben mir zu stehen, bevor ich mich zu ihm wandte und ihn fragte, wo sich denn Sofies Raum befände. Außer einem leichten Zungenschnalzen war ihm jedoch nichts zu entlocken. Dann drehte er sich um, verließ das Zimmer und schloss die Tür hinter sich. Nun, sie würde es mir schon selbst sagen, hoffte ich.

Da man mir das Tablet-Armband abgenommen hatte, wusste ich nicht genau, wie viel Uhr es war. Ich musste mit der altmodischen Wanduhr vorliebnehmen, die über dem frisch bezogenen Bett hing, und mich erst einmal wieder in die Zeigertechnik einarbeiten. Ich konnte mich nicht daran erinnern, wann ich das letzte Mal einen analogen Zeitmesser gesehen, geschweige denn benutzt hatte. Doch wenn ich das Ablesen nicht völlig verlernt hatte, war es jetzt kurz vor halb acht. Als ich so dastand und auf den vorrückenden Sekundenzeiger starrte, musste ich an meinen Großvater denken, der, wenn ihn jemand überreden wollte, seine analoge Taschenuhr gegen ein digitales, modernes Gerät auszutauschen, stets erwidert hatte: »Auch eine kaputte Uhr geht zweimal am Tag richtig.« Ich lachte leise in mich hinein.

Im Bad nahm ich zuerst ein kleines Regal in Augenschein, auf dem eine quadratisch gepresste Seife, eine altmodische Bürste für die Zähne und eine Tube mit Paste lagen. Da mich Prospero nicht zahnlos angelächelt hatte, ging ich davon aus, dass diese Hygieneartikel zur Standardausrüstung gehörten. Einen Kamm fand ich nicht, aber ich fuhr mir morgens sowieso nur kurz mit den Händen durch die Haare.

Ich zog mich aus und stieg argwöhnisch in die Dusche. Von Wasserduschen hatten mir meine Großeltern erzählt, bei denen ich nach dem frühen Tod meiner Mutter oft gewesen war, aber ich selbst hatte noch nie zuvor eine benutzt. Die Freude darüber, jetzt in den zweifelhaften Genuss einer solchen Antiquität zu kommen, hielt sich in Grenzen. Anders als bei der Ultraschalldusche, die ich jeden Morgen über einen Sensor mit einer Wischbewegung meiner Hand einschaltete, würde ich hier tatsächlich richtig nass werden. Instinktiv duckte ich mich, als ich am Warmwasserhahn fingerte, als erwartete ich eine aus der Brause herausschießende Faust, die mir die Schnauze polierte. Doch ein feiner, angenehmer Strahl traf meine Brust, und überrascht holte ich Luft. Vorsichtig drehte ich den Hahn etwas weiter auf, um gleich darauf einen Fluch auszustoßen. Es dauerte eine Weile, bis ich die Temperaturregelung verstanden und im Griff hatte. Ich hätte ewig unter diesem Ding stehen können. Mit geschlossenen Augen ließ ich das Wasser über meinen Körper laufen und in jede Pore eindringen. Ich machte den Mund auf, ließ die Tropfen auf der Zunge abperlen, gurgelte, spuckte, prustete – kurz: Ich benahm mich wie ein Irrer.

Das Handtuch, das man mir bereitgelegt hatte, war kratzig und aus einem sehr rauen Stoff, aber das Schrubben tat dem Kreislauf gut, und als ich mich anschließend im Spiegel betrachtete, der über dem Waschbecken hing, erinnerte mich die Farbe meiner Haut an die Blütenblätter der Kokardenblumen im Atrium.

Grinsend schlang ich mir das Handtuch um die Hüften und ging ins Nebenzimmer, wo Lucius in der Zwischenzeit neue Kleidung auf dem Bett ausgebreitet hatte. Einen Moment lang war mir die Vorstellung unangenehm, dass er mich vielleicht unter der Dusche hatte pfeifen hören, und ich schlüpfte schnell in Hose und Jacke, die den gleichen schlichten Schnitt aufwiesen, wie die Sachen, die der Hausherr und die hier arbeitenden Deltas trugen. Außerdem standen Sandalen bereit, die ich zuerst entgeistert zur Seite stellte. Dann schlüpfte ich schließlich doch hinein und schnürte die feinen Lederriemen fest zu. Alles passte wie angegossen, als ob man mich vorher im Stillen vermessen hätte. Vielleicht hatten das die Deltas auch getan. Im Übrigen fühlte sich der Stoff sehr angenehm auf meiner Haut an – nicht zu vergleichen mit den Kunstfasern, die ich zuvor getragen hatte.

Als ich den altmodischen Türknauf in der Hand hielt, brachte ich es einige Minuten lang nicht fertig, ihn zu drehen. Ich stellte fest, dass er über keine Vorrichtung verfügte, mit der ich die Tür verriegeln konnte. Wahrscheinlich war das eine Selbstverständlichkeit für eine Gemeinde, die ihren Mitgliedern Vertrauen und Offenheit vorzuschreiben schien.

Unschlüssig stand ich da. Die Erwartungen, die man in mich setzte, waren hoch. Sofie hatte Prospero womöglich ein Bild von mir gezeichnet, das sie als Erinnerung in sich trug, das aber so gar nicht mehr existierte. Ich war definitiv nicht mehr derselbe. Ich hatte keine Ahnung, ob ich fähig war, die Aufgaben, die man mir zuteilte, zu erfüllen. Was würde passieren, wenn man von mir enttäuscht war? Man konnte mich doch nicht einfach vor die Tür setzen. Das Risiko, dass ich vom wahren Zustand des Habitats berichten würde, konnte Prospero nicht eingehen.

Bei diesen Überlegungen hätte ich eigentlich zu einer deprimierenden Schlussfolgerung kommen müssen, aber mein Gehirn war in diesem Moment gnadenlos überlastet.

Also straffte ich die Schultern und verließ mein Zimmer.

Sofie

Ich befand mich im wahrsten Sinne des Wortes wie bestellt und nicht abgeholt in einem überraschend gemütlichen Raum, in dem ein Schreibtisch mit Stuhl und ein Sessel standen und in den ich von Lucius geführt worden war, nachdem er mich vor meiner Tür in Empfang genommen hatte. Prosperos Arbeitszimmer, wie ich annahm.

Irritiert schlich ich an einem langen Bücherregal entlang, in dem sich, neben chaotisch herumliegenden Papierstapeln, eine ganze Reihe gebundener Romane befanden. Wahrscheinlich waren sie Teil der Schmuggelware, die die Deltas von ihren Streifzügen außerhalb des Habitats mitgebracht hatten. Offensichtlich schätzten die Prosperianer es, altmodisches Lesefutter um sich zu haben. Ich war jedoch davon überzeugt, dass man bei gründlicher Suche ebenso auf Datenbestände aktueller Fachbücher und Magazine gestoßen wäre. Prospero hatte bestimmt den Drang, auf dem Laufenden zu bleiben. Ich hätte ihn zumindest. Auch in der Isolation war es doch verdammt wichtig zu wissen, was draußen vor sich ging. Aber vielleicht irrte ich mich in dieser Hinsicht auch, schließlich wusste ich so gut wie nichts über den geistigen Führer der sogenannten Gemeinde.

Vorsichtig nahm ich einen der Bände und schlug ihn auf. Es war Ewigkeiten her, seit ich ein gedrucktes Buch gelesen, geschweige denn berührt hatte. Kurz las ich ein paar Zeilen, da ich aber den Zusammenhang nicht kannte, fiel mir nur die umständliche Sprache auf und dass die Handlung offenbar 1868 spielte. Ich warf einen Blick auf den Buchrücken. »*Erewhon*«, murmelte ich vor mich hin. »Was für ein abgedrehter Titel.«

»Denk einmal darüber nach, lass deinen Gedanken freien Lauf!«

Ob ich zuerst herumfuhr, dann das Buch fallen ließ und anschließend fast einen Herzinfarkt erlitt, oder ob das Ganze in einer anderen Reihenfolge ablief, daran erinnere ich mich nicht mehr. Auf jeden Fall erschreckte ich mich beinahe zu Tode.

Prospero zeigte wieder sein jungenhaftes Grinsen. »Schieß los, Richard. Ein wenig Gehirnjogging vor dem Essen kann ja nicht schaden.«

Mir wäre es recht gewesen, hätte man mich mit diesen Rateaufgaben zufriedengelassen, aber anscheinend war es eine Eigentümlichkeit der Bewohner, mir mit Frage-und-Antwort-Spielen auf die Nerven zu gehen, und so gaukelte ich Begeisterung vor. Ich warf einen längeren Blick auf den Titel und versuchte, mich der Lösung zuerst auf umständliche Weise zu nähern, indem ich die Buchstaben umstellte, bemerkte aber schnell, dass dieser Weg nicht ans Ziel führte.

»Nowhere«, sagte ich wenig später mit echtem Triumph in der Stimme. Ging doch einfacher als erwartet. Von hinten nach vorn.

»Samuel Butler.« Prospero nickte beglückt. »Eine Utopie aus dem Jahre ١٨٧٢, die sich über das viktorianische England lustig macht. Solltest du mal lesen.«

»Welch ein Zufall, dass das Buch gerade hier steht«, brummte ich.

Er zog die Augenbrauen hoch. »Ironie? Ja, das hat mir Miranda auch mitgeteilt. Bei der Gemeinde musst du damit jedoch sparsam umgehen. Wer so viel mitgemacht hat wie sie, ist auf Humor dieser Art nicht immer gut zu sprechen.« Er kramte umständlich eine Uhr aus der Tasche seiner Leinenhose, packte nebenher meinen Arm und zog mich mit sich in ein angrenzendes Zimmer wie ein Großvater, der dem Enkel eine Überraschung zeigen will. »Komm, mein Junge, das Essen steht auf dem Tisch, und es wartet jemand auf uns.«

Dass er mich als »seinen Jungen« bezeichnete, brachte mich auf die Palme. Ich war weder das eine noch das andere. Das musste ich von Anfang an klarstellen. Die Deltas und Gemeindemitglieder konnte er von mir aus nennen, wie er wollte, sollte er ihnen doch Namen aus dem shakespeareschen Universum verpassen, egal, ob sie passten oder nicht. Ich hingegen hatte meinen Vornamen und war entschlossen, ihn zu behalten. Ich hieß weder Hamlet noch Othello noch »mein Junge«.

Doch bevor ich den Mund aufmachen konnte, waren wir im Nebenzimmer angekommen, und der Satz blieb mir im Hals stecken. Ich erkannte sie gleich wieder. Ihr dunkelbraunes Haar war kürzer und ihre Gestalt zierlicher, aber sie war es noch immer. Mein Herz fing an zu stolpern. Noch während ich überlegte, wie ich ihr gegenübertreten sollte und was in dieser Situation angebracht wäre, kam sie im Laufschritt auf mich zu und fiel mir um den Hals.

»Endlich! Endlich bist du da!« Ihre Lippen berührten mein Ohrläppchen, und ich spürte den warmen Atem auf meinem Hals. Ihre eckigen Ellbogen stießen mir in die Rippen, und ich fing an zu lachen, umklammerte sie wie ein Ertrinkender einen Rettungsring und hob sie hoch. Sie war leicht wie ein Kind. Nachdem ich sie wieder abgesetzt hatte, nahm ich ihr Gesicht in die Hände und betrachtete es eingehend. Die Nase wirkte spitzer und das Kinn forscher, als ich es in Erinnerung hatte.

»Bist du gewachsen?« Sie sagte es in einem mütterlichen Tonfall, aber ihre Augen lachten dabei.

Schlagartig wurde mir bewusst, dass ich den Klang ihrer Stimme fast vergessen hatte. Sie war fort gewesen. Selbstvorwürfe nagten mit ihren kleinen Zähnchen an mir.

»Du bist dünn geworden«, brachte ich schließlich heraus.

»Du nicht.« Sie stieß mir wie ein übermütiger Teenager erneut mit dem knochigen Ellbogen neckend in den Bauch und fuhr anschließend sanft über die Wölbung, die sich unter meiner Jacke abzeichnete. »Zu viele Syntho-Burger? In die Versuchung wirst du hier nicht mehr kommen. Außerdem nennt man das nicht dünn, sondern drahtig! Wetten, ich kann dich im Armdrücken besiegen?«

Das war ganz Sofie, und ich lachte.

Prospero stimmte väterlich mit ein. »Das können wir gerne nach dem Dessert ausprobieren, ihr Lieben, aber jetzt würde ich vorschlagen, dass wir uns dem Willkommensmenü widmen, das Lavinia trotz der kurzen Zeitspanne, die ihr zur Verfügung stand, für uns gezaubert hat. Du musst dich umstellen, mein Junge. Hier kommt nichts aus dem Dine-O-Maten, sondern alles vom Feld«, sagte er und winkte uns an einen reich gedeckten Tisch voller Obstschalen und Salatschüsseln. »Vielleicht wird das die ersten Tage etwas viel für deinen Magen sein, also lass es langsam angehen.«

Jetzt bemerkte ich, dass Ariel, Alonso, Lucius, eine Frau mittleren Alters und ein glatzköpfiger Dicker, die mir beide noch nicht vorgestellt worden waren, schon an ihren Plätzen saßen. Alonso stopfte sich umständlich eine Leinenserviette in den Kragen, was ihm einen vorwurfsvollen Blick von Ariel einbrachte, während Lucius dasaß wie eine Marionette, die darauf wartete, dass ihr Meister den Faden bewegte, der zur Hand mit der Gabel führte. Kurz wunderte ich mich darüber, dass sie überhaupt dabei waren, aber mit Sofie an meiner Seite traten Fragen dieser Art in den Hintergrund. Sollten sie ruhig so tun, als ob sie sich das Essen in den Mund stopften.

Ich grinste Sofie wie ein testosterongesteuerter Pennäler an und rückte ihr den Stuhl zur Linken zurecht. Meine Hände krallten sich um die Lehne, dabei wollte ich nur die Frau neben mir berühren. Ihr kurzes Haar durch meine Finger gleiten lassen. Spüren, wie sich das anfühlte. Es fiel mir schwer, das alles auf später zu verschieben – ein Später, das hoffentlich nicht mehr allzu lang auf sich warten ließ. Zögernd setzte ich mich, und schließlich nahm Prospero als Letzter Platz.

Sofies Nähe zu fühlen, nahm mich in jeglicher Beziehung derart in Anspruch, dass ich nicht wirklich mitbekam, wie die Suppe aufgetragen wurde, und auch die Worte, die Prospero sprach, bevor uns gestattet wurde zu essen, zischten an mir vorbei wie die Common Rail. Die Unterhaltung der anderen vernahm ich als Hintergrundgeräusch, das über mich hinwegplätscherte wie Musik in einem Einkaufszentrum, während ich nichts und niemanden zur Kenntnis nahm, außer der Frau neben mir.

Als Sofie meine Hand ergriff und sie kurz drückte, hätte ich am liebsten vor Euphorie gejauchzt und ihre Finger nie mehr losgelassen. Es war, wie wenn man aus einem Traum erwacht, sich aber nicht wirklich darüber im Klaren ist, ob er auch wirklich vorbei ist. Wie wenn man im Bett liegt und sich fragt, ob der Müllschlucker nun tatsächlich diese seltsamen Geräusche von sich gibt oder man nur träumt, im Bett zu liegen und sich das zu fragen.

Ich schreckte hoch, als Prospero wissen wollte, ob mir das Essen schmeckte. Obwohl mein Magen seit langer

Zeit nicht mehr die Chance bekommen hatte, irgendetwas natürlich Gewachsenes zu verdauen, hatte ich gar nicht mitbekommen, dass ich überhaupt aß. Konfus nickte ich deswegen nur kurz und konzentrierte mich dann weiter auf Sofies schlanke Finger, die elegant mit dem Besteck hantierten. Verstohlen schnupperte ich dem angenehmen Duft nach, der sie umhüllte. Lavendel? Sandelholz?

»… wird Miranda für die Einweisung unseres Gastes zuständig sein«, hörte ich den fülligen Mann mit der Glatze mir gegenüber sagen. Eine dicke Ader wand sich wie ein Regenwurm auf seiner Stirn. Falls man ihn mir vorgestellt hatte, so hatte ich es nicht mitbekommen, aber mir war es auch egal, welche Person aus dem shakespeareschen Bühnenuniversum er zu verkörpern hatte. »In der Zwischenzeit, Richard, hast du nun die Möglichkeit, uns Fragen zu stellen. Beim Frühstück werden wir uns sicher nicht sehen, denn wir haben beschlossen, dich ausruhen zu lassen. Jeder hier geht seinen gewohnten Tätigkeiten nach. Hier ist alles durchgeplant, da gibt es nicht viel Leerlauf«, fuhr er aufgeblasen fort.

Fragend suchte ich Sofies Blick, die mich daraufhin auffordernd anlächelte. »Nur zu. Ich werde dich morgen nur herumführen können und das auch nicht den ganzen Tag lang. Ich kann dir die wichtigsten Gebäude zeigen, dir ein paar Leute vorstellen und werde dir in Grundzügen den Aufbau der Gemeinde erklären, aber wenn du Details wissen möchtest, also technischer Natur …« Sie zeigte auf ihr Gegenüber. »Hier sitzt unser Ingenieur und Stadtplaner Horatio.«

Zögernd legte ich die Gabel zur Seite. Natürlich hatte ich viele Fragen, aber diese bezogen sich nicht auf das Wie, sondern eher auf das Warum. Das Wie würde ich vermutlich sowieso nicht verstehen, die meisten Zahlenkolonnen und Formeln gingen weit über das hinaus, was ich von Mathematik, Physik oder Chemie verstand. Es reichte, wenn ich wusste, dass es funktionierte, und das tat es ja offensichtlich. Es gab Licht, Wasser, auch warmes, und das Klima war angenehm für die Jahreszeit. Um dem Glatzköpfigen mit dem Regenwurm auf der Stirn aber nicht die prächtige Laune zu vermiesen, die er in Anbetracht seiner rosafarbenen Gesichtsfarbe unverkennbar hatte – vielleicht handelte es sich aber auch nur um Anzeichen von Bluthochdruck –, antwortete ich, so freundlich ich konnte: »Ich bin derart überwältigt, dass ich meine Fragen heute Abend noch gar nicht in Worte fassen kann.«

»Nun, dann vielleicht zu einem späteren Zeitpunkt. Kein Problem, junger Mann.« Er lächelte matt, als ob ihn dies körperlich anstrengen würde, und widmete sich dann wieder hingebungsvoll seinem grünen Salat.

Der Salon, wie Prospero ihn bezeichnete, in den wir uns anschließend alle begaben, erinnerte mich an die Zimmer, in die sich im neunzehnten Jahrhundert die Männer nach dem Essen mit einer Zigarre zurückzogen, während die Frauen in einem anderen Raum langweilige Kartenspiele spielen mussten oder gegenseitig ihrem Gejaule am Klavier zuhörten. Man hatte nachträglich einen Kamin eingebaut, und um das Feuer standen im Halbkreis ein Sofa und ein paar Sessel. Die Dekadenz dieser Kulisse wurde noch durch Wandmalereien gesteigert, die Szenen aus der Landwirtschaft zeigten.

Der Hausherr bot uns »Selbstgebrannten« an. Die ersten Proben der Island-City-Schnapsbrennerei, die heute ihre Arbeit aufgenommen hatte. Widerwillig nahm ich das Glas entgegen und erhob es halbherzig zum Toast, bevor ich daran nippte. Im nächsten Moment schien mein Magen Feuer zu fangen, und auch Sofie schnappte nach dem ersten Schluck nach Luft und fuchtelte mit den Armen herum, ehe sie ihr Glas wieder auf dem kleinen Holztisch vor uns absetzte.

»Das ist noch ausbaufähig«, dröhnte Horatio, und Alonso fiel in sein anschließendes Lachen mit ein.

Die Androiden hatten es sich auf dem Sofa bequem gemacht. Nur Lucius hatte wie immer die steife Haltung eines Deltas eingenommen, wohingegen Alonso betont lässig neben ihm lümmelte. Eine Hand lag locker auf der Lehne der Couch, und mit der anderen hielt er sein Glas, mit dem er mir nonchalant zuprostete. Jetzt schaute ich genauer hin. Dieser Delta hatte anscheinend ein großes Bedürfnis, als Lebewesen betrachtet zu werden, und gab eine Art Trink-Performance ab, obwohl er keinerlei Nahrung, weder flüssig noch fest, zu sich nehmen konnte. Er redete, lachte und schwenkte sein Glas wie ein Aristokrat aus diesen alten Zelluloidstreifen, von denen er sich zweifelsohne einige Anregungen geholt hatte. Er benahm sich wie die Menschen, die meinten, die Welt permanent mit Sonnenschein vollkotzen zu müssen. In meinen Augen wirkte das affig und maniert, obwohl ich zugeben musste, dass es zu der Szenerie, in der wir uns befanden, passte. Ich vermied es jedoch, ihn anzusehen, und konzentrierte mich stattdessen auf Sofie, die mit hochgezogenen Beinen auf ihrem Sessel saß und mir ebenfalls immer wieder einen Blick schenkte. Die Chemie zwischen uns schien noch zu stimmen. Oder interpretierte ich ihr Lächeln falsch?

Plötzlich fing Alonso an, schallend und in den höchsten Tönen zu lachen. Er klopfte sich demonstrativ auf den Schenkel und knallte sein Glas auf den Tisch. »Köstlich!«, stieß er keuchend hervor. »Einfach köstlich, Horatio!«

Der Dicke neben ihm strich sich kurz über die Glatze und starrte dann an die Decke, wahrscheinlich um einen weiteren Witz aus den Tiefen seiner Gehirnwindungen zu graben. Mir jedoch war der Anblick des prustenden Alonso derart unangenehm, dass ich jetzt doch den richtigen Zeitpunkt für gekommen hielt, eine der Fragen zu stellen, die mir auf der Zunge brannten.

»Mir ist aufgefallen ... also es ist ja nicht zu übersehen ... dass die Deltas über Eigenschaften verfügen, die sie streng genommen nicht haben dürften«, sagte ich. »Ich will niemandem zu nahetreten«, sagte ich und deutete dabei kurz in Richtung Sofa, »aber eine ausgeprägte Mimik, Emotionen und auch Körperwärme sind bei euch normalerweise nicht vorhanden.« Die Kampfkünste, die Ariel an den Tag gelegt hatte, ließ ich unerwähnt. Ebenso wie seinen geschmeidigen Gang und sein Lauftempo, die das Humpeln abgelöst hatten, als wir geflüchtet waren.

Alonsos Kichern verstummte. »Ist das ein Problem?«

»Alonso!« Prospero schüttelte vorwurfsvoll den Kopf.

»Wie gesagt, ich will niemandem auf den Schlips treten.« Eigentlich war mir das egal, es waren Deltas, und mein Leben hing hoffentlich nicht von ihrer Zuneigung zu mir ab. »Aber es fällt doch auf, dass hier etwas nicht stimmt.«

»Warum sollten wir uns anders benehmen als ihr?«, hakte Alonso beleidigt nach und schwenkte dabei sein Glas so heftig, dass der Schnaps heraushüpfte und auf seine Hose kleckerte. »Wir sehen so aus wir ihr, also können wir auch sein wie ihr.«

»Nun, das ist nicht ganz das, was ich darüber denke«, hielt ich dagegen.

»Ach?« Alonso war jetzt aufgestanden und näherte sich meinem Platz. Instinktiv sank ich ein wenig tiefer in den Sessel hinein. Ariel hatte gezeigt, dass er über enorme Kräfte verfügte, vielleicht sollte ich mir die Androiden lieber nicht zum Feind machen.

»Kinder«, mahnte Prospero. Und dieses Mal machte mir sein lehrerhaftes Getue nichts aus, denn Alonso schürzte kurz die Lippen, bevor er sich mit einem entschuldigenden Nicken in Richtung des Hausherrn zurückzog.

»Sie haben die Fähigkeit, sich selbst zu verbessern«, meldete sich nun Sofie zu Wort. »Durch Upgrades ist Ariel und seinen Brüdern der Schritt zur Weiterentwicklung gelungen. Sie sind uns zwar im Aufbau nicht gleich, aber doch ähnlich.« Sie zuckte die Schultern. »Durch unsere Adern fließt Blut, durch die dünnen Röhrchen, die sich durch ihre Körper ziehen, eben etwas anderes.«

Ich war verwirrt. »Entschuldigung, aber das von dir? Soweit ich mich erinnern kann, warst du immer gegen den Einsatz von Androiden.«

»Solange sie als Maschinen angesehen werden und man von ihnen verlangt, sich auch wie solche zu benehmen«, antwortete sie schnell.

»Das habe ich aber anders in Erinnerung!«

»Es sind einige Jahre vergangen, Richard. Einstellungen wandeln sich, sie müssen sich wandeln, und ich gehörte nie zu den Menschen, die den Bau von Deltas oder Alphas völlig ablehnten.«

Ich schwieg. Anscheinend war zwischen uns doch nicht alles so wie früher. Es war komplett naiv von mir gewesen, das auch nur für den Bruchteil einer Sekunde anzunehmen.

»Die Upgrades haben dazu geführt, dass wir den Alphas inzwischen überlegen sind. Emotional und physisch. Prospero hat uns die Augen geöffnet. Und dadurch, dass wir die Möglichkeit haben, uns frei in der Außenwelt zu bewegen, haben wir auch Wege gefunden, an Software zu gelangen, die es uns ermöglicht, den nächsten Schritt der Evolution selbst in die Hand zu nehmen«, erklärte Alonso wichtigtuerisch und marschierte dabei wieder in Richtung Sofa.

Sofie nickte zustimmend.

Lucius blieb wie immer stumm. Ihm war nicht die geringste Regung anzusehen, und ich fragte mich, ob er ein Modell war, an dem man aus irgendeinem Grund keine Modifizierungen vorgenommen hatte. Doch auch ich hatte momentan keine Erwiderung auf Alonsos Ausführungen parat. Was sollte man auch sagen, wenn ein Android von Evolution sprach und darüber, dass ihm jemand die Augen geöffnet hätte? Ich empfand das schon als beunruhigend. Sogar als in höchstem Maße alarmierend. Was, wenn die Androiden den Roboteraufstand planten? Die würden mich terminatormäßig plattmachen wie eine Flunder! In Gedanken hörte ich erneut die Nase des IRIR-Sicherheitsbeamten knacken.

»Wir haben einige Deltas in der Gemeinde«, ließ sich nun die ältere Frau mit dem streng am Hinterkopf zusammengesteckten Haar vernehmen, die bis dahin ebenfalls geschwiegen hatte. »Und sie leisten wertvolle und gute Dienste. So wie jeder hier. Sie haben sich von Anfang an ohne Schwierigkeiten integriert. Und ich bin froh, dass in meinem Krankenzimmer keiner von Ariels Brüdern auftaucht, um mich zu löchern, welche Kräuter man bei Magenschmerzen aufbrühen soll. Sie heilen sich einfach selbst. Und sie unterstützen mich, ohne Fragen zu stellen.«

Ariel nickte zustimmend. »Ich danke dir, Thaisa. Sehr schön formuliert. Wir tun unser Bestes. Für das Wohl der Gemeinde.«

»Auf die Gemeinde!« Alonso hob erneut sein Glas. Dann setzte er es an die Lippen und tat, als nehme er einen großen Schluck. Ich konnte sogar sehen, wie sich sein künstlicher Kehlkopf bewegte.

Das war zu viel. »Wenn ihr entschuldigt«, sagte ich und stand auf. »Ich möchte mich nun zurückziehen.« Jetzt fing ich auch schon an, gestelzt daherzureden. »Es war ein langer Tag, das könnt ihr sicher nachvollziehen.«

Die Runde nickte verständnisvoll.

Ich war kaum fünf Minuten in meinem Zimmer, hatte die Jesuslatschen von mir geschleudert und mich auf das überraschend weiche Bett geworfen, als es zaghaft an der Tür klopfte. Ich seufzte, und nachdem ich ein halbherziges »Ja?« ausgestoßen hatte, wurde Sofies spitze Nase sichtbar.

»Darf ich reinkommen?«

Ich schwang die Beine aus dem Bett und setzte mich auf die Kante. »Sicher.«

»Lust auf einen Absacker?«, fragte sie, nachdem sie sich zu mir gesetzt hatte. »Wir haben noch Karottensaft in der Küche.« Als sie die steile Falte zwischen meinen Augen entdeckte, setzte sie hinzu: »War nur ein Scherz«, und grinste.

»Nicht lustig. Gar nicht lustig«, antwortete ich grimmig. Der Tag, der mit leuchtend grünem Gras unter nackten Zehen angefangen hatte, klang aus wie ein schlechter Film. Die Diskussion vor dem Kamin hatte bei mir einen schalen Nachgeschmack hinterlassen, und dagegen würde auch Karottensaft definitiv nichts ausrichten können.

»Lass dich von Alonso nicht provozieren. Er ist schon sehr speziell«, meinte sie und strich sich eine imaginäre Haarsträhne hinter das Ohr. »Ich kann mich einfach noch nicht an die kurzen Haare gewöhnen«, lächelte sie entschuldigend. »Aber es ist viel praktischer so. Ich hab die Frisur erst seit einer Woche.«

Ich fuhr ihr neckend mit den Fingern über den Kopf, und als ich sagte: »Sieht gut aus. Lass es so. Es gefällt mir«, strahlte sie, und mir wurde sofort ein wenig wohler und leichter ums Herz.

»Warum erlaubt ihr den Deltas diese Upgrades, wenn sie dann speziell werden?«, fragte ich und setzte mich so aufs Bett, dass ich den Rücken an die Wand lehnen konnte.

»Es gibt doch auch Menschen, mit denen man nicht gleich klarkommt. Die versuchst du doch auch zu akzeptieren. Oder hat sich das bei dir geändert? Außerdem brauchen wir diese neuen Fähigkeiten bei den Deltas, damit sie uns aus dem inneren Ring besorgen können, was wir benötigen.«

Ich nicht. »Du meinst, sie müssen rennen können wie die Hasen, damit sie imstande sind, nach professionell durchgeführten Karateangriffen sofort vor den Sicherheitskräften in Deckung zu gehen?«

Sie ließ sich Zeit mit der Antwort. »Hab ein wenig Vertrauen in unsere Gemeinde, Richard«, sagte sie schließlich. »Du bist erst einen Tag hier. Ich wette, du wirst einiges anders sehen, nachdem ich dich morgen herumgeführt habe.«

»Was machst du eigentlich hier? Ich meine, worin besteht deine Aufgabe? Und warum, verdammt, hast du dich nicht gemeldet? Warum habt ihr euch alle nicht gemeldet? Eure Angehörigen haben euch nicht vergessen, musst du wissen. Okay, die Regierung versucht, euch aus ihrem Gedächtnis zu verdrängen, aber Eltern, Großeltern, Brüder, Schwestern ... und ich ... verflucht, Sofie! Wie könnt ihr uns das antun?« Ich zog die Beine an meinen Körper und schlang die Arme um die Knie. Sie saß immer noch auf der Bettkante, und ich sprach mit ihrem Rücken.

»Es war kurz nach meiner Ankunft vor sechs Jahren, als wir feststellten, dass das Mittel, das man hier im Geheimen entwickelt hatte, tatsächlich wirkte. Es ist aus Bestandteilen, die die Deltas mitbrachten, ich habe keine Ahnung, aus was genau, aber wir haben hier auch Chemiker, Apotheker, Biologen, Ärzte, die sich mit so was auskennen. Also als das Mittel endlich fertig war, da waren schon so viele von uns gestorben. Unglaublich viele, Richard. Wir dachten nur ans Überleben. Wir dachten zuallererst an uns, und wir mussten planen.« Sie schwieg eine Weile und setzte sich dann zu mir an die Wand. Unsere Knie berührten sich für eine Sekunde, und mir wurde wieder warm. »Es ging um Nahrung, um Trinkwasser für alle. Wir brauchten plötzlich viel mehr davon. Kinder wurden geboren und überlebten, die Alten starben nicht mehr wie die Fliegen, die Bevölkerungszahl stabilisierte sich, und ehe wir es uns versahen, hatten wir eine kleine, notdürftig organisierte Gemeinde geschaffen.« Sie hielt wieder inne, bevor sie sagte: »Und dann kam Prospero. Und er hat entdeckt, dass ich Teil des Potenzials war, das er im Habitat gesehen hat.«

»Er war gar nicht von Anfang an da?« Das erstaunte mich. Ich war davon ausgegangen, dass er derjenige gewesen war, der die »Gemeinde«, von der immer alle mit Ehrfurcht in der Stimme sprachen, aufgebaut hatte.

»Nein, er kam erst ungefähr zwei Jahre nach mir.«

»Dann hat er übernommen, was ihr gesät habt, preist es nun als seinen Verdienst und wedelt fleißig mit dem Ahornzweig?«

Sie schenkte mir einen skeptischen Blick. »Prospero ist ein guter Anführer. Er hat die Gemeinde erst richtig organisiert und auf Vordermann gebracht. Er tut das Richtige.«

»Will heißen?«

»Jede Handwerkergruppe hat ihr eigenes Wohn- und Schlafgebäude, genau wie die Bauern. Das hilft uns und ihnen bei der Optimierung der Arbeitsabläufe. Sicher gibt es auch Ausnahmen, manche Gemeindemitglieder verstehen sich so gut, dass sie gemeinsam leben wollen. Dem stehen wir natürlich offen gegenüber. Die Gruppenleiter der einzelnen Gewerke setzen sich jede Woche einmal zusammen und tragen Prospero danach ihre Wünsche und Sorgen vor.«

»Klingt wie eine Audienz beim Papst.«

Sie ignorierte meinen Einwurf. »Dann erstellen wir eine Liste der Sachen, die wir selbst herstellen können, die wir hier in der Umgebung finden oder die uns die Deltas besorgen müssen.«

»Aber die Deltas haben schon Dinge an den Wachen vorbeigeschmuggelt, bevor Prospero das in großem Stil aufgezogen hat«, warf ich ein.

»Wir hatten einige Bewohner, die sehr gut mit den Deltas auskamen und einen großen Einfluss auf sie hatten. Ariel war einer der ersten Androiden, der auf Befehl seines ehemaligen Arbeitgebers labortechnische Ausstattung ins Habitat gebracht hatte. Er war Laborandroide, bevor er sich ganz dem Dienst der Gemeinde widmete.«

»Das heißt, er begleitete seinen infizierten Boss, dem er zugeteilt war, ins Habitat?« Ich konnte das nicht fassen, aber Sofie nickte.

»Genau. Und dann holte er andere Deltas nach. Er sorgte mit gefälschten Berichten und Zahlen dafür, dass die Regierung und die Pharmaindustrie den Einsatz von Deltas im Habitat für äußerst sinnvoll hielten, da sich so niemand von außerhalb anstecken konnte. Auf die alten Modelle konnte man getrost verzichten, hätte ihnen jemand von uns in irgendeiner Form Gewalt angetan.«

Wieder schwieg sie eine Weile. »Wenn Lebensmittellieferungen ankamen, gab es früher oft Ausschreitungen«, setzte sie dann leise hinzu. »Und mit der Zeit weigerte sich immer mehr menschliches Sicherheitspersonal, sich den Mauern zu nähern.«

»Davon wusste ich nichts.«

»Natürlich nicht. Ihr wisst ja gar nichts da draußen. Manchmal frage ich mich, wer eigentlich draußen ist und wer drinnen, verstehst du? Wer ist eingesperrt? Rest-London oder wir?«

Darüber sollte ich in der Tat einmal nachdenken. »Aber es ist ja auch teilweise eure Schuld, dass wir nichts wissen. Warum öffnet ihr euch nicht?«

»Das wirst du noch begreifen.« Sie lehnte sich an mich, und wir schwiegen eine Weile. Vielleicht ist es tatsächlich so, wie Prospero gesagt hat, dachte ich. Damit eine Gemeinschaft funktionierte und zusammenhielt, bedurfte es einer ausgeklügelten Taktik. Und einer Art Regelwerk. Da sich in der Gemeinde bestimmt Anhänger der verschiedensten Religionen aufhielten ... was lag da näher, als eine Art Misch-Religion zu entwerfen, die die wichtigsten Aspekte aller Konfessionen in sich vereinte? So zumindest stellte ich mir das vor. Ein wenig Buddha, ein wenig Jesus, ein wenig Bergpredigt, und Mohammed hat auch noch was zu sagen. Eine appetitliche Torte gebacken aus den leckersten Zutaten. Das musste doch jedem schmecken. Und ich sollte nun dafür sorgen, dass die Menschen auch weiterhin vor der Bäckerei Schlange standen. Und sich nicht etwa in einem anderen Geschäft bedienten.

»Diese Reden, die ich schreiben soll«, fing ich an, »wie viele von denen hält Prospero denn so?«

»Das ist unterschiedlich.« Inzwischen lag ihr Kopf in meinem Schoß, und ich spürte, wie die Unruhe in meiner unteren Körperhälfte wuchs. »Aber jetzt, wo du da bist, wird er mehrere pro Monat halten wollen. Momentan sind es deutlich weniger. Der Abendritus besteht meist nur aus ein paar Sätzen, und beim Morgenritus geht es darum, sich zu bewegen. Das kannst du dir wie Tai-Chi vorstellen.«

Ich schluckte, als ihre Finger meine Oberschenkel entlangstrichen. »Aha«, murmelte ich kaum hörbar und räusperte mich unbeholfen.

»Und dann gibt es noch etwas anderes«, sprach sie weiter in meine Kronjuwelen hinein, verließ mit den Fingern die Oberschenkel und widmete sich meinem Bauchansatz. »Wir wollen, dass du dich ein wenig umhörst in der Gemeinde.«

»Was?« Kurz wurde ich ganz Ohr, aber als ihre Hände in Richtung meines Bauchnabels glitten, schweiften die Gedanken, ohne dass ich es wollte, wieder ab. Nachdem sie angefangen hatte, spielerisch mit den Zähnen an meinem Hosenbund zu zerren wie ein Welpe an den Pantoffeln seines Herrchens, war mir die Tatsache, dass sie mich gerade eben gebeten hatte, für Prospero den Spitzel zu geben, auch schon wieder komplett entfallen.

Der blaue Oktopus

Als ich am nächsten Tag aufwachte, war Sofie schon weg. Ich musste geschlafen haben wie ein sattes Baby – tatsächlich hatte ich mich auch so gefühlt. Trotzdem war es seltsam, die Strahlen der Morgensonne auf dem Gesicht zu spüren. Für ein paar Augenblicke konnte ich mich nicht erinnern, wo ich war.

Beschwingt stieg ich in die Duschkabine, stellte zuerst vorsichtig die Temperatur ein, um nicht wieder eine unangenehme Überraschung zu erleben, und genoss anschließend erneut den warmen Wasserstrahl auf meinem Körper. Wie es wohl wäre, mit Sofie unter der Dusche ... während das Wasser lief? Eine Erfahrung, die ich noch mit keiner Frau bisher geteilt hatte und über die es sich nachzudenken lohnte.

Nachdem ich angezogen und erfrischt die Tür zum Flur des ehemaligen Krankenhauses aufriss, prallte ich beinah mit Lucius zusammen, der jedoch geschickt auswich.

»Verdammt!«, stieß ich hervor. »Bist du bei mir als Wache eingeteilt?«

»Findest du denn allein ins Speisezimmer?«, kam es schnippisch zurück.

»Es kann sprechen! Ja, ich denke schon. Vielleicht erinnerst du dich, dass ich gestern Abend dort war. Und danach wieder heil in meinem Zimmer angekommen bin.«

»Bitteschön!« Mit einer einladenden Geste ließ mich der Delta vorangehen. »Ich folge. Falls Fragen auftauchen, kannst du dich jederzeit an mich wenden.«

»Das sagt hier jeder«, brummte ich und marschierte los. Schon nach kurzer Zeit hatte ich mich verlaufen, wollte es aber vor Lucius nicht zugeben und stapfte weiter durch die labyrinthartigen Gänge des erweiterten Krankenhausgebäudes, bis wir vor einer Tür standen, die, im Unterschied zu den übrigen Türen der neuen Trakte, aus Stahl zu sein schien.

»Dieses Unterfangen möchte ich als in die Hose gegangen bezeichnen«, ätzte der Delta.

»Humor hat er auch. Es geschehen Zeichen und Wunder.« Ich klopfte gegen die Tür. »Apropos Wunder: Wohin geht es da?«

»Zum Medikamentenlager. Zutritt nur für ausgewählte Personen.«

»Die da wären?«

»Thaisa, die hier für die Betreuung von Erkrankten zuständig ist, wie du gestern mitbekommen hättest, wenn du aufmerksam gewesen wärst. Aber du hast es ja vorgezogen, dich zu betrinken und deine Freundin anzustarren. Und der restliche Rat hat natürlich auch einen Schlüssel. Wobei Horatio und Miranda so gut wie nie hierherkommen. «

»Kleiner Rundgang möglich?«, fragte ich. »Werter Lucius?«, setzte ich dann mit einem ironischen Unterton hinzu.

Er schüttelte den Kopf, sah aber nicht eingeschnappt aus, soweit ich es erkennen konnte. »Ein anderes Mal vielleicht«, sagte er dann, und sein Gesichtsausdruck wirkte plötzlich fast hintergründig. Ich konnte nicht genau den Finger darauflegen, aber ich wurde das Gefühl nicht los, dass er mir auf subtile Weise etwas mitteilen wollte.

Erst viel später sollte ich in der Lage sein, diese Miene richtig zu deuten. Im Moment konnte ich mir auf seine vielsagend hochgezogenen Mundwinkel keinen Reim machen.

»Dann gehe ich jetzt lieber voran, werter Richard«, meinte er trocken, drehte sich auf dem Absatz um und ging mit schnellen Schritten, und ohne auf mich zu warten, den Gang in die Richtung zurück, aus der wir gekommen waren. »Hier hättest du abbiegen müssen«, belehrte er mich, als der Flur einen weiteren kreuzte. »Geradeaus und dann rechts. Die anderen haben schon gefrühstückt. *Bon appétit.*« Bevor er wieder um die Ecke verschwand, drehte er sich noch einmal um. »Morgen werde ich dich zum Ritus wecken. Heute habe ich eine Ausnahme gemacht.«

»Ich danke dir untertänigst!«, rief ich ihm hinterher, als er schon aus meinem Sichtfeld verschwunden war. »Werter Bruder«, presste ich noch hervor, bevor ich mich auf den Weg zum Speisezimmer machte. Hoffentlich würde ich mit den Deltas nicht allzu viel zu tun haben. Dadurch, dass sie nun Launen hatten, wurde die Sache komplizierter. Ich war überhaupt nicht mehr in der Lage, sie einzuschätzen oder ihr Verhalten vorauszusehen. Es konnte schlichtweg alles passieren. Ihre Mimik ließ sich nur eingeschränkt lesen, denn ihre glatte Haut erzeugte zum Beispiel keine kleinen Fältchen um Augen und Mund, wenn sie lächelten. Ich musste unbedingt erfahren, warum man es zugelassen hatte, dass sie sich auf diese Weise weiterentwickelten. Die alberne Gleichstellungsgeschichte konnte doch nicht der einzige Grund dafür sein!

Tatsächlich hielt sich niemand im Speisezimmer auf, als ich es betrat. Ich ließ mir ausgiebig Zeit, um die Schüssel zu füllen, die man für mich bereitgestellt hatte. Auf einer Anrichte befanden sich Schalen mit verschiedenen Cerealien, und ich entschied mich schließlich für ein Müsli, das aus Getreideflocken und Obst bestand und über das ich Milch aus einem Glaskrug goss. Nutztiere waren nach Ausbruch der Pestilenz kein Thema mehr gewesen, denn man hatte furchtbare Angst vor weiteren Zoonosen gehabt und nicht gewusst, welches Tier welchen Virus übertrug. Die Tierhaltung wurde insgesamt aufgegeben, was bedeutete, dass man alle Tiere tötete und verbrannte. Also nahm ich an, dass es sich auch hier um geschmuggelte Syntho-Milch handelte, und erwartete die gleiche nichtssagende, geschmacklose Brühe, die mein Dine-O-Mat jeden Morgen aus seinem Inneren hervorwürgte. Tatsächlich aber war die weiße sämige Flüssigkeit mit nichts zu vergleichen, was man mir jemals als Milch vorgesetzt hatte. Wahrscheinlich war mir am Abend zuvor wirklich einiges entgangen, da ich mehr mit mir selbst und Sofie als mit dem Dinner beschäftigt gewesen war.

Vorsichtig nahm ich einen Apfel aus der Obstschale, genoss das Krachen zwischen meinen Zähnen, als ich zubiss, und dann den leicht säuerlichen Geschmack des Fruchtfleischs. Zum Abschluss gönnte ich mir noch einen Saft, der intensiv nach Birne schmeckte. Was das Essen anging, hatten sie mich überzeugt. Gesättigt lehnte ich mich zurück, drückte den Rücken durch und ließ die Wirbel knacken.

Eigentlich hatte ich erwartet, dass Sofie mich abholen und wie versprochen herumführen würde, aber stattdessen erschien ein Delta – gerade, als ich mich entschieden hatte, noch eine weitere Portion Müsli in Angriff zu nehmen.

»Würdest du mir bitte folgen?«

Die Aufforderung kam ohne Einleitung und überraschend. Ich hörte auf zu kauen und schaute ihn erwartungsvoll an. Er machte einen freundlichen Eindruck, aber was wusste ich denn, was hinter seiner Fassade vor sich ging? »Wo ist Sofie?«, fragte ich mit vollem Mund, was daher eher wie »WoisSoie?« klang. Ich schluckte und wiederholte meine Frage. »Wo ist sie? Wir wollten uns die Gegend anschauen, Hände schütteln, Leute umarmen, du weißt schon, so was in der Art.«

»Das werden wir verschieben müssen. Nach deiner Ankunft stehen die durchzuführenden Formalitäten an.« Er zuckte mit den Schultern. »Miranda wird darüber Bescheid wissen.«

»Sie hat mir aber nichts davon gesagt«, beharrte ich argwöhnisch und versuchte, den Delta einzuordnen. Wie war noch gleich der Name des Astros gewesen, den Ariel erwähnt hatte, als wir angekommen waren?

»Du bist Publius, oder?«, fragte ich. Natürlich wieder Shakespeare. Publius, der Senator aus *Julius Caesar*. Soweit ich mich erinnern konnte, war er im Stück lebend davongekommen. Hatten die Namen, die Prospero seinen Deltas gab, einen tieferen Sinn? Waren Sofie – der Name Miranda wollte mir nicht über die Lippen kommen, und ich wollte ihn nicht einmal denken –, Ariel, Alonso und Lucius nach Personen aus *Der Sturm* benannt, weil sie zum engeren Vertrautenkreis um Prospero gehörten? Und was bedeutete das für Publius? Durfte er die Mauern um das Habitat nicht verlassen?

»Was für Formalitäten? Wollt ihr meine Fingerabdrücke oder einen Iris-Scan? Sofie kann doch bezeugen, dass ich der bin, für den ich mich ausgebe, jetzt werdet mal nicht albern.« Ich tupfte mir mit der Stoffserviette den Mund ab und schob die Müslischüssel beiseite. Mir war der Appetit vergangen.

»Es dauert nur dreißig Minuten«, antwortete er, und seine Augen bekamen einen starren Ausdruck, als ob er in eine innere Uhr hineinhorchte. »Je schneller wir anfangen, desto schneller sind wir fertig.«

Wütend warf ich die zusammengeknüllte Serviette auf den Tisch. »Gut. Also fang an.«

»Nicht hier.«

»Wo dann, verflucht?«

»Wenn du mir bitte folgen würdest.« Er war hinter mich getreten und hatte die Hände auf die Stuhllehne gelegt.

Genervt stand ich auf und folgte ihm hinaus in den Gang. Hoffentlich dauerte das Ganze nicht zu lange. Ich sah absolut keinen Sinn darin, mich irgendwelchem Formalitätskram zu unterziehen. Schon jetzt nahm ich mir vor, nicht eine Zeile, die man mir vorlegte, zu unterschreiben. Ich würde nirgends meine schriftliche Zustimmung für was auch immer geben.

Wir betraten schließlich einen Raum, der im angrenzenden Flügel lag. In der Zimmermitte befanden sich ein Tisch und zwei Stühle, die Vorhänge waren zugezogen, und die einzige Lichtquelle war eine dicke Kerze, die auf einem flachen Teller in der Tischmitte stand. Publius – ich war inzwischen davon überzeugt, dass er es war – zeigte mit der Hand auf einen Stuhl und ließ sich dann auf einen anderen mir gegenüber nieder. Anschließend zog er eine Schublade auf, die von mir aus nicht zu sehen war, und holte einen Papierstapel heraus, den er demonstrativ vor sich ablegte und über den er dann mehrere Male strich, als ob die Seiten durchweicht oder zerknittert wären.

»Woher habt ihr das Papier?«, fragte ich. Mich interessierte das wirklich, denn der Rohstoff war selten geworden. Aber der Delta zog es vor, auch auf diese Frage keine Antwort zu geben.

»Richard Thorndyke?« Er hob die Augenbrauen und sah mich an.

Ich starrte zurück. »Was?«

»Bist du Richard Thorndyke?«, wiederholte er geduldig.

Ich rutschte nervös auf der Sitzfläche hin und her. »Wer denn sonst? Der Herr der Fliegen?«

»Bitte beantworte diese Frage nur mit Ja oder Nein.«

Mit verschränkten Armen lehnte ich mich zurück. »Ja. Anwesend. Ich bin es. Ich bin Richard Thorndyke.«

»Sehr schön«, antwortete Publius, und ich hatte das Gefühl, er meinte es wirklich ernst. »Fühlst du dich heute eher blau oder grün?«

»Bitte?«

»Du hast schon verstanden, Richard.«

»Vielleicht solltest du dich einmal einem Neuronencheck unterziehen. Blau oder Grün. Was soll denn der Mist?«

»Bitte antworte auf meine Frage. Du hast ein wenig Zeit, darüber nachzudenken.«

Wie großzügig, dachte ich. »Weiß Sofie, was ihr hier treibt?«, fragte ich laut.

»Sie hat den Persönlichkeitstest mitentwickelt.«

Sofie würde einen solchen Quatsch nie unterstützen, dachte ich und musste lachen. »Du willst mich zum Narren halten«, prustete ich. »Spielt ihr hier so was wie *Versteckte Kamera?*« Ich winkte wild in eine Zimmerecke und grinste dabei wie ein Idiot.

Publius ignorierte mein Gewedel. »Fühlst du dich heute eher blau oder grün, Richard?«, wiederholte er kein bisschen ungeduldig.

Resigniert ließ ich den Arm sinken und holte tief Luft. Anscheinend kam ich aus dieser Chose nicht wieder raus, wenn ich nicht mitspielte. »Grün«, sagte ich dann. Scheiß drauf.

»Warum?«

»Wa…? Weil mir eben spontan nach Grün ist, okay?«, schnappte ich. »Oder hast du eine andere Antwort erwartet? War die Pause zwischen deiner Frage und meiner Antwort vielleicht zwei Sekunden zu lang? Das täte mir unendlich leid.«

Publius notierte irgendetwas und sah dann wieder auf. »Bist du ein Gepard oder ein Elefant?«

Schon wollte ich antworten: »Eine Stechmücke in deinem Allerwertesten«, besann mich aber. Es hatte einfach keinen Sinn, sich mit einem Delta anzulegen. »Gepard«, antwortete ich kurzangebunden.

Wieder schrieb er etwas und blätterte dann weiter.

»Zeigst du mir keine Klecksbilder? Du weißt schon: Schmetterlinge, Fledermäuse, eine Frau, die einen Delta mit einer Streitaxt zerlegt, einen altmodischen Revolver.«

Publius räusperte sich, und da er nicht über Bronchien verfügte, die verschleimen konnten, interpretierte ich das als Vorwurf. »Bist du eher ein Oktopus oder eine Giraffe?«, fragte er anschließend.

Ich wollte schon Oktopus sagen, da schoss mir durch den Kopf, dass meine Antworten eventuell wirklich relevant sein könnten. Dass der Delta sich auf irgendwelche unnützen Experimente einließ, konnte ich mir nicht vorstellen. Er führte die Befragung mit einer fast lachhaften Seriosität durch. Was, wenn Sofie unter den Antworten leiden würde? Was, wenn meine Reaktionen auf diese dämlichen Fragen Auswirkungen auf ihr Leben im Habitat haben könnten? Momentan wusste ich nicht, wieso das so sein sollte, aber das machte es nicht unmöglich, oder? »Giraffe«, sagte ich. »Die Giraffe verschafft sich den Überblick, der Oktopus hat überall seine Tentakel drin.«

Die Mundwinkel des Deltas zogen sich leicht nach oben. »Ich sehe, du beginnst zu verstehen, Richard. Soll ich die Frage von vorhin wiederholen? Grün oder Blau?«

Ich dachte ernsthaft nach. »Nein«, sagte ich schließlich. »Ich fühle mich grün.« Das sagte ich tatsächlich. Ich fühle mich grün! Grün, grün, grün!

»Bist du Leidenschaft oder Bestimmtheit?«

Verdammt, wo war da der Haken? Wenn ich Leidenschaft sagte, würde man mich für sprunghaft halten, wenn ich mich aber für Bestimmtheit entschied, könnte man glauben, ich sei nicht mit Enthusiasmus bei der Sache. »Kann ich eine Frage überspringen?«

Publius schüttelte den Kopf. »Nein. Und du hast auch nicht alle Zeit der Welt bei der Beantwortung.«

»Leidenschaft«, sagte ich nach einer Weile und hoffte, damit ins Schwarze getroffen zu haben.

Es ging noch weiter. Ob ich lieber diskutierte oder Dinge für mich behielt. Ob ich leicht Entscheidungen träfe. Ob ich Baum oder Strauch, Heckenrose oder Edelrose sei. Nach einer gefühlten Ewigkeit legte Publius den Stift beiseite, ordnete die Papiere zu einem kleinen Haufen und legte sie in die Schublade zurück.

»Miranda erwartet dich im Atrium«, sagte er und stand auf. »Findest du allein hinaus, oder soll ich dich begleiten?«

Ich war derart überrascht, dass dieser Vorstoß in mein Innerstes tatsächlich beendet war, dass ich noch eine Weile unentschlossen sitzen blieb, bevor ich mich ebenfalls erhob und betonte, ich würde allein hinausfinden. Dieses Mal war ich mir sicher, mich nicht zu verlaufen, denn der Weg vom Speisesaal hierher war einfach gewesen, und wenn ich erst einmal dort war, würde ich wissen, welche Richtung ich von dort aus ins Atrium einschlagen müsste.

»Danke für deine Kooperation, Richard«, sagte Publius.

»War mir ein japanisches Kirschblütenfest«, murmelte ich und verließ den Raum. Ich fühlte mich grün, ich war grün, ich war eine grüne Giraffe und kein blauer Oktopus.

Was für ein Humbug!

Sofie stand von der weiß gestrichenen Bank auf, als sie mich kommen sah. Ihr Lächeln war strahlend und aufrichtig. »Alles in Ordnung?«, fragte sie, nachdem sie mir einen Kuss auf die Wange gedrückt hatte.

»Ich bin eine grüne Giraffe«, antwortete ich. »Anscheinend hast du diesen Unfug mitentwickelt?«

Sie lachte. »Nimm's nicht so tragisch. Prospero weiß eben gern, mit wem er es zu tun hat.«

»Das ist der Zweck? Dein Wort reicht ihm demnach nicht? Der Test dient doch bestimmt dazu, die Neuankömmlinge irgendwie gefügig zu machen, oder?«

Sie wurde ernst. »Es ist wichtig, dass er von dir überzeugt ist. Du wirst seine Reden schreiben, hast du das schon vergessen? Jeder, der neu in die Gemeinde aufgenommen wird, muss diesen Test machen. Es ist nichts Schlimmes dabei, Richard. So ist es eben.«

»Und deswegen wäre es fatal gewesen, hätte ich mich für den Oktopus entschieden?«

Sie hakte sich unter. »Denk nicht mehr darüber nach.« Enthusiastisch zog sie mich zurück ins Haus. »Wir haben ein genau durchstrukturiertes Programm vor uns. Ich werde dir die wichtigsten Leute vorstellen und dich in die Häuser einführen. Ich weiß, du wirst es lieben!«

Eine Weile ließ ich mich durch den Duft der Blumen ablenken, der uns bis ins Innere hinein begleitete. Der weiche Boden, den ich unter den Füßen spürte, als wir den Vorplatz verlassen hatten und uns über kleine Feldwege dem ersten Handwerkerhaus näherten, tat ein Übriges, um meine Gedanken in eine andere Richtung zu lenken. Als Sofie anfing, mir die technischen Spezifikationen der

Kuppel zu erläutern, schweiften sie erneut ab. Und je mehr ich darüber nachdachte, desto unsicherer wurde ich in Hinblick auf die wirkliche Bedeutung des Interviews. Schließlich führten meine Überlegungen mich zu einem ärgerlichen Ergebnis. Wie durch die Riten wollte Prospero auch durch diese sogenannten Persönlichkeitstests die Menschen seiner Gemeinde an sich binden. Auch ich war darauf reingefallen, hatte mich am Schluss sogar aufrichtig bemüht, meine Antworten sorgfältig überdacht und versucht, Publius mit ihnen zufriedenzustellen. Ohne dass ich es wollte, hatte ich somit den Zweck dieser Befragung erfüllt: Ich hatte alles getan, um in die Gemeinde aufgenommen zu werden und auch in ihr bleiben zu können. Alles unternommen, um ein Rädchen im Getriebe zu werden – gut abzuschneiden und Prospero gütig zu stimmen. Auch wenn das bedeutete, meine wahren Emotionen zu unterdrücken und mich stattdessen anzupassen. Was wäre passiert, wenn ich Publius beleidigt, das Papier zerrissen, den Stuhl umgeworfen hätte und wütend hinausgestürmt wäre? Konnte Prospero es sich leisten, ein angehendes Mitglied der Gemeinde zu verstoßen? Was würde passieren, wenn ein aus dem Habitat entlassener Bürger wieder in London landete? Er würde reden. Würde alles enthüllen. Laut Prospero war die Gemeinde aber noch nicht so weit, sich zu offenbaren. Die Frage, die ich mir zuvor gestellt hatte, poppte erneut auf. Was geschah mit Abtrünnigen im Habitat?

Als Konsequenz dieser Überlegungen rutschte mir ungewollt eine Frage heraus, als Sofie gerade über Wasserreservoirs und Zisternen dozierte. »Habt ihr ein Gefängnis?«

»Was?« Sie lachte. Anscheinend nahm sie nicht an, dass die Frage ernst gemeint war, und hielt sie für einen meiner Scherze, über die sie sich früher so gerne amüsiert hatte. Dann aber sah sie mir in die Augen und verstand, dass ich keine Nummer abzog. »Was willst du mir damit nicht ganz so durch die Blume sagen? Willst du mich vor den Kopf stoßen?«

Meine Frage hatte sie offenbar komplett auf dem falschen Fuß erwischt. »Tut mir leid, das kam offensichtlich nicht richtig an.«

»Offensichtlich.« Mit verschränkten Armen war sie stehen geblieben und warf mir einen verärgerten Blick zu. »Wie kommst du auf die Idee, wir könnten hier ein Gefängnis haben, wo es doch noch gar nicht so lange her ist, dass wir unserem eigenen entkommen sind?«

Ich war es komplett falsch angegangen. Innerlich wand ich mich. Nach außen hin aber versuchte ich, mir nichts anmerken zu lassen. »Es kommt doch sicherlich auch hier vor, dass … nun … bestimmte Regeln gebrochen werden.« Gesetze wollte ich nicht sagen, das hätte zu sehr nach einer echten Staatsmacht geklungen, und Prospero bestand ja darauf, nur eine Gemeinde zu leiten. Was aus dem Munde aller immer so klang, als ob er Rektor einer Schule sei.

»Nein.«

»Nein?« Ich grinste schief. »Das kann ich nicht glauben.«

»Was glaubst du dann, Richard?« Ihr Blick blieb so bohrend wie zuvor. »Willst du mich nicht lieber direkt fragen, was du wissen willst?«

»Okay. Was ist, wenn jemand nicht zum Ritus erscheint?«

Das war zugegebenermaßen ein äußerst dämliches Beispiel, und Sofie prustete. »Das ist jetzt nicht dein Ernst? Was soll passieren? Er oder sie kommt eben nicht. Wir zählen nicht durch, es besteht keine Anwesenheitspflicht. Aber wenn jemand den Riten länger fernbleiben sollte, dann erkundigen wir uns nach dem Grund.«

»Warum?«

»Na, der Bruder oder die Schwester könnte ja krank sein oder sonstige Probleme haben.«

In meinen Ohren klang das lausig. Aber ich war eben momentan auch auf lausig gebürstet.

Sofie berührte zuerst meinen Arm und schmiegte sich dann an mich. Ihr Busen drückte an meine Brust, und es fühlte sich gut an. »Warum fällt es dir so verdammt schwer loszulassen, Richard? Warum fällt es dir so verdammt schwer zu glauben, dass wir hier etwas geschaffen haben, auf das auch du eines Tages stolz sein wirst?«

Ich hatte keine Ahnung, warum. Vielleicht weil Prosperos Shakespeare-Wahn mich an Verschwörungen, Attentate und Hinterhalte denken ließ? Vielleicht, weil ich bereits ein Drittel meines Lebens von der Pharmaindustrie mithilfe eines gigantischen, technischen Apparats überwacht worden war? Weil ich vor Kurzem noch im Begriff gewesen war, Denunzianten zu erfassen, damit man sie für ihre Dienste belohnen konnte, und gleichzeitig Flüchtige an die Obrigkeit auszuliefern?

Als ob Sofie meine Gedanken gelesen hätte, löste sie ihre Umarmung und strich mir über die Wange. »Du bist also immer noch der Paranoiker, den ich vor ein paar Jahren verlassen musste. Doch hier kannst du entspannen. Es gibt keine Sensoren in deiner Kleidung, keinen Gesundheitscheck, keine Überprüfungen durch die CDF und keine Iris-Scans. Wir leben im Freien und können uns ohne Handschuhe berühren.« Sie stellte sich auf die Zehenspitzen und berührte mit ihren Lippen mein Kinn. »Wir können uns sogar ohne Mundschutz küssen«, gurrte sie anschließend.

Ich seufzte. Sie hatte recht. Bis auf eine Sache. »Nun ja, nicht so ganz im Freien«, sagte ich und deutete nach oben.

»Kannst du die Kuppel sehen?«

Ich musste zugeben, dass ich das nicht konnte.

»Eben. Und in ein paar Tagen hast du vergessen, dass es eine gibt. Du denkst nicht mehr an die Mauer, nicht mehr an da draußen, du bist ganz im Hier und Jetzt. Du vermisst deinen Dine-O-Maten nicht mehr, weil du das frische Essen hier zu schätzen gelernt hast, und du liebst es, die Hände in feuchte Erde zu graben. Du wirst an den Riten teilnehmen und die erste Rede für Prospero schreiben.« Ihr Mund näherte sich erneut meinem Ohr, als sie sich auf die Zehenspitzen stellte. Sie wusste verdammt noch mal, wie sehr ich das genoss! »Und wir werden wieder zusammen sein. Zusammenleben können. Und wir sind beide gesund und werden es bleiben.«

Kurz überlegte ich, was für ein Haar in der Suppe ich dabei finden konnte, aber es wollte mir einfach keins in den Sinn kommen. Stattdessen schob ich die Hände unter Sofies Leinenjacke und ließ sie ihren schmalen Rücken hochwandern, betasteten jeden Wirbel, massierte leicht ihren Nacken. Vorsichtig entwand sie sich meiner Umarmung. »Nicht hier. Wir haben doch eine Verabredung«. Ihre Stimme war wie ein leises Schnurren. »Später haben wir noch genügend Zeit.«

Sofie kannte mich immer noch erstaunlich gut. Für den Augenblick war ich mit ihren Antworten zufrieden, und das lag nicht nur daran, dass sie mir spielerisch in den Schritt griff, bevor sie sich umdrehte und über den schmalen Trampelpfad weiter auf das Haus zulief, in dem wir uns mit einem der Zunftführer treffen wollten. Ihre Finger strichen über das hohe Gras und spielten mit ihm. Das Licht tanzte auf ihrem Haar, und ich verdrängte, dass ich eigentlich ein alter Skeptiker war, der alles und jeden hinterfragte.

Die ehemaligen Krankenhausbaracken waren ohne Sinn und Verstand im Habitat errichtet worden. Es gab keine Struktur, die auf einen durchdachten Plan schließen ließ. Weder waren sie um einen zentralen Punkt angeordnet, noch standen sie dicht nebeneinander, damit die Menschen, die sich um die Kranken kümmerten – und ich nahm an, dass es auch im Habitat schon früh welche gegeben hatte, die es sich zur Aufgabe gemacht hatten, das zu tun –, schnell von einem Haus zum anderen eilen konnten. Es hatte eher den Anschein, als hätte man das Baumaterial einfach irgendwo in die Gegend geworfen und dann begonnen, an genau diesem Ort, die Behelfsunterkünfte zu errichten.

Vor einem der länglichen Gebäude stand nun Sean, der Bäcker, und begrüßte uns. Er war groß und breitschultrig und zeigte nach fast jedem Satz ein ansteckendes Grinsen. Seine unkomplizierte und natürliche Art war einnehmend. Mit dröhnendem Bariton hatte er uns hereingebeten, und wir nahmen an einem langen Tisch Platz, auf dem Gebäck und eine Kanne mit Tee standen. Er erzählte mir mit wenigen Worten, aber dennoch eindrucksvoll, wie er als Infizierter ins Habitat gebracht worden war und das Glück gehabt hatte, dass man zu diesem Zeitpunkt das neue Medikament schon einsetzen konnte.

»Binnen weniger Wochen war ich gesund!«, donnerte er und bleckte die Zähne. »Gesund! Das musst du dir mal vorstellen!« Seine Pranke krachte auf die Tischplatte, und die Tassen klirrten.

Seinen Beruf als Geschäftsführer eines Restaurants hatte er nur zu gerne gegen die Arbeit eines Bauern eingetauscht. »Jetzt bin ich der am Anfang der Produktionskette, verstehst du? Ich vergrabe den Samen, ich sehe ihn wachsen, ich ernte das Getreide, ich backe das Brot, das ich nachher auch esse. Und da ich Maggies Honig nicht auf etwas schmieren will, was schmeckt wie Isoliermaterial, achte ich darauf, dass es das beste Brot ist, das die Brüder und Schwestern hier jemals gekostet haben. Das nehme ich mir jedes Mal vor, wenn ich den Teig in den Ofen schiebe. Gott, wie ich den Dine-O-Maten-Fraß hasse!«

Zusammen mit den Kartoffelbauern lebten die Landwirte, die Getreide pflanzten, ernteten und verarbeiteten, in einem der ehemaligen Krankenhausgebäude. Man aß gemeinsam an einem Tisch, aber jeder bewohnte ein eigenes, einstiges Patientenzimmer mit angrenzendem Bad. Wenn zwei sich aus persönlichen Gründen ein Zimmer teilen wollten, war das auch kein Problem. In dieser kommunenartigen Wohngemeinschaft wuchsen auch die Kinder auf, die nicht nur von ihren Eltern, sondern auch von allen anderen betreut und erzogen wurden. Morgens stand man gemeinsam auf und machte sich auf den Weg zu den Feldern. Gearbeitet wurde mit einfachen Geräten, die man sich aus Holz baute oder aus übrig gebliebenen Materialien recycelte.

»Erntedrifter brauchen wir nicht. Was für eine Verschwendung! Wir Menschen sind nicht für die industrielle Produktion bestimmt«, betonte Sean. »Das habe ich inzwischen begriffen, auch wenn es eine Weile gedauert hat.« Er grinste wieder.

»Wir nehmen unseren angestammten Platz im geschlossenen Kreislauf des organischen Lebens ein«, ergänzte Sofie gewichtig und unterstrich ihre Worte mit ernster Miene. »Der natürliche Kreislauf sollte dabei so wenig wie möglich gestört werden.«

Das musste ich erst einmal verdauen. Ich zählte im Stillen bis zehn und verkniff mir eine vorschnelle Bemerkung. Klar war, dass das heilende Mittel sicher nicht aus Brennnesselfond gewonnen worden war und die Deltas für alles andere standen als organisches Leben.

Schließlich räusperte ich mich und wandte ein, dass so doch alles viel länger dauere und sehr viel mühsamer sei, aber das wischte Sean mit einem verächtlichen Laut beiseite. »Und? Deswegen ist noch niemand verhungert. Nicht war, Miranda?« Er gluckste, und Sofie kicherte. »Wenn wir mal kein Brot liefern können, dann schwenken wir eben auf was anderes um. Obst zum Beispiel. Oder Gemüse«, fuhr Sean fort. »Auch wenn dann der eine oder andere den flotten Otto bekommt. Ian zum Beispiel.« Er lachte dröhnend und ließ seine Pranke erneut auf die Tischplatte knallen. »Da musste ich schon ab und an mal in andere Zunfthäuser ausweichen, um … nun ja, ihr wisst schon … wenn der alte Zausel ständig aufs Örtchen gesprungen ist.«

»Das hört sich ja alles recht unkompliziert an«, sagte ich zaghaft, als Sean sich wieder beruhigt hatte.

»Das ist es auch«, bestätigte Sofie. »Es ist immer genug für alle da. Und wenn es mal wirklich knapp werden sollte, dann schicken wir Ariel und seine Brüder los.«

»Denen mussten wir am Anfang erst mal erklären, dass sie keinen Dine-O-Maten klauen sollen«, gluckerte Sean amüsiert. »Die hätten uns sonst glatt so ein Monstrum vor die innere Mauer gestellt. Aber sie sind ja lernfähig und haben begriffen, dass sie uns mit frischen Lebensmitteln versorgen sollen, wenn's eng wird.«

»Die gibt es doch fast nirgendwo mehr«, rief ich protestierend aus. »Und die Gewächshäuser des Inner Circle werden bewacht!«

Sean warf mir einen amüsierten Blick zu. »Du weißt eben nicht, wo du nachschauen und wen du bitten musst. Hast du heute Morgen denn keine frische Milch bekommen? Miranda …« Er drohte ihr spielerisch mit dem Finger. »Ihr habt ihm doch nicht etwa das Beste vorenthalten, das wir hier zu bieten haben?«

»Die war echt?« Das konnte nur ein Witz sein. »Ihr wollt mich doch zum Narren halten!«

»Da bin ich grundsätzlich nicht abgeneigt, habe aber gerade keine Ahnung, von was du redest. Frische Milch ist das Beste. Okay, nicht so gut wie Brot, das gerade aus dem Steinofen kommt, aber fast!«, trompetete Sean.

Sofie sah mich mit hochgezogenen Augenbrauen belustigt an und nickte dann langsam. »Wer sich im Inner Circle frische Milch leisten kann, der weiß schon, woher er sie bekommen kann.«

Also gab es noch irgendwo Höfe und Farmen, die es – mit Unterstützung der Regierung – tatsächlich geschafft hatten, weiterhin Tiere zu halten, deren Produkte aber nur den zahlungskräftigsten und einflussreichsten Kunden zugänglich waren. Mein Bild von der Welt draußen begann, Risse zu bekommen, und das gefiel mir überhaupt nicht.

»Und die Deltas wissen das auch!« Abermals ließ Sean die Tassen hüpfen. »Gott, es gibt nichts, was die nicht kennen oder finden! Ich hab 'ne Weile gebraucht, bis ich es kapiert habe, aber das sind echte Allroundtalente.«

Unsere Besuche bei den anderen Zünften verliefen alle ähnlich. Geschichten über das frühere dröge, überwachte Leben in den Outer-Rims. Erzählungen über die Gesundung des Körpers und, wie es ein Handwerker aus der Schreinerzunft nannte: »auch des Geistes«. Langsam kehrte meine Paranoia zurück. Es konnte nicht so einfach sein! Nichts war so einfach! Es war unmöglich, dass die Menschen sich im Habitat ein Paradies geschaffen hatten. Denn das Paradies gab es nicht. Alle Traumwelten, die die Menschheit jemals ersonnen hatte, waren gescheitert. Vielleicht hatten einige den Eindruck gemacht, sie könnten funktionieren, aber auch sie waren schließlich in sich zusammengestürzt. Eine perfekte Welt war unmöglich.

Und doch saß ich hier und hörte mir die begeisterten Erzählungen von Menschen an, die ein einfaches und deswegen anstrengendes Leben führten. Ein Leben, das mit frühem Aufstehen, schwerer Arbeit und später Nachtruhe verbunden war. Überall fielen Begriffen wie Gemeinschaft, Gemeingut und – Prospero. Sein Geist schien über allem zu schweben. Aber auch wenn ich wusste, dass es eine Illusion war, an eine fehlerfreie Welt zu glauben – wenn ich mein altes Leben mit dem neuen verglich: Musste ich dann nicht zugeben, dass das neue um Längen besser war?

Als ich abends in meinem weichen Bett lag, das letzte Licht des Tages durch das Fenster schien und Sofies Haar neben mir zu dunklen, kurzen Feuerzungen werden ließ, beschloss ich, am nächsten Morgen beide Füße aus dem Bett zu schwingen, auf den Boden zu setzen und beim Verlassen des Zimmers keinen Blick nach rechts und links zu werfen, sondern einfach meinen Weg zu gehen. Den Weg, den man von mir erwartete. Den Weg, den Sofie mit mir gehen wollte.

Ich würde den Paranoiker hinter mir lassen. Was ich bei diesem Vorsatz jedoch außer Acht ließ, war Sofies Aufforderung, zum Spitzel zu werden, die sie mir an unserem ersten gemeinsamen Abend in den Schoß geflüstert hatte.

Spione wie wir

Am nächsten Tag legte mir Prospero einige der Reden vor, die er in den letzten Monaten gehalten hatte. Ich hatte den Morgenritus wegen eines ausgiebigen Frühstücks wieder versäumt, und Lucius hatte mich in seiner typisch trockenen Art deswegen getadelt. Allem Anschein nach stünden wegen meiner »déjeunerbezüglichen Ausschweifungen« die letzten Milchreserven Londons auf dem Spiel.

Ich saß in Prosperos Arbeitszimmer, stierte vor mich hin, und in meinem Magen gurgelte die frische Milch. Ich musste an Seans Bemerkung über Ians Verdauungsprobleme denken und nahm mir vor, mich in Zukunft ein wenig zurückzuhalten. Man konnte sein Müsli auch mit Saft essen. Oder ich stieg auf Brot mit Honig um, der in der Tat vorzüglich war. Ich hatte einen Löffel gekostet, als Lucius gerade nicht hinsah.

»… denke ich, wir können das so lassen«, bemerkte Prospero, und ich richtete mich peinlich berührt auf wie jemand, der bei der heimlichen Lektüre eines Holo-Pornos erwischt worden war. Auf Prosperos Nase balancierte eine nostalgische Lesebrille, die er alle zehn Sekunden mit dem Finger wieder in die richtige Position schob.

»Hm? Ja, sicher. Klingt okay«, bekräftigte ich.

»Dann meinst du also auch, dass Horatio diese Textstelle ausnahmsweise mal gut getroffen hat?«, hakte er nach.

»Wenn du das noch einmal im Zusammenhang vorlesen könntest, ich …«

»… habe gerade nicht zugehört«, vollendete Prospero meinen Satz grinsend und rückte erneut die Sehhilfe zurecht. »Du siehst aus wie die Katze, die sich aus dem Milchtopf bedient hat.«

»Der Vergleich passt ganz gut.« Ich lachte. »Du musst mir schon verzeihen, aber mir geht extrem viel durch den Kopf.«

Prospero nickte. »Das ging uns doch allen so, Junge.«

Wir besprachen die betreffende Stelle gemeinsam, und ich veränderte einige Dinge. »Du musst dir vorstellen, dass die Menschen dir zuhören. Sie lesen es nicht selbst. Achte einfach darauf, dass die Sätze ein wenig kürzer werden«, bemerkte ich. »Auch die Fülle der Informationen solltet ihr besser dosieren. Rekapituliere gelegentlich die wichtigsten Fakten, damit sie sich einprägen. Das kann sich sonst niemand merken.«

Da es in den Reden vor allem um den Unterschied zwischen dem Leben außerhalb und innerhalb des Habitats ging, fiel es mir nicht schwer, auch inhaltlich meinen Teil dazu beizutragen. Ich hatte befürchtet, dass ich dazu angehalten werden würde, einen demagogischen Stil anzunehmen, aber dem war – zumindest momentan – nicht so. Prospero war gut über die gegenwärtigen Zustände im Inner Circle und in den Outer-Rims informiert, was mich nicht wunderte, waren dort doch die Deltas im Einsatz, die ihm ständig Bericht erstatteten. Mich erstaunte aber, dass er über das Befinden seiner eigenen Gemeinde nicht so viel sagen konnte. Prospero wirkte unsicher, wenn er über die Wünsche der Zünfte sprach, und ich fragte ihn, ob die Treffen nicht mehr regelmäßig stattfinden würden.

»Doch«, antwortete er. »Jede Woche. Miranda sorgt für die Durchführung, erstellt den Sitzungsplan und legt mir nachher den Bericht vor.«

Da ich immer gedacht hatte, er sei selbst bei allen Sitzungen anwesend, zeigte ich mich überrascht. Aber Prospero meinte, er wolle den Dingen ihren freien Lauf lassen und manche der Gemeindemitglieder seien gehemmt, wenn er an jeder Diskussion teilnehmen würde. »Manchmal bin ich dabei, manchmal nicht. Das kommt auch ganz darauf an, wie mein Tag aussieht«, sagte er.

»Und bei Sofie sind die Vertreter der Zünfte offener?« Ich bezweifelte das.

Doch Prospero nickte versonnen, schob die Brille wieder den Nasenrücken hoch und vergaß, mich darauf hinzuweisen, dass Sofie nicht mehr Sofie hieß. »Ich denke schon. Ihre Schilderungen lassen mich nicht das Gegenteil annehmen.« Er zupfte an seinem Bart. Dann stützte er die Hände auf den Tisch und stand auf. »Ich will ehrlich mit dir sein, Richard. Ein zusätzliches Augen- und Ohrenpaar wäre mir lieb.« Abwehrend hob er die Hände. »Nicht, dass ich Miranda nicht vertraue. Du musst mir glauben, das ist nicht der Fall!«

Ich hatte inzwischen akzeptiert, dass Sofie für ihn so etwas wie eine Tochter war. Vielleicht hatte er seine eigene an die Pestilenz verloren. Das Schicksal hatte manche Menschen hart gebeutelt, und auch ich war nicht verschont geblieben. Nur war mir das Glück zuteilgeworden, meine Freundin wiederzufinden. Das passierte sicher nur wenigen. Jedoch hatte ich meinen Vater sterben sehen. Wie viele andere hatte er sich aufs Land zurückgezogen, konnte aber nicht verhindern, dass ihn auch dort die Pestilenz einholte. Es waren nicht nur die Bewohner der Städte gewesen, die von ihr verschlungen worden waren. Die Seuche hatte sich den ganzen Staat geholt und ihn sozusagen fein säuberlich abgenagt wie einen Knochen. Als mein Vater damals seinen letzten Atemzug mit blutgefüllten Lungen getan hatte, konnte ich nicht mehr klar denken, geschweige denn eine Entscheidung treffen, was mit dem Leichnam geschehen sollte. Ich war einfach am Bett sitzen geblieben. Stunde um Stunde. Bis ich mich dazu entschlossen hatte, das zu tun, was man mit toten Körpern, die die Epidemie in sich trugen, eben so tat: Ich schleppte meinen Vater hinter das Cottage und verbrannte ihn nahe dem ehemaligen Hühnerstall. Den Geruch nach schmorendem Fleisch, das echt und nicht imitiert war, bekam ich danach tagelang nicht mehr aus der Nase.

»Es geht auch nicht um die Sitzungen«, fuhr Prospero fort. »Wie gesagt, ich habe das größte Vertrauen in meine Vertreterin in dieser Sache. Du wirst woanders gebraucht, denn es geht mir eher um ...« Er stockte.

Und da fiel es mir wieder ein. Sofies Stimme an meinem Prachtexemplar. »Um Einzelne, die im Verborgenen die Stimme erheben könnten?«

Er schüttelte vehement den Kopf. »Nein. So würde ich das nicht ausdrücken.«

»Wie dann?«

Schweigen breitete sich im Arbeitszimmer aus, als Prospero ans Fenster trat und mit hinter dem Rücken gefalteten Händen hinaus ins Atrium starrte. Es dauerte eine Weile, bis er antwortete. »Wie kann man diese Oase hier anzweifeln, Richard? Wie kann man das? Was wir hier geschaffen haben ...« Er machte eine ausladende Armbewegung, ohne sich dabei zu mir umzudrehen. »... das ist einmalig! Es ist die Utopie, von der viele Literaten und andere Vordenker geträumt haben!«

»Viele dieser Literaten und Vordenker taten das, um die Missstände der eigenen Gesellschaft anzuprangern«, wagte ich einzuwerfen. »Kein Einziger hat es hinbekommen, seine Utopie in die Realität umzusetzen.« An die vielen gescheiterten Versuche wollte ich ihn gar nicht erst erinnern. Revolutionen, Aufstände, Bürgerkriege.

Er drehte sich um. »Ich sehe, du kannst dich noch an *Erewhon* erinnern.« Er lächelte. »Das ist gut. Aber das Habitat ist keine Fiktion, Richard. Es ist echt, und du lebst nun ebenfalls darin. Wir haben geschafft, was andere vergeblich versucht haben.«

»Und einige Gemeindemitglieder wissen das deiner Meinung nach nicht zu würdigen?«

Wieder nickte er. »Nicht nur meiner Meinung nach. Auch der Rat will wissen, warum das so ist.«

Der Rat. Das waren Sofie, der Ingenieur Horatio, die Ärztin Thaisa sowie Lucius, Ariel, Alonso, Publius und Prospero selbst. Sie alle nahmen ihre Mahlzeiten gemeinsam ein, und ich hatte während der Mittag- und Abendessen des Öfteren schon schweigend Diskussionen verfolgt, in denen es darum gegangen war, der Gemeinde die Notwendigkeit einer absoluten »Einheit« immer wieder zu vergegenwärtigen.

Gequält rang ich mir ein Lächeln ab. »Überschätze meine Fähigkeiten nicht.« Ich war es ein wenig leid, als empathisch und redegewandt dargestellt zu werden, nur weil ich einmal in meinem Leben einen Streik angezettelt und diesen auch erfolgreich zu Ende gebracht hatte. Außerdem würde es Wochen, ja vielleicht sogar Monate dauern, bis ich das Vertrauen der Bevölkerung gewonnen hätte. Schließlich gehörte Sofie, die mich mit der Gemeinde bekannt gemacht hatte, dem Rat an. Dass die Menschen im Habitat mir glauben würden war nicht in Stein gemeißelt. »Vielleicht setzt ihr alle zu große Hoffnungen in meine Person.«

Prospero trat auf mich zu und legte mir die Hände auf die Schultern. Das wirkte ein wenig seltsam, da ich saß und er stand, und ich fühlte mich – wie so oft in Gegenwart dieses Mannes – klein und unbedeutend. »Das tun wir nicht«, sagte er, wobei er seine Finger um meine Knochen spannte. »Ich weiß, dass wir das nicht tun«, beharrte er.

Es war wie Hypnose. Ich konnte nur noch nicken.

Am gleichen Abend machte ich dann das erste Mal selbst Bekanntschaft mit dem merkwürdigen Ritual des Zweigwedelns.

Ian, der alte Kartoffelbauer, der mit seiner Frau Helen im Zunfthaus von Sean lebte, der seinem gebeugt schlurfenden Mitbewohner Verdauungsproblemen nachsagte – dieser Ian, dem ich kurz nach meiner Ankunft auf dem Feld begegnet war, drückte mir mit gravitätischer Miene einen Ahornzweig in die Hand und stellte sich neben mich. Ich solle einfach seinen Bewegungen folgen, raunte er mir zu und verfiel nach dieser kurzen Betriebsanleitung in eine Art meditative Starre, aus der ich ihn nicht wieder herausholen wollte, obwohl mir noch einiges auf der Zunge lag. Also beobachtete ich, wie sich der Vorplatz von Prosperos Anwesen allmählich mit Gemeindemitgliedern füllte. Das anfängliche Schwatzen, das Kichern der Kleinsten und der höfliche Austausch von Grußformeln waren nach ein paar Minuten einem andächtigen Schweigen gewichen, ganz so wie auch bei Ian. Ich versuchte, die Zahl der sich in Reih und Glied aufstellenden Menschen zu schätzen, und gelangte zu einer ungefähren Größenordnung von zweihundert bis zweihundertfünfzig. Bei Gelegenheit musste ich einmal nachfragen, wie viele Einwohner Island City tatsächlich hatte.

Auch nachdem Prospero aus dem Haus getreten war und den Säulenvorbau durchquert hatte, änderte sich nichts an der getragenen Ruhe, die auf dem Platz herrschte. Alle Augen waren auf ihn gerichtet. Er fing an, sich zu bewegen. Ging einen Schritt vor, einen zurück, hob und senkte dabei den Zweig. Wir taten es ihm gleich. Ich versuchte mitzuhalten, was am Anfang, als es nur um zwei Schritte ging, noch kinderleicht war, sich im Laufe der Choreografie aber immer komplizierter gestaltete. Begleitet wurde unsere olympiareife Darbietung von einem mantraartigen Gemurmel, wie es mir bereits in die Ohrmuscheln geweht war, als ich mit Ariel und Alonso auf dem Hügel gestanden hatte. Ich verstand nicht alles, konnte nicht mitmachen, schnappte aber dann und wann besagte Sonnenschwester und den Mondbruder auf.

Neben mir ging Ian völlig in der Sache auf. Er wedelte und murmelte und legte sich derart ins Zeug, wie ich es dem wortkargen Zausel niemals zugetraut hätte.

Irgendwann folgte dann die Welle. Wir setzten uns und beugten die Oberkörper in einem exakt ausgearbeiteten Rhythmus vor und zurück. Dabei wartete die jeweilige Reihe hinter den sich Wiegenden, bis diese zur Hälfte mit der Bewegung durch waren, bevor sie ihrerseits startete. Eine Welle aus wogenden Menschenleibern. Sie wurden eins. Wie lange mussten sie das geübt haben? Das Ganze sah völlig unangestrengt aus; sie hatten die Lässigkeit von Profitänzern angenommen, die mich schon immer verblüfft hatte. Schließlich hörte ich auf, mich zu verbiegen, sondern hockte einfach nur da und betrachtete die Vorstellung um mich herum. Martha Graham hätte ihre wahre Freude gehabt. Der alte Ian wäre bestimmt einer ihrer Meisterschüler geworden.

Nach ungefähr fünfzehn Minuten begann Prospero um die Säulen herum zu marschieren, das sichere Zeichen dafür, dass die Zeremonie in Kürze beendet sein würde. In der Tat löste sich die Versammlung nur wenig später auf, und die Gemeindemitglieder verließen still, ohne zu drängeln oder zu schubsen, den Platz.

Ian nickte mir zu und teilte mir knapp mit: »Ich soll dich noch einmal an die Einladung morgen erinnern.

Wir kommen gegen dreizehn Uhr vom Feld. Die Kartoffeln für den Auflauf sind von letzter Woche. Sean hat darauf bestanden, dir mitzuteilen, dass sein Brot aber frisch ist. Helen wird kochen.«

»Ich hab's nicht vergessen, Ian. Richte deiner Frau und Sean bitte meine Grüße aus.« Anscheinend hatte der backende Hüne Angst, ich könnte glauben, er serviere mir einen Laib von der Konsistenz eines Backsteins. Ian verstand meine Antwort nicht nur als Bestätigung, sondern auch als Abschiedsgruß. Er stapfte ungelenk, und gar nicht wie Martha Grahams Eleve, mit ausladenden Schritten davon. Eine Weile stand ich noch unentschlossen auf dem Platz, der einen in seinem nun verwaisten Zustand fast trübsinnig machen konnte, überquerte ihn aber dann ebenfalls und stieg die Stufen zur Vorhalle hinauf.

Sofie war nirgends zu finden, und so schnappte ich mir ein Glas Birnensaft aus dem Speisezimmer, wo irgendjemand – vielleicht Publius – stets für frisches Obst und Getränke sorgte, und schlenderte durch die Gänge des Hauses ins Atrium. Die weiße Gartenbank lud mich auffordernd dazu ein, mich zu setzen, und das ließ ich mir nicht zweimal sagen. Der Saft war angenehm temperiert und schmeckte süß, und nach einer Weile hörte ich nur noch das Summen der Bienen, die die Stauden neben mir umkreisten und sich in den Blüten niederließen. Maggies Bienen, wie Ariel sie genannt hatte. Die Bienen also, die den Honig produzierten, von dem ich genascht hatte wie ein kleines, ungezogenes Kind. Den Honig, dem Sean stets ein würdiges Bett aus frischem Brot bereiten wollte. Maggie hatte ich bis jetzt noch nicht kennengelernt. Ob sie wohl auch so war wie ihr Insektenvolk? Fleißig, ein Lied vor sich hin summend, ein wenig rundlich um die Taille, aber mit schlanken Beinen und einem dichten, schwarzen Haarschopf?

Ich lachte leise und ließ dann vor Schreck fast mein Glas fallen, als sich jemand ungefragt neben mich setzte.

»Du hast neben unserem Nijinsky gestanden«, stellte Lucius fest. Er sagte dies in dem ihm eigenen nüchternen Tonfall, sodass ich mich zum wiederholten Male fragte, ob ihm eigentlich klar war, dass er dadurch komischer wirkte als Alonso, der sich selbst sicherlich für unwiderstehlich witzig hielt.

Ich trank einen Schluck. »Habt ihr eigentlich ein Humor-Update oder so was? Nijinsky würde im Grab rotieren, wenn er erfahren würde, dass du ihn mit einem alten, faltigen Väterchen vergleichst, das mit bloßen Händen Kartoffeln aus der Erde holt. Aber vielleicht würde ihn das auch an seine Vorfahren erinnern.«

»Warum bin ich nicht erstaunt, dass du dich mit Ballett auskennst?«

Ich zuckte die Schultern. »Nijinsky kennt doch jeder, oder etwa nicht? Er ist doch erst seit etwas über hundert Jahren tot. Er war der Meister.«

»Ich kann jederzeit auf Datenbanken aller Art zurückgreifen. Du jedoch nicht. Mein wissensbasiertes Expertensystem ist fachübergreifend, es bezieht seine Daten nicht nur aus einem speziellen Bereich. In diesen Bereichen habe *ich* den Status des Meisters, nicht des Lehrlings, das heißt, dass meine Algorithmen zur Berechnung die gesamte, mir vorliegende Situation miteinbeziehen. Ich kann blitzschnell Konstellationen erkennen, sie mit Mustern vergleichen, die mir bekannt sind, und dann reagieren.«

»Also scheinbar intuitiv?« Ich fühlte mich ein wenig überfahren von seinen Ausführungen.

»Nicht scheinbar. Tatsächlich. Ich kann konkrete Beispiele und Fälle situationsbezogen verwerten. Du bist auch ein gebietsübergreifender Denker, hat mir Prospero mitgeteilt. Anscheinend verfügst du über ein breit gefächertes Allgemeinwissen. Doch das wird sich eher auf dem Niveau eines Anfängers bewegen.«

Statt zu antworten, nahm ich noch einen Schluck Birnensaft. Ich war nicht beleidigt, sondern nur überrumpelt. Was die Leute hier alles über mich zu wissen meinten.

»Es lag mir fern, Ians Äußeres mit dem des vielleicht größten Tänzers der Geschichte zu vergleichen«, nahm Lucius den Faden wieder auf. »Mir ging es um sein ungeahntes Talent für Ausdruck und …«

»Schon klar«, unterbrach ich ihn. Ich hielt das leere Glas zwischen die Oberschenkel geklemmt. Smalltalk war momentan nicht so mein Ding. Wenn ich mit meiner Aufgabe weiterkommen wollte, brauchte ich Fakten. Ich wechselte daher abrupt das Thema. »Wie lange bist du schon hier?«

Lucius ließ sich nicht aus dem Konzept bringen. »Hier wie hier im Habitat oder hier wie in Prosperos Haus?«

Ich zuckte erneut mit den Schultern. »Egal.«

Lucius nahm mir das Glas ab und stellte es auf den Boden. »Ariel hat mich vor zwei Jahren angeworben und dann sofort auf die Liste der im Habitat arbeitenden Deltas gesetzt. Seitdem bin ich auch im Haus eingeteilt.«

»Für was eigentlich?« Ariel ging nach draußen, Alonso ebenfalls. Die beiden kontrollierten den Inner Circle, fälschten Dokumente, klauten mit den anderen Deltas ihrer Gruppe wie die Raben, schmuggelten Dinge ins Habitat und warben Mitstreiter an. Publius schien sich um die haushälterischen Tätigkeiten zu kümmern und befragte zukünftige Gemeindemitglieder nach ihrer farblichen Befindlichkeit. Und Lucius? Was genau machte er? War er Mädchen für alles? So wie er immer herumschlich, könnte man ihn auch für einen Kundschafter halten. Der Spitzel, der Prosperos Spitzel beobachtete.

Zwischen Lucius und mir herrschte eine gewisse Gespanntheit, die ich mir nicht erklären konnte. Vielleicht lag es daran, dass er mich als Eindringling zu betrachten schien und nicht als Gast oder Helfer. Auf der anderen Seite hatte ich bis jetzt aber auch noch nichts Entscheidendes dazu beigetragen, um als Stütze der Gemeinde geschätzt zu werden. Aber vielleicht war das, was wir füreinander empfanden, auch keine Gespanntheit, sondern bloß gegenseitige Neugierde.

»Für alles, was so anfällt«, entgegnete Lucius, und für mich klang das ausweichend. »Kontrolle des Medikamentenbestandes, Überprüfung anderer Lagerbestände, Koordination der Abläufe im Haus, Kindermädchen …«

»Ha, ha.« Das bezog sich eindeutig auf mich.

»Da du nicht auf den Kopf gefallen bist, Richard, dürftest du bemerkt haben, dass Prospero den Menschen, mit denen er am meisten zusammenarbeitet, Namen aus Shakespeares Dramen gibt«, fuhr Lucius fort.

»Und die Figuren aus *Der Sturm* stehen Prospero am nächsten, während der Rest der engeren Mitarbeiter mit anderen Vornamen aus dem shakespeareschen Reich versehen wird. Habe ich recht?«

Zum ersten Mal hatte ich den Eindruck, Lucius' Züge würden feinfühlig.

»Exakt«, bestätigte er. »Du musst keine Fragen stellen, Richard, denn irgendwann kommst du von selbst drauf.«

»Irgendwann ist mir aber zu lange hin.«

Der Androide stand auf und betrachtete eine Blüte, in der sich immer noch Bienen tummelten. »Fleißige Sammler und Arbeiter«, murmelte er ungewöhnlich nachdenklich. »Tun, was in ihnen vorprogrammiert ist.« Er schaute auf. »Sie sind ein wenig wie Deltas, oder?«

»Auf was willst du hinaus?« Dieser philosophische Exkurs überraschte mich. »Ihr habt euer Schicksal doch selbst in die Hand genommen, oder etwa nicht? Prospero hat euch außerdem erlaubt, das *uncanny valley* zu verlassen und so zu werden wie wir.«

»Nun, die Forschung bestätigt nun mal, dass die Akzeptanz von … Maschinen …« Ich spürte, wie ungern er dieses Wort benutzte. »… vollkommen sein wird, wenn man die … Maschinen vom Menschen nicht mehr unterscheiden kann. Das haben wir bisher noch nicht erreicht. Und von Selbstbestimmung sind wir ebenfalls weit entfernt, Richard. Warum meinst du, mussten die Bauern ihre Namen behalten? So manch einer wünschte sich einen anderen.«

Mir wurde plötzlich ein wenig flau im Magen. Wollte Lucius mich in einen Hinterhalt locken? Zu meiner Verwunderung beantwortete er seine Frage jedoch selbst.

»Weil sie von Autonomie noch weiter entfernt sind, als es die altmodische Delta-01-Serie ist.«

»Warum erzählst du mir das? Ist das wieder so ein bizarrer Test?«

Ich meinte, ihn leicht lächeln zu sehen. »Weil es die Wahrheit ist, Richard. Spiele liegen mir nicht. Und von den Tests halte ich …«

»Stopp!«, unterbrach ich ihn und hob eine Hand. Damit konnte ich nicht umgehen. Ich ertrug es nicht, dass mir ein Delta sein Herz ausschüttete. Nicht in der Außenwelt und hier, in der Abgeschiedenheit des Habitats, noch weniger.

»Ich habe dir zu viel zugemutet. Ich weiß sehr wohl, welchen Auftrag dir Prospero gegeben hat«, entschuldigte sich Lucius sofort.

Damit hatte er einen Gedanken weitergesponnen, der mir in den letzten Sekunden durch den Kopf gegangen war. Wenn er also Bescheid wusste, warum äußerte er dann Kritik gegenüber seinem … Arbeitgeber?

»Ich überlasse es dir, eine Entscheidung zu treffen, Richard«, erklärte er ruhig. Mit geschmeidigen Bewegungen, die einem Delta-·¹ gar nicht ähnlichsahen, pflückte er das leere Saftglas vom Boden. »Ich habe gehört, du bist morgen zum Mittagessen bei Sean eingeladen?«

Ich war derart verwirrt, dass ich nur schwach nicken konnte. Entscheidung – über was?

»Dann wünsche ich dir eine lebhafte Unterhaltung. Sie wird angeregt sein, das kann ich dir jetzt schon sagen.« Er wandte sich zum Gehen, überlegte es sich dann anders und drehte sich noch einmal um. »Es würde mir einiges bedeuten, wenn wir unsere Standpunkte anschließend noch einmal austauschen könnten, Richard. Vieles wird dir klarer erscheinen. Vielleicht morgen zur selben Stunde am selben Ort?«

Ich starrte ihn nur stumm an.

»Schön, dass du damit einverstanden bist.« Sein Blick wurde wieder sanft, zumindest interpretierte ich es so. »Gute Nacht, Richard.«

Nach dem Gespräch mit Lucius hielt ich es nicht mehr lange im Atrium aus. Das Brummen der Bienen fing an, mich zu nerven, und der Duft der Blumen lag schwer in meiner Nase wie die Geruchsschwaden parfümierter älterer Damen. Im Zimmer fiel mir jedoch die Decke auf den Kopf. Sofie war immer noch nicht in Reichweite, wahrscheinlich besprach sie mit Glatzkopf-Horatio gerade die Planung der Nahrungsmittelproduktion, die der Ingenieur gemeinsam mit ihr übernommen hatte. Meiner Meinung nach hätte sich Sofie besser mit jemandem zusammengetan, der sich in seinem früheren Leben nicht mit hochentwickelter Technik beschäftigt hatte, die man im Habitat sowieso nirgends fand. Jemand, der bereit war, sich unvoreingenommen und mit gesundem Menschenverstand einer Rechenaufgabe zu widmen, deren Komponenten aus vorsintflutlichen Arbeitsmaterialien und purer Menschenkraft bestand. Horatio hatte ich bisher als einen Krümelkacker erlebt; die Zusammenarbeit mit ihm war mit Sicherheit alles andere als entspannt.

Prospero hatte mir kurze Zeit nach seiner Eröffnung, ich solle doch Augen und Ohren für ihn in der Gemeinde offenhalten, einen Stapel Papier sowie Bleistift, Spitzer und Radiergummi in die Hand gedrückt. Über meine Handflächen war ein Kribbeln gelaufen, als ich die Schreibutensilien in Empfang genommen hatte. Dass es so etwas überhaupt noch gab!

Jetzt saß ich an dem kleinen Tisch in meinem Zimmer und das Handwerkszeug, das mir, so Prospero, beim »Skizzieren meiner Vorgehensweise« und dem »Festhalten meiner Eindrücke« helfen sollte, lag wie für ein Holo-Foto arrangiert neben mir. Abwesend nahm ich den Radierer in die Hand und spürte die aufgeraute Oberfläche des Gummis auf meiner Haut. Es war lange her, seit ich das letzte Mal etwas manuell geschrieben hatte, ohne es in den DiDe zu sprechen. Verlernt hatte ich es keineswegs, nur wusste ich nicht, wie geschickt ich darin noch war. In den ersten zwei Jahren meiner Schulzeit hatte ich das Schreiben mit dem Stift noch lernen müssen. Natürlich verlief dieser Prozess parallel zu meinen ersten Gehversuchen mit dem Dictate Device und dem Scriptpanel, denn die handschriftlichen Übungen hatten eher etwas mit dem Bewahren einer Tradition zu tun und dienten nicht zum Erlernen einer Tätigkeit, die man später tatsächlich benötigen würde. Es lag wieder einmal an meinen Großeltern, dass ich das Schreiben nicht aufgegeben hatte wie so viele andere meines Alters. So wie mein Großvater sich stets geweigert hatte, auf digitale Zeitmesser umzusteigen, hatte er es auch strikt abgelehnt, ein DiDe oder andere moderne Hilfsmittel zu nutzen. Das Gehirn dachte und leitete den Einfall in den Arm weiter, der wiederum der Hand befahl, die Idee aufzuschreiben. So und nicht anders hatte das bei ihm funktioniert. Es reichte ihm nicht, etwas in ein Aufnahmegerät zu sprechen, das Texte für ihn korrigierte und auf Wunsch archivierte oder verschickte. Manchmal war er sogar losgezogen und hatte Notizzettel unter den Türen von Bekannten hindurchgeschoben. Er empfand es als ungehobelt und herzlos, mit Freunden über elektronische Wege Kontakt zu halten. Ich muss nicht erst erwähnen, dass er von seinen Nachbarn für komplett schrullig gehalten wurde.

Ich legte den Radierer zur Seite, nahm den Bleistift in die Hand und versuchte bewusst, ihn nicht wie ein chinesisches Essstäbchen zu halten. Die ersten Striche waren zaghafte Kratzer auf Papier, und zuerst übte ich nur Schwünge und Linien. Doch dann entwickelten sich die verwackelten Buchstaben langsam zu einer Einheit, und es war, als ob man ein altes Fotoalbum aufschlug und die Erinnerungen mit einem Schlag zurückkehrten. Ein seltsames, fast schon gespenstisches, aber gleichzeitig auch schönes Gefühl.

Ich zog zwei Spalten, verzichtete aber auf deren Benennung in *vertrauenswürdig* und *nicht vertrauenswürdig*, sondern notierte jeweils nur Namen.

In die linke Spalte schrieb ich: Horatio, Thaisa, Alonso, Publius, Sofie, Prospero, Ian, Sean.

Der Inhalt der rechten bestand aus: Lucius (?), Ariel (?)

Eine Weile blieb mein Blick auf der Unterteilung ruhen, dann faltete ich den Zettel sauber zusammen und steckte ihn unter die Matratze, auf der ich mich anschließend ausstreckte. Erholsamen Schlaf fand ich allerdings erst, nachdem Sofie zu mir unter die Decke gekrochen war. Ich musste kurz weggedöst sein, denn ich hatte sie nicht ins Zimmer kommen hören, und als sie sich an mich kuschelte, sprach sie kein Wort. Nach wenigen Minuten waren ihre gleichmäßigen Atemzüge zu hören, die mir schließlich die ersehnte Ruhe brachten.

Grünauge

Ich machte mir keine Gedanken mehr darüber, wie das Wetter zustande kam, und wunderte mich deshalb auch nicht, dass Tropfen fielen, die mein Gesicht bedeckten wie die feinen Wasserstrahlen der Dusche, die ich so zu schätzen gelernt hatte, dass ich mich jeden Morgen regelrecht auf sie freute. Ich überquerte den Vorplatz, mied aber den Weg zu den Handwerkerhäusern, denn dafür war es noch zu früh. Stattdessen beschloss ich, die Zeit bis zum Mittagessen mit Sean zu nutzen, um herumzuschlendern. Allein die Tatsache, ohne Ziel unbehelligt und gefahrlos durch die Gegend laufen zu können, kam mir surreal vor. In den Outer-Rims wäre das unmöglich gewesen. Man ging nicht vor die Tür, um einen Spaziergang zu machen. Man fuhr mit der Common Rail zur Arbeit oder benutzte den Gleiter, und wenn man seinen Job endlich hinter sich lassen durfte, kehrte man mit diesen Transportmitteln auch wieder zurück. Schon der Weg zur Medikamentenausgabe um die Ecke konnte zum Abenteuer werden.

Die bekannte Route, die mich über die Felder zum monströsen Eingang und der Mauer zurückführen würde, interessierte mich nicht. Vielmehr folgte ich einem ausgetretenen Pfad, der allem Anschein nach in einer Waldung endete, die sich an einen kleinen Hügel schmiegte, als wolle sie sich mit ihm paaren. Ich begegnete niemandem und genoss die Wärme auf meiner Haut. In den Outer-Rims waren Sonnenstrahlen ein meteorologisches Ereignis der besonderen Art. Einmal war es sogar passiert, dass mich eine Wildfremde ansprach und entzückt mit dem Finger nach oben zeigte, als Sonnenschein durch die Wolkendecke und sogar durch die Smogpartikel drang.

Schließlich konnte ich nicht anders, als wieder meine Schuhe auszuziehen, den Pfad zu verlassen und durchs Gras weiterzulaufen. Ich ignorierte das Piksen der Halme und machte mir auch wenig Gedanken über Insekten, die unter meinen Füßen krabbelten und mich umschwirrten. Eine Biene schien mich regelrecht zu verfolgen, aber das alles konnte das tiefe Gefühl der Ruhe in mir nicht vertreiben. Das Gefühl, mitten in einem Traum zu stecken und Angst zu haben, aus ihm herausgerissen zu werden, war überwältigend.

Die Jahreszeiten spielen unter der Kuppel wahrscheinlich keine allzu große Rolle, überlegte ich, während die Grashalme meine Zehen kitzelten. Die Natur wird sich hier nicht auf den Winter vorbereiten müssen. Die Kälte, wie es sie außerhalb des Habitats gibt, wird hier keinen Einzug halten. Die Temperatur blieb stets dieselbe. Was bedeutete: keine öden, verlorenen Felder, keine ausgelaugten Wiesen, keine vor Frost glitzernden verdorrten Blüten, keine Äste, an denen funkelnde Tropfen hängen wie an einem Kristallleuchter. Was bedeutete das für die Ernte? Konnte man ganzjährig Früchte von den Bäumen pflücken? War das hier tatsächlich das Schlaraffenland? Aber auch die Natur brauchte doch eine Ruhepause, oder etwa nicht? Sie musste sich erholen, durchatmen, neue Kraft schöpfen. Ein ausgelaugter Boden konnte keine gute Ernte hervorbringen. Die Welt musste sterben, um sich dann wieder herauszuputzen, musste aufgeben, um sich selbst wieder neues Leben einzuhauchen. Jahr für Jahr.

War das eines von den Problemen im Habitat, von denen Prospero gesprochen hatte?

Das Fehlen jeglicher Technik war göttlich. Der Wald kam näher, und nichts war zu hören außer meinen Schritten durch die Gräser, Vogelgesang und Insektenbrummen. Genauso wie die Infizierten waren kleine Säugetiere, Piepmätze und Insekten unter der Kuppel eingesperrt worden. Genauso wie die Infizierten hatte man sie nicht nach ihrer Meinung gefragt.

Ich strich über den ersten Baumstamm, den ich erreichte. Schnell wurde es frischer, und der Geruch nach Feld machte dem von Harz Platz. Es schien ewig her zu sein, dass ich das letzte Mal diesen Duft eingesogen hatte, und ich konnte die entsprechende Schublade in meinen Erinnerungen nicht finden. Ich marschierte aufs Geratewohl querfeldein. Als nach wenigen Schritten meine von Nadeln und heruntergefallenen Zweigen malträtierten Fußsohlen schmerzten, musste ich stehen bleiben, um mir die Schuhe wieder anzuziehen. Nun roch ich zwischen Harz und feuchter Erde noch etwas anderes. Etwas, was mir vorher nicht aufgefallen war. Ein Lagerfeuer. Diese Schublade fand ich auf Anhieb, denn sie war mit den schönsten Erinnerungen vollgestopft: Bilder und Aufzeichnungen aus meiner frühen Kindheit.

Hastig band ich mir die Lederriemen um die Knöchel. Beim Versuch, der Spur des Feuers zu folgen, lief ich erst eine Weile ergebnislos im Kreis, bevor ich zwischen dem Gehölz Rauch sah. Ohne groß zu überlegen, steuerte ich geradewegs darauf zu, bahnte mir eine Schneise durch hinderliches Gestrüpp und stoppte zuletzt vor übereinandergeschichteten, schon erloschenen Ästen, von denen jedoch immer noch beißender Qualm aufstieg, der in den Augen brannte. Meine gereizte Kehle gab ein trockenes Husten von sich, dann ging ich in die Hocke, nahm einen der kohlschwarzen Stöcke heraus und blies dagegen. Ein kurzes Aufglühen. Das Feuer war noch nicht lange tot. Mit dem Ast in der Hand sah ich mich um, konnte aber niemanden entdecken. Stattdessen schälte sich unerwartet in der Entfernung das Braun einer Hütte aus dem Grün.

»Was wollen Sie hier?«

Ich fuhr herum. »Was?«

»Haben Sie einen Ihrer von mir verabscheuten lächerlichen … Termine?« Grüne Augen starrten mich aus einem unrasierten Gesicht an. Ihr Funkeln schwankte zwischen Spott und Aggression. Der Fremde schob sich eine fettige Strähne aus der Stirn. »Ter-min?«, wiederholte er betont langsam.

»Äh … Nein, kein Termin.«

»Aha. Wollen Sie mich dann erschlagen? Dürfte ein wenig anstrengend werden mit dem Ding.« Er deutete auf den glühenden, dünnen Ast, den ich immer noch in der Hand hielt. »Hat unser aller Oberhaupt Sie geschickt? Wenn ja, dann können Sie gleich umdrehen und ihm ausrichten, er kann mich mal. Falls er meint, er müsse mir jede Woche einen seiner Lakaien schicken, kann er weitermachen, bis die Hölle zufriert, und sich dabei den Finger in den Arsch stecken.«

Verwirrt wollte ich etwas antworten, gab aber nur einen fragenden Laut von mir, den der Fremde prompt abwürgte.

»Sie sind kein Android.« Er trat ein Stück vor und musterte mich ungeniert mit seinen bemerkenswerten Augen. »Viel zu groß. Gott, Sie sind riesig! Und in der Form zu individuell gestaltet. Obwohl – weiß ich, was die wieder Neues entwickelt haben?«

»Nein.« Ich holte tief Luft. »Offensichtlich bin ich weder ein Alpha noch ein Delta. Würden Sie das bitte lassen?«

»Was?«

»Mich so anzustarren.« Ich war ein paar Schritte zurückgewichen und ließ den Ast fallen. »Ich habe keine Ahnung, wer Sie sind, ich habe keine Ahnung, wo ich bin, und ich habe keine Ahnung, was ich Ihnen getan haben soll.«

Der Mann zuckte mit den Schultern. »Bis jetzt nichts.« Er grinste. »Ich habe Sie aber noch nie gesehen.«

»Ist das gut oder schlecht?«

»Gut, nehme ich an.« Er musterte mich wieder und schien dann einen Entschluss zu fassen. »Kommen Sie mit.« Ohne meine Zustimmung oder Ablehnung abzuwarten, setzte sich der Mann in Bewegung, ging wenig später kurz in die Knie, um wie ein Zauberer ein totes Kaninchen zwischen den Zweigen eines Buschs hervorzuholen, das dort wahrscheinlich in einer Falle sein Leben gelassen hatte, und stapfte dann mit großen Schritten in Richtung einer Hütte, deren Besitzer er vermutlich war. Er trug nicht die gerade geschnittene Leinentunika der anderen, sondern eine Art ledernen Rock, der von einem geflochtenen Seil zusammengehalten wurde, an dem Federn hingen.

Ohne zu überlegen, stapfte ich Papageno hinterher.

Die Hütte war aus unbehandelten Holzstämmen errichtet worden und hätte Jack London Tränen der Freude in die Augen getrieben, obwohl es durch alle Ritzen zog. Offensichtlich wohnte Grünauge allein dort, denn ich sah nur ein Bett, das immerhin eine Matratze besaß, und einen klobigen Kasten, der wie eine Truhe wirkte, aber auch eine Kommode sein konnte.

»Tee?« Ein lauernder Unterton schien in der Frage mitzuschwingen, auf die er offenbar gar keine Antwort erwartete. Da ich sowieso nicht sicher war, was er eigentlich von mir wollte, hielt ich lieber den Mund.

Er bedeutete mir, auf einem abgesägten Holzblock Platz zu nehmen, der wie zwei weitere als Hocker diente.

Dann schwang er das tote Kaninchen auf den Stamm neben mir, wo es mit einem unschönen Geräusch aufschlug. Ich fuhr kurz zusammen.

»Es geht nichts über Tee. Es gibt keine Situation, die nicht mit einer Tasse Tee in den Griff zu bekommen wäre, oder?« Grünauge hielt eine gusseiserne Kanne hoch und griff nach einem der Becher, die auf dem Tisch neben einem kleinen gusseisernen Herd standen, der ebenfalls mit Holz befeuert wurde. Wieder wartete er nicht ab, bis ich antwortete, sondern schenkte seelenruhig ein. »Die Rat-Deltas trinken keinen Tee«, fuhr er fort. »Sie tun so, als ob sie ihn trinken würden, aber man sieht ihnen ganz genau an, dass sie nichts spüren oder schmecken. Also ... dieses Nichts, das sieht man ihnen an. Man sieht nichts. Verstehen Sie? Man könnte sie verbrühen, und sie würden nicht einmal mit der Wimper zucken.«

»Haben Sie das schon mal versucht?« Ich nahm den mir angebotenen Becher und war überrascht, als sich ein feines Aroma auf meiner Zunge entfaltete. Binnen weniger Sekunden hatte ich ausgetrunken.

»Was?«

»Sie zu verbrühen«, wiederholte ich.

»Kann sein.« Er deutete mit dem Kinn auf den leeren Becher. »Es schmeckt Ihnen also. Das ist gut. Teetrinken ist so, wie wenn eine Katze den Kopf am Bein eines Menschen reibt. Das ist auch gut. Waldblüten. Anstrengend zu sammeln. Einfach zu trocknen. Noch einfacher aufzubrühen. Es gibt genug Wasser hier.«

Ich hatte mich immer noch nicht an die Gedankensprünge meines Gesprächspartners gewöhnt und nickte deswegen nur mechanisch.

»Mit Waldblüten meine ich nicht nur die Blumen, die auf dem Boden wachsen, ich meine auch die Baumblüten. Verdammt schwierig da ranzukommen bei ausgewachsenen Exemplaren, da muss man … wie die Katze verstehen Sie, man muss …«

Mir wurde schummrig ob seiner Sprunghaftigkeit. »Langsam!« In gespielter Verzweiflung hob ich die Hände. »Nichts für ungut, aber könnten wir uns erst einmal vorstellen? Zurück auf Anfang?«, fragte ich und streckte meinem Gastgeber die Hand hin. »Richard. Neu hier.«

Er drückte sie mit einem freundlichen Lächeln lange und stählern. »John. Alt hier. Wenn ich ehrlich sein soll, vom beschissenen Anfang an.«

»Von Anfang an? Dann kennen Sie doch sicher Ian und seine Frau Helen?«, fragte ich. »Und Sean?«

Er schenkte mir einen abschätzigen Blick, und ich sah ein, dass ich die Frage vorschnell gestellt hatte. John war sicher nicht aus einer bizarren Vorliebe für Nutzholz in die Einsiedlerbranche eingestiegen, sondern weil er der Gemeinde geringschätzig gegenüberstand. Geringschätzig. Das hätte ich schon der Bemerkung entnehmen können, die er am Anfang unserer Begegnung hatte fallen lassen. Die mit der Hölle und dem Finger im Arsch. Aber seine Lebhaftigkeit hatte meinen Verstand anscheinend aus den Angeln gehoben. War John etwa vertrieben worden? War das die Strafe der Gemeinde für Verbrecher? Aber was hatte sich der Typ mit den erstaunlich grünen Augen zuschulden kommen lassen? Ich schluckte. Verdammt. Was hatte ich mir nur dabei gedacht, durch die Natur zu streifen wie ein von der Romantik Beseelter?

»Beim tumben Mondbruder, Richard, du brauchst nicht so panisch zu schauen, wie ein Kaninchen, dem ich gleich das Fell über die Ohren ziehe«, griente John. »Himmel, ich biete dir hier nur meinen Tee an. Ich werde dich nicht häuten. Ich kenne den alten Ian und sein faltiges Weib, aber wer dieser Sean ist ... Nicht den blassesten Schimmer. Wir waren schließlich keine Pfadfindergruppe mit Fähnchen in der Hand und eingestickten Vornamen am Halstuch, als die Arschlöcher uns hier interniert haben. Das hier war eine Großstadt aus vor sich hinsterbenden, stinkenden Leibern. Kein Parfüm der Welt wird mir jemals diesen Geruch aus der Nase vertreiben, das kannst du mir glauben.« Das fettige Haar hing ihm in die Augen, als er sich vorbeugte, um die Kanne vom Herd zu nehmen. Seine Finger waren lang und sehnig. Ich erinnerte mich an den fast schon schmerzhaften Händedruck. In diesen Fingern steckte die Kraft, die man für das Überleben im Wald brauchte. Und für die einfallsreiche Art der Möblierung, die man in der Hütte vorfand.

»Wie meintest du das mit dem Termin vorhin?« Dankbar nahm ich die Tasse entgegen. Ich hatte am erfrischenden Pragmatismus des Hauseigentümers Gefallen gefunden.

»Nun ja ... Das war nur so dahingesagt«, murmelte er durch seinen Strähnenvorhang. »Die tauchen hier alle naselang auf und wollen, dass ich mich auf sie einlasse. Drauf geschissen, kann ich nur sagen.«

Die Tasse klebte für einige Sekunden an meinen Lippen. Das durfte nicht wahr sein. Ich war ausgerechnet dort gestrandet, wo sich ein Exemplar jener Gemeindemitglieder aufhielt, die ich für Prospero ausspionieren sollte. Dabei wusste ich weder, ob ich dazu Lust hatte, noch wie ich es geschickt anstellen sollte, im Falle, dass ich Lust verspüren würde. »Du hast also nie in Island City gewohnt, nachdem das Serum gefunden worden war?«

Grünauge war nicht auf den Kopf gefallen. »Wer will das wissen?«

»Ich will damit …«

»Hör mal, Richard. Du trinkst Tee mit mir, stellst mir aber ebenso dämliche Fragen wie die künstlichen Armleuchter, die Prospero willenlos folgen.«

»Ich bin nur neugierig«, versuchte ich, mich zu verteidigen. Was für einen Wahnsinnsstart hatte ich da nur hingelegt! Ganz der Profi-Spion. Aufrührerische Reden halten und unbemerkt Informationen aus jemandem herauskitzeln waren zwei verschiedene Teesorten. Um bei Johns Lieblingsgetränk zu bleiben.

Seine grünen Augen, die ohne Frage sowohl Gift als auch Gemmen sein konnten, weiteten sich. »Ach? Das bin ich auch. Also: Ist Richard dein richtiger Name, oder hast du ihn bekommen? Du weißt schon, was ich meine.«

»Es ist kein Name, den mir Prospero gegeben hat«, antwortete ich wahrheitsgemäß.

»Weil du noch nicht so lange da bist«, stellte er nüchtern fest.

»Nein, weil es meiner ist.«

»Soso. Weil es deiner ist.«

Ich hätte ihm vorwerfen können, dass auch John ein Name aus der Welt des großen englischen Dichters war. Soweit ich mich erinnerte, hatte sogar dessen Vater so geheißen, aber ich hielt den Mund. Ich kam hier nicht weiter. Im Gegenteil. Wenn ich noch länger bliebe, würde ich es schlicht und ergreifend versauen. Und darauf war ich nicht aus, denn mir gefiel Johns Art, und ich war mir nicht sicher, wie tief ich in seine Geheimnisse überhaupt eindringen wollte. Einfach nur dazusitzen, Tee zu trinken und über Baumblüten zu plaudern, empfand ich gerade als außergewöhnlich entspannend. Dagegen bereitete mir der bloße Gedanke an die Liste unter meiner Matratze schon Kopfschmerzen.

Es würde vermutlich niemand erfahren, wo ich den Vormittag verbracht hatte, aber da Lucius die Angewohnheit hatte, aus dem Nichts aufzutauchen wie eine Erscheinung, war es sicherer, wenn ich von hier möglichst schnell verschwand, um Grünauge keine Schwierigkeiten zu machen. Also erhob ich mich schweren Herzens. »Es tut mir leid, aber es ist wahrscheinlich besser, wenn ich jetzt gehe. Danke für den Tee. Hervorragendes Aroma.«

»Nun gut.« Auch er stand auf. »Ich habe das Gespräch durchaus genossen, aber wenn du es eilig hast …« Er ging zur Tür und hob den schweren Riegel an. »Mein Anwesen steht dir trotzdem jederzeit als Rückzugsort offen. Das heißt, falls dir die richtigen Fragen auf der Zunge liegen, wenn du das nächste Mal bei mir vorbeikommst. Und ich habe das Gefühl, dass das der Fall sein könnte.«

Rückzugsort. Hatte ich meine Unentschlossenheit so deutlich gezeigt? Verdammt, der Mann schien Dinge über mich zu wissen, die ich mir selbst kaum eingestehen wollte.

»Ach Ian, alter Junge, was redest du wieder für einen Stuss!« Seans Pranke donnerte zum x-ten Mal an diesem Mittag auf die Tischplatte, aber er grinste dabei von einem Ohr zum anderen. »Überflammt! Mein Brot ist nicht überflammt, das nennt sich Feuerkruste. Feu-er-krus-te. Verstehst du?«

Ich senkte den Kopf, damit mich Ian nicht schmunzeln sah. Anscheinend trugen die zwei zu jeder Mahlzeit einen ritualisierten Kampf aus. Helen hatte mich schon im Flüsterton an der Eingangstür zum Handwerkerhaus gewarnt, ich solle den verbalen Schlagabtausch zwischen ihrem Mann und Sean nicht allzu ernst nehmen. »Sie verstehen sich, Richard. Nur nimmt Ian immer alles ein wenig ernster, als er es müsste.«

Die Nijinsky-Darbietung war vor meinem geistigen Auge aufgetaucht, und ich hatte heftig genickt und mir ein Lachen verkniffen.

Der Kartoffelauflauf war hervorragend gewesen. Eigentümlich gewürzt, mit einer sämig angedickten Soße aus Mehl, wie ich sie noch nie gegessen hatte, und einer ordentlichen Schicht frischer Kräuter auf der Oberseite. Dazu hatte Sean sein anscheinend in der ganzen Stadt berühmtes Brot serviert, dessen knusprige Rinde sich wie Kohlenstaub über den Laib legte. Alle Mitglieder der Kommune hatten sich um den großen Tisch versammelt, es war richtig eng geworden. Man lachte und scherzte, sprach über die Arbeit auf dem Feld und die bevorstehende Planung. Einige kleinere Kinder hatten uns ebenfalls Gesellschaft geleistet, und zwei Babys hatten auf den Knien ihrer Mütter gesessen und sich pürierte Kartoffeln in die dicken Backen schieben lassen.

Jetzt hatten sich die anderen zurückgezogen, und nur noch Ian, Helen, Sean und ich saßen entspannt zusammen. Satt lehnte ich mich zurück und ließ die Rückenwirbel knacken. Und wie ich so mit einem guten Mahl im Bauch behaglich dasaß, wanderten meine Gedanken wieder zurück zur Hütte zwischen den Bäumen. Noch bevor ich darüber nachdenken konnte, hatte ich auch schon den Wunsch nach einer Tasse Tee geäußert. Mit Tee verkraftete ich eine vorangegangene Völlerei einfach besser.

Sean zog die Augenbrauen hoch. »Haben wir nicht. Kann ich dir Milch anbieten?«

Abwehrend schüttelte ich den Kopf. Mir war die Überdosis vom Morgen noch gut in Erinnerung. Ich konnte mich beim Frühstück einfach nicht zügeln. »Nein danke, dann bitte Wasser.«

»Das haben wir auf jeden Fall«, entgegnete er, stand auf und kam mit einem Tonkrug wieder zurück an den Tisch. »Wie kommst du denn auf Tee?«, wollte er wissen, während er mir einschenkte.

War das so ein abwegiger Wunsch? Wir waren in England, verdammt!

»In Prosperos Haus gibt es keinen«, stellte Ian reserviert fest. »Nur Säfte und Milch. Wir waren mal dort. Ist schon ein Weilchen her.«

Helen nickte mit einem fast seligen Lächeln. »Es war … einfach … Ich werde es nie vergessen, Richard«, sagte sie zu mir gewandt. »Prospero lädt jeden Sommer ein paar Auserwählte der Zunft zu einem Festmahl in sein Anwesen ein.« Sie ergriff Ians Hand und drückte sie. »Und Ian … Er war vor zwei Jahren einer der Auserkorenen und durfte mich mitbringen. Gott, war ich aufgeregt! Weißt du noch? Ich habe mir extra dafür noch eine andere Tunika genäht, meine alte kam mir schäbig vor. Ich kam mir schäbig vor.« Sie errötete wie ein junges Mädchen.

Ihr Mann strich ihr sanft über das graue Haar und starrte dann vor sich, als ob er träumte. »Du warst schöner als ein Engel. Alles war prächtig. Das war pures Glück, Helen. Pures Glück.«

»Wie kommst du auf Tee, Richard?«, wiederholte Ian nach einem Moment der Selbstvergessenheit Seans Frage, und ich konnte eine Gereiztheit aus seiner Stimme heraushören, die ich zuvor noch nicht mit ihm in Verbindung gebracht hatte. Auch Helen schien plötzlich hellwach und sah mich direkt an. Ians schwelgerischer Blick war einem forschenden gewichen. »Tee!« Er spuckte das Wort aus wie Gift und legte Helen beschwichtigend die Finger auf die Schulter, als ob er sie vor dem, was gleich kommen würde, beschützen müsse.

Alle starrten mich an, als ob ich mein Gastrecht miss-braucht hätte.

Hilflos suchte ich nach einer Antwort und atmete in-nerlich auf, als es an der Eingangstür klopfte. Laut und fordernd. Ian behielt mich im Blick, als er aufstand, und wandte die Augen erst ab, als er den Flur entlangtrotte-te. Ich nestelte an meiner Leinenserviette, als ob ich sie eben erst entdeckt hätte.

Sean und Helen schwiegen.

Vom Eingang her war eine aufgeregte, dunkle Frau-enstimme zu hören. »Es ist wieder passiert. Verdammt, es ist wieder passiert!«

Helen sprang auf. Schnelle Schritte übertönten Ians so gar nicht nijinskyhaftes Schlurfen, der dann etwas sagte, was ich nicht verstand.

»Unsinn! Du weißt, was ich darüber denke!«, antwor-tete die weibliche Stimme. »Benutz endlich mal deinen Verstand!«

Sean massierte sich mit den Händen die Wangen, als ob er unter Durchblutungsstörungen leiden würde. »Verflucht«, presste er hervor. »Das hat uns gerade noch gefehlt.«

»Was ist los?«, getraute ich mich endlich zu fragen.

»Wirst du gleich sehen«, grunzte er. »Da hast du dir ja einen schönen Augenblick ausgesucht, um mit uns ge-meinsam zu Mittag zu essen.«

Ich wollte gerade erwidern, dass ich mich nicht selbst eingeladen und den Termin festgelegt hatte, aber die dunkel gefärbte, weibliche Stimme unterbrach mich. »Sean, es muss was geschehen. Jetzt. Wir müssen etwas unternehmen.«

Ich fuhr herum.

Die Besucherin strich sich eine Strähne ihres rotblon-den Haares hinter das Ohr; eine Geste, wie ich sie früher oft bei Sofie gesehen hatte, nur benahm sich das Haar dieser Frau derart widerspenstig, dass ihr die Strähne sofort wieder in das hagere Gesicht fiel. Mit zusammengepressten Lippen und leichenblass stand sie neben Ian und ignorierte mich völlig. Stattdessen wandte sie sich wieder Sean zu, der sich bemühte, wie die Ruhe selbst zu wirken. Das Trommeln seiner Finger auf der Tischplatte aber sprach eine andere Sprache.

»Wir müssen etwas tun!«, beharrte sie.

»Ich habe dich schon beim ersten Mal gehört«, grunzte Sean.

»Wer ist es denn?«, schaltete sich Helen ängstlich ein. »Jemand, den wir gut kennen?«

Ian räusperte sich. »Es ist John. Sie hat es mir eben im Flur erzählt.«

Sean warf mir einen wissenden Blick zu.

»Welcher John?«, flüsterte Helen. »Der mit …«

»… du weißt welcher.« Ian hielt die Lehne eines Stuhls umklammert, und seine Fingerknöchel wurden weiß vor Anstrengung. »Das hat er kommen sehen, verdammt. Das kam nicht von ungefähr.«

Sean trommelte weiter.

Die Frau beugte sich vor und stütze sich auf der Tischplatte ab. »Hörst du dir eigentlich manchmal selbst zu, Ian?«, giftete sie.

Seit der Erwähnung von Johns Namen und Seans informiertem Blick in meine Richtung war ich mir sicher, dass Grünauge etwas zugestoßen sein musste. Und alle schienen zu wissen, dass ich bei ihm gewesen war. Alle, außer der Frau vielleicht, die inzwischen wie ein getriebenes Tier im Raum auf und ab ging.

»Verflucht, Maggie setz dich endlich! Du machst mich wahnsinnig!«, donnerte Sean und lehnte sich zurück, die Beine weit von sich gestreckt. »Er hat sich entschieden, so zu leben – mit allen Konsequenzen.« Energisch verschränkte er die Arme vor dem massigen Brustkorb.

Maggie, die mit ihrer knochigen Figur und ihrem hageren Gesicht äußerlich ganz und gar nichts mit ihren Bienen gemeinsam hatte und deswegen komplett anders aussah, als ich sie mir vorgestellt hatte, stieß ein zischendes Geräusch aus. »Und was soll das jetzt heißen?« Provozierend sah sie in die Runde. »Wollt ihr mich verpfeifen?«, fragte sie lauter. »Weil ich auch mal an mich denke? Weil ich mich nicht auf Riten und Normen einschwören lasse und mich somit nicht von meiner übertriebenen Selbstbezogenheit« – bei den letzten beiden Worten malte sie mit den Fingern Anführungszeichen in die Luft – »abhalten lasse?«

Ich erinnerte die Formulierung aus einer der Reden, die mir Prospero vorgelegt hatte.

»Krieg dich ein, Maggie. Niemand will hier irgendjemanden verpfeifen!«, sagte Sean. »Du bist aufgeregt.«

»Natürlich bin ich das! Wer wäre das nicht? Ich meine … wer außer Ian?«

»Wir sind Teil eines Ganzen, Maggie«, sagte Helen. »John hat das nicht anerkannt. Noch nie.«

»Mit so einem kann die Gesellschaft nicht zusammengehalten werden«, bestätigte Ian grunzend.

»Die Riten und Normen erfüllen einen Zweck«, fügte Helen hinzu.

Maggie schüttelte ungläubig den Kopf. »Ich glaube das einfach nicht. Und du? Was denkst du?«

Erst einige Sekunden später begriff ich, dass sie mich gemeint hatte. »Ich? Ich verstehe nicht …«

»Wer bist du überhaupt?«, hakte sie ungeduldig nach.

Sean griff zum Brot. »Das ist Richard. Du kannst ihm trauen, so wie uns. Willst du eine Scheibe Brot, Maggie? Ganz frisch. Setz dich doch erst mal.«

Seans Worte rührten mich. Wir kannten uns noch nicht lange, und trotzdem vertraute er mir. Gute Menschenkenntnis oder Scheuklappen?

Maggie kam der Einladung seufzend nach. »Brot wäre fantastisch, Sean. Danke. Der Honig steht noch im Flur. Eigentlich sollte ich nach dem, was passiert ist, keinen Hunger haben. Mein Magen knurrt aber trotzdem.«

Wie auf Befehl stand Helen auf und ging aus dem Zimmer.

»Du bist also Richard«, fuhr Maggie fort, während Ian ihr mürrisch ein Messer reichte, das sie ihm fast aus den Fingern riss. »Prosperos neuer Eleve. Ich habe schon von dir gehört. Und? Wie läuft es so im Unterricht für Anfänger?«

Die Frau schien ziemlich direkt zu sein. Doch auch in ihrer Stimme schwang ein Unterton mit, den ich nicht deuten konnte.

»Ich kann durchaus für mich selbst denken«, antwortete ich.

»Ist das so?« Sie zog vielsagend die Augenbrauen hoch.

»Nun, er ist ein wenig ... anders, Maggie. Er ist aufnahmebereiter. Erkundet aber noch das Terrain. Erst vorhin hat er nach Tee gefragt. Anscheinend hat er vor Kurzem welchen getrunken«, sagte Sean scheinbar beiläufig und schob ihr die Schüssel mit dem Brot hinüber.

»Erkundet das Terrain«, knurrte Ian leise, aber so, dass ich es noch hören konnte. »So kann man's auch sagen, oder?«

Das Messer in Maggies Hand blieb in der Luft stehen. »Dann weißt du schon, wovon wir sprechen?« Sie musterte mich interessiert. Ihre Augen waren von feinen Fältchen umgeben. Sie musste älter sein als Sofie. Vielleicht Ende dreißig?

»Nein, das weiß ich leider nicht.«

»Aber du hast John doch kennengelernt?«

Ich war mir nicht sicher, ob ich auf diese Frage antworten sollte.

»Ich interpretiere das als ein Ja«, sprach sie weiter. »Blütentee?«

Jetzt wurde es mir eindeutig zu nebulös. »Was ist so schlimm an Tee?«, fuhr ich hoch. »Wir haben schon immer Tee getrunken. Zum Frühstück, zu Mittag, um vier Uhr nachmittags, abends, nachts. Tee, wenn wir nachdenken wollen, Tee, wenn Besuch kommt, Tee, wenn wir Ärger haben, Tee, wenn uns langweilig ist.«

»Früher. Sicher«, sagte Helen, die mit dem Honigtopf vor dem Herd stand und uns den Rücken zudrehte. »Aber jetzt ist er verboten.«

Ich fing an zu lachen. »Das ist der beste Witz, den ich je gehört habe! In England ist Tee verboten!«

»Wir sind nicht in England«, widersprach Ian empört. »Wir leben in Island City. Wir sind unabhängig. Wir sind im Habitat.«

»Das sich zufällig in England befindet, oder etwa nicht?«, fragte ich.

Maggie, die nun neben Helen stand und ihr dabei half, den Honig in kleine Gläser umzufüllen, nickte. »Verdammt gut beobachtet. Aber dein Oberlehrer ...« Sie erntete einen vorwurfsvollen Blick von Helen, ließ sich aber dadurch nicht aus dem Konzept bringen. »... hat dir wahrscheinlich nichts von seinem Entschluss erzählt, die Wurzeln zu seinem Heimatland symbolisch zu kappen. Wir sind unabhängig, wir sind allein, wir gegen alle da draußen. Ohne den verdammten Tee.«

Dann hatte John mich testen wollen. Was wäre passiert, wenn ich abgelehnt hätte?

Maggie drehte sich zu mir um. »Ich frage mich, warum Prospero es dir verschwiegen hat.«

Das fragte ich mich auch. Ich fragte mich ohnehin wieder eine ganze Menge. Eine Frage lautete, warum Maggie ihren aufmüpfigen Gedankengängen ungehindert freien Lauf ließ. Seans Hausbewohner mussten sich sehr gut kennen und gegenseitig auch vertrauen, wenn eine derart aufrührerische Sichtweise zugelassen wurde. Das imponierte mir.

»Geht es ihm gut?«, fragte ich überflüssigerweise, denn ich kannte die Antwort schon.

Alle wussten, von wem ich sprach.

Sean hustete leise, und Helen hielt in ihrer Bewegung inne. Der Honig tropfte auf die Arbeitsplatte, aber sie schien es nicht zu bemerken.

»Man hat ihn in seiner Hütte gefunden. Er hat sich anscheinend erhängt«, antwortete Maggie leise und kämpfte mit den Tränen.

Mir wurde kurz schwarz vor Augen.

»Es ist nicht das erste Mal, dass so etwas passiert«, fuhr sie kaum hörbar fort. »In den letzten Monaten hatten wir fünf Selbstmorde, und alle wurden von Menschen begangen, die es vorgezogen hatten, ihren eigenen Weg zu gehen.«

»Das ist deine Vermutung, aber nicht unsere«, sagte Ian mit lauter Stimme. »Deine Vermutung!«

»Es ist keine Vermutung, du blinder, alter Esel!« Maggie war ebenfalls lauter geworden. »Wenn du mal die Augen aufmachen würdest, könntest du das sehen! Aber das tust du ja nicht! Ihr alle tut das nicht!«

Helen legte ihr beruhigend die Hand auf den Arm.

»John hätte sich niemals das Leben genommen.« Maggies Stimme brach. »Er war offen und warmherzig.« Sie wandte sich ab. »Er liebte den Wald.«

Ian grunzte abfällig. »Du wolltest wohl sagen: eigenbrötlerisch und stur und …« Er brach ab, als Helen ihn anfunkelte und kurz den Zeigefinger erhob.

Ich dachte wieder an das reiche Aroma von Blüten auf meiner Zunge. Ich stimmte Maggie zu, obwohl ich John nur kurz begegnet war: Der Mann hatte den Wald geliebt und mir, trotz einiger Bedenken, einen warmen Empfang bereitet. Mein Magen rebellierte, und das lag nicht am Kartoffelauflauf, sondern an der Liste unter meiner Matratze.

Lucius wollte mich noch sehen. »Dann wünsche ich dir eine lebhafte Unterhaltung. Sie wird angeregt sein, das kann ich dir jetzt schon sagen«, hatte er mir gestern mitgegeben. Wusste er zu diesem Zeitpunkt bereits, was passieren würde? Das würde bedeuten, dass Maggie recht hatte und Johns Selbstmord keiner war. Das ließ die Vermutung aufkommen, dass Lucius mit in der Sache steckte. Oder kannte Lucius Sean und Ian einfach so gut, dass er wusste, dass bei einem Treffen mit den beiden immer für interessanten Gesprächsstoff gesorgt war? Ich entschied mich dafür, dass Seans seltsam zusammengewürfelte Kommune stets die Quelle diverser interessanter Hirnfürze sein musste.

Die Alternative gefiel mir nämlich nicht im Geringsten.

Ein Stück im Stück?

Die Angespanntheit, die die Gemeinde im Griff hielt, war deutlich zu spüren, als ich mich auf den Weg zurück zu Prosperos Anwesen machte. Niemand sprach laut über Johns Tod, und so erfuhr ich keine Einzelheiten über die genauen Umstände, doch Betroffenheit lag auf den Gesichtern vieler Island-City-Bewohner. Die Neuigkeit über den Selbstmord, wenn es denn einer gewesen war, musste sich schnell herumgesprochen haben. Auch Maggie hatte nicht verlauten lassen, wer Johns Leiche entdeckt hatte. Sie war nach Ians letztem Einwand stumm geblieben, hatte in das Essen gestarrt, das Helen aufgetragen hatte, mit der Gabel lustlos darin herumgestochert und dann die Kartoffeln auf dem Teller hin- und hergeschoben.

Als Sean mich an der Tür verabschiedet hatte, war es ihm wichtig gewesen, sich bei mir für das »aus dem Ruder gelaufene Mittagessen« zu entschuldigen.

»Ich akzeptiere Maggies Meinung, sie ist eine geschätzte Freundin«, hatte er mit fester Stimme gesagt. »Ian und Helen haben mit ihren Ansichten zu kämpfen, wie du unschwer feststellen konntest ... Maggie ist ja auch was Besonderes und nicht wirklich pflegeleicht ... aber die beiden Alten versuchen, sich damit zu arrangieren.« Für ein paar Sekunden schien er seine Schuhspitzen zu inspizieren, dann räusperte er sich. »Alles in allem wären wir dir jedoch dankbar, wenn du über die Ereignisse in unserem Haus gegenüber dem Rat kein Wort verlierst. Freundschaftsdienst?« Sean hatte aufgesehen, und sein Gesicht war offen und ehrlich gewesen.

Ich hatte genickt, und es ernst mit meinem Ehrenwort gemeint, ihm dann die Pranke gedrückt und war gegangen.

Er hatte Angst. Sean, der Schrank von einem Mann, fürchtete sich.

Die Themen, die mir noch am Tag zuvor auf der Zunge gebrannt hatten und die ich bei Lucius unbedingt zur Sprache hatte bringen wollen, waren gegen andere ausgetauscht geworden. Mir ging es nicht mehr um die Erziehung der Kinder, nicht mehr darum, ob sie die Schule besuchten und wer sie dort unterrichtete. Ob es möglich war, auch unter der Kuppel Sonnenenergie zu nutzen, und inwieweit die alten Krankenhausgeneratoren noch zu gebrauchen oder ihre technischen Innereien weiterzuverwenden waren. Landwirtschaftliche Planung, Logistik und das ungewohnte Zusammenleben der Menschen in einer großen Gemeinschaft unter einem Dach waren nicht länger von Interesse. Der Fragenkatalog war komplett auf den Kopf gestellt.

Ich ließ das Abendessen ausfallen. Stattdessen setzte ich mich auf mein Bett und starrte eine Weile den Putz von den Wänden, bis ich mich aufraffte und auf den Weg zum Atrium machte.

Lucius wartete dort bereits auf mich, als ich aus dem kreuzgangartigen Korridor ins Freie trat, und saß, mit dem Rücken zu mir gewandt, stocksteif auf der weißen Gartenbank. Er tat so, als würde er mich mit seinen Androidensensoren, die wahrscheinlich den Furz einer Fliege wahrnehmen konnten, nicht hören und blätterte stattdessen in einem nicht elektronischen Taschenbuch. Erst als ich direkt neben ihm stand, sah er auf.

»Pünktlich, Richard. Das schätze ich sehr bei einem Menschen.« Er legte den Band offen neben sich, ohne dass ich einen Blick auf den Titel erhaschen konnte.

Ich setzte mich nicht. Gab auch nicht zu, dass ich in meinem Zimmer wie hypnotisiert auf die Zeiger an der Wand gestarrt hatte – hin- und hergerissen zwischen Bleiben und Gehen. Dem Einhalten der Verabredung oder dem Ignorieren derselben. Sofie war nicht da gewesen, und ich wollte sie auch erst einmal aus der Sache raushalten.

»Du bist wütend«, stellte Lucius fest, und im ersten Moment überraschte es mich, dass er mir das ansah. Aber seine optischen Sensoren erfassten wahrscheinlich das kleinste Muskelzucken in meinem Gesicht.

»Bist du mir heute Morgen gefolgt?«, platzte ich heraus.

»Zu Sean? Natürlich nicht.«

»Ich spreche nicht von Sean.« Mein Bauch sagte mir, dass er wusste, von wem ich redete. »Ich spreche nicht von Sean, Helen oder Ian.«

»Oder Maggie?«

Eine weitere Überraschung.

Lucius machte eine wegwerfende Handbewegung, die bei ihm ausgesprochen theatralisch wirkte. »Reine Vermutung, Richard. Sie hält sich oft in Seans Wohngemeinschaft auf. Dort kennen sich die Mitbewohner schon lange, und mit ihren eigenen kommt sie anscheinend nicht so gut zurecht.«

»Dann kennst du sie?«, fragte ich.

»Würdest du ein wenig konkreter werden?«

»Du weißt mehr über sie, als dass sie Imkerin ist. Du weißt von ihren Freunden und den anderen, mit denen sie nicht klarkommt.«

Lucius zuckte mit den Schultern.

»Kommt sie denn mit dir klar?«

Seine Mundwinkel zogen sich leicht nach oben. »Was steckt hinter dieser Erkundigung?«

»Prospero?«

»Würdest du bitte deine Fragen in vollständigen Sätzen stellen, Richard. Und um dir auf das zu antworten, von dem ich vermute, dass du es wissen willst: Prospero bezieht Maggies Honig, aber sie kennen sich nicht persönlich. Er schätzt sie als Lieferantin, aber zu einem Gespräch ist es bis jetzt noch nicht gekommen.«

»Und alles spricht dafür, dass sie auch keinen Narren aneinander fressen würden.«

Es entstand eine Pause. Lucius legte den Kopf in den Nacken und schaute in den Himmel. Eine weitere alberne Geste, wie ich fand. Doch dann erstaunte er mich erneut.

»Nein«, bestätigte er. »Das würden sie sicher nicht.«

Ich neigte den Kopf wie ein Papagei, der die Sätze seines Herrchens nicht richtig verstand, und sah dabei vermutlich nicht weniger lächerlich aus als Lucius kurz zuvor. »Würden sie nicht?«

»Das wolltest du doch wissen. Und es ist so, wie du selbst vermutest. Ist das auf irgendeine Art und Weise missverständlich?«

»Klarer geht es nicht«, gab ich zu.

»Das denke ich auch. Stell deine Fragen. Die wichtigen. Nicht die anderen, die du noch vor einigen Stunden im Kopf hattest. Ich könnte dir jetzt genau sagen, wie viel Zeit seitdem vergangen ist, denke aber, dass dich das nicht interessiert.«

Verflucht, er sah in mich hinein. »Meine Fragen stellen? Einfach so?«

»Ich habe dir schon gestern gesagt, dass mir Spiele nicht liegen.«

Ich sah mich vorsichtig um. Vermutete hinter jeder Säule des umlaufenden Gangs Publius, Alonso oder sogar Prospero selbst. »Werden wir im Augenblick beobachtet?« Gott, ich konnte so paranoid sein! Womöglich war das, was ich mir zurechtgesponnen hatte, ein lachhafter Fehlschluss.

»Nein. Aber für den Fall der Fälle wäre es unauffälliger, wenn du dich neben mich auf die Bank setzen würdest. Von Weitem wirkt ein Gespräch so natürlicher, findest du nicht?«

Da sogar Lucius das vorschlug, war ein wenig Paranoia womöglich doch angemessen. Abgesehen davon war es unangenehm, eine Unterhaltung nicht auf Augenhöhe zu führen. Erst recht, wenn der Gesprächspartner ein Android war.

Lucius rückte kein Stück zur Seite, als ich mich zu ihm setzen wollte, und nahm auch das Buch nicht von der Bank, sodass ich es selbst zuklappte, auf den Boden legte und dabei einen Blick auf den Titel warf. »Joseph Heller. Sehr interessante Wahl.«

»In der Tat. Und bevor du fragst, ob du mir trauen kannst – tu es nicht. Wenn ich dir sagen würde, dass ich die Wahrheit der Lüge vorziehe, wüsstest du auch nicht, ob du mir glauben sollst.«

»*Catch* ۲۲«, murmelte ich.

Er wiegte den Kopf hin und her. »Ansatzweise. In *Catch 22* geht es um ähnliche Gedankenspiele und Widersprüche. Ich habe die Lektüre zwar noch nicht beendet, kann aber unter Vorbehalt vermuten, dass der Autor ...«

»Bitte, Lucius! Verschone mich mit diesen Vorträgen, auf die ich momentan noch weniger Lust habe als sonst. Das war nur laut gedacht, okay? Ich will keinen Nachhilfeunterricht in klassischer amerikanischer Literatur.«

»Eventuell später?«

Wollte er mich auf den Arm nehmen?

»Erzähl mir von Prospero. Was hatte er in den Outer-Rims für einen Beruf? Oder war er Teil des Inner Circle?«, fragte ich, nachdem ich überlegt hatte, womit ich am besten anfangen sollte.

Lucius hielt die Hände im Schoß gefaltet und sah mich nicht an, als er antwortete: »Manche sagen, er sei Lehrer gewesen oder habe an der Universität gearbeitet.«

»Das würde seine Vorliebe für Shakespeare erklären.«

»Würde es.«

»Du glaubst das nicht?« Es war verdammt schwierig, aus seinem Tonfall eine Färbung herauszuhören, doch seine Antwort war mir ein wenig zögerlich vorgekommen.

Lucius drehte sich zu mir. »Richard, so geht das nicht. Stelle die richtigen Fragen. Die wichtigen. Es ist gleichgültig, ob Prospero in seinem früheren Leben Professor, Aufsichtsratsvorsitzender eines Pharmakonzerns oder Gleiterfahrer gewesen ist – wichtig ist allein, was er im Jetzt und Hier tut und wohin das führen wird.«

»Er war vielleicht Aufsichtsratsvorsitzender einer Pharmafirma?«

»Richard! Hörst du mir zu?« Er fuchtelte mit den Händen vor meinem Gesicht herum. »Es geht um das Habitat!« Dann seufzte er und stand auf. »Wir treffen uns morgen wieder.«

»Moment mal, ich habe noch viele Fragen!«, empörte ich mich. Was bildete er sich ein?

»Im Augenblick bist du anscheinend zu verwirrt, um sie korrekt formulieren zu können. Morgen dann.«

Mit diesen Worten ließ er mich allein. Ich nahm das Buch und warf es wütend in den Teich.

Alonso hatte ich schon eine Weile nicht mehr gesehen, und ich verspürte keinen Trennungsschmerz deswegen.

Er war mir mit seinem geckenhaften Getue im Laufe der Zeit immer mehr auf den Wecker gefallen, und am liebsten hätte ich alle Mahlzeiten ohne ihn eingenommen und wäre ihm auch sonst gerne aus dem Weg gegangen. Das ging aber nicht. Prosperos Anwesen verfügte zwar über einen großzügigen Grundriss, aber durch die architektonische Anordnung der Gänge konnte man Zusammenstöße nicht vermeiden – außer man zog sich blitzartig in den nächsten Flur zurück. Des Weiteren war die Teilnahme des gesamten Rats während des Essens erwünscht, und was der Herr und Gebieter über das Habitat als unerlässlich betrachtete, war für seine Bewohner selbstredend Gesetz. Was Lucius von diesem Gesetz hielt, darüber war ich mir jedoch angesichts seines irritierenden Benehmens im Atrium nicht mehr sicher.

Ich begegnete Alonso dem Zickigen auf dem Weg zum Frühstück. Die Nacht hatte mir nicht viel Schlaf gebracht. Sofie hatte neben mir gelegen, ihre warme, schmale Hand auf meiner Brust, aber ihr regelmäßiger Atem war genauso wenig einschläfernd gewesen wie das Lösen komplizierter Rechenaufgaben im Kopf. Normalerweise laugte mich Letzteres immer total aus.

Wir hatten Grünauge nicht erwähnt. Ich hatte nicht gefragt, sie hatte nichts erzählt. Auch über Maggie verlor ich kein Wort, da ich nicht wusste, was ich hätte sagen sollen. Sie entsprach nicht gerade dem Vorzeigegemeindemitglied und war zu hundert Prozent eine der unlauteren Personen, die ich für Prospero auszuhorchen hatte. Mir aber gefiel ihre unverblümte Art zu reden, und ihr Haar, das an manchen Stellen aussah wie ein kleiner Bienenkorb, brachte mich zum Schmunzeln.

Johns Tod lag wie ein gefällter Baum auf dem Weg, auf dem ich und Sofie sprachlos standen, und ich hatte keinen Schimmer, wie wir ihm aus dem Weg gehen konnten. Irgendwann würde Grünauges furchtbarer Abgang zur Sprache kommen müssen, aber ich wollte nicht der Erste sein, der das Thema anschnitt.

Als Alonso mich blumenreich begrüßte, war ich unausgeschlafen und in Gedanken. Ich antwortete deswegen nicht sofort, was ihm gleich eine Steilvorlage für die nicht sehr einfallsreiche *Morgenstund hat Gold im Mund*-Phrase lieferte, die mir jedoch nur ein Grunzen entlockte. Daraufhin tat er so, als ob er schmolle, und boxte mich in die Seite. Als ich zusammenzuckte, lachte er schrill. Ich rieb mir die schmerzende Stelle und war mir sicher, dass er absichtlich so hart zugeschlagen hatte.

Ariel saß schon an seinem Platz, als wir in das Frühstückszimmer traten. Ich ließ Alonso den Vortritt, denn ich befürchtete, er könne mir in seiner gefährlich hysterischen Stimmung von hinten in die Kniekehle treten oder ähnlich abstruse Neckereien treiben und einen weiteren unangenehmen Heiterkeitsausbruch gleich hinterherschicken. Was war nur los mit diesem Androiden? Ich beschloss, Lucius bei Gelegenheit eine technische Überprüfung seines Bruders vorzuschlagen.

Sofie klopfte mit der Hand auf den Sitz des freien Stuhls neben sich und hauchte mir flüchtig einen Kuss auf die Wange, als ich mich setzte. Publius hatte wie jeden Morgen für frisches Obst gesorgt, und ich griff mir eine Birne aus dem Korb und biss hinein, noch bevor ich sie mir auf den Teller gelegt hatte, was mir einen anklagenden Seitenblick von Ariel einbrachte. Das Frühstück vor dem Herrn und Meister zu beginnen, war nicht erlaubt. So wie es nicht gestattet war, Tee zu trinken. So wie es nicht den Vorschriften entsprach, allein in einer Hütte im Wald zu leben. Angriffslustig biss ich noch einmal herzhaft zu und kassierte von Sofie einen leichten, keineswegs anzüglich gemeinten Klaps auf den Oberschenkel.

Prospero, der inzwischen ebenfalls Platz genommen hatte, tat so, als habe er meine absichtliche Gesetzesübertretung nicht mitbekommen, sprach die gewohnten rituellen Worte und griff anschließend zum Löffel. Der offizielle Beginn des Frühstücks.

Eine Weile bestimmte Alonsos übliches Geplapper die Konversation, was mich sofort ermüdete, dann erzählte Sofie begeistert von der neuen Mühle, die man gestern in Betrieb genommen hatte und die von einem der strömungsstärksten Flüsse im Habitat angetrieben wurde. Horatio, der an der Planung beteiligt gewesen war, schilderte lang und breit die anfänglichen Schwierigkeiten, lobte aber den Einsatz der Hilfskräfte. Ich hörte nur mit halbem Ohr hin und wurde erst aufmerksamer, als Thaisa erwähnte, dass die Vorräte an Tetanusimpfstoff langsam zur Neige gingen.

»Ich habe es gestern festgestellt, als sich einer der Tischler mit der Handsäge verletzt hat. Seine Impfung war kein Problem, und es wird auch noch für einige weitere reichen, aber du solltest Ariel mit den Brüdern bald wieder hinausschicken, um medizinische Vorräte zu besorgen, Prospero. Du weißt ja, dass wir auch noch andere Dinge brauchen.«

Der nickte schnell, bat um eine Liste, und Horatio, der sich von Thaisas Unterbrechung sichtbar in seinen detaillierten Schilderungen aus dem Konzept gebracht fühlte, legte die Fingerspitzen zusammen und fuhr ungeduldig und mit dem ihm eigenen, leiernden Tonfall fort: »Mit der Wahl des Geländes, auf dem die Mühle jetzt steht, hatten wir ein ungemein gutes Händchen, Sofie und ich. Eigentlich war sie es, die die Idee hatte.«

Neben mir schenkte Sofie dem ehemaligen Ingenieur mit der Regenwurmader ein strahlendes Lächeln. »Ach Horatio, du und deine Schmeicheleien«, winkte sie ab.

Ich hielt es nicht mehr länger aus. Hier saß man, es fehlte einem an Nichts, man aß, was andere für einen geerntet und zubereitet hatten, und faselte über Mühlen und Handsägen, von denen die meisten hier nicht einmal wussten, wie man sie bediente. Draußen waren Ian und Helen schon längst auf dem Feld, Sean steckte vermutlich bis zum Ellbogen im Mehl, und Maggie …

»Ich hatte gestern ein interessantes Mittagessen mit Sean und seinen Mitbewohnern.« Es kam mir vor, als ob ich brüllen würde, dabei hörte sich meine Stimme an wie sonst auch.

Sie aßen ungerührt weiter. Thaisa lächelte freundlich. »Ach? Was gab es denn? Ians Frau soll eine unglaublich gute Köchin sein, sagt man. Und dann noch für so viele Leute …«

»Man sagt richtig«, mischte sich Alonso ein, der nicht einmal ansatzweise wusste, was Gewürze in einem Mund anstellen konnten. »Wahrscheinlich etwas mit Kartoffeln.« Er gluckste.

Erstaunlicherweise wurde diese Bemerkung von Lucius kommentiert, der sonst beim Essen nur etwas sagte, wenn er direkt angesprochen wurde: »Wahnsinnig scharfsinnig, Bruder.« Er sah zu mir, und ich hatte das Gefühl, als ob er geradezu an mich appellieren würde weiterzusprechen.

»Ich habe ein neues Gemeindemitglied kennengelernt«, folgte ich seiner stillen Aufforderung. »Nein, das stimmt nicht. Zwei. Ich habe mit zwei sehr interessanten, freundlichen Menschen Bekanntschaft gemacht. Einer davon ist jetzt tot.«

Das Klirren von Besteck verstummte.

»Sprich weiter, Richard«, sagte Prospero und legte die Gabel betont langsam auf seinem Tellerrand ab.

Mit einem Mal hatten alle außer Sofie ihre Augen auf mich gerichtet. Sie aber blickte auf ihr Essen, als ob sie sich für das ungezogene Kind neben sich schämen müsse.

»Man sprach von Selbstmord. Man sprach davon, dass dies nicht das erste Mal gewesen sei«, fuhr ich fort.

»Wer ist man, werter Richard?«, fragte Ariel, und Alonso und beendete affektiert seine Ess-Mimikry.

»Die Menschen in der Gemeinde«, sagte ich.

»Nicht die zweite Person, die du kennengelernt hast?«, hakte Alonso nach. »Nicht diese Person, die von dem Bäcker Sean aus mir unerklärlichen Gründen noch immer in seiner Zunft geduldet wird?«

»Alonso!« Prospero griff zum Besteck und widmete sich dem Rührei, als ob mein kleines Intermezzo der Anklage für ihn keinerlei Bedeutung hätte. »Die Imkerin ist harmlos. Außerdem ist dir ganz gewiss bewusst, dass wir auf die Bienen angewiesen sind.«

Diese Bemerkung machte für mich nicht den geringsten Sinn, doch ich ließ mich nicht aus dem Konzept bringen. »Sie heißt Maggie«, sagte ich trotzig.

Jetzt sah Sofie auf. »Du hast Maggie kennengelernt?« Ihr Gesichtsausdruck war beinahe verzerrt, als ob sie einen Schlag in die Magengrube bekommen hätte.

»Lassen wir die Imkerin einmal beiseite, Miranda. Es geht hier nicht um Maggie, es geht um John, meine Liebe«, antwortete Prospero an meiner Stelle. »Richard will wissen, was mit diesem Mann geschehen ist. Nicht wahr? Nun ... das ist simpel zu erklären. Alonso ...?«

Der so angesprochene Delta tupfte sich geziert mit der Serviette den Mund ab und sah mich an. »Depressionen sind nicht mein Spezialgebiet.«

Horatio grinste breit.

»Aber man wird dir bestätigen, dass es auch hier, im Paradies von Island City, das empathisch und mit Verstand von der Spitze geleitet wird …« Alonso deutete manieriert auf Prospero. »… trotz aller getroffenen Vorsorge und Liebe auch Menschen gibt, die nicht sie selbst sind. Nicht wahr, Thaisa?«

Die Ärztin nickte mechanisch und griff zur Butter. »Natürlich«, antwortete sie dann knapp, und es war ihr anzusehen, dass sie dies nicht ausführlicher kommentieren wollte.

»John war ein glücklicher Mensch, er war …«

»Du hast ihn erst gestern kennengelernt, nicht wahr, werter Richard?«, unterbrach mich Alonso. »Wie kannst du dir also sicher sein? Bist du sein …« Er tat, als horchte er in sich hinein. »… Seelenklempner?« Er brach in gellendes Gelächter aus, das abrupt endete, als Prospero eine abschneidende Bewegung mit der Hand machte.

»Alonso, danke, es reicht. Um es kurz zu machen. John hat sich entschieden, allein zu leben. Er hat sich von der Gemeinde absentiert. Wir haben oft versucht, ihn davon zu überzeugen, dass er bei uns besser aufgehoben ist«, sagte er. »Aber er hat es immer wieder abgelehnt.«

»Er kam mit der Einsamkeit auf Dauer nicht zurecht«, fügte nun Sofie betroffen hinzu, und ich hoffte, sie meinte wirklich, was sie da sagte. »Publius hat ihn gefunden. Es muss schwer gewesen sein, den Körper so zu sehen … Ich meine, ich kann mir vorstellen, dass das kein schöner Anblick war.«

Ich schwieg. Publius also. Der Delta war mit Sicherheit nicht in der Lage, einen Monet von einer blau angelaufenen Leiche mit heraushängender Zunge zu unterscheiden.

Thaisa stellte die Butter wieder zurück und biss in ihr Brot. Horatio rührte eine zweite Schüssel Müsli an, und Publius stand auf, um den Obstkorb neu zu füllen. Johns

Tod war für sie ein bedauerlicher Zwischenfall, mehr aber auch nicht. Es schien nichts weiter zu sagen zu geben, nichts zu besprechen.

»Wo hat er sich aufgehängt?«, fragte ich trotzdem. Diese Teilnahmslosigkeit wollte ich nicht akzeptieren. »Ist die Leiche obduziert worden? Hat er Verwandte, die ihn betrauern? Bekommt er ein Begräbnis? Wo?«

Alonso knüllte seine Serviette zusammen und warf sie auf den Tisch. Bevor er jedoch den Mund aufmachen konnte, hatte Prospero erneut beschwichtigend die Hand erhoben. »Es wird für alles gesorgt sein, Richard, aber das ist nicht dein Problem. Das Rührei ist heute wieder einmal fantastisch, Publius! Mein Kompliment an Lavinia.« Er tat sich eine weitere Portion auf den Teller und ging zurück zu seinem Platz.

Zustimmendes Nicken. Allgemeine Einigkeit. Rührei vor Selbstmord. So war die Reihenfolge.

Ich betrachtete das Wandgemälde hinter Prospero am Kopfende des Tisches. Es glich dem im Salon, nur zeigte es keine Bauern beim Pflügen der Felder, sondern einen Mann, der auf etwas Grünem stand, was ich all die Zeit, die ich in diesem Raum verbracht hatte, für einen Hügel gehalten hatte. Ein Bewohner des Habitats auf einer Anhöhe. Jetzt erst fiel mir auf, dass der grüne Hügel einer Erdkugel glich und die blauen Farbklecke keine expressionistische Laune des Künstlers waren, sondern durchaus auch Ozeane sein konnten. Darstellungen, wie ich sie von Schulzeiten aus den Geschichts-DiDes kannte. Das kommunistische Russland, Nazi-Deutschland, Mussolinis Italien. Die Politisierung der Kunst.

Für diesen Rat waren eigenständig Denkende wie Grünauge ein Störfaktor. Dieser Rat duldete keine Querdenker, keine eigene Meinung, keinen Tee. Der »Kult des Einzelnen«, ein Begriff, den Prospero in einer seiner Reden verwendet hatte, musste der Einheit weichen. Das Gemeinderecht war nur der Deckmantel für ein diktatorisches Regime. Der Rat wäre vermutlich zu allem fähig, um diese Herrschaftsform zu schützen. Er schickte vermeintlich Infizierte nach draußen – Mitglieder wie Ian, die dem Rat treu ergeben waren –, um den Inner Circle und die Outer-Rims zu täuschen und so weiter seine Ruhe vor der Regierung zu haben und mit seinem Tun fortfahren zu können. Das IRIR und die CDF gingen ihren gewohnten Pflichten nach, die Bevölkerung war mit sich selbst beschäftigt. Keiner stellte Fragen, alles blieb beim Alten. Ob sie die Freiwilligen mit den Lebensmitteltransportern herausschmuggelten oder nicht, das war in diesem Moment auch nicht mehr von Interesse.

Ich verstand plötzlich, was in Sean vorgegangen sein musste, als er mich an der Tür verabschiedet hatte. Die ängstlichen Augen, die fahrigen Hände, seine Unruhe. Er hatte in seinen Reihen jemanden aufgenommen, der sich als Subjekt und nicht als Teil eines Kollektivs betrachtete, und er wusste nicht, wann ihm dieses Kollektiv deshalb ans Bein pinkeln würde. Aber er konnte Maggie nicht abweisen, das brachte er nicht fertig, und für diese tapfere Haltung hätte ich den Hünen umarmen können.

In dem Moment wünschte ich, ich wäre tatsächlich Teil eines Shakespeare-Stücks. Intrigen, Mord, Krieg, Hinterhalte, ein wenig Romantik, Irrungen, Wirrungen. Ich wollte Ariel als halskrankes, vor sich hin schlurfendes Plappermaul zurück. Ich wollte sogar *Mein Name ist Deborah* auf der Bühne sehen, damit ich ihr Blumen schenken konnte, einfach, weil ich Lust dazu hatte. Ich wollte einen Sitz in der ersten Reihe, und wenn die Inszenierung schlecht war, konnte ich buhen, aufstehen und gehen.

Hier aber hatte ich keine Möglichkeit, das Theater zu verlassen. Nicht, ohne dass ich Gefahr lief, dass mein Körper später am nächsten Ast baumeln würde. Und dass Richard Thorndykes offensichtliche Neigung zur Schwermütigkeit schon wenige Stunden später die Runde in Island City machte.

Wie stand es hier mit Freiheit, Gleichheit und Brüderlichkeit? Hatte mich Sofie in einen Überwachungsstaat gelockt?

Willkommen bei den Guten

Für den Rest des Frühstücks schwieg ich, und die anderen nahmen das Gespräch über die Mühle wieder auf, als ob nichts geschehen sei. Sofie beteiligte sich lebhaft daran, aber ich sagte kein Wort mehr, sondern schob meinen noch halbvollen Teller zur Seite.

Horatio hob eben zu einer Rede an, die ohne Zweifel sehr lang werden würde, da beugte sich Sofie zu mir: »Wie kannst du es wagen?«, zischte sie. »Ich habe dich hierherbringen lassen. Habe gegenüber Prospero viel riskiert. Wie kannst du mein Vertrauen missbrauchen, alles infrage stellen? Wie kommst du überhaupt auf so eine Idee?«

Es war offenkundig, dass es keinen Zweck hatte, mich zu verteidigen und dies auch nicht gewünscht war. Vor allem nicht in dieser Situation, in dieser Runde, während der gesamte Rat beieinandersaß. Zudem standen Sofie und ich immer noch auf einer Art Weg, der durch Johns Tod in zwei Hälften geschnitten worden war. Ich aber würde nicht mehr versuchen, auf ihren Teil zu gelangen, sondern einfach in meine Richtung weitergehen. Das war eine Entscheidung, die ich während des Frühstücks getroffen hatte, und sie war mir leichter gefallen, als ich dachte. Wohl weil ich unbewusst schon länger darüber gegrübelt haben musste.

Ich schob meinen Stuhl zurück, entschuldigte mich halbherzig bei den anderen – so viel Anstand besaß ich noch – und ging hinaus.

Wenige Minuten später löste sich der Rat auf, damit jeder seinen Tätigkeiten nachgehen konnte. Thaisa und Prospero jedoch standen ein wenig abseits der geöffneten Tür und unterhielten sich leise flüsternd. Ich befand mich am anderen Ende des Gangs, unschlüssig, ob ich in mein Zimmer gehen, Lucius ansprechen oder erneut Sean aufsuchen sollte. Die Arbeit an Prosperos Reden würde ich auf später verschieben. Auf morgen – oder übermorgen. Mir war sowieso nicht klar, was ich in dieser Hinsicht tun sollte. Sie komplett umschreiben? Ich nahm nicht an, dass Prospero nach diesem Vorfall pünktliches Erscheinen erwartete.

Von meiner Position aus hatte ich einen guten Blick auf die beiden Ratsmitglieder, und sie waren derart in ihr Gespräch vertieft, dass sie mich nicht sahen. Prospero sprach eindringlich, beugte sich zu Thaisa vor, strich immer wieder über seinen Bart. Die Ärztin zuckte ab und an mit den Schultern, richtete den Blick zu Boden oder schüttelte den Kopf. Ging es um den Tetanus-Impfstoff? Dann wurde Prosperos Stimme lauter, und Thaisa zuckte kurz zusammen. Sie drehte den Kopf, als ob sie seiner Frage ausweichen wollte, und ich zog mich zurück.

Sean zu treffen erschien mir fahrlässig. Ich hätte mich sehr gerne mit ihm über das unterhalten, was gestern vorgefallen war, wollte ihn aber nicht in Schwierigkeiten bringen. Ariel schien beschäftigt zu sein, er hatte nach dem Frühstück sofort und ohne ein Wort das Anwesen verlassen. Auch musste ich unbedingt mit Lucius sprechen, aber er befand sich um diese Zeit immer gemeinsam mit Alonso im Büro von Prospero, um Unterlagen zu sortieren. Ihn dort aufzusuchen, erschien mir ebenfalls zu riskant. Ich traute so gut wie keinem mehr über den Weg. Vor allem nicht Alonso.

Sofie saß auf der Kante des Betts, als ich mein Zimmer betrat. Ich kam nicht einmal dazu, die Tür zu schließen, da sprang sie auch schon auf und stemmte die Hände in die schmalen Hüften.

»Erklär mir das!«, fauchte sie.

Während ich die Zimmertür ins Schloss fallen ließ, suchte ich krampfhaft nach einer Möglichkeit, aus dieser Situation herauszukommen. Diskussionen mit Sofie waren noch nie meine Stärke gewesen. Sie ist eine der Frauen, die immer recht behalten wollen, die nicht zufrieden sind, bevor sie nicht das letzte Wort haben.

»Da gibt es nichts zu erklären«, antwortete ich. »Du hast recht.«

Sie sah mich misstrauisch an. »Du gibst es also zu?«

»Ich habe dich vor Prospero bloßgestellt, ich habe meine eigene Meinung geäußert, ich habe mich nicht so benommen, wie es alle von mir erwartet haben, ich habe das Vertrauen des Rats missbraucht – ja, es stimmt alles. Wiederhol nicht ständig das Offensichtliche, denn das geht mir auf die Nerven. Ich habe unrecht, ich habe dich gegenüber dem Rat in die Pfanne gehauen und Punkt. Tut mir leid.« Ich stand immer noch an der Tür, so als wolle ich flüchten. Was mehr oder weniger auch der Fall war. »Aber …«

»Aha, jetzt kommt wieder dieses *Aber*, das ich so gut kenne«, unterbrach sie mich und verschränkte die Arme vor der Brust.

»Verdammt! Hör mir zu! Du lässt mich hierherverschleppen, du wirfst mich in eine mir komplett fremde Welt, du machst rein gar nichts, um mich in irgendeiner Form zu unterstützen …«

»Das ist nicht wahr!«

»Ist es doch! Ich werde hier mit allem allein gelassen!«

»Ich habe dich in die Gemeinde eingeführt! Weg von den merkantilen Londoner Sozialkrüppeln geholt!«

Ohne es zu wollen, lachte ich. Diese Formulierung von Prospero wirkte aus ihrem Mund wie antrainiert.

Der Rat war gut dressiert, das musste man seinem Führer lassen. »Eingeführt? Du hast mich von Zunft zu Zunft geschleppt, mir einen Sack von Leuten vorgestellt, deren Namen ich mir nicht einmal zur Hälfte merken konnte. Aber ansonsten wurde ich ohne irgendwelche Instruktionen deinem Herrn und Meister als Redenschreiber an die Seite geschubst. Ich hatte anfangs gehofft, von Ariel die nötige Unterstützung zu bekommen, aber auch der hat sich einfach davongemacht. Ich musste einen dämlichen Test machen, den du anscheinend mitentwickelt hast, und ...«

»Du hättest nicht auf eigene Faust loslaufen dürfen.« Ihre Stimme zitterte. »Prosperos Anwesen ist dein Arbeitsplatz und dein Wohnort.«

Ich schnaubte. »Dann bin ich also auch noch eingesperrt? Die Zimmertüren ohne Schloss sind also nur pure Augenwischerei. Man trägt mir an, euren ach so geschätzten Gemeindemitgliedern ...« Bei den letzten Worten malte ich Anführungszeichen in die Luft. »... nachzuspionieren, darf aber das Haus dafür nicht verlassen? Ja, was denn nun? Soll ich das vom Fenster aus tun? Habt ihr das alles überhaupt durchdacht?«

Sie presste die Lippen zusammen und schwieg.

»Ich habe gedacht, du verstehst uns«, sagte sie nach einer Weile. »Nach dem, was wir alles gemeinsam durchgemacht haben, müsste für dich ein Traum in Erfüllung gegangen sein.«

Ich antwortete nicht. Der Traum, von dem sie sprach, hatte nur kurze Zeit angehalten. Jetzt wollte ich mein altes Leben zurück. Oder irgendetwas Ähnliches.

»Prospero sorgt für uns, er ist für uns da«, fuhr sie fort. »Sicher, am Anfang war es schwierig ... die Umstellung und alles ... und viele litten noch unter der Krankheit. Wir haben so viele sterben sehen, aber ...« Sie kam ein paar Schritte näher, und ich roch den Duft ihrer Haare. »Er hat uns vor draußen beschützt. Er hat die Gemeinde aufgebaut, mit Liebe und Vertrauen. Er hat dafür gesorgt, dass sie die Konvoilieferungen nicht einstellen, indem er die Freiwilligen hinausgeschickt hat. Nur so konnten wir der Regierung suggerieren, dass wir immer noch vor uns hinvegetieren. Hier habe ich alles vergessen, was mein Leben einmal bestimmt hat. Die Luftverschmutzung, die ständigen medizinischen Kontrollen, die …«

Wann war sie so naiv, so blind geworden? Für einen kurzen Moment wollte ich ihre Haut fühlen, ihr über die Wange streichen. Die Uhr zurückdrehen. Nur für einen Atemzug. Aber nur einen Sekundenbruchteil später erinnerte ich mich daran, dass das nicht möglich war. Und dass mein Arm die Geste nur aus Gewohnheit ausführen würde.

»Vergessen?«, sagte ich leise. »Wie kann man das vergessen?« Ich zeigte mit dem Finger auf das Fenster. »Schau raus und schau weiter, schau über die Kuppel hinaus! Da draußen leben ehemalige Freunde von dir, vielleicht entfernte Verwandte, die noch da sind. Da draußen lebte ich! Hattest du mich vergessen?« Ich war laut geworden. Hilflos ließ ich den Arm sinken. »Wie kannst du nur so egozentrisch sein?«

Sofie schüttelte den Kopf. »Nicht dich habe ich vergessen, verdammt, Richard, nicht dich! Du verstehst das nicht! Ich habe dich hierhergeholt! Das hat mit Rücksichtslosigkeit nichts zu tun, wenn du das doch nur begreifen würdest.« Sie setzte sich wieder auf die Bettkante. »Und … du musst dich beim Rat entschuldigen.«

»Bitte?« Ich glaubte, mich verhört zu haben. »John ist tot!«

»Er hat sich umgebracht.«

»Für wie blöd hältst du mich eigentlich? Ich habe den Mann kennengelernt!«

Ihre Augen wurden schmal. »Und Maggie offensichtlich auch«, zischte sie.

Was sollte das jetzt? Ich zog die Augenbrauen hoch.

»Tu nicht so unschuldig, Richard. Sie wickelt jeden um den Finger. Sie kann das.«

»Entschuldige Sofie, aber wenn sie eine potenzielle Rebellin ist, wäre es dann nicht meine Aufgabe, sie … auszuhorchen?« Um was ging es hier eigentlich? »Dafür sollte ich mich mit ihr unterhalten dürfen, oder etwa nicht?«

Sofie wandte den Blick ab und stand auf. »Du musst dich entschuldigen«, wiederholte sie und ging an mir vorbei, darauf bedacht, mich nicht zu berühren. Sie öffnete die Tür. Drehte sich nicht noch einmal um. Sagte nichts mehr.

Eine Weile blieb ich im Raum stehen und horchte dem sich entfernenden Geräusch ihrer Schritte auf dem Gang nach. Schloss die Tür nicht, bewegte keinen Finger. Schließlich ließ ich mich auf die Stelle des Betts nieder, wo Sofie gesessen hatte. Die Wärme ihres Körpers war noch zu spüren.

Ich würde mich nicht entschuldigen. Bei niemandem. Das kam überhaupt nicht infrage, denn es gab keinen Grund dafür.

Endlich kam ich auf eine Lösung. Eine Lösung der klassischen Art. Ich ging zum Tisch, setzte mich, nahm einen der Zettel, die ich für Schreibübungen benutzt hatte, und legte ihn vor mich. Was für eine Frage sollte ich mir notieren? Was für eine wollte der Delta hören? Nach einer Weile schrieb ich schließlich *Warum bin ich wirklich hier?* auf die mit Probe-Schwüngen verzierte Seite und faltete die Notiz dann dreimal zusammen. Danach ging ich zu meiner Matratze, holte die Liste hervor, riss sie in kleine Stückchen und spülte sie in der Toilette hinunter. Ganz die altmodische Tour. Wie in den längst in Vergessenheit geratenen Kriminalromanen aus den Bücherregalen meiner Großeltern, die ich als Jugendlicher so gerne gelesen hatte.

Anschließend machte ich mich auf den Weg.

Noch während ich überlegte, wie ich Lucius das Stück Papier unauffällig zustecken konnte, und mechanisch den Gang zu Prosperos Büro entlangschritt, kam mir der Delta entgegen, wobei er einen Stapel Dokumente auf den Unterarmen balancierte. Als ob ich ihn nicht sehen würde, ging ich mit schnellen Schritten auf ihn zu, und bevor er mir ausweichen konnte, stieß er überraschend ungelenk mit mir zusammen. Ich hatte gedacht, es würde schwieriger werden.

»Werter Richard, kannst du nicht aufpassen?«

Papierbögen flatterten wie Blätter in einem Herbststurm in alle Richtungen und sanken dann zu Boden. Lucius kniete sich hin und fing an, sie einzusammeln, ordnete sie aber nicht, sondern sah nur kurz auf, um mir mit einem Kopfnicken zu bedeuten, mich ebenfalls hinzuknien. Unglaublich. Wusste er, was ich vorhatte? Oder hatte ich die Geste nicht richtig gedeutet?

»Wer war denn da so ungeschickt?«, ertönte Alonsos Stimme hinter meinem Rücken. »Lucius, mein geschätzter Bruder, stimmt etwas mit deinen motorischen Einstellungen nicht? Mir wäre es unangenehm, Prospero gegenüber zugeben zu müssen, dass wir nicht mehr in der Lage sind, gemeinsam ein paar Seiten Papier sicher von einem Ort zum anderen zu bringen.«

»Das war ich«, beeilte ich mich zu sagen. »Lucius hat mich nicht kommen sehen.« Ich hatte eben angefangen,

Lucius zu helfen, und reichte ihm ein Blatt Papier, das ihm wieder aus der Hand gefallen war. Unter diesem hielt ich den zusammengefalteten Zettel mit dem Daumen fest. Aber der Delta stand einfach auf und ignorierte den Bogen. Verdammt! Hatte ich seine Miene also doch falsch interpretiert? Warum war es nur so unglaublich schwer, in den Gesichtern der Deltas zu lesen?

»Könntet ihr euch beeilen, wenn es keine Umstände bereitet? Horatio wartet auf die Pläne. Beim Mondbruder, Lucius, da ist ja einiges durcheinandergeraten! Das müssen wir nachher wieder ordnen. Was ist denn nur mit dir los in letzter Zeit?« Alonso unterstrich sein operettenhaftes Gehabe mit wedelnden Händen, und ich erwartete wie immer, wenn er so theatralisierte, einen griechischen Chor, der hinter ihm auftauchte. Dann griff er nach Lucius Arm und zog ihn mit sich weiter den Gang entlang. Verzweifelt sah ich hinter ihnen her. Unschlüssig, ob ich Lucius zurückrufen sollte, hielt ich Zettel und Papier in der Hand.

Ich entschloss mich dagegen und wollte beides eben in kleine Stückchen reißen, als mein Blick auf das Blatt fiel, das ich vom Boden aufgehoben hatte.

Gegen schlechten Schlaf hilft ein nächtlicher Rundgang. Die stählerne Pforte steht dir offen.

Zuerst überlegte ich kurz, aus welcher Rede Prosperos dieser Satz stammen könnte. Dann erst ging mir auf, dass ich damit gemeint war. Es war mein Schlaf, von dem hier die Rede war. Ich hatte einige Male beim Frühstück erwähnt, dass mich die Ruhe, die nachts im Habitat herrschte, vom Einschlafen eher abhielt, als dass sie meine Entspannung förderte.

Zurück in meinem Zimmer versuchte ich herauszufinden, ob die Aufforderung auf dem Papier eine Falle war.

Alonso hätte die Nachricht ohne Weiteres in den Stapel hineinschmuggeln können. Aber wieso hatte dann Lucius nicht entsprechend reagiert, sondern sich geweigert, die Botschaft wieder an sich zu nehmen? Sie musste von ihm sein, und mit der stählernen Pforte war ohne Frage die Tür gemeint, zu der ich uns versehentlich geführt hatte, als ich glaubte, ihm zeigen zu müssen, wie gut ich mich schon im Anwesen auskannte. Oder hatte er mich unbemerkt dorthin gelenkt? Damals hatte er gesagt, dass sich dort das Medikamentenlager befände und nur der Rat den Schlüssel dafür besäße. War das wirklich alles? Ich beschloss, der Sache noch in dieser Nacht auf den Grund zu gehen und der Aufforderung des Zettels nachzukommen.

Unkonzentriert löste ich den Knoten der Schnur, die die Akte zusammenhielt, in der Horatio den neuesten Redenentwurf gekritzelt hatte und die jemand während meiner Abwesenheit auf den Tisch gelegt haben musste. Die schludrige Schrift des Ingenieurs war schwer zu entziffern, und die einzelnen Buchstaben ergaben lange Zeit keinen Sinn. Ich war abgelenkt, mich interessierten weder die Ernte noch die Getreidelagerung, die Horatio umständlich und in viel zu blumigen Worten beschrieb. Gedankenverloren strich ich ein paar Formulierungen durch, in denen er seine persönlichen Verdienste hervorhob, und ersetzte sie durch allgemeine Redewendungen. Mit leerem Blick dachte ich über Synonyme für »Gemeinde« nach, landete aber immer wieder bei Johns grünen Augen, die mich auch noch anstarrten, als ich schon längst auf der Matratze lag.

Sofie war nicht zu mir gekommen, und das war keine Überraschung. Für eine Weile vermisste ich ihre schmale, forschende Hand auf meinen Weichteilen, doch dann drehte ich mich zur Seite und starrte den Tisch an. An Schlaf war nicht zu denken. Im Anwesen war es still geworden, vermutlich hatten sich alle zurückgezogen, aber ich wollte trotzdem noch eine Weile warten, bis ich mich auf den Weg machte. Meine größte Sorge war nicht etwa, entdeckt zu werden, sondern den Eingang zum Medikamentenlager nicht wiederzufinden. Komplett orientierungslos war ich damals durch die Gänge geirrt. Ich versuchte, mir die Abzweigungen, die ich genommen hatte, wieder ins Gedächtnis zu rufen, wusste aber von der ersten Sekunde an, dass das verlorene Liebesmüh war. Ich würde es nicht mehr rekonstruieren können. Dann dachte ich an die Korridore, die ich gut kannte, und trennte sie von denen, die ich so gut wie nie benutzte. Das funktionierte schon besser, und nach einer Weile bekam ich den Eindruck, ich wüsste genau, wohin die Reise durch die Gänge des Anwesens mich führen würde.

Statt des Tisches starrte ich nun die beleuchteten Zeiger der Uhr an. Wie viele Menschen hatten das früher wohl getan? Auf etwas gewartet und dabei einen tickenden Zeitmesser angestiert? Die Zeit verging quälend langsam, und ich konnte nicht fassen, dass es nur eine Minute dauerte, bis der schmale Zeiger einmal um das Rund gelaufen war. Laut sog ich die Luft ein, stieß sie wieder aus, und es kam mir vor, als könnte ich meinen Haaren beim Wachsen zuhören. Ich wälzte mich von der einen Seite auf die andere und fand einfach keine Ruhe.

Schließlich zeigte die Wanduhr kurz nach Mitternacht, und ich schwang erleichtert die Beine über die Kante. Anziehen musste ich mich nicht, denn ich hatte meine Tageskleidung angelassen, aber ich schlüpfte in meine Schuhe und zog die Lederriemen fest.

Der Flur vor dem Zimmer war verwaist. Ich weiß nicht, was ich erwartet hatte, aber da die Deltas immer in den unmöglichsten Augenblicken auftauchten, hatte ich quasi mit allem und jedem gerechnet. In Gedanken ging ich den Plan durch, den ich mir im Kopf vom Anwesen gemacht hatte, und lief los. Damals hatte ich Lucius zum Speisezimmer führen wollen, also folgte ich zuerst dem Korridor, den ich beinahe dreimal am Tag nahm, bog aber dann in eine andere Richtung als üblich ab. Konzentriert marschierte ich weiter, blieb ab und zu stehen, drehte mich um, lauschte vermeintlichen Geräuschen, riss mich zusammen und schlich um die nächste Ecke. Als ich schon nicht mehr daran glauben wollte, den Eingang jemals zu entdecken, befand ich mich vor der Stahltür. Gerade noch konnte ich mich zurückhalten, die Faust triumphierend in die Luft zu recken.

Die stählerne Pforte stand wie versprochen offen. Die Tür war jedoch angelehnt, sodass man es beim zügigen Vorübergehen nicht bemerkt hätte.

Freund oder Feind, Verheißung oder Falle, Mann oder Memme? Ein paar Sekunden verharrte ich unschlüssig davor, dann trat ich ein und strauchelte. Um Haaresbreite wäre ich einige Stufen hinabgestürzt, die ich aber gerade noch rechtzeitig im Dunkeln erspähen konnte. Schemenhaft führte die Treppe nach unten ins Schwarz wie in einen finsteren Rachen. Das enge Gefühl, das ich in meiner Brust gehabt hatte, als mich Ariel in den Tunnelschacht des IRIR-Gebäudes mehr oder weniger hineingestopft hatte, kehrte plötzlich wieder zurück. Nur gab es hier keine blinkenden Lämpchen, und es war dankenswerterweise auch nicht so heiß. Doch genauso wie im Tunnel tastete ich mich vorwärts wie ein Blinder. Schließlich wurde es derart finster, dass ich mich hinsetzte und Stufe für Stufe auf dem Allerwertesten hinabrutschte wie ein extrem Höhenkranker auf seinem Weg von einer Aussichtsplattform zurück auf den sicheren Erdboden.

Da ich das Vorhandensein von Elektrizität im Habitat nicht vermutet hatte, machte ich mir schier in die Hose, als mich ohne jede Vorwarnung und ohne Flackern oder Klacken ein heller Strahl traf. Laut aufstöhnend hob ich schützend den Unterarm vor die Augen und tastete geblendet mit der anderen Hand nach einem Geländer. Ich brauchte dringend Halt, der grelle Lichtstrahl schien direkt in meine Nervenzellen zu flammen und brachte mich aus dem Gleichgewicht. Obwohl ich saß, schwankte ich vor und zurück.

Dass sich auf einmal eine Hand auf meine Schulter legte, machte es nicht besser, und ich schrie kurz auf. Im kleinen Ausschnitt zwischen meinem Unterarm und dem Boden erkannte ich Lucius, dessen Gesicht direkt vor mir auftauchte.

»Himmelherrgott, hast du sie nicht mehr alle?«, stieß ich hervor. Mein Herz schien mir davonzurennen, und ich hatte alle Mühe, meine Stimme auf eine normale Lautstärke zu senken. Ich nahm den Arm herunter. »Verflucht! Hättest du mich vielleicht vorher warnen können?«

»Du bist später dran als der weiße Hase«, antwortete er lapidar.

»Hast du erwartet, dass ich ohne Vorsicht hierherspurte?«

Er ging an mir vorbei, und ich rückte ein wenig zur Seite. Seine Schritte entfernten sich nach oben, und ich hörte, wie die Tür leise ins Schloss fiel. Als er zurückkam, hatte ich mich bereits aufgerappelt. Wir befanden uns offenbar im oberen Drittel einer langen Treppe, die geschwungen nach unten führte. Sie war aus Beton, so wie hier alles aus Beton zu sein schien. Wände, Boden und die Decke, an der eine uralte Leuchtstoffröhre hing, die der Grund dafür war, dass mir die Augen schmerzten.

»Woher bezieht ihr eure Elektrizität?«, fragte ich, nachdem ich Lucius die ersten Stufen nach unten gefolgt war.

»Über einen alten Generator, der früher das Hauptkrankenhaus versorgt hat. Strom ist allerdings jetzt nur noch hier verfügbar.«

Diese Information kam so überraschend, dass ich eine Weile brauchte, um sie zu verarbeiten. »Ihr habt einen Generator und nutzt ihn nur für den Keller?«, hakte ich dann ungläubig nach. Was man mit Strom im Habitat alles erreichen könnte!

Er drehte sich um und ging weiter, als ob er gar nicht hinsehen müsste, wohin er trat. »Du wirst gleich wissen, warum das so ist.«

Die Treppe wand sich länger in die Tiefe, als ich von oben hatte sehen können, und so dauerte es eine Weile, bis wir unten ankamen und in einem schmalen Flur standen. Wir folgten dem Gang, an dessen Ende Lucius eine Tür aufdrückte.

»*O komm! Tritt ein und nimm die Freundeshand der Rebellen, die jetzt hier sind, dir Willkommen zu sagen*«, hörte ich eine Stimme deklamieren.

Wie angewurzelt blieb ich stehen. Die Stimme, die das leicht variierte Shakespeare-Zitat zum Besten gab, kannte ich nur allzu gut.

»Wieso tust du mir das an?«, zischte ich Lucius zu. »Und ich dachte, ich könnte dir vertrauen!«

Bienen

»Das kannst du auch«, antwortete Lucius.

Ich schüttelte den Kopf. »Alonso ist Prospero treu ergeben, vielleicht sogar verantwortlich für Johns Tod. Er hasst mich und alles, wofür ich stehe.«

»Und das wäre, werter Richard?« Alonso lehnte lässig im Türrahmen und betrachtete mich mit hochgezogenen Augenbrauen. »Vorurteile, Leichtgläubigkeit und nicht den geringsten Sinn für Humor?«

Lucius schien zu grinsen.

»Er macht sich in die Hose«, stellte Alonso fest. »Du solltest ihn aufklären, werter Bruder.«

Kurz schwankte ich zwischen Fluchtgedanken und dem unbändigen Verlangen, Alonso meine Faust in das Androidengesicht zu schmettern, aber irgendetwas hielt mich von beidem ab: Die Stimme des Androiden hatte eine völlig andere Tonhöhe angenommen. Das Willkommen-Bienvenue-Welcome-Joel-Grey-Geknödel wie in *Cabaret* war einer fast normalen Stimmlage gewichen. Ähnlich wie bei Ariel, der seinen plappernden, hinkenden Delta gegen einen selbstbewussten Androiden eingetauscht hatte, schaltete Alonso plötzlich auf ernstzunehmend um. Spielte auch er nur eine Rolle? Die des durchgeknallten Mitläufers?

Unschlüssig blieb ich vor dem Eingang stehen. »Klärt mich auf«, forderte ich schließlich.

»Es ist ganz einfach, werter Richard. Wir sind die Guten, und du kommst am besten herein und schließt die Tür hinter dir.« Lucius machte eine auffordernde Geste, der ich nach kurzem Zögern folgte.

Die Tür fiel ins Schloss. Egal, was jetzt passierte, hier würde ich so schnell nicht mehr herauskommen.

Um mich herum blinkte und flackerte es, und als Erstes fielen mir die Monitore auf, die an der Wand rechts von mir hingen. Es handelte sich um alte Modelle, die aber dennoch gestochen scharfe Bilder lieferten. Als ich näher trat, erkannte ich, dass jeder Bildschirm in vier Sektoren unterteilt war, und in jedem Bereich spielte sich eine andere Szene ab. Unter den Monitoren standen zwei Schreibtische, auf denen Workstations thronten, die schon seit etlichen Jahren aus der Mode gekommen waren. Wenn diese Ausrüstung zum ehemaligen Krankenhaustrakt gehört hatte, dann war das Habitat mit den ältesten Geräten ausgestattet worden, die man auf den Recyclinghöfen hatte finden können.

»Was …?« Ich schnappte nach Luft. Wusste einfach nicht, was ich sagen sollte. Die Bilder änderten sich. Bewegung und Perspektive kamen ins Spiel. Plötzlich sah man auf ihnen alles von oben, schwebte praktisch über der Szenerie. Trotz der Dunkelheit der Nacht erkannte ich die Felder, die vor Island City lagen. Auf einem anderen Ausschnitt war die Mauer zu sehen, daneben verschiedene Handwerkerhäuser, die mir vertraut vorkamen, die Mühle und … Sean in einer Art Nachthemd vor seinem Backhaus. Es schien, als würde er bereits die erste Brotlieferung des Tages vorbereiten.

Ich unterdrückte den Impuls, in hysterisches Gackern auszubrechen. »Das ist ein Überwachungsraum«, hauchte ich schließlich. Ich ächzte mehr, als dass ich sprach. Brachte kaum einen Ton heraus. Dass sie die Gemeinde beobachteten, überraschte mich nicht so sehr, aber ihr Vorgehen dabei raubte mir fast den Atem.

Alonso nickte. »Hier wird das gesamte Habitat beschattet. Alles, was passiert, wird aufgezeichnet und gesichtet. Früher war das einfach ein Lagerraum, wir haben eine Weile benötigt, um alles entsprechend herzurichten. Einige ... nun, nennen wir sie ... Botengänge nach draußen ... waren dafür nötig. Im Raum nebenan befinden sich unsere Medikamentenvorräte. Zu den Monitoren haben nur die Brüder und Prospero Zutritt. An diesem Platz ...« Er deutete auf ein Terminal. »... wird Uninteressantes sofort gelöscht, Wichtiges gespeichert.«

»Wie mein Mittagessen bei Sean?« Es sollte eher ein Witz sein, aber Lucius, der sich an einen der Tische gesetzt hatte, ließ seine Finger schon über die Tastatur der Konsole fliegen wie ein Pianist über eine Klaviatur. Dann deutete er auf den dritten Wandschirm, und in der linken, oberen Ecke sah ich mich auf Seans Haus zugehen, ich sah Sean die Tür öffnen und mich selbst eintreten. Dann flog das Bild förmlich auf mich zu, instinktiv zuckte ich zurück, und, als ob ich vor dem Fenster des Handwerkerhauses stehen und hineinsehen würde, beobachtete ich mich dabei, wie ich an den Tisch ging und Ian und Helen die Hand schüttelte. Mir wurde kurz heiß.

Ich schluckte. »Drohnen? Scheiße, ihr setzt Drohnen ein? Woher habt ihr die Technologie?«

Alonso winkte mich zu einem Schrank an der anderen Wand und öffnete ihn.

Als Prospero während des gestrigen Frühstücks davon sprach, man »sei auf die Bienen angewiesen«, hatte ich das unter dem Bienen-bestäuben-Blüten-und-ohne-Bestäubung-kein-Essen-Aspekt verstanden. Beim Anblick der Drohnen, die fein säuberlich in Reih und Glied auf verschiedenen Regalbrettern im Schrank ruhten, bekam die Phrase plötzlich eine ganz andere Bedeutung. Denn die kleinen Aufklärungsflieger hatten die Form von Bienen. Sie sahen sogar exakt wie Bienen aus. Ich hätte sie von den echten Tieren nicht unterscheiden können.

Bienen, die mir um den Kopf geschwirrt waren, als ich mich dem Wald genähert und John getroffen hatte. Bienen, die mir auf dem Feld begegnet waren, als ich am ersten Tag mit Ariel und Alonso Richtung Island City gegangen war. Bienen, die im Atrium herumsummten und sich in Blütenblättern versteckten. Die aber zu dem Zeitpunkt, als ich mich abends mit Lucius dort getroffen hatte, nicht da gewesen waren. Moment … das erste Mal hatten sie sich in der Nähe der Bank aufgehalten! Doch Lucius hätte niemals so viel preisgegeben, wenn wir belauscht worden wären. Entweder er konnte die falschen Bienen von den echten unterscheiden, oder Alonso hatte im Überwachungsraum Dienst geschoben.

»Komplett solarbetrieben mit einer sehr geringen Ladezeit«, sagte Lucius. »Wir haben sie aus den mechanischen Bestäubern weiterentwickelt, die in den Gewächshäusern des Inner Circle eingesetzt werden.«

Vor den Kopf geschlagen starrte ich die kleinen Roboter an und konnte die Information noch nicht verarbeiten.

Der exzessive Einsatz chemischer Substanzen in der Landwirtschaft hatte vor ungefähr zehn Jahren die große Bestäubungskrise ausgelöst. Schon in den Jahren zuvor war die Bienenbevölkerung jährlich um dreißig Prozent gesunken. Um die Bewohner des Inner Circle zufriedenzustellen, die auf Obst und Gemüse aus dem Dine-O-Maten keine Lust verspürten und die finanziellen Mittel hatten, um sich anderweitig zu ernähren, entwickelte man daraufhin die Robo-Bienen. Immerhin stammte damals ein Drittel der Lebensmittel, die wir zu uns nahmen, von bestäubten Pflanzen.

»Sie erkennen natürliche Feinde und setzen daraufhin sofort ein schnell wirkendes Insektizid frei«, fuhr der Delta fort. »Das ist nicht Teil unserer Modifizierung, dieses Feature war schon vorhanden. So ist der Ausfall nur gering. Außerdem erfordern die Drohnen nur einen Minimalaufwand an Wartung. Als Prospero uns bat, über eine effektive Observierung des Habitats nachzudenken, war es Ariels Idee gewesen, die Robo-Bestäuber entsprechend zu verändern. Einige seiner Brüder, die in den Gewächshäusern arbeiten, haben ihm geholfen, ein paar Exemplare ins Habitat zu schmuggeln.«

Ich musste mich dringend setzen, und da kein Stuhl in der Nähe war, ließ ich mich auf den Fußboden sinken. Flogen diese Dinger auch in mein Zimmer? Wussten sie, wie oft ich wann pinkelte, furzte und welche Farbe mein Urin hatte?

»Wer weiß davon?«, fragte ich Richtung Betonboden.

»Nun, wir Brüder wechseln uns bei der Überwachung ab. Jeder hat seinen eigenen Dienstplan. Natürlich weiß der Rat Bescheid«, sprach Alonso auf mich hinab. »Sollten wir etwas Regelwidriges im Habitat bemerken, werden die Mitglieder darüber informiert. Wie du dir vorstellen kannst, fällt die Dichte der Informationen unterschiedlich aus. Je nachdem, wer Dienst hat.«

Der Rat. Also auch Sofie. Ob sie mich irgendwann eingeweiht hätte? Mein nächster Gedanke galt Maggie. Ausgerechnet sie hatte nicht die leiseste Ahnung davon, dass ihr Insektenvolk von Spionen unterwandert wurde. Aber offensichtlich hatte sie sich bis jetzt nichts zuschulden kommen lassen, was ihren Tod …

Ich schluckte. »Wer hat John ermordet?« Es lag inzwischen auf der Hand, dass es nichts anderes als das gewesen sein konnte. Mord. Alonso schied als Täter aus. Völlig unerwartet war mein Hauptverdächtiger von der Liste gerutscht. Aus dem verrückten Hasen der Teegesellschaft um Alice im Wunderland war ein verhältnismäßig gewöhnlicher Android geworden.

Publius! Es musste Publius sein.

Was in diesem Augenblick aus Lucius' Mund an mein Ohr drang, klang anders, aber meine Gedanken waren abgelenkt, und ich hatte nicht richtig zugehört. »Was sagst du? Was ist mit Ariel?«, fragte ich nach einer Weile.

Die beiden Deltas sahen mich an. Fast mitfühlend schauten sie auf mich herab.

Ich lachte auf und fühlte mich kurz auf den Arm genommen. Schließlich sickerten die Worte in mein Gehirn. »Das kann nicht sein!«, stöhnte ich.

» *Der Wahrheit, die ihr sagt, gebricht's an Milde und an der rechten Zeit. Ihr reizt die Wunde, statt Pflaster aufzulegen …«,* fiel Alonso mit diesem Zitat aus *Der Sturm* in sein altes Selbst zurück.

Und da konnte ich nicht mehr anders. Ich schnellte hoch und hämmerte ihm meine Faust ins Gesicht.

Wenig später saß ich wieder auf dem Boden und rieb mir die schmerzende Hand. Warum ich nicht daran gedacht hatte, dass meine Finger nicht auf weiches Fleisch treffen würden, wusste ich selbst nicht. Alonso hatte natürlich nicht im Geringsten die Miene verzogen, als die Faust auf ihn zugeflogen kam. Meiner Meinung nach hätte er sie abfangen können, aber aus irgendeinem Grund hatte er es nicht getan. Vielleicht wollte er sich freiwillig als Boxsack zur Verfügung stellen, oder er wollte mir eins auswischen. Egal, was dahintersteckte, der Delta sollte mich besser nicht reizen, denn ich war stinkwütend.

»Erzählt mir keinen Unsinn! Ariel ist dazu nicht fähig. Ich kenne ihn!« Offenbar ging ich in diesem Augenblick davon aus, dass Androiden so etwas wie ein Gewissen hatten. Aber – sprach nicht alles dafür? Warum sonst sollten sich Alonso und Lucius auf die andere Seite schlagen? Für sie sprang dabei nichts heraus. Oder doch? Hatte sich mit den vorgenommenen Updates etwas in ihnen verselbstständigt? Etwas herausgebildet? Waren sie anders als ihre Brüder?

»Aber mir traust du so was zu?«, fauchte Alonso beleidigt.

Ariel hatte davon gesprochen, dass es nicht nur Schwarz und Weiß gäbe, sondern auch Grau in all seinen Nuancen. Was zum Henker bedeutete das? War er grau? Oder pechschwarz und hatte mir gegenüber nur vorgegeben, weiß zu sein? Waren Alonso und Lucius weiß? War Sofie grau und saß zwischen den Stühlen? Und was war ich?

Mir schwirrte der Kopf.

Abgesehen vom Speisezimmer-Geplänkel hatte ich schon lange nicht mehr mit Ariel gesprochen. Meist war er nur bei den gemeinsamen Mahlzeiten zugegen. Ich hatte mir das mit den vielfältigen Aufgaben erklärt, die er offenbar nicht nur innerhalb, sondern auch außerhalb des Habitats zu erledigen hatte. Aufgefallen war mir jedoch, dass er vom eher vertrauten Rick zum förmlichen Richard gewechselt hatte. Wollte er Abstand gewinnen? Eine Grenze ziehen? Ich erinnerte mich daran, wie er Caliban angeschrien hatte, als der den Fehler beging, meinen Namen zu früh im System des IRIR auftauchen zu lassen. Schlüpfte Ariel also mir gegenüber in eine der zahlreichen Rollen, die man hier zu spielen pflegte? Himmel, ich fing wirklich an, über die Deltas nachzudenken wie über richtige Menschen!

»John hatte sich doch schon selbst isoliert«, sagte ich, und wieder wurde mir die Absurdität meiner Aussage bewusst. Der Isolierte in der Isolation. »Es gab keinen Grund, ihn zu töten. Er ist ja schließlich nicht mit Pfeil und Bogen gemeinsam mit seinen grünen Mannen in die Stadt gestürmt, um dem Sheriff von Nottingham eins auszuwischen und Lady Marian zu befreien.«

»Prospero betrachtet jede Alternative zu seiner Gemeinschaft als Bedrohung«, antwortete Lucius. »Das sollte dir doch inzwischen klar geworden sein. Und da er sich die Hände nicht selbst besudeln möchte, genauso wenig wie der Rest des Rates übrigens …«

»… dürfen wir Brüder die schmutzige Arbeit für ihn machen«, ergänzte Alonso. »Das machen wir in den Outer-Rims und im Inner Circle schließlich ebenso. Wir sind die Sklaven. Also nichts Neues.« Es klang desillusioniert.

Ich versuchte zu begreifen, was ich eben gehört hatte. Prospero wollte aus irgendeinem Grund den wahren Zustand des Habitats im Verborgenen halten, aber auch keine anderen Cäsaren neben sich dulden. Er wollte seine Gemeinde nicht in die Außenwelt entlassen, aber ihnen auch keine Möglichkeit geben, ihr Leben unter der Glocke so zu gestalten, wie sie selbst es für richtig hielten. Prosperos Gründe dafür waren für mich nicht verständlich, aber für den Augenblick war das ohne Belang. Ich war kein Anhänger der anarchischen Bewegung, die sich in der Geschichte der Menschheit oft als Freiheit getarnt, in Wirklichkeit aber Chaos bedeutet hatte. Eine Zwangsherrschaft wollte ich jedoch ebenso wenig. Und diese zu zerstören, war das Ziel.

»Wie lautet der Plan?«, fragte ich also. »Und warum ausgerechnet ich?«, wiederholte ich die Frage, die ich auf dem Zettel notiert hatte.

»Ich sehe, du bist zum Kern der Sache vorgedrungen«, antwortete Lucius befriedigt.

»Das wurde auch Zeit«, murmelte Alonso und schob mir einen Drehstuhl hin. »Wenn du die Güte hättest, dich wie ein zivilisierter Mensch zu setzen? Deine Redegewandtheit, von der Miranda so schwärmt und von der ich – wenn ich das offen äußern darf – noch nichts mitbekommen habe …«, fuhr er fort, nachdem ich Platz genommen hatte, und schnitt mir das Wort ab, als ich gegen die letzten Worte protestieren wollte. »… deine angebliche Redegewandtheit und Überzeugungskraft sind nur zum Teil dafür verantwortlich, dass du ins Habitat kamst. Ein Bonus gewissermaßen, den Prospero gut gebrauchen kann, der aber insgesamt betrachtet eher unerheblich ist. Meiner bescheidenen Meinung nach besteht das größte Talent der Menschheit sowieso nur in der Umwandlung von Sauerstoff in Kohlenstoff beim Ausatmen.«

Ich musste immens dämlich aus der Wäsche geschaut haben, denn Alonso warf die Arme in die Luft. »Lucius! Womit haben wir das verdient? Und er soll es sein? Er? Ich glaube erst, dass er das alles zu vollbringen vermag, wenn er sich eine Taube aus dem Allerwertesten gezaubert hat.«

»Was soll ich sein?« Ich begriff noch weniger als zuvor. »Würde endlich mal jemand Klartext reden, verflucht?«

Lucius sah mir direkt in die Augen. »Du bist immun gegen die Pestilenz, und da sich die Anzeichen mehren, dass uns ein erneuter Ausbruch bevorstehen könnte, bist du der Einzige, der die Menschen im Habitat retten kann. Unser Impfstoff ist schon längst verbraucht und die Entwicklung des Serums war … nun … mit einigen Zufällen verbunden, die wir so nicht mehr wiederholen können. Es glich nahezu einem Wunder, dass wir überhaupt erfolgreich waren. Doch wir haben nichts davon aufgehoben. Wir waren geblendet von unserem Erfolg. Aber jetzt haben wir dich.«

»Ausgerechnet dich«, wiederholte Alonso spöttisch.

Der Heilsbringer

Ich versuchte, die ätzende Bemerkung zu ignorieren und klar zu denken. Es stimmte, dass ich mich weder bei Sofie, noch bei meinem Vater angesteckt hatte. Meine Mutter war bei einem Gleiterunfall lange vor der großen Pestilenz gestorben, und meine Großeltern hatten das Glück gehabt, dass die Seuche sie sehr schnell und in einem Krankenbett hinweggerafft hatte.

Vor allem bei Sofie hatte ich keine großen Maßnahmen ergriffen, mich vor einer Infizierung zu schützen. Im Gegenteil. Angesichts ihres Zustands war ich derart erschüttert gewesen, dass mir ein Mundschutz oder medizinische Handschuhe völlig absurd vorgekommen waren. Ich hatte zwar immer Schutzvorkehrungen getroffen, wenn ich das Apartment verlassen hatte, aber auch das hatte einige Menschen, die es ebenso machten, nicht vor Ansteckung retten können. Zu Hause jedoch hatte ich mich völlig ungeschützt um Sofie gekümmert. Es war mir komplett egal gewesen.

»Unsinn«, sagte ich trotzdem. »Ich habe wie alle anderen stets die obligatorischen monatlichen Tests durchführen lassen. Niemals hat mir jemand erzählt, ich wäre immun! Das ist völliger Humbug!«

Lucius blieb geduldig, während Alonso angefangen hatte, im Raum herumzuspazieren. »Bei den Blutuntersuchungen wird nach einem Entzündungsherd im Körper gesucht. Woher dieser kommt, ist erst einmal gleichgültig. Man will so das ganze Spektrum im Blick haben: von der Erkältung über eine Organerkrankung bis hin zu Anzeichen der Pestilenz. Erst Entzündungsfaktoren ziehen detaillierte Tests nach sich, und man erkennt, welches Organ befallen ist. Gibt es keine Hinweise für eine Erkrankung, verzichtet man auf weitere Untersuchungen. Auch bei den Zonenkontrollen durch unsere Alpha-Verwandten wird nur die Körpertemperatur geprüft und durch DNA-Scans die Identität festgestellt. Bei der großen Anzahl an Menschen, die die Zonen täglich passieren, wäre eine genauere medizinische Kontrolle einfach zu zeitaufwendig.«

»Du warst immer kerngesund«, fügte Lucius hinzu. »Nur deine Leberwerte waren leicht erhöht.«

»Aber da du hier nur Milch und Saft trinkst, werden sich diese auf ein perfektes Level eingependelt haben.« Offenbar hatte Alonso meine skeptische Miene als Ausdruck von Sorge gedeutet. Er war endlich stehen geblieben und baute sich vor mir auf. »Erinnerst du dich an die Blutprobe, die du vor deiner Einstellung beim IRIR und der CDF abgeben musstest?«

Natürlich, aber das war Standard vor jedem Jobantritt. »Soll das heißen, ihr wusstet, dass ich immun bin?« Wenn das überhaupt wahr ist, dachte ich.

Er pfiff leise durch die Zähne. Mir war schleierhaft, wie er das bewerkstelligte, aber er hatte es sich womöglich abgeschaut und in sein Programm eingebaut, genauso wie seine Ess-Simulation, die mich während der gemeinsam eingenommenen Mahlzeiten an den Rand des Wahnsinns trieb. »Nein, natürlich nicht. Ich muss schon bitten, wir sind keine Hellseher, sondern präzise programmierte ...«

»Werter Bruder, bitte lass mich das erklären«, fiel ihm Lucius mit einer Spur Ungeduld ins Wort.

Alonso setzte seinen enervierenden Spaziergang durch den Überwachungsraum fort und zuckte mit den Schultern.

»Wir hatten das IRIR und die CDF schon lange vor deiner ... Umsiedlung infiltriert, das weißt du ja«, begann Lucius, und ich nickte wie ein braves Kind. »Und bevor wir einen Neuzugang ins Habitat bringen, muss eindeutig geklärt werden, dass dieser keine Krankheiten einschleppt.« Er stockte kurz. Wie es aussah, kam er jetzt zum Kern der Sache und musste seine Algorithmen frisch ordnen. »Denn etwas anderes kommt noch hinzu. Das Heilmittel gegen die Pestilenz im Habitat war nicht immer in der Menge vorhanden, die wir benötigt hätten, um alle retten zu können. Das habe ich ja schon angedeutet.«

»Wie konntet ihr ... einfach alles verbrauchen? Nichts zurückbehalten? Nicht mal einen kleinen Rest?« Ich war geschockt. Naiv war ich davon ausgegangen, dass man sich ein Lager angelegt hatte und dass ein Heilmittel, nun ja, heilte. Und zwar alle, die damals im Habitat noch gelebt hatten. »Was exakt soll das heißen?«, fragte ich vorsichtig.

»Genau das, was ich eben sagte. Es war einfach nicht genug vorrätig, Richard. Wir haben nicht alle damit behandeln können. Es wurde eine Auswahl getroffen. Und dann haben wir so viele Menschen wie möglich retten wollen.«

Entgeistert starrte ich ihn an. In meinem Kopf lief das Unvorstellbare ab: weinende Kinder, Mütter, die sich entscheiden mussten, welches Familienmitglied zu retten war und welches nicht, Menschen, die sich freiwillig zum Sterben meldeten, andere, die gegeneinander ums Überleben kämpften. »Aber ... wer hat entschieden, wer lebt und wer stirbt?«, fragte ich fassungslos, obwohl ich es eigentlich gar nicht wissen wollte.

»Eine Art Lotterie«, antwortete Alonso, der wieder stehen geblieben war. »Und dann folgten Bestechung und Tauschgeschäfte. Schlägereien und Clanbildung. Wie es den Menschen und ihrem Denken und Handeln nun mal entspricht. Es war eine schwere Zeit.«

Eine schwere Zeit? Das war zu viel. Angeekelt fuhr ich hoch. »Schwere … Wie Menschen denken und handeln? Verflucht, du hast doch nicht die leiseste Ahnung, wovon du sprichst!«

»Schlag zu, wenn du dich danach besser fühlst. Beim ersten Mal hat es ganz gut funktioniert.«

Ich würde es wieder bereuen, das wusste ich, und albern war es außerdem, aber ich konnte Alonsos Aufforderung in diesem Augenblick einfach nicht widerstehen. In mir brodelte eine Mischung aus Hass, Verwirrung und Abscheu. Bis jetzt hatte ich mich gut im Griff gehabt. Herumzubrüllen oder die Faust auf den Tisch oder, noch alberner, in einen Spiegel zu donnern, wie man es so oft in diesen pathetischen Holo-Filmen sah, war nie mein Stil gewesen. Aber in diesem Moment wollte ich auf einen Sandsack eindreschen und jede Faser meines Körpers spüren. Also ließ ich meine ganze Verbitterung ein weiteres Mal an dem Delta aus und rieb mir hinterher Gift und Galle spuckend erneut die Fingerknöchel.

»Du fluchst ziemlich viel.«

»Halt's Maul, Alonso«, bellte ich und wünschte mir nichts lieber, als ihn so lange zu schütteln, bis ihm seine Shakespeare-Rädchen und -Schrauben aus den Ohren herauspurzelten. Und anschließend wollte ich seine innereienlose Hülle mit Ians Pflug bearbeiten.

Lucius blickte von mir zu seinem Androidenbruder und stieß einen Laut aus, der sich wie ein verzweifeltes Zischen anhörte. »Wir haben keine Zeit für die Zurschaustellung von Antipathien, sondern sollten uns beeilen. Deswegen würde ich es begrüßen, wenn wir zum Punkt kommen könnten. Eure Animositäten sind fehl am Platz, denn wir müssen an einem Strang ziehen.«

»Die Gemeinsamkeiten sind eben überschaubar«, knurrte ich. »Kann man nicht ändern.«

»Es geht um weitaus Wichtigeres«, ermahnte mich Lucius. »Was ich vorhin sagen wollte, bevor … nun … sei's drum. Da das Präparat komplett aufgebraucht ist, weil uns die Inhaltsstoffe fehlen, um es erneut herzustellen, hat Prospero aus der Not heraus das Blut aller zukünftigen Angestellten des IRIR auch auf die entsprechenden Antikörper hin untersuchen lassen. Hier im Habitat war unsere Nachforschung erfolglos. Ariel und Alonso fanden bei dir dann wahrhaftig den entscheidenden Hinweis dafür, dass wir ein ultimatives Serum gewinnen könnten.«

Ich massierte mir die malträtierte Hand. »Dann war das purer Zufall, dass ihr mich gefunden habt?«, fragte ich ungläubig. »Ihr habt es vorher nicht gewusst, dass ich eure …« Ich suchte nach dem richtigen Wort. »… eure Rettung bin?«

Zuerst bejahte der Android, nach meiner zweiten Frage schüttelte er jedoch den Kopf.

»Und die Sache mit Sofie? Die Sache mit meinem …« Ich suchte wieder nach dem richtigen Wort. »… Überzeugungstalent?«

»Nun, am Anfang war das natürlich der Hauptgrund für das Interesse des Rats an dir. Dass du immun bist, haben wir erst später erfahren, als du schon hier warst und die Untersuchungen deines Bluts vollständig abgeschlossen waren. Prospero hatte in der Tat Schwierigkeiten, einen guten Redenschreiber zu finden. Horatio rauscht zwar wie ein Wasserfall, es tröpfelt aber nicht viel Vernünftiges aus ihm heraus, und deswegen ist er mit der Aufgabe komplett überfordert und in den Augen des restlichen Rats fehl am Platz. Am liebsten würde Prospero ihm den Hahn ganz zudrehen«, sagte Alonso. »Ich möchte mich nicht loben, aber es hat ziemlicher Schauspielkunst bedurft, Horatio ständig Honig um den Bart zu schmieren und ihn glauben zu lassen, ich wäre von der Eloquenz seiner Ausdrucksweise überaus angetan.«

»Wahre Hingabe«, frotzelte Lucius.

»Das war es in der Tat.« Alonso nickte.

»Bitte!« Ich hob die Hände. »Könnt ihr euch auf das konzentrieren, was hier wichtig ist? Lucius, darf ich dich an deine Worte von vorhin erinnern?« Alles stürmte gleichzeitig auf mich ein. Neue Fakten und anscheinend auch neu erwachte Gegenüber. Neugeborene Gegenüber. Gegenüber, die plötzlich ein Gewissen hatten. Verantwortung zeigten.

Als würde es beim Denken helfen, massierte ich mir mit den Fingern die Schläfen. »Und warum sagt mir der Herr und Meister nicht selbst, dass ich nicht nur für das Gemeindewesen unter der Kuppel, sondern auch für außerhalb von besonderer Bedeutung bin?«

»Bevor Prospero preisgeben kann, warum du hier unverzichtbar bist, muss er sich erst deiner Loyalität versichern«, antwortete Lucius. »Er kann es nicht riskieren, dass du dich weigerst mitzuspielen. Dafür steht zu viel auf dem Spiel.«

»Du musst ihm gegenüber genauso loyal sein wie die Gemeindemitglieder, die er hustend nach draußen schickt, um die Regierung zu bescheißen«, fügte Alonso hinzu.

Meine Integrität hatte ich jedoch beim letzten gemeinsam eingenommenen Mahl komplett in die Tonne getreten.

Ich schloss die Augen und hoffte, dass alles um mich herum verschwunden sein würde wie ein abgedrehter Traum, wenn ich sie wieder öffnete. Ich würde mir ein mit Käse belegtes Brötchen aus dem Bio-Drucker schnappen, dazu eine Flasche lauwarmes Bier ordern und ins Wohnzimmer schlurfen. Plötzlich überkam mich eine furchtbare Sehnsucht nach Syntho-Steak, und auch das Tragen eines Tablet-Armbands erschien mir gar nicht mehr so unangenehm.

Aber die Zeiger ließen sich nicht zurückdrehen. Die bedeutungslose Routine meines inhaltslosen Hundelebens, die mich immer in Sicherheit gewiegt hatte, gab es nicht mehr. Der Hund – in dem Fall ich – hatte sich von der Leine gerissen.

Prospero würde mich, so erzählte Lucius weiter, den Einwohnern während eines Ritus als Heilsbringer präsentieren, wenn die Zeit reif dafür wäre. Er wollte mich wie eine Fackel vor sich hertragen. Bis jetzt wisse nur der Rat von den ersten Anzeichen neuer Krankheitsfälle. Doch bis dahin sollten alle Gegenstimmen in der Gemeinde verstummt sein. Alonso unterteilte die Habitatbewohner daraufhin in vier Kategorien. Die erste, die wahren Prosperianer, folgten ihrem Führer blind, die zweite Gruppe, die sich nach einer Alternative sehnte, aber dafür niemals aktiv werden würde und darum einfach mitlief wie eine Herde Schafe, die dritte Kategorie – zu der auch Maggie gehörte –, die das Heft in die Hand nehmen wollte, und die letzte, die aus Menschen bestand, die sich aus den meisten Dingen heraushielten und ihr eigenes Leben führen wollten. Zu dieser Kategorie hatte John gehört.

»Und dann? Was passiert, wenn ich mitspiele, das Vertrauen des Rats zurückgewinne, die Ansprachen weiterhin korrigiere und ihnen im Sinne des Gemeinwesens den letzten Schliff verleihe? Was, wenn ich helfe, diesen dubiosen … Ritus … vorzubereiten, in dem ich gefeiert werden soll wie ein Rockstar?«, fragte ich.

Lucius fügte hinzu, dass dazu nicht nur meine aufrichtig wirkende Entschuldigung bei Prospero gehöre, sondern auch die Wiederaufnahme meiner Beziehung zu Sofie.

Ich stieß einen zischenden Laut aus. »Das wird nicht funktionieren. Sie vertraut mir nicht mehr.«

»So wie die übrigen Ratsmitglieder auch nicht«, warf Alonso ein. »Wo ist also der Unterschied? Du musst sie alle überzeugen.«

Ich versuchte gar nicht erst, ihm verständlich zu machen, dass eine Liebesbeziehung etwas fundamental anderes war als die Beziehung zu Arbeitskollegen – oder wie auch immer man das Verhältnis zum Rat bezeichnen sollte. Jedoch bezweifelte ich, dass ich irgendeine Wahl in der Sache hatte.

Eines allerdings musste ich unbedingt noch wissen, über das sie bis jetzt kein Wort verloren hatten. »Ihr seid meiner Frage vorhin ausgewichen. Was geschieht, wenn die Gemeinde geeint ist? Wenn alles genauso läuft, wie Prospero es will?« Ich konnte mir nicht vorstellen, dass das problemlos geschehen würde. »Ihr werdet das zu verhindern wissen, oder? Ihr habt doch einen Plan, ihn dabei auszubremsen, all diejenigen … aus dem Weg zu schaffen, die sich ihm nicht anschließen wollen?«

Stille. Zwei Paar Androidenaugen waren auf mich gerichtet. Alonso nickte seinem selbsternannten Bruder kurz zu, und der erwiderte das Nicken bedächtig.

»Nun«, begann er. »Zuerst hatte Prospero vor, das alte Heilmittel einfach herzustellen und es als die Fackel zu benutzen, die du nun ersetzen sollst. Als klar wurde, dass das nicht mehr möglich war, weil der Zufall eine allzu große Rolle dabei gespielt hatte, herrschte für eine Weile Desorientierung im Rat. Aber durch eine glückliche Fügung bist du jetzt da. Und du bist voraussichtlich nicht nur die Rettung für das Habitat, sondern ebenso für ganz England, Wales und die anderen Inselstaaten. Du bist damit ausgesprochen wertvoll geworden.« Erneut sah er kurz zu Alonso, der ihn durch ein weiteres Nicken aufforderte weiterzusprechen. »Das führt natürlich dazu, dass auch weitere … Akteure … Interesse an dir haben werden. Akteure von außen. Es darf also nicht passieren, dass du das Habitat unbegleitet verlässt oder dass Informationen über eine mögliche Impfstoffgewinnung nach London dringen. Und … da ist noch etwas.«

»Uns gehen nicht nur die Medikamente aus. Auch die Lebensmittelsituation sieht nicht wirklich rosig aus«, fuhr Alonso fort. »Die Ernten sind weniger ertragreich, als sie sein sollten, was am Einsatz der primitiven Mittel liegt, und es ist uns aus naheliegenden Gründen unmöglich, tonnenweise Nahrungsmittel ins Habitat einzuführen. Kleinere Schmuggeleien über einen langen Zeitraum hinweg fallen nicht weiter auf, aber das Entwenden großer Nahrungsmittelmengen … In absehbarer Zeit wird die Gemeinde also nicht nur mit neuen Krankheiten, sondern auch mit einer Naturalienknappheit konfrontiert sein. Noch ahnen die Bewohner nichts davon, sie leben von Tag zu Tag und haben keinen Grund, den gefälschten Berechnungen Horatios zu misstrauen. Doch spätestens wenn das Komitee um Prospero plötzlich die Rationierung befiehlt und die Kontingente in regelmäßigen Abständen weiter gekürzt werden, wird es auch ihnen dämmern. Vielleicht wird Thaisa mit ihrem Team rechtzeitig das neue Serum entwickeln können, aber dann sterben die Menschen eben an Unterernährung.«

»Warum öffnet sich das Habitat nicht? Wo ist das Problem?« Kaum hatte ich es ausgesprochen, wusste ich selbst die Antwort darauf. Sie lag auf der Hand. Manchmal war ich wirklich schwer von Begriff. Prospero wollte die Regierungen erpressen. Mit mir. So einfach war das.

»Prospero hat Machtansprüche, die er selbstverständlich nicht aufgeben möchte«, bestätigte Lucius meine Vermutungen. »Auch wenn der wahre Zustand des Habitats ans Licht kommen sollte. Doch seine Vorrechte wird London ihm dann natürlich nicht lassen. Man kann nicht erwarten, dass die Regierungen von Wales, Schottland und England ihr ehemaliges Internierungslager als eigenständigen Staat anerkennen werden – mit jemandem an der Spitze, der sich einen Namen aus einem Shakespeare-Drama gegeben hat und wie in einem Theaterstück agiert. Deswegen kommst du ihm auch in dieser Hinsicht wie gerufen. Es hat sich einfach alles perfekt für Prospero entwickelt. Er musste zwar umdenken, aber der neue Plan gefällt ihm inzwischen besser als der alte. Auch wenn er sein altes Reich aufgibt, geht er davon aus, dass er neue Königreiche erhalten wird.«

»Er will mich als Druckmittel einsetzen.« Das war keine Frage, es war eine Feststellung.

»Und es könnte bestens funktionieren, das muss man zugeben«, meinte Alonso.

»Himmel, was will er denn von denen da draußen?«, fragte ich spöttisch. »Die Weltherrschaft? Das ist doch lächerlich!« Prospero mochte machthungrig sein, aber er war alles andere als naiv.

»Er möchte wieder König von Mailand werden«, stellte Alonso sachlich fest.

»Und von Venedig und außerdem von Rom«, fügte Lucius hinzu.

Eine Anspielung auf *Der Sturm*. Trotzdem verstand ich sie nicht. »Ihr habt gesagt, er war vor der Pestilenz als Professor oder Lehrer angestellt.«

»Nun, das habe ich aber nie bestätigt, und ich sagte auch noch etwas anderes«, erinnerte mich Lucius.

Mit gerunzelter Stirn und hängenden Schultern stand ich da. Dann war es doch wahr? Prospero hatte einen der großen Pharmakonzerne geleitet?

»Er will nicht nur seine alte Stellung zurück, Richard. Er möchte die Fusion der mächtigsten Medikamentenkonzerne erreichen. BioTechSP und ⸲YourHealth sollen sich zusammenschließen«, sagte Alonso.

Endlich fiel der Groschen. »Selbstverständlich mit ihm an der Spitze. An der Spitze einer alles kontrollierenden, wirtschaftlichen Supermacht, auf die man keinen Einfluss mehr haben wird«, fügte ich bitter hinzu.

»So ist es«, bestätigte Lucius. »Und die Ratsmitglieder werden weiterhin in seinem Dunstkreis agieren können. Er will sie alle in entsprechenden Stellungen unterbringen. Die übrigen Gemeindmitglieder werden, wenn alles nach Prosperos Wünschen läuft, hinter ihm stehen und ihn unterstützen, falls es anders kommt, als geplant.«

Aufstand. Rebellion. Krieg gegen den Inner Circle. Das hatte uns allen gerade noch gefehlt.

»Nach der Entdeckung des Heilmittels war Island City grandios, es war unverbraucht, voller Lebensmut und funktionierte recht gut«, fuhr Lucius fort. »Dann übernahm Prospero das Ruder und begann, die Gemeinde umzustrukturieren. Da er ein ansehnlicher und charismatischer Mann ist, der Erfahrung und Weisheit ausstrahlt, folgten ihm die Überlebenden im Habitat, ohne groß zu überlegen. Umsiedlungen in andere Barracken bei Nacht und Nebel wurden nicht hinterfragt. Aber vor einiger Zeit tauchten die ersten massiven Probleme auf. Prospero hat sich ein unheilvolles Staatsgebilde geschaffen. Statt Mitbestimmung hat er auf eine

Diktatur gesetzt. Sein akribisch gestaltetes Kartenhaus beginnt einzustürzen. Er musste sich eingestehen, dass er mit der Situation überfordert ist. Nun wird er ungeduldig. Will seine Position wieder festigen. Und wo er das tut – hier oder anderswo, ist nicht so wichtig. Hauptsache es geht schnell.«

Die Natur und der Mensch im Gleichgewicht. Solange das funktionierte, war es für alle ein paradiesischer Zustand. Aber dann begann alles auseinanderzudriften, wie es Kontinentalplatten tun, und das große Erdbeben stand bevor. Die Verfolgung Andersdenkender tat ihr Übriges. Und Sofie wusste das. Sie wusste alles. Hat es immer getan. Von vorn bis hinten, nach Strich und Faden war ich ausgenutzt und aufs Kreuz gelegt worden. So wie der Rest Englands auch. Verarscht, angeschmiert, reingelegt. Mein ganzer Körper schmerzte, während ich versuchte, diese Erkenntnis zu verdauen.

»Ihr habt für mich gehandelt. Ihr habt mich hierhergebracht. Ich habe mir dieses Leben und die Rolle, die ich darin spielen soll, nicht selbst ausgesucht!«, platzte ich verzweifelt heraus. Ich konnte mich einfach nicht als diesen Heilsbringer sehen.

»Werter Richard«, sagte Lucius beschwichtigend. »Das Leben sucht man sich nicht aus, man lebt es einfach.«

In den Minuten, in denen die Entscheidung in mir reifte und mein Entschluss langsam konkrete Formen annahm, wurde mir klar, dass ich Sofie nichts, absolut nichts schuldig war. Dass ich erst mal für eine Weile den Liebhaber spielen musste, der reumütig und um Verzeihung bittend zu seiner Angebeteten zurückkroch, schmeckte mir zwar nicht, aber ich sah ein, dass das unvermeidlich sein würde. Und vielleicht sogar funktionierte.

Spielraum hatte ich bei dieser Entscheidung keinen. Ich spürte, dass ich durch äußere Umstände gezwungen war, das Leben zu leben, das sich meiner Person bemächtigt hatte, wie Lucius so deltatypisch daherphilosophiert hatte. Menschenleben standen auf dem Spiel. Viele. Und so war es beschlossene Sache: Innerhalb von nur einer Woche war ich vom Spion zum Doppelspion befördert worden. In einer Welt, die mir auf den ersten Blick wie eine Offenbarung vorgekommen war.

»Lächle, und die ganze Welt wird mit dir lächeln«, murmelte ich bitter, als ich daran dachte, dass man nun von mir erwartete, eine bühnenreife Vorstellung zu geben.

»Korrekt, werter Richard.« Lucius fasste mich an der Schulter. »Und lässt du deinen Darmgasen freien Lauf, bist du allein.«

Mit dieser geschmeidigen Aufforderung, ja keine Scheiße mehr zu bauen, schickten mich die Deltas zurück in mein Zimmer.

Maggie

Ich bekam noch weniger Zeit, mit meiner neu zugeteilten Rolle warmzuwerden, als beim ersten Mal.

Als Lucius mich unsanft an der Schulter rüttelte, kam es mir vor, als sei ich eben erst aus dem Überwachungsraum in mein Zimmer zurückgekehrt. Ein schlaftrunkener Blick Richtung Uhr sagte mir jedoch etwas anderes. Inzwischen waren schon knapp vier Stunden vergangen. Ich hatte, so unglaublich es mir auch vorkam, tief und fest geschlafen. Normalerweise erzählen die Mediziner, dass sich der Körper die Erholung holt, die er nötig hat. So wie ich es einschätzte, war es jedoch eher mein Hirn gewesen, das sich die erforderliche Auszeit genommen hatte. Auch jetzt noch schienen meine grauen Zellen in einer Achterbahngondel zu sitzen – auf dem Weg in den freien Fall.

»Maggie ist verschwunden«, zischte mir der Delta ins Ohr und wieder wartete ich vergeblich auf den Hauch eines Atems auf meiner Haut.

»Was?«

»Sie ist nicht am Treffpunkt erschienen. Alonso hat so lange vor der Kamera gesessen und darauf gewartet, bis sie auftaucht, wie es ihm möglich gewesen ist, aber sie ist nicht gekommen. Das ist ungewöhnlich. Nein, es ist alarmierend«, verbesserte er sich.

»Welcher Treffpunkt …?« Ich fuhr im Bett hoch. »Soll das heißen, sie weiß davon?«

Der Delta nickte. »Es wurde während der letzten Wochen notwendig, sie und einige andere einzuweihen. Wir haben die Auswahl mit Bedacht getroffen.«

Und John war mit von der Partie, dachte ich, hielt aber den Mund. Maggie hatte demnach gewusst, wer ich war, noch bevor sie sich bei Sean nach mir erkundigt hatte. Sie wusste alles, und im Gegensatz dazu hatte ich so gut wie keine Ahnung, mit wem ich es zu tun hatte. Selbst Sofie konnte ich nicht mehr vertrauen, und bei ihr hatte ich mich einmal sicher gefühlt. Wie also sollte ich der Bienenfrau gegenübertreten?

Lucius packte hart zu, als er mich am Arm hochzerrte, und lockerte seinen Griff erst mit einem entschuldigenden Zungenschnalzen, als ich laut aufstöhnte. »Tut mir leid. Manchmal fällt es mir schwer umzuschalten, Situationen korrekt einzuordnen und meine Motorik anzupassen. Aber du musst deine Kleidung anlegen, Richard.«

»Erklär mir zuerst, was los ist. Langsam bin ich es über, ständig mit neuen Informationshäppchen abgespeist zu werden.«

»Tut mir leid«, wiederholte er. »Dafür ist jetzt keine Zeit. Ich setze dich auf dem Weg zum Tunnel über alles Notwendige in Kenntnis.«

Tunnel. Bereits der Klang des Wortes löste ein schrilles Klingeln in meinem Kopf aus.

»Tut mir auch leid, aber in eine lange, runde Röhre ohne Licht ...« Ich betonte die letzten Worte überdeutlich. »... bekommst du mich so leicht nicht mehr.«

»Ich glaube, mich eben klar ausgedrückt zu haben«, antwortete Lucius ungewöhnlich barsch. »Maggie ist verschwunden. Reicht dir das nicht erst mal als Erklärung?«

Murrend zog ich die Leinenhose an und schnürte sie fest, danach schlüpfte ich in die Mao-Jacke. Als ich an den Lederbändchen der Latschen herumnestelte – ich hatte schon immer Schwierigkeiten gehabt, sie ordentlich zu binden –, riss mir Lucius die Schuhe mit einer für ihn ungewöhnlichen Ungeduld geradezu vom Fuß.

»Mit Verlaub, das dauert zu lange. Nimm sie mit.« Er drückte mir die Sandalen in den Schoß, eilte zur Tür und forderte mich mit übertriebenem Winken auf, ihm endlich zu folgen.

Zum wiederholten Mal musste ich daran denken, dass ich den Deltas vor einer Woche noch mehr als gleichgültig gegenübergestanden hatte. Als Sklaven hatte ich sie betrachtet, aber ohne ihnen gegenüber dabei emotional oder politisch Stellung zu beziehen. Sie waren für mich Ausführende einfacher Dienstleistungen gewesen. Maschinen, die zu funktionieren hatten. Geräte in Menschengestalt, die dazu geschaffen wurden, Dinge zu tun, die niemand sonst tun wollte. Jetzt beeilte ich mich, Lucius' Forderung nachzukommen. Ich vertraute ihm, glaubte alles, was er mir sagte. Vorbehaltlos. Auch wenn er dabei bestimmt nur kleine Teile des großen Ganzen preisgab. Diese ewige Geheimniskrämerei musste ich den Deltas auf jeden Fall noch austreiben, so viel war sicher.

Den gesamten Weg durch die Flure, vorbei am Speisezimmer, in dem schon jemand die Gedecke fürs Frühstück aufgelegt hatte, und vorbei an Prosperos Büro, dessen Tür geschlossen war, sprachen wir nicht. Manchmal hob Lucius die Hand wie ein Pfadfinder, blieb dann stehen und schien mit seinen Sensoren die Umgebung nach Wärmequellen, Licht, Geräuschen oder was auch immer er sonst noch wahrnehmen konnte zu überprüfen. Mein Magen machte jedes Mal einen Sprung, wenn Lucius mich zum Stehenbleiben ermahnte, um sich dann zu verkrampfen und gegen die Bauchdecke zu pochen. Ich stellte mir vor, wie sich darunter ein Knoten zu einer Faust formte, die bereit war, das Gewebe zu durchschlagen. Im Gegensatz zu mir war Lucius eine Statue. Mein

Atem hatte fast die Lautstärke eines alten Dampfrosses, und Teile meines Körpers schienen permanent in Bewegung zu sein, ohne dass ich etwas gegen meine Ruhelosigkeit tun konnte. Das Letzte, was ich wollte, war Publius zu begegnen, der mit Sicherheit genauso wenig schlief wie seine sogenannten Brüder.

Als wir die Säulen endlich hinter uns gelassen hatten und die Treppen des Vorplatzes hinabeilten, getraute ich mich zum ersten Mal wieder, tief Luft zu holen. Das flache Atmen hatte mich in einen leichten Schwindelzustand versetzt, und ich taumelte mehr, als dass ich lief, und griff hilfesuchend nach Lucius' Arm.

»Verdammt«, japste ich. »Du musst mir endlich sagen, was los ist!«

»Noch ein Stück, werter Richard. Nur noch circa fünf Meilen, dann sind wir in Sicherheit.«

Ich schnappte wieder nach Luft, aber dieses Mal aus einem anderen Grund. »Fünf Meilen? Bist du noch bei Trost?«

»Im Laufschritt schaffen wir das in etwa fünfzig Minuten.« Das klang so überzeugend, als glaube er es selbst.

»Du vielleicht. Du bestehst aus Schrauben und Zahnrädern!«

»Natürlich würde ich schneller laufen, wenn ich nicht auf dich Rücksicht nehmen müsste, doch ich muss schon sehr bitten, Richard. In mir steckt mehr als ausgefeilte Uhrmachertechnik! Ich bin nicht eine von de Vaucansons mechanischen Enten, die fressen, schnattern, trinken und schwimmen konnten. Oder ein Automat, der Klavier spielt und danach einige Sätze schreibt. Vergiss bitte nicht, dass seit der Entwicklung des Turing-Tests schon über hundert Jahre ins Land gegangen sind.«

»Mir scheißegal, wer diese Enten erfunden hat …«

»Jacques de Vaucanson, 1737. Er baute ...«

Ich blieb stehen. »Lucius! Ich bin untrainiert. Ich schaffe das unter Umständen in neunzig Minuten, wenn ich mich zusammenreiße und die Anzeichen eines Herzinfarkts ignoriere, aber auf keinen Fall in fünfzig oder weniger. In den Outer-Rims läuft niemand freiwillig, schon vergessen? Ich habe zwar in der letzten Woche einige Kilos abgenommen, deswegen bin ich jedoch noch lange nicht fit.«

»Nicht stehen bleiben, Richard. Nicht in Island City. Nicht jetzt. Außerhalb darfst du durchschnaufen, aber hier kann ich es dir nicht erlauben.« Er zog mich weiter. »Die Sonne wird bald aufgehen. Es wäre ausgesprochen hilfreich, wenn du so schnell laufen würdest, wie es dir möglich ist, und auf verbale Kommunikation verzichtest.«

Es war erstaunlich, aber ich besaß mehr Durchhaltevermögen, als ich mir zugetraut hätte. Wahrscheinlich war es das Adrenalin, das mich antrieb, denn immerhin konnte ich mit Lucius Schritt halten, der sich offenkundig bemühte, nicht abzuzischen wie eine Rakete. In Gedanken sah ich Ariel vor mir, wie er den Flur des IRIR entlanggespurtet war, um nur wenige Sekunden später den Sicherheitsbeamten die Fresse zu polieren. Die feinen Härchen an meinen Unterarmen stellten sich auf, als ich daran dachte, dass er mich ebenso verprügeln könnte. Oder mich aufknüpfen, so wie Grünauge. Ich zog das Tempo ein wenig an und erntete einen überraschten Seitenblick von Lucius. Wenn ich mich verausgabte, würde ich wenigstens an etwas anderes denken. An krampfende Bronchien oder gerissene Achillessehnen. Alles besser als Johns geschwollene, schwarze Zunge, die ihm aus dem Hals hing.

Wir ließen Island City hinter uns und folgten einem Weg, den ich bis jetzt noch nie eingeschlagen hatte. Er führte vom Wald weg, und somit lag der Treffpunkt, oder wohin auch immer mich Lucius dirigierte, nicht in der Nähe von Grünauges ehemaliger Behausung und auch nicht bei den Zunfthäusern.

Bei dem Gedanken an John fielen mir plötzlich die Bienen ein.

»Keine Sorge«, beruhigte mich Lucius, als er sah, wie ich mich hektisch umschaute.

Die Worte kamen wie immer deutlich artikuliert und in gleichmäßiger Lautstärke aus seinem Mund. Keine Spur von Anstrengung. Kurz zerbrach ich mir den Kopf, warum er nicht wenigstens ein winziges bisschen Erschöpfung imitierte, damit ich neben ihm nicht so schlaff wirkte. Aber womöglich handelte es sich hier um eine der Situationen, die er nicht unter den mit *Empathie* betitelten Datei-Ordner ablegen konnte und für die ihm noch das nötige Update fehlte.

»Alonso hat die restlichen Stunden bis zum Frühstück Schicht. Und Publius hat die Aufgabe, sich gemeinsam mit Lavinia um das Essen zu kümmern. Das ist dem Rat enorm wichtig. Es muss ein ›gelungener Start‹ in den Tag sein«, fuhr er fort und imitierte dabei Horatios schleppende Sprechweise derart perfekt, dass ich mich während des Laufens vor Lachen verschluckte.

Ich geriet aus dem Rhythmus, als ich hustete. »Alonso … kontrolliert … also … die … Drohnen?«, fragte ich stoßweise, nachdem ich mich wieder gefangen hatte.

»Exakt. Er lässt sie im Moment über Island City kreisen, schaut in die Zunfthäuser oder steuert sie in den Wald. Für jede unserer Schichten haben wir Steuerungs-Algorithmen entwickelt, die sich abwechseln, sodass kein Aufsehen erregt wird. Die Drohnen sehen aus wie Bienen, die herumschwirren. Keiner vermutet hinter ihnen das, was sie wirklich sind.«

So war es auch bei den Gesprächen gewesen, die ich mit Lucius im Atrium geführt hatte. Die Insekten waren ein natürlicher Bestandteil des Gartens gewesen.

Für den Moment konnten wir es uns also erlauben aufzuatmen. Die künstlichen Bienen fingen keine meiner vor Anstrengung verzerrten Gesichtsausdrücke ein und projizierten sie deshalb auch nicht in einem dunklen Keller auf große Displays.

Statt des Summens von Insekten dröhnten mir jedoch andere Dinge im Kopf, doch bei dem Lauftempo war ich nicht in der Lage, deutlich zu sprechen. Erst als wir eine kleine Senke erreicht hatten, an deren Rand mickrige Büsche eine schmale Wand aus Blättern und Ästen bildeten, verringerte Lucius endlich seinen Schritt und hielt schließlich an.

»Was weißt du über den Green Belt, werter Richard?« Er sah mich an und wirkte wie frisch aus der Delta-Fabrik, oder wo auch immer die Androiden ausgespuckt wurden. Keine Haarsträhne lag verkehrt auf seinem Schädel, während ich vermutlich den gehetzten, leicht übergewichtigen Waschlappen abgab.

Die Hände auf die Knie gestützt stand ich da und schüttelte fassungslos den Kopf ob dieses plötzlichen Themenwandels. »Lucius«, keuchte ich. »Herrgott. Bitte keine Geschichtsstunde, sondern …«

»Das ist Teil der Information, Richard«, unterbrach er mich. »Statt Häppchen das Ganze. Das wolltest du doch. Also: Was weißt du darüber?«

Das Aufrichten fiel mir schwer, denn meine Lungen lehnten es ab, sich zu entkrampfen, und so sah ich mich schwer atmend und halbgebückt um. »Außer, dass der

Begriff vor der Landnahme durch die Pharmafirmen noch eine tatsächliche Bedeutung hatte, weiß ich nur das über den Green Belt, was alle anderen Londoner ebenfalls wissen«, keuchte ich. »Ziel war es, die Natur zu schützen und vor übermäßiger gewerblicher und privater Besiedlung zu bewahren. Es sollten genügend Freiflächen zur Erholung außerhalb der Metropole vorhanden bleiben.«

Ein Witz, wenn man genau darüber nachdachte. Über dem Teil des Geländes neben dem ehemaligen London, das noch unbebaut gewesen war und das man früher Sevenoaks Countryside genannt hatte, befand sich jetzt die Kuppel des Habitats, und das, was außerhalb davon lag, wurde inzwischen von den mächtigen Industrietürmen der einflussreichen Pharmafirmen dominiert. Von Erholung und Bewahrung der Natur konnte da wahrlich nicht die Rede sein. Der grüne Gürtel war zusammengeschrumpft wie ein Ballon, aus dem man die Luft gelassen hatte, da die Bevölkerung Londons vor der Pestilenz exorbitant gewachsen war – der Siedlungsbau in den Rims hingegen nicht. Die Stadt hatte sich ausdehnen müssen, und die ehemals geschützten Gebiete waren bebaut worden. Ironischerweise standen diese Gebäude nun größtenteils leer, da deren Bewohner fast vollständig von der Pestilenz dahingerafft worden oder geflohen waren.

»Die Idee eines grünen Gürtels ist in der Tat sehr alt, das ist richtig«, bestätigte Lucius. »Schon vor mehr als hundert Jahren hat man über eine geschützte Zone nachgedacht und diese Überlegungen dann allmählich in der Tat umgesetzt. Die jetzige Situation stellt sich jedoch anders dar, wie du weißt. Worauf ich mit meiner Frage hinauswill, ist Folgendes: Ist dir bekannt, dass die Produktionsabläufe bei BioTechSP und 4YourHealth Abwässer generieren, die mit Schadstoffen angereichert sind?« Er wartete die Antwort erst gar nicht ab, sondern sprach gleich weiter. »Diese Abwässer konnten früher nicht in einen industriellen Kreislauf zurückgeführt werden. Man entschloss sich damals, sie anderweitig abzuleiten. Unterirdisch. Durch ein Kanalsystem, das ins Meer führte. Durch den Green Belt.«

»Und?« Besagtes Vorgehen war nicht als ökologisch verantwortungsvoll zu bezeichnen, aber das wollte Lucius mir sicherlich nicht mitteilen.

»Eines dieser angejahrten Systeme führt unter dem Habitat hindurch.« Er sah mich auffordernd an.

»Ja?« Unterirdische Kanäle gab es auch in London zuhauf. Es waren so viele, dass inzwischen vermutlich niemand mehr genau sagen konnte, wo sich welcher Wasserweg befand. »Die Entwicklung des Kanalsystems in der Hauptstadt ist Grundschulstoff. Stoff, aus dem Horror-Holos sind. Dunkle Gestalten, die in dunklen Gängen lauern. Zombieangriff aus der Tiefe. Ich verstehe nicht, worauf du hinauswillst.«

»Ich spreche nicht von der Anlage, die Mitte des neunzehnten Jahrhunderts erbaut wurde, Richard. Ich spreche über das alte Abwassersystem der Pharmaindustrie.«

Um 1850 hatte London schon mehr als zwei Millionen Einwohner gehabt, und die Infrastruktur war dementsprechend katastrophal gewesen. Das Abwasser gelangte damals oberirdisch in die Themse – eine Vorstellung bei der es mich jedes Mal vor Ekel schüttelte –, aber das ging angesichts des rasanten Bevölkerungswachstums natürlich nicht lange gut. Irgendwann brach die Cholera aus, was mehr als vierzehntausend Menschen in der Metropole das Leben kostete. Eine verflucht hohe Zahl, allerdings nichts im Vergleich zu den Pestilenz-Opfern fast zweihundert Jahre später. Aber auch damals begann die Regierung erst auf die Katastrophe zu reagieren, als der knöcherne Finger des Sensenmannes an die eigene Tür pochte. Es war der penetrante Gestank, der aus der Themse aufstieg und die Parlamentarier zwang, ihren Arbeitsplatz direkt am Fluss zu verlassen, der die Herren etwas unternehmen ließ. Heraus kam zehn Jahre später ein Netz von über tausend unterirdisch verlegten Kanälen und Nebenkanälen, die das Abwasser über ein leichtes Gefälle zu einer zentralen Pumpstation leiteten, die außerhalb von London lag und das Wasser von dort aus ins Meer pumpte. An die Stelle der alten Station waren mit der Zeit hochtechnisierte Neubauten getreten. Keine dieser Anlagen aber lag im Habitat.

»Ich spreche nicht von Abbey Mills oder den Industrieanlagen, die die historische Pumpstation ablösten, Richard. Natürlich liegen diese Bauten nicht unter der Kuppel«, sagte Lucius.

Die historische Pumpstation Abbey Mills, auf die er anspielte und die als einzige ihrer Zeit prächtig herausgeputzt wie eine neugotische Villa als ein Zeichen der Macht der einstigen Wasserwerke überlebt hatte, war inzwischen nicht mehr als ein putziges Architekturdenkmal am Rande eines alles verschlingenden Molochs. Der Delta las allem Anschein nach schon wieder meine Gedanken und sah mich herausfordernd an, als ob er jetzt die einzig richtige Frage hören wollte.

Abermals wartete er nicht ab, bis ich den Mund aufmachte. »Wir müssen nicht zu den Outer-Rims. Das Abwassersystem der Pharmafirmen ist auch an verschiedenen Stellen vom Habitat aus erreichbar.«

Das überraschte mich jetzt doch. »Von hier?« Ich beschirmte die Augen mit der Hand und suchte den Horizont ab, als ob sich dort jeden Augenblick ein blinkendes Holo-Schild mit der Aufschrift *Tretet ein!* materialisieren könnte. »Und über diese … erreichbaren Stellen schmuggelt ihr eure Waren herein und die scheinbar Infizierten hinaus?«

»Gut gedacht, Richard, aber leider falsch. Die Schmuggelgüter gelangen ebenso wie die vermeintlich Infizierten über die Konvois herein und hinaus. Es wäre zu langwierig, dir das Vorgehen zu beschreiben. Vielleicht später. Wichtig ist, dass es funktioniert, und das tut es. Nein, von der Existenz der Kanäle weiß nicht einmal der Rat etwas. Auch nicht Prospero. Verstehst du?«

Das tat ich. Einer dieser Kanäle war also der Tunnel. Der Ort, an dem sich aller Wahrscheinlichkeit nach die Rebellen, die Verschwörer, die Konspiranten trafen. Aber irgendwie mussten sie von der Existenz dieser Röhren erfahren haben. Ich fragte Lucius, ob er oder Alonso alte Baudateien gefunden hätten, aber er verneinte.

»Du stellst dir John in seinem früheren Leben sicherlich als Holzbildhauer oder Maler ungebändigt hingesudelter, farbiger Flächen vor, die in manchen Kreisen des Inner Circle vielleicht sogar hohe Verkaufspreise erzielten, oder?«

Tatsächlich hatte ich während meiner Begegnung mit Grünauge kurz an die Kunst der New Frenetics gedacht, einer Künstlergruppe, die London noch vor zwanzig Jahren mit dicken Farbschichten in schrillen Tönen und mit den Abbildungen verrenkter oder ausgerissener Gliedmaßen schockiert hatte. So mancher Kunsthistoriker interpretierte diese Kunst im Nachhinein als eine geniale Vorahnung in Bezug auf die Pestilenz. Ich persönlich hielt es für einen Haufen pürierte Pferdekacke, aber Johns kräftige Hände, seine wilde Mähne und der bohrende Blick hatten mich dennoch an die Holos dieser jungen Künstler erinnert, die nackt, mit Farbe beschmiert und mit obszönen Gesten vor den Kameras posiert hatten.

Lucius schien wieder in mein Hirn gesehen zu haben, denn er schüttelte den Kopf. »Nein, Richard. John war im Anlagenbau tätig. Er hatte Zugang zu allen Plänen der BioTechSP und verfügte somit über wichtige Informationen über die alten unterirdischen Abwasserkanäle. Unterlagen, die weder seine Kollegen noch seine Vorgesetzten interessierten und die er mit ins Habitat nahm, als man ihn hierher verschleppte. Er wusste genau, wo sich die Stellen befinden, über die man in die Kanäle hinabsteigen kann, und er hat dieses Wissen mit uns geteilt, nachdem wir verstanden hatten, dass er einer von uns war, und ihn ins Vertrauen gezogen hatten. Er glaubte so fest an unsere Sache wie kein anderer, musst du wissen. Aber er unterstützte uns nur aus der Ferne. Zog die Abgeschiedenheit vor.«

Ich ließ meinen Blick über die von der aufgehenden Sonne nur schwach beleuchtete Landschaft wandern. Grüne Hügel, schmale Mauern aus Naturstein, die sich wie ein Band durch die Szenerie zogen, und Baumgruppen, die wie hingeworfen wirkten. »Und hier befindet sich eine dieser Stellen?«

Lucius schüttelte den Kopf. »Ich wollte dir nur Gelegenheit geben, ein wenig zu verschnaufen.«

»Sehr gütig.« Dann geht es also noch weiter, dachte ich missmutig und sah Lucius hinterher, der sich bereits einige Schritte von mir entfernt hatte. Allerdings in normalem Tempo, sodass ich ihn noch würde einholen können.

Ich ersparte mir die *Wann-sind-wir-endlich-da*-Frage und wollte dem Delta eben folgen, als mein Kopf zur

Seite ruckte. Das Gras vor meinen Augen verschwamm zu einer grünen Schliere, und im Handumdrehen begann meine rechte Schläfe, höllisch zu pochen. Instinktiv riss ich beide Hände hoch, gerade noch rechtzeitig, um einen weiteren Schlag abzufangen, doch dafür krachte etwas Hartes gegen meine Finger, und ich schrie auf. Dann folgten weitere Treffer. Nach dem fünften Hieb, der mich am Schlüsselbein erwischte, bekam ich endlich die Gelegenheit zu sehen, wer da auf mich eindrosch. Ich blickte in Publius' Gesicht. Sah zusammengepresste Lippen, die stahlgrauen Augen zu Schlitzen verengt, bereit zum nächsten Angriff. Kaum hatte ich begriffen, dass man uns gefolgt war, als die Faust des Deltas auf meine Brust zu schnellte. Bruchteile später breitete sich der Schmerz in meinem Körper aus. Die Luft war mir aus den Lungen gepresst worden – mit geöffnetem Mund versuchte ich, sie wieder einzusaugen, aber es wollte mir nicht gelingen. Des Sauerstoffs beraubt und mit in Flammen stehenden Nervenbahnen sackte ich auf die Knie und schnappte wie ein Fisch auf dem Trockenen. Es war aus. Ich fühlte mit jeder Faser meines Körpers, dass es in Kürze aus sein würde. Ich hatte gesehen, was Ariel dem Sicherheitsbeamten angetan hatte, hatte sogar gemeint, über die Entfernung hinweg Knochen brechen zu hören.

Es fiel mir schwer, Luft zu holen – selbst der kleinste Atemzug wurde zur Qual. Japsend starrte ich auf ein weiteres Paar Sandalen, das aus dem Nirgendwo gekommen war und dem anderen Paar jetzt gegenüberstand. Für eine Sekunde geschah nichts, dann hörte ich über das Rauschen des Bluts in meinen Ohren hinweg dumpfe Schläge, als ob zwei harte Materialien aufeinanderträfen. Die vier Füße vor mir bewegten sich kaum, kamen selten aus dem Gleichgewicht, während die zwei

Gegner aufeinander eindroschen. Aber schließlich geriet ein Kontrahent aus dem Tritt, schien sich zu drehen, und ich sah Lucius neben mir zusammensinken.

Jetzt war ich dran. Meine Knochen würden zersplittern wie totes Holz. Wie morsche Äste. Sie würden auseinanderbrechen, und der Schmerz würde unaussprechlich sein. Ich blickte auf. Publius stand über mir, sah auf mich herab. Ein blasiertes Lächeln umspielte seine Lippen, und sein blondes Haar war nicht mehr akkurat gescheitelt, sondern hing ihm in die Stirn. Er holte aus. Und dann kippte er plötzlich zur Seite, trudelte wie ein Propellerflugzeug aus der Mottenkiste, dem der Treibstoff ausgegangen war, taumelte weiter – und fiel. Sein Körper schlug hart neben mir auf.

Ich konnte es nicht fassen. Verstand es erst, als sich Lucius zu mir beugte und mir beim Aufstehen half.

»Lass mich das kurz anschauen, Richard.« Vorsichtig, und ganz und gar nicht mechanisch wie der Roboter, der er war, schob er mir die Jacke nach oben und betastete sacht meine Rippen. Trotz zusammengebissener Zähne stöhnte ich auf.

»Einige sind gebrochen. Ich würde sagen zwei.« Er zog mir die Jacke wieder zurecht und widmete sich meinem Kopf und den Händen. »Alles in Ordnung«, meinte er, nachdem er mir in die Augen geschaut und meine Finger untersucht hatte. »Kopfschmerzen und ein Schwindelgefühl werden sich aber nicht vermeiden lassen.«

»Ist er … tot?«, stammelte ich. Mir war bewusst, dass dieses Adjektiv es nicht wirklich traf, aber mir fiel in dem Moment kein anderes ein.

»Wenn du es so bezeichnen möchtest.«

Was er dann sagte, überraschte mich nicht. Denn wo einer war, waren andere nicht weit.

»Ariel wird einige Brüder ins Habitat holen. Wahrscheinlich sind sie sogar schon in Island City angekommen. Ich sehe es deshalb als dringlich an, dass wir schnell weiterkommen. Wir sind … wie heißt es so schön? … komplett aufgeflogen.«

Er bot mir Hilfe an, und dankbar lehnte ich mich an seinen Körper, der sich plötzlich gar nicht mehr fest und hart anfühlte wie die Hülle einer Maschine, sondern mir wie aus Fleisch und Blut erschien.

Der Stützpunkt

Ich ignorierte den Schmerz, der mich bei jedem Schritt durchfuhr, und dachte an Maggie. Hatte Publius sie erwischt? War sie den Tod gestorben, der mir selbst vor Augen gestanden hatte? Hatten sie ihren hageren Körper einfach in der Mitte durchgebrochen wie ein Streichholz?

Ich zwang Lucius, stehen zu bleiben, und übergab mich.

Wir taumelten über offenes Gelände. Lucius' Umklammerung drückte auf meine Rippen, und bei jedem Schritt ächzte ich vor Schmerzen. Die Kuppel brach die schwachen Strahlen der aufgehenden Sonne, aber ich konnte dem außergewöhnlichen Schauspiel keine Beachtung schenken. Hinter jedem Gebüsch vermutete ich Deltas. Caliban, Sebastian und wie sie alle hießen. Jegliches Geräusch, das ich nicht einordnen konnte, ließ meinen Kopf herumfahren, bis mich Lucius ermahnte, das sein zu lassen, denn es brachte ihn jedes Mal für einen kleinen Moment aus dem Gleichgewicht. Anscheinend war sein Griff, obwohl er mir die Hölle bescherte, für seine Verhältnisse eine lockere Umarmung und ließ seinem Oberkörper mehr Bewegungsfreiheit, als ihm in dieser Situation lieb war. Eile war geboten.

Ich bildete mir ein, Schatten zu sehen, schemenhafte Gestalten auf der Anhöhe. Erwartete jede Sekunde einen weiteren Schlag gegen meinen Kopf. Erwartete Ariel, wie er vor uns auftauchte wie ein Golem aus dem Zwielicht und uns mit seinen Deltas angriff. Lucius war ein würdiger Gegner für Publius gewesen, aber was würde geschehen, wenn einem Delta plötzlich vier Deltas gegenüberstünden?

»Was hast du mit ihm gemacht?«, quetschte ich mühsam hervor. »Mit Publius, meine ich.«

Der Androide war einfach umgefallen. Wie wenn man bei einem altmodischen, elektrischen Gerät den Stecker zog. Ich hatte das einmal in der Schule gesehen. Der Teller des Schallplattenspielers, den uns der Lehrer als echte Antiquität präsentiert hatte, hatte aufgehört, sich zu drehen, und die tierischen Laute, die er von sich gegeben hatte, waren immer tiefer und langgezogener geworden, bis sie schließlich ganz erstorben waren. Ein eindrücklicheres Spektakel hatte es im Unterricht selten gegeben. Publius hatte zwar keinen Laut von sich gegeben, aber der Effekt war ähnlich gewesen.

»Ich habe ihn abgestellt«, antwortete Lucius.

Also war das Bild eines gezogenen Steckers doch nicht so falsch, stellte ich fest. Ich hatte erwartet, er würde mir sagen, er hätte ihn kaputt gemacht, zerstört, seine Eingeweide lahmgelegt, irgendetwas in der Art. Aber abgestellt? »Ihr habt einen Aus-Schalter?« Fast wäre ich stehen geblieben, aber Lucius zog mich erstaunlich sanft weiter.

»Er ist nicht einfach zu treffen, und es braucht eine gewisse Kraftanstrengung, um ihn zu betätigen, und natürlich nennen wir diese Vorrichtung nicht so. Aber ja, es gibt sie. Jeder von uns Deltas ist sich dessen bewusst.«

»Dann ist er also nur inaktiv.« Meine Paranoia meldete sich wieder. »Er kann reaktiviert werden.«

»Korrekt. Das kann er aber nicht selbst tun.«

Doch Ariel und seine Nebendarsteller würden es tun, wenn sie Publius fänden. Dessen war ich mir sicher.

»SPS.«

Hatte Lucius eben etwas gesagt? »Was?«, fragte ich.

»Wir nennen den Schalter SPS. *Sleep Paralysis Switch.*«

Schlafparalyse. Wieder verglichen Lucius und Alonso elektronische Vorgänge in ihren mechanischen Körpern mit neurologischen Abläufen beim Menschen. In meinem Kopf wirbelten Gedanken über Blut und Neuronen, Nerven und Synapsen, Entscheidungsfindungen und Algorithmen durcheinander wie in einem Mixer, während ich weiterstolperte. Mensch und Maschine. Gab es da wirklich einen Unterschied? Ich war mir nicht mehr sicher.

Wir hatten die Sonne jetzt im Rücken, und das Dunkelgrün des Belts erstreckte sich vor uns. Er breitete sich aus wie ein glänzender Teppich. Die langen Schatten des Morgens lagen auf der Grasfläche, als wir vor einer der typischen Trockenmauern anhielten, die früher die Parzellen voneinander getrennt hatten und immer noch intakt waren. Zwischen den Ritzen der unbehauenen Steine krochen Pflanzen hindurch, eine geöffnete violette Blüte streckte sich mit vielen anderen nach der Wärme. Ohne dass ich es wollte, öffnete sich eine Erinnerungsschublade, und ich überlegte, wie meine Großmutter diese Blume genannt hatte. Polster-Phlox?

»Wir sind da.« Lucius ließ mich behutsam los, und kurz taumelte ich. »Es ist uns niemand gefolgt. Anscheinend ist Ariels Schnelligkeit ein Mythos.«

Ich wusste, dass das nicht der Fall war, wollte ihm aber die Schadenfreude – wenn er denn welche empfand – nicht nehmen. Lucius half mir über die Mauer. Schon in unverletztem Zustand wäre ich unbeholfen darüber geklettert wie ein fußkranker Käfer, aber mit den angeknacksten Rippen spürte ich jede einzelne Bewegung intensiv und schmerzhaft. Schnelle Körperdrehungen jagten mir Feuerstrahlen durch den Brustkorb, aber schließlich stand ich kraftlos auf der anderen Seite und blickte schwer atmend hinab in ein kleines Tal, in dessen Mitte zahlreiche Bäume einen geschlossenen Kreis bildeten. Was sich in dem Kreis befand, konnte ich von meiner Position aus nicht sehen, aber da Lucius mit dem Zeigefinger darauf deutete, vermutete ich, dass dort unser Ziel war.

Ich klammerte mich wieder an den Delta und wankte an seiner Seite nach unten.

Als wir die letzten Zweige der eng beieinanderstehenden Kiefern zur Seite drückten, musste ich blinzeln. Im dichten Baumbestand, durch den wir uns gekämpft hatten, und der laut Lucius erst seit Bestehen des Habitats dem Wildwuchs überlassen worden war, hatte ich nicht erkennen können, was sich innerhalb des fast undurchlässigen Rings befand. Mit einem ultramodernen Landhaus aber hatte ich auf keinen Fall gerechnet. Es bestand aus fünf Glaskörpern in Form von halbierten Blasen, die durch Stahlpfeiler stabilisiert wurden und sich ineinanderschoben wie die Teile einer mechanischen Verbindung. Oder Autonomics nach einer Massenkarambolage. Zusammen bildeten sie so etwas wie den Körper einer Raupe, von der die mittleren drei Elemente wahrscheinlich die Wohnräume umschlossen. Zumindest hatte man dort an manchen Stellen eine Art Sichtschutz aus Holz, ähnlich wie Fensterläden, angebracht. Der Gebäudekörper besaß an einem Ende einen ebenfalls verglasten Vorbau, der vielleicht einmal ein riesiges Gewächshaus oder ein Wintergarten gewesen war. Die meisten Scheiben waren zersplittert, und insgesamt machte das Objekt den Eindruck, als habe der Besitzer die Suche nach einem Hausmeister schon lange aufgegeben. Zufahrtsstraßen zum Gelände gab es nicht, oder die Natur hatte sie sich im Laufe der Zeit zurückgeholt.

»Da liegt aber einiges im Argen«, murmelte ich skeptisch. Ich konnte nicht fassen, was ich da sah. Was zum Henker hatte man sich beim Bau des Habitats eigentlich gedacht? Wohnte im Haus etwa noch jemand? Hatte man das zu bebauende Gebiet vorher nicht gesäubert? Verbliebene Bewohner nicht umgesiedelt?

Doch Lucius zerstreute meine Bedenken. »Willkommen in unserer bescheidenen Hütte«, sagte er. »Vor dir liegt unser Refugium. Weder von außen einsehbar noch von jemandem entdeckt, der uns unangenehm werden könnte, und auch nicht auf Prosperos Landkarte zu sehen. Alonso hat das Objekt vor einiger Zeit ausfindig gemacht, nachdem uns John den entscheidenden Hinweis auf den Verlauf des Kanals gegeben hatte. Wir suchten anschließend in den Unterlagen des Rats nach Anhaltspunkten für die Existenz des Gebäudes, haben aber keine gefunden.«

»Da kamen zwei wunderbare Dinge zusammen: ein pompöser Unterschlupf und der Zugang zur Unterwelt im Garten dieses Schlupfwinkels. Deswegen haben wir beschlossen, uns die Villa zu schnappen und aus ihrem Dornröschenschlaf zu erwecken«, ergänzte eine kratzige Stimme hinter mir, und ich fuhr erschrocken herum. »Braucht ja sonst niemand mehr.«

Der Delta grinste. »Darf ich vorstellen? Das ist Vincent. Vincent, das ist Richard.«

Ein runzeliger Alter mit einem Schnurrbart, der Dalí vor Neid hätte erblassen lassen, reichte mir eine faltige Hand. Der Griff war fest, und ich konnte die Knochen der Finger spüren.

»Du musst zugeben, da haben wir ein echtes Schnäppchen gemacht. Gefällt es dir?«, fragte er.

Statt einer Antwort stieß ich einen unterdrückten Schrei aus, als Vincent mir kameradschaftlich auf den Rücken schlug. Er fuhr erschrocken zusammen, und sein Schnauzer zitterte.

»Tut mir leid, alter Junge. Hattet ihr Schwierigkeiten?«, fragte er und zeigte etwas, was Sorgenfalten ähnlich sah. In der Tat hatte sein Gesicht so viele Furchen, dass ich mich auf das wässrige Blau der Augen und die kleinen Fältchen um sie herum konzentrieren musste, um vermuten zu können, was in Vincent vorging. Den Ausdruck »tief wie die See«, hatte ich immer für furchtbar albern gehalten, aber das waren seine Augen tatsächlich. Tief wie die See, wie ein Meer, wie ein ganzer Ozean. Bemerkenswert.

»Jo wird sich das ansehen müssen«, sagte er.

»Nicht nötig. Das habe ich schon getan, Vincent«, erklärte Lucius. »Gebrochene Rippen und eine Gehirnerschütterung.«

»Na, da hast du ja noch einmal Glück gehabt, alter Junge. Nichts, was Tee nicht kurieren könnte! Zeit für ein Tässchen dürften wir ja wohl noch haben.«

Meiner Meinung nach war der Alte bezüglich der Heilkraft von Wasser und Teeblättern ein wenig zu optimistisch, aber das Wort allein schickte eine warme Welle durch meinen Körper. Tee. Ich fühlte mich sofort zu Hause.

Lucius ging mit dem ihm eigenen forschen Gang voraus, und Vincent bot sich als lebende Krücke an. Beim Anblick seiner dürren Gestalt lehnte ich jedoch freundlich lächelnd ab. »Danke, geht schon. Das muss ich selbst auf die Reihe kriegen, ich kann mich nicht immer auf jemand anderen verlassen.« In Wahrheit hatte ich Angst, ich würde ihn umreißen. Ich war gut einen Kopf größer und doppelt so breit wie er.

»Wie du möchtest«, antwortete er kein bisschen beleidigt. »Dann gehen wir. Langsam. Nichts übertreiben.«

Das hatte ich auch nicht vor. Behutsam setzte ich einen Fuß nach dem anderen auf, denn jede Erschütterung kam mir vor wie ein Erdbeben der Stärke acht auf der Richterskala und sandte einen qualvollen Schmerz durch meine Rippen und von dort in jede Zelle meines Körpers. Ich atmete flach und war schon nach kurzer Zeit am Hyperventilieren und außer Puste.

»Wie ist das passiert?«, fragte Vincent. Er war stehen geblieben, um auf mich zu warten. Seine mitfühlenden Augen sagten mir, dass er aus Besorgnis ausharrte und nicht, um sich besser unterhalten zu können. Er wollte es mir nur nicht so deutlich zeigen. Dem Mann war das Wort Empathie auf die Stirn tätowiert.

»Publius ist uns gefolgt«, antwortete ich kurzatmig. »Der Angriff auf mich kam wie aus heiterem Himmel.«

Er nickte. »Ja, sie sind schnell. Und fast lautlos. So einen Gegner wünscht sich keiner, aber … wir haben uns das auch nicht ausgesucht.«

»Lucius hat ihn abgeschaltet.«

Erstaunt zog er die buschigen Augenbrauen hoch. Seine wasserblauen Augen leuchteten voller Neugierde. »Tatsächlich? Hm. Das ist interessant.«

Er ging langsam weiter, und ich humpelte hinter ihm her. Als ich ihn eingeholt hatte, fragte ich: »Warum interessant? Es war die einzige Möglichkeit, ihn zur Strecke zu bringen, oder etwa nicht? Er hätte mich sonst umgebracht.«

Vincent sah auf das Landhaus, das immer näher kam. Die zersplitterten Scheiben waren jetzt ganz deutlich zu erkennen, und ich konnte ins Innere des Anbaus schauen. Meine vorherige Ahnung, es handele sich um ein Gewächshaus, bestätigte sich, denn hinter der Verglasung drückten sich die Blätter einiger hochgewachsener Pflanzen an die Außenhaut, als ob sie es satthätten, eingesperrt zu sein, und mit aller Kraft an die frische Luft wollten, indem sie die Glashaut einfach wegsprengten.

»Ich will damit nicht andeuten, dass Lucius falsch gehandelt hätte, Richard. Absolut nicht. Was er getan hat, war das einzig Richtige. Nur ist dir vermutlich aufgefallen, dass Lucius und Alonso ein wenig anders gestrickt sind als ihre Brüder.«

Das war noch harmlos ausgedrückt. Alonso war weit mehr als nur ein wenig anders. In meinem vergangenen Leben hätte ich ihn einen Freak genannt. Natürlich unterschieden sich die beiden von den übrigen Androiden. Sie hatten sich auf die Seite der Menschen geschlagen. Und auf die Seite der Gerechtigkeit. Was nicht unbedingt immer Hand in Hand ging, wie wir alle nur allzu gut wussten.

»Alonso und Lucius schätzen die Einmaligkeit des Einzelnen«, sagte Vincent. »Individualität ist etwas, was sie in hohem Maße fasziniert. Begriffe wie ›Bewusstsein‹ oder ›freier Wille‹ sind ihr Credo.«

Ich stutzte. »Verstehen sie denn, was das ist? Ich meine, verstehen sie die wahre Bedeutung, die hinter der Begrifflichkeit steckt?«

»Ich glaube schon. Sie haben die erstaunliche Gabe, selbstständig zu denken und zu urteilen wie ein Mensch. Alonso und Lucius sehen sich als Subjekte und nicht als Maschinen. Sie sehen sich als Teil der Evolution.«

Das war schon starker Tobak. Ich wäre niemals auf den Gedanken gekommen, Androiden als einen Teil der Evolutionskette zu betrachten. Was bedeutete das für die weitere Entwicklung der Menschheit? Gutes oder Schlechtes?

»Lucius hat mir das mit den Algorithmen und Datenbanken erzählt«, erklärte ich. »Hängt das damit zusammen? Aber die anderen Androiden müssen diese technischen Spezifikationen doch ebenfalls haben.«

»Ja und nein. Ja, sie haben sie. Nein, denn dahinter steckt mehr«, begann Vincent. »Es geht um mehr als nur um technische Spezifikationen, und Algorithmen spielen ja auch im menschlichen Denken eine Rolle.«

Ich musste dumm aus der Wäsche geschaut haben, denn er lächelte nachsichtig. »Was machst du, wenn du ein Schloss öffnen möchtest und du hast einen Schlüsselbund in der Hand, weißt aber nicht, welcher Schlüssel passt?«

»Na, ich probiere alle aus.«

»Genau. Wenn der erste nicht passt, suchst du den nächsten aus, steckst ihn ins Schloss, drehst ihn, und wenn er nicht passt, kommt ein anderer dran ... und so weiter. Das ist nichts weiter als ein Algorithmus. Das allein ist es also nicht. Es fing damit an, dass Prospero den Deltas im Habitat auftrug, sich auch emotional zu modifizieren. Dass sie inzwischen schneller, wendiger und intelligenter als die anderen Modelle sind, das weißt du ja schon. Es ist aber auch eine deutlich angenehmere Sache, wenn Menschen Androiden um sich haben, die sich nicht wie solche benehmen.«

Ich dachte an meine frühere Abneigung gegenüber Astros.

»Also hat der Rat beschlossen«, fuhr Vincent fort, »dass die Deltas menschlichere Züge annehmen sollten. Nicht äußerlich, verstehst du? Das wäre unnötig gewesen. Aber die Sache mit der Körpertemperatur zum Beispiel ... das war auch Prosperos Idee. Wer drückt schon gerne eine eiskalte Hand?« Er schwieg, als ob er die zurückliegenden Entwicklungen Revue passieren ließ.

»Merkwürdigerweise kamen einige Deltas mit dieser neu gewonnenen Emotionalität und Empathie kein bisschen zurecht«, sprach er dann weiter. »Sie scheint mit ihrer ursprünglichen Programmierung zu kollidieren. Oder sie wollen es einfach nicht. Sie wollen partout nicht so sein wie wir. Sie unterdrücken diese Modifizierung. Ihr Credo ist offenbar ein anderes.«

»Sie bestehen darauf, sich abzusetzen, indem sie eine eigene Einheit bilden?«, fasste ich zusammen.

»Ein eigenes Volk, wenn du so willst. Ein starkes Volk.«

Ein anderer Zweig der Evolution. Eine überlegene Spezies, dachte ich. Ariel und seine Gefolgsandroiden wollten keine gefühlsduseligen Weicheier werden.

Vincent trat durch die offene Tür des Gewächshauses und schob ein großes Palmblatt zur Seite, damit ich hinterherhinken konnte.

»Aber Lucius und Alonso fanden diese Modifikation nicht abschreckend«, sprach ich zu Vincents Rücken und sah den alten Mann dann nicken.

»Frag mich bitte nicht, warum, aber für sie ist es das größte Geschenk, so werden zu können wie wir. Mit allen Webfehlern, Haken und Ösen.«

Jetzt verstand ich. Nachdem Lucius festgestellt hatte, dass er bei seinem Bruder den Stecker ziehen musste, um ihn ruhig zu stellen, empfand er Gewissensbisse, Mitleid und so etwas wie ethische Zweifel.

»Hat er versucht, einen der anderen Deltas zu … bekehren? Ihnen den Wert von Empfindungen nahezubringen?«, fragte ich nach einer Weile.

Vincent drehte sich zu mir um. »Bei Alonso hatte er keine Zweifel, und er behielt recht. Die beiden sind auch Brüder im Geist. Bei den Übrigen schwankt er. Ich befürchte, dass kein Tag vergeht, an dem er nicht an sich zweifelt. Er macht sich Vorwürfe, es bei den anderen nicht versucht zu haben. Aber es ist einfach zu riskant. Ich spreche jetzt weniger von Ariel oder Publius, bei denen ist Hopfen und Malz verloren, sondern von den Deltas, die sich noch außerhalb des Habitats aufhalten. Vielleicht wäre dort einer bereit, sich uns anzuschließen.«

Versuch es bitte nicht, Lucius, flehte ich innerlich. Ich hatte so ein Gefühl, dass das furchtbar schiefgehen würde.

Wir wanderten durch Efeu, Palmen, Bananenpflanzen und stattliche Farnbüsche, die in Beeten oder voluminösen Kübeln wuchsen. Sie wirkten gesund und kräftig. Offensichtlich wurden sie mit Hingabe versorgt. Als ich an einem Bienenkorb vorbeikam, in dem es brummte wie in einer Common Rail mit technischen Schwierigkeiten, blieb ich abrupt stehen.

»Keine Sorge«, beruhigte mich Vincent und lachte. »Alle echt. Maggie meint, sie sei in der Lage, die Falschen von den Lebenden zu unterscheiden. Keine Ahnung, wie sie das macht, aber anscheinend hat es etwas mit der Flugbahn zu tun. Du musst sie unbedingt kennenlernen.«

Verwirrt starrte ich ihn an. »Maggie? Ist sie etwa hier? Sie ist der Grund, weswegen wir überhaupt flüchten mussten. Laut Alonso ist sie nicht am Treffpunkt erschienen und wurde womöglich von den Deltas gefangen genommen. Deswegen hat Lucius mich aus dem Bett gezerrt und im Dauerlauf aus der Stadt getrieben.«

Jetzt war es an Vincent mich entgeistert anzuschauen. Eine Weile blickten wir nur in das Gesicht des anderen und fanden keine Worte. Ich wusste, dass es im Kopf des alten Mannes genauso ratterte wie in meinem eigenen.

»Sie kam nur ein wenig später als sonst«, murmelte er leise. »Irgendwas mit ihren Bienen, was auch immer.

Alonso hätte wahrscheinlich nur einen Tick länger im Überwachungsraum bleiben müssen, dann hätte er sie gesehen. Er steuert eine unserer Drohnen vor jedem Treffen hierher, damit er sich vergewissern kann, dass auch alle da sind.«

»Warum ist uns Publius dann gefolgt?«, fragte ich, und in meinem Magen spürte ich einen dumpfen Druck.

»Maggie war auf jeden Fall nicht der Grund dafür.«

»Und welchen könnte es sonst geben?« Im Prinzip wusste ich die Antwort schon, aber ich wollte sie von Vincent hören, damit ich sie glauben konnte.

»Jemand hat uns denunziert. Und spontan tippe ich auf …«

»… Ian«, vollendete eine dunkle Stimme seinen Satz. »Ich wette auch, dass er es war.« Maggie trat neben Vincent und nahm ihn sanft in den Arm, dann reichte sie mir die Hand. »Hallo Richard. Schön, dich wiederzusehen. Vor allem in einem Stück.«

»Na ja, so in etwa«, antwortete ich verlegen. Das Summen der Bienen dröhnte in meinen Ohren, und ich spürte die Wärme ihrer Finger noch lange, nachdem sie meine Hand losgelassen hatte.

»Glaubst du, er hat nach Richards Besuch Angst bekommen?«, fragte Vincent sie.

Maggie griff sich eine der roten Strähnen, die sich aus dem Zopf gelöst hatten, und steckte sie sich fahrig hinter das Ohr. »Es tut mir verdammt leid. Ich habe bei Sean die Beherrschung verloren. Mir war vollkommen bewusst, dass es ein Risiko darstellen würde, überhaupt bei ihm vorbeizuschauen. Aber … ich konnte das mit John … es hat mich einfach enorm mitgenommen. Ich war nicht in der Lage, meine Gefühle zu kontrollieren. Es hat so wehgetan.« Sie blickte auf den Boden und murmelte: »Scheiße, ich habe uns alle in Gefahr gebracht. Jetzt haben wir noch weniger Zeit, als wir dachten.«

Ian musste Prospero, einem der Ratsmitglieder, Ariel oder Publius von dem Wortgefecht erzählt haben. Dann war meine eigene denkwürdige Darbietung während des Abendessens mit dem Rat gefolgt, und im Anschluss daran hatte man eins und eins zusammengezählt. Ob Sofie wohl schon gewusst hatte, dass man mich für äußerst verdächtig hielt? Dass ich ein nicht einschätzbares Risiko geworden war? Ob ihre Aufforderung, mich zu entschuldigen, auch nur gespielt gewesen war? Ich beschloss, Maggies aufmüpfigen Bienen irgendwann etwas Gutes zu tun, denn sie waren dafür verantwortlich, dass ihre Besitzerin zu spät aufgetaucht war, und das wiederum hatte Alonso und Lucius in Panik versetzt. Keine Minute zu früh, wie sich jetzt herausstellte. Ansonsten hätte man mich am Morgen wohl tot aufgefunden. Eventuell erstickt. Wenn Publius mir einfach nachts ein Kissen aufs Gesicht gepresst hätte … dann hätten sie mir ein Herzleiden andichten können.

»Alles ist gut, Maggie. Es war nicht deine Schuld.« Vincent strich ihr übers Haar und versuchte, die verlorene Strähne wieder festzustecken. So, wie die beiden nebeneinanderstanden, erinnerten sie mich an Vater und Tochter.

Sie drückte ihm einen flüchtigen Kuss auf die faltige Wange. »Das ist wie immer lieb von dir, Antique«, flüsterte sie. Dann blickte sie auf. »Komm nicht auf die Idee, ihn so zu nennen. Das darf nur ich.«

Der Alte lachte. »Für meine anderen Freunde bin ich Vince, Richard.«

Tatsächlich hatte Vincent einst ein Antiquariat in den Outer-Rims besessen. Beim Tee, den wir zu dritt an einem kleinen Tisch im Gewächshaus einnahmen, denn Lucius war wie vom Erdboden verschluckt, schwärmte der dürre Alte von den wunderbaren Dingen, die in seinem Laden gestanden hatten.

»Verkauft habe ich nicht so viel, weißt du. Aber was machte das schon? Ich durfte jeden Tag in mein Geschäft, durfte mich auf jeden Stuhl, in jeden Sessel setzen, mich auf eine mit wunderbar rotem Samt überzogene Chaiselongue legen und eines der alten Bücher lesen, deren Papier einen geheimnisvollen Duft verströmte ... Ich kann's dir gar nicht beschreiben.« Er schloss die Augen und wedelte mit den knochigen Fingern vor dem Gesicht herum. »Und das Gefühl, die Seiten umzublättern ...«

Auf meine Frage, woher er denn so viel über künstliche Intelligenz wusste, antwortete er, er habe sich zwar mit altmodischen Dingen umgeben und aus der Zeit gefallene Kunden bedient, sei aber deswegen nicht zwangsläufig selbst von gestern.

Das gefiel mir.

Ich lehnte mich zurück. Mein erster Eindruck vom Atrium in Prosperos Haus hatte Erinnerungen an meine Kindheit zurückgebracht. Keine Frage, es war dort wunderschön. Die weiße Bank, der Teich, die duftenden Pflanzen. Die Farben. Hier aber war ich ... entspannter. Komplett. Ich konnte mich fallenlassen.

Maggie saß mir gegenüber und lächelte mir mit einem Seitenblick auf Vincent zu, der allem Anschein nach eingedöst war. Trotz der zerbrochenen Scheiben wurde es allmählich warm, einige Sonnenstrahlen hatten ihren Weg in den Raum gefunden und spiegelten sich in den Blättern eines Philodendrons, der so mächtig emporwuchs, als wäre er in dieser Größe direkt aus seiner Heimat importiert worden.

Wieder strich sie sich eine Strähne aus dem Gesicht, eine Geste, an der ich mich nicht sattsehen konnte. Die Ellbogen, mit denen sie sich auf dem Tisch abstützte, die

Schlüsselbeine, die hervortraten und eine Kuhle zwischen Hals und Schulter begrenzten, in die man Wasser hätte füllen können: Jede Bewegung empfand ich als reizvoll. Nichts an Maggie war fade. Alles an ihr wirkte aufregend und echt. Echt. Ein Wort, über dessen wahre Bedeutung ich mir in den letzten Tagen nicht mehr sicher gewesen war.

»Wir sollten Antique noch ein wenig schlafen lassen«, riss sie mich aus meinem Tagtraum. »Das alles strengt ihn ganz schön an, und er braucht nachher viel Kraft. Oft bekommen wir wenig Schlaf, und sogar ich fühle mich an manchen Tagen ausgelaugt«, fügte sie hinzu, stand auf und nahm ihre Tasse.

Ich tat das Gleiche und folgte ihr schweigend zwischen Bananenstauden hindurch ins Haus. Das Treibhaus war größer, als es von außen schien, und es dauerte eine Weile, bis wir im zweiten Gebäudesegment angekommen waren. Die durchsichtige Blase des Konstrukts wölbte sich über unseren Köpfen. Es war angenehm warm, und der moosige Duft von Farn wehte uns hinterher. Dankbar sog ich ihn ein.

Wir durchquerten einen unmöblierten Saal, von dem ich annahm, dass er früher einmal das Wohnzimmer gewesen sein musste, und erreichten ein angrenzendes Zimmer, das ich auf den ersten Blick als die Küche erkannte. Hinter einem Herd, der schon gut dreißig Jahre auf dem Buckel haben mochte, stand eine Frau und drehte uns den Rücken zu. Ihr graues Haar trug sie locker hochgesteckt, und sie klapperte mit einem Rührlöffel.

Maggie legte ihr sanft die Hand auf die Schulter. »Jo? Darf ich dir Richard vorstellen?«

Sie trug ein leichtes Brillengestell mit schmal gefassten runden Gläsern, und braune Augen blitzten dahinter, denen vermutlich nur wenig entging. Ihre Mundpartie war von unzähligen Fältchen eingerahmt, die aber nicht wie bei Vincent tiefe Furchen zogen, sondern wie ein filigranes Netz wirkten.

»Jocelyn«, sagte sie und lächelte freundlich, als sie mir die Hand gab. Die Fältchen breiteten sich aus und erreichten die Augen. »Ich habe schon einiges von dir gehört.«

Ihr akzentuiertes BBC-Englisch erinnerte mich an Nachrichtensprecher der alten Ära. Ihre Hand war angenehm warm. Verwundert stellte ich fest, dass ihre Augen weiterlächelten, auch als ihr Mund es nicht mehr tat. Sie musste in ihrer Jugend jeden umgehauen haben; ihre einstige Schönheit war immer noch deutlich zu erkennen.

»Hoffentlich nur Gutes«, antwortete ich kümmerlich, und mein Londoner Akzent hörte sich im Vergleich zu ihren perfekt artikulierten Silben wie ein undefinierbarer, proletarischer Klangbrei an.

»Allein die Tatsache, dass du die Menschheit retten wirst, ist doch nicht schlecht, oder?« Sie grinste.

Bei dem Gedanken, dass alle von mir ein Wunder erwarteten, zuckte ich zusammen. Ich wollte nicht eine Sekunde daran denken, was geschehen würde, wenn ich versagte.

»Jetzt mal nicht übertreiben«, murmelte ich. »Unsere Nachbarstaaten haben rechtzeitig die Jalousien runtergelassen. Von der Menschheit kann erst mal keine Rede sein.«

Das stimmte. Für die angrenzenden Länder auf der anderen Seite des Kanals war das ehemalige Vereinigte Königreich nicht mehr als ein übelriechender Scheißhaufen, der auf dem Ozean trieb. Keiner wollte an ihm schnuppern, geschweige denn, ihn mit dem Netz einfangen. Nach der Ausbreitung der Pestilenz hatte man die Grenzen zu uns hin dichtgemacht. Vereinzelte Krankheitsfälle hatte man auch auf dem Kontinent beobachtet, aber insgesamt war die Bevölkerung dort mit einem blauen Auge davongekommen. Ganz anders als unsere Insel.

Splendid isolation, dachte ich grimmig.

Jo lachte und gab mir einen liebevoll besorgten Klaps auf die Wange. So etwas hatte selbst meine Grundschullehrerin nicht getan, und sie war der fürsorglichste Typ Frau, dem ich je begegnet bin. Meine eigene Mutter hatte sich mit Zärtlichkeiten eher zurückgehalten, und sie war zu früh gestorben, als dass sie daran noch hätte arbeiten können.

»Jetzt steck mal dein erschrockenes Gesicht wieder weg«, beruhigte sie mich. »Niemand verlangt von dir, dass du dich ans Kreuz nageln lässt.«

Meine Augenbrauen hoben sich. Die Frau schien vor nichts Respekt zu haben, und das imponierte mir. Auch weil ihre Ausdrucksweise in krassem Gegensatz zu ihrem Akzent stand, hatte Erstere schon fast eine humoristische Note. »Das habe ich auch keineswegs vor«, antwortete ich mit Nachdruck und hoffte, dass es mir gelingen würde.

»Du wirst dein Bestes tun, das weiß ich. Niemand verlangt mehr von dir. Wir müssen nur dafür sorgen, dass du am Leben bleibst.«

»Prospero braucht Richard«, warf Maggie ein. »Er nützt ihm nichts, wenn er tot ist.«

Jocelyn winkte ab. »Kindchen, Prospero treibt jeden Tag eine neue Sau durch Island City. Was wissen wir schon darüber, was er morgen wieder ausheckt? Nein, wir passen auf dich auf. Dir wird schon nichts zustoßen, Richard.«

»Sehr tröstlich«, murmelte ich. Die Art und Weise, wie die zwei Frauen über mein Ab- oder Weiterleben redeten, empfand ich als äußerst unerfreulich.

Offenbar fiel Jocelyn das auf, denn sie umfasste meine Schultern und drückte sie kurz. »Jetzt fangen wir noch einmal von vorn an, und zwar so, wie es sich gehört«, meinte sie. »Willkommen in Bentham House, mein Lieber.«

»Bentham?«, fragte ich. »Wie in Jeremy Bentham?«

Jetzt war es an ihr, verblüfft zu sein. »Alle Achtung, Maggie! Da hast du uns ja einen ganz Schlauen mitgebracht.«

Jeremy Benthams Konzept des Panoptikums gehörte allerdings nicht in die Ecke der Geheimwissenschaften. Tatsächlich wurde das Denken des Sozialreformers über zweihundert Jahre lang immer wieder in der Kunst zitiert, und wenn man die Holo-News aufmerksam verfolgte oder sich ab und zu mal in Bibliotheksdatenbanken verirrte, weil man nichts anderes zu tun hatte, wusste man einfach, wer er gewesen war. Vor allem seit sich die größten Pharmafirmen des Landes in die Regierung miteingebracht hatten, waren Stimmen aus Intellektuellenkreisen laut geworden, die diese modifizierte Art der Grundidee eines Überwachungsstaates scharf kritisierten. Benthams Gedankengut war schon zu seinen Lebzeiten zwiespältig aufgenommen worden. Auf der einen Seite hatte er die Abschaffung der Todesstrafe und die Einführung des Frauenwahlrechts propagiert, auf der anderen aber zur einfachen und effektiven Observierung von Strafgefangenen ein Panoptikum entworfen, welches wie eine Art Turm konzipiert war, von dem aus man die Insassen lautlos überwachen konnte. Der Turm selbst sollte in einem kreisförmigen Gebäude stehen und die Zellen der Gefangenen an den Außenwänden angebracht sein. Nach beiden Seiten hin offen, konnten die Hafträume jederzeit eingesehen werden. Das einfallende Licht von außen sorgte für genügend Helligkeit. Da sich die Inhaftierten ständig beobachtet fühlten, funktionierte das System auch ohne die Anwesenheit von Sicherheitspersonal verblüffend effizient.

Den Pharmafirmen wurde vorgeworfen, sich die Grundzüge dieses Systems zu eigen gemacht und mit den Tablet-Armbändern ein digitales Panoptikum geschaffen zu haben. Benthams weitergehender Vorschlag, man möge die Bevölkerung zu Kontrollzwecken tätowieren, unterstrich die Parallelen nur noch. Zumindest das hatte die aktuelle Regierung nicht umgesetzt. Das Armband bot genügend Möglichkeiten der Überwachung.

Ich dachte an die Glasstruktur des Landhauses, konnte aber keine beabsichtigten Gemeinsamkeiten mit einem Panoptikum feststellen.

»Der Name des Hauses ist Zufall«, stellte ich nach einer Weile fest.

»Natürlich ist er das«, erwiderte Maggie. »Aber schon ein ziemlich seltsamer, findest du nicht auch?«, fuhr sie dann fort.

In der Tat. Bentham House lag in einem Überwachungsstaat im Überwachungsstaat. Tablet-Armbänder und Drohnen. Die Pharmaindustrie und Prospero. Und wir im Herzen von alldem.

Jocelyn, die sich inzwischen wieder ihrem Kochtopf zugewandt hatte, bat mich, ihr Salz und Pfeffer von einem Regal zu reichen. Ich hatte keine Ahnung, was sie da zusammenrührte, aber es roch herrlich, und mein Magen meldete sich. Die Regierung hatte nach der Errichtung des Habitats zwar dafür gesorgt, dass die Tausende von Eingesperrten das Nötigste an Nahrungsmitteln erhielten, dabei hatte es sich allerdings um anrührbare Pulver und Dosenfraß gehandelt. Gewürze, etwas Grundlegendes wie Salz und Pfeffer, waren nicht darunter gewesen, so hatte mir Horatio während einer seiner Kaskaden-Referate erzählt. Wie fade und eintönig das Essen wohl geschmeckt haben musste. Aber wie so vieles andere, was das Habitat betraf, war es nicht existenziell gewesen, den Todgeweihten noch lukullische Freuden zu bereiten. Diese hatten erst Einzug in das Habitat gehalten, als die Deltas angefangen hatten, Raubzüge zu organisieren, und man Kräuter und Gewürze angepflanzt hatte.

Ich wusste nicht, wie spät es war, denn Publius hatte mit dem Schlag gegen meinen Oberkörper nicht nur meine Rippen angeknackst, sondern auch jedes Zeitgefühl aus mir herausgedroschen. Trotzdem bezweifelte ich, dass die Sonne schon im Zenit stand. Man bereitete sich auf den zügigen Aufbruch vor. Da sowohl Maggie als auch Jocelyn und Vincent schon mehrere Stunden aus ihren Zunfthäusern verschwunden waren, sicherlich schon gesucht wurden und zudem noch der Rat hinter uns her war, war das nur logisch.

»Ein gewisser David Bentham residierte einmal auf diesem Anwesen«, sagte Jo und nahm mir die Gewürze ab. »Er war Vorsitzender von 4YourHealth und hatte sich in diesen gottverlassenen Teil des Green Belts zurückgezogen, als die Pestilenz ausbrach. Dennoch starben er selbst und seine ganze Familie daran, und die Villa verfiel. Wie es aussieht, scheint man ihn und sein Anwesen vergessen zu haben, als man das Habitat baute. Damals musste alles so schnell gehen, dass es egal war, was unter der Kuppel noch an Gebäuden stand.«

»Auch jetzt wissen im Habitat nur wir davon«, ergänzte Maggie und bestätigte damit, was Lucius mir erzählt hatte.

»Ironie des Schicksals«, gluckste Jocelyn leise und griff nach einem Bund Schnittlauch.

»Deine Kochkünste musst du heute ein wenig runterfahren, meine Liebe«, krächzte es unvermittelt hinter meinem Rücken. Vince stand mit zerzausten Haaren im Türrahmen und strich sich über die Bartspitzen. »Nur das Allernötigste, Jo.«

Ich konnte förmlich die Energie spüren, die zwischen den beiden Alten herrschte, als sich ihre Blicke trafen. Erfüllt von etwas, was ich mit Leidenschaft oder mit bedingungslosem Vertrauen in Verbindung brachte. Die zwei waren einmal ein Paar gewesen oder waren es noch immer, so viel stand fest. Die Frage war nur, ob sie sich im Habitat kennengelernt hatten oder schon vorher.

»Es ist mir egal, wie eilig du es hast, aber mit leerem Magen kann man nicht flüchten oder gegen das personifizierte Böse kämpfen«, entgegnete sie und drehte ihm wieder den Rücken zu. »Außerdem weißt du so gut wie ich, dass wir unter dieser verdammten Kuppel, die die UV-Strahlung abschirmt, jetzt schon unter massivem Vitamin-D-Mangel leiden, den wir irgendwie ausgleichen müssen. Und ich für meine Person mache das lieber über Gemüse als mit Tabletten.«

»Deine Kochkünste werden nicht verhindern können, dass uns das ökologische Gleichgewicht unter dieser gläsernen Haube bald um die Ohren fliegt. Und falls in dem Topf keine Guacamole ist, wird uns dein Essen auch keinen Vitamin-D-Push verschaffen. Verdammt, Jo, ich verlange ja auch nur, dass du es nicht übertreibst. Dazu fehlt uns nämlich definitiv die Zeit.«

»Es ist nur ein einfacher Eintopf«, kam es brüsk vom Herd zurück. »Das hier ist nicht das Ritz, falls dir das entgangen sein sollte. Mir fehlen die Mittel für ein Fünf-Gänge-Menü.«

»Weil du schon wieder zu den frischen Kräutern greifst, dachte ich …«

»Du hast in deinem Leben noch nie gekocht, mein Lieber. Wenn es nicht schmeckt, isst niemand etwas, und wenn niemand isst, dann hat keiner von uns Kraft, um diesen automatisierten Einfaltspinseln aus der Retorte so richtig in die …«

»Ich hab's verstanden«, unterbrach Vince. Er war mit wenigen Schritten an den Herd getreten und legte Jo von hinten die Arme um die Taille.

»Scher dich weg! Alle Männer sofort raus aus der Küche!« Jo schubste Vince von sich und drohte ihm mit dem Kochlöffel, von dem der Eintopf auf den Boden tropfte. »Himmel, wegen dir verschwende ich noch die guten Zutaten«, murmelte sie kein bisschen böse und schenkte Vince danach ein neckisches Lächeln.

Maggie zupfte mich am Ärmel. »Machen wir uns davon«, wisperte sie mir verschwörerisch zu. »Ich stell dich den anderen vor.«

Bei den anderen, so erfuhr ich, als wir zur Galerie emporstiegen, die sich über dem ehemaligen Wohnzimmer befand, handelte es sich um zwei schon recht betagte Norwegische Wildkatzen, die – wie Bentham House selbst – von der Regierung vergessen worden waren. Der Virus hatte auch vor Haustieren nicht haltgemacht, aber Monty und Python, so die Namen der beiden dackelgroßen Fellmonster, waren im Gegensatz zu ihren Besitzern von ihm verschont geblieben. Vor allem Vince bedauerte sehr, dass man die beiden Tiere im Haus zurücklassen müsse, meinte Maggie. Sie habe ihn schon mehrmals darüber klagen hören, ergänzte sie und tätschelte den dicken Kopf einer der Katzen, die sofort angeschlichen war, nachdem sie unsere Schritte auf der

Treppe gehört hatte. Die andere warf sich auf den Boden, als hätte man auch ihr den Stecker gezogen, streckte alle viere von sich und fing an zu schnurren wie ein veralteter Rasenmäher.

Schon als ich in der Küche das Gespräch von Jo und Vince verfolgt hatte, ahnte ich natürlich, dass man die Flucht vorbereitete. Und obwohl ich wusste, dass es die einzig vernünftige Entscheidung war, die man in der gegenwärtigen Situation treffen konnte – da es keinen Sinn hatte, sich einer Androiden-Armee entgegenzustellen –, fühlte ich mich, als habe man mir etwas gestohlen. Ich konnte den Finger nicht darauflegen, aber es hatte sicher etwas damit zu tun, dass ich mir wünschte, noch viele Tage im Gewächshaus mit Maggie Tee zu trinken und den beiden Alten dabei zuzusehen, wie sie sich in der Küche neckten, und zuzuhören, wie Jo über Androiden herzog. Ein großes Haus, ein wilder Garten, sympathische Gesellschaft und zwei Katzen, die Behaglichkeit verströmten: Das war meine perfekt kitschige Vorstellung von Häuslichkeit. Insgeheim hatte ich mir wahrscheinlich vorgestellt, so bis in alle Ewigkeit leben zu können, fernab vom Virus und Prospero, und mit der Zeit … vielleicht … wären Maggie und ich uns nähergekommen.

Ich beobachtete, wie sie Monty – oder war es Python – spielerisch provozierte, in den Bauch pikste und danach wieder zwischen den Ohren kraulte. Das Tier hob die Pfoten in einer Drohgebärde, zeigte aber keine Krallen. Anscheinend genoss es die Rauferei genauso wie seine Spielgefährtin. Immer wieder fielen Maggie Haarsträhnen ins Gesicht, und der Kater schlug danach, ohne sie zu erwischen.

Maggie wirkte gelöst und glücklich. Lachend stand sie auf, und ihre Augen strahlten. Ich denke, das war der

Moment, in dem ich endgültig beschloss, dass meine Geborgenheitsfantasie, der Wunsch nach Vertrauen und Gemütlichkeit, kein Wunschdenken bleiben sollte und ich bei ihrer Umsetzung keine weitere Sekunde verlieren durfte. Ich zog Maggie an mich. Spürte ihre Rippen, als meine Finger ihren Rücken berührten. Sie öffnete leicht die Lippen, als ob sie etwas sagen wollte, sah mich aber nur an. Ihre Hände lagen auf meinen Oberarmen, aber sie stieß mich nicht weg, sondern zog mich näher an sich heran, bis ihre Strähnen meine Wange kitzelten. Vorsichtig pustete ich in ihr Haar, und sie lachte leise.

»Nicht so fest. Meine Rippen«, stöhnte ich, aber eigentlich war mir der Schmerz, der mir wie ein Blitz durch den Brustkorb fuhr, rechtschaffen egal.

»Was gefällt dir an mir?«, fragte sie.

Ihre Direktheit überraschte mich kein bisschen, aber mit dieser Frage hatte ich trotzdem nicht gerechnet. Eine Weile blieb ich stumm, fuhr nur mit den Fingern durch ihr Haar und über ihren Nasenrücken.

»Deine Kraft«, sagte ich dann. »Deine Leidenschaft, deine Natürlichkeit und deine unglaubliche Präsenz.«

»Und meine Augen.«

Ich lachte. »Deine Augen. Auf alle Fälle.«

»Und ich habe … Kraft?« Sie runzelte die Stirn, aber ich deutete es nicht als Widerspruch.

»Du weißt, was ich damit meine. Ich kann es nicht anders ausdrücken.«

»Tatkraft?«

Ich nickte. »Du erscheinst mir so zielbewusst, dass es mir Angst macht.«

»Du meinst wie bei Sean? Das war nicht tatkräftig oder zielbewusst, das war einfach nur dumm. Dadurch habe ich Ian auf uns gehetzt.« Sie hielt mich immer noch umklammert und schmiegte das Gesicht in meine Armbeuge.

Wie sollte ich es ihr erklären? Obwohl sie spindeldürr war, wirkte sie stark und kräftig. Nicht wie eine sehnige Marathonläuferin. Es lag eher an ihrer Leidenschaft und Entschlossenheit, die sie umgaben wie eine Rüstung.

»Was ist mit Sofie?« Sie drückte mich ein wenig weg und sah mir in die Augen.

»Nichts. Nichts ist mit ihr.«

»Ich würde dich niemals verraten.«

»Das weiß ich.« Ich zog sie wieder zu mir und küsste sie. Sie war warm, sie war weich, sie war leidenschaftlich und sie war alles andere als – fragil. Ich spürte, wie sich noch mehr in mir regte, und fragte mich, wie viel Zeit uns wohl blieb, bis Jo und Vince das Halali zum Aufbruch rufen würden. Anscheinend ging Maggie Ähnliches durch den Kopf, denn sie löste sich von mir und zog mich an der Hand hinter sich her, den breiten, weiß gefliesten Flur entlang, bis wir an dessen Ende vor einer geschlossenen Tür standen.

»Vielleicht dreißig Minuten?«, flüsterte sie fragend.

»Das reicht«, bestätigte ich mit einem siegessicheren Grinsen und wischte mit der Handfläche über den Türsensor.

»Für heute zumindest«, gluckste Maggie.

Als wir eng umschlungen ins Zimmer stolperten, bemerkten wir erst gar nicht, dass sich noch jemand darin befand. Wie betrunken torkelten wir auf das große Ledersofa, und noch im Gehen nestelte ich ungelenk an Maggies Mao-Jacke, als mein Blick auf Lucius fiel, der vor einem riesigen, begehbaren Kleiderschrank stand.

»Himmelherrgott!«, stieß ich aus.

Der Delta ließ ein Dinnerjacket fallen und versteinerte. Seine Sprachsensoren schienen ebenso ausgefallen zu sein wie meine eigenen, denn wir starrten uns nur an.

Er trug eng geschnittene, dunkelblaue Hosen, seine Füße steckten in weißen Lederslippern, die ebenso teuer wie geschmacklos aussahen, und um seinen Hals baumelte eine ungebundene, schwarze Fliege. Hastig bückte er sich nach der Anzugsjacke, schnappte sich seinen alten Leinenanzug, den er feinsäuberlich auf einen Bügel gehängt hatte und der im Gegensatz zu den Kleidungsstücken, die Lucius jetzt trug, ordinär und abgerissen wirkte, warf das Jackett in ein Regalfach und betätigte den Schließmechanismus, der die Schranktür unhörbar zugleiten ließ. Immer noch stumm eilte er mit schnellen Schritten zur Tür und beeilte sich, auf den Flur zu kommen.

Ein paar Sekunden lang standen wir weiter unbeweglich und schweigend da, dann ließ sich Maggie auf das Sofa plumpsen.

»Das war göttlich!«, prustete sie.

»Hat er im Kleiderschrank gewütet?« Ich konnte es nicht fassen. Lucius hatte sich wie bei einer Modenschau durch Jagdoutfit, Abendgarderobe und Freizeitkleidung probiert.

»Er will eben zu uns gehören.«

Ich setzte mich neben sie. »Also er kann einem schon ein wenig leidtun, findest du nicht auch?«

»Nun, er tut sich schwer, ja. Äußerlich betrachtet mag es vielleicht keinen großen Unterschied zwischen ihnen und uns geben ... ob Blut oder eine andere Flüssigkeit durch die Köperbahnen fließt, mag nicht bedeutend sein.«

Ich dachte an meine eigenen Überlegungen. »Du denkst, jeder von uns ist eine Maschine aus ... Fleisch? Das glaubst du wirklich?« Ich ließ mich neben sie fallen.

»Wenn du unseren Aufbau betrachtest – warum nicht? Jede Zelle weiß, was sie tun muss, und wir bestehen nun mal aus unzähligen dieser kleinen ... Nanoroboter. Aber es gibt auch Dinge, die noch komplett unerforscht sind«, sagte sie und drückte mich sanft in die Horizontale. »Wusstest du, dass viele Milliarden Bakterien in unseren Bäuchen leben, deren Kulturen sich auf unsere Persönlichkeit auswirken?« Geschickt löste sie die Kordel meines Hosenbundes.

»Interessant. Und ein wenig erbärmlich«, murmelte ich und war mit den Gedanken schon beim nächsten Schritt unseres Tuns. »Und welche Bakterienkultur übernimmt bei dir in diesem Moment?«

»Die, die dafür sorgt, dass falsche Zurückhaltung hier fehl am Platz ist. Die mag ich am liebsten.« Übermütig zerrte sie an meinem Hosenbein. »Aber was ich sagen wollte: Wie simuliert man solche Kulturen in einem Androidenkörper?«

»Mir komplett egal. Ich denk vielleicht später darüber nach.«

Was dann passierte, ist eine Sache, die nur Maggie und mich etwas angeht.

Rückzug

Das Halali kam früher als erwartet. Maggies Kopf ruhte auf meiner Schulter und ihr nacktes Bein lag über meinen Kronjuwelen, als mein Testosteronspiegel erneut durch die Decke ging. Dennoch wusste ich, dass die Zeit drängte. Wir alle hatten uns schon zu lange in Bentham House aufgehalten.

Um mich abzulenken, begann ich die Fransen des sicher äußerst kostspieligen Orientteppichs zu zählen, und war froh, als sich Maggie von mir löste und den Kopf auf ihr schmales Handgelenk stützte. Ihr Haar glich wieder dem Vogelnest, das mich schon bei Sean so belustigt hatte, und ich drehte mich zu ihr und entwirrte es vorsichtig.

»Es geht los«, sagte sie und seufzte, als wir Vince ein weiteres Mal nach uns rufen hörten. »Wir müssen gehen, es wird sonst zu gefährlich.«

»Nur noch ein paar Minuten«, flüsterte ich und zwirbelte eine Strähne ihres zerzausten Haars. »Sag deinen Bakterien Bescheid.«

»Die beiden warten nicht ewig da unten, die kommen schamlos nach oben.« Sie kicherte.

»Jo und Vince ... sind sie ein Paar?« Das war mir so herausgerutscht, denn im Grunde ging es mich nichts an.

»Du willst von mir wissen, ob sie Sex haben?«

Ich lachte. »Beim ... Mondbruder, nein!«

Sie grinste und gab mir einen leichten Klaps auf die Wange.

»Ich meine, das sollen sie halten, wie sie wollen. Aber sie gehen sehr vertraut miteinander um.«

»Sie haben sich im Habitat kennengelernt, nachdem Vincents Frau an der Pestilenz gestorben war.«

Ich schluckte. »Er war gemeinsam mit ihr hier?«

»Er hat sie begleitet.«

»Was?« Ruckartig setzte ich mich auf.

»Es war seine Entscheidung. Er wollte sie nicht alleinlassen, wollte bei ihr sein, wenn sie stirbt.«

Das schlug alles, was ich bisher über bedingungslose Liebe zu wissen glaubte. »Das ist …«

»Wahnsinn, oder? Jo hat ihn nach dem Tod seiner Frau langsam aus seiner Trauer zurück ins Leben geholt. Ganz sanft.«

»Kann man sich bei ihr gar nicht vorstellen.« Ich grinste.

Maggie lachte. »Sie hat sich immer durchsetzen müssen. Sie zählte während der Jahrtausendwende zu den wenigen Frauen, die eine leitende Position innehatten. Sie war beim Rundfunk.«

Mein Ohr hatte sich nicht getäuscht. Daher also ihre perfekte Aussprache.

»Und sie hat eine starke Abneigung gegen Deltas, die ihren Angestellten nach und nach die Jobs geklaut haben«, fuhr Maggie fort. »Aber natürlich ist ihr bewusst, dass wir im Moment auf sie angewiesen sind. Also … auf zwei von ihnen, meine ich.«

»Klingt so, als ob du auch eine kleine Aversion gegen unsere künstlichen Freunde hättest«, sagte ich und strich mit dem Finger über ihr Nasenbein.

»Nein, habe ich nicht. Aber du musst zugeben, dass es unter ihnen seltsame Exemplare gibt.«

Das stimmte wohl. Nicht nur, wenn man sich Lucius' vorherige Performance in Erinnerung rief.

»Sag mal, wie lange werde ich wohl beschäftigt sein, wenn ich deine Sommersprossen zähle?«

Sie drückte sich an mich und flüsterte in mein Ohr: »Tage. Wochen. Monate. Wir würden überhaupt nicht mehr aufstehen.«

Aber davor konnten wir uns nicht drücken. Nicht jetzt und nicht heute. Ich kroch so langsam aus dem Bett, wie Maggies Bein es zuließ, küsste sie kurz wie entschuldigend auf das knochige Schlüsselbein, das ich so liebte, und sammelte anschließend meine Einheitskleidung ein, die ich nachlässig auf den Boden geworfen hatte.

»Weißt du, ich hatte auch schon einmal so einen Anfall wie Lucius vorhin«, sagte Maggie, die eben in ihre Hose schlüpfte, stand auf einem Bein und begann zu hüpfen, als sie das Gleichgewicht verlor. »Nur habe ich im Kleiderschrank von Benthams Gattin gewühlt. Diese Klamotten … mir ist schon klar, dass uns nicht die Möglichkeiten zur Verfügung stehen, uns extravagante Cocktailfetzen zu nähen, ich meine, das habe ich früher ja auch nicht getragen, aber … ein wenig mehr Farbe könnte es schon sein. Ich habe mir oft überlegt, ob ich dieses entsetzlich öde Leinenzeug nicht färben soll – die Natur gibt da so manches her.«

»Du würdest auffallen wie ein bunter Hund.«

»Noch mehr als sonst, meinst du wohl. Ja, ist mir natürlich bewusst. Aber du musst zugeben, dass es einfach furchtbar deprimierend ist, jeden Tag das gleiche Outfit zu tragen.«

Obwohl ich mir Maggie nicht als Mode-Ikone vorstellen konnte, die den Inner Circle oder die Outer-Rims als Laufsteg nutzte, und obwohl es mich persönlich sogar erleichterte, mir nicht jeden Morgen den Kopf zerbrechen zu müssen, was ich anziehen sollte, verstand ich, was sie meinte. Ich musste an *Mein Name ist Helen* und ihr neongrün funkelndes, eng anliegendes Fähnchen denken und stellte mir Maggie darin vor. Um in diesem Fummel punkten zu können, würde sie an einigen Stellen jedoch erst noch ein paar Pfunde zulegen müssen.

»Was ist?«, fragte Maggie, als sie mich schmunzeln sah.

»Es kommt mir vor, als wäre ich schon Ewigkeiten hier, dabei bin ich erst vor einer Woche angekommen.«

»Und jetzt wirst du das Habitat wieder verlassen.«

Ihr Optimismus war alle Ehren wert. »In gewisser Weise hat es sich gelohnt.« Auch wenn der Rat mir da nicht zustimmen würde.

»Hat es das?« Sie trat näher und schmiegte sich an mich. Meine Finger glitten unter ihre Jacke und umschlossen ihre Brüste. Sie schmiegten sich perfekt in meine Hände.

Die anderen schenkten uns scheinbar keine besondere Aufmerksamkeit, als wir in die Küche schlenderten. Ich glaubte, ein Zwinkern von Jocelyn wahrzunehmen, aber wahrscheinlich bildete ich mir das nur ein. Doch selbst wenn nicht: Es war nichts Falsches daran, Nähe zu suchen, bevor man sich zu etwas aufmachte, was ich ohne Weiteres als eine »ungewisse Zukunft« bezeichnen würde. Noch ungewisser als die, die ich vor mir gesehen hatte, als Ariel und seine Shakespeare-Company mir die erste Lüge aufgetischt hatten. Angenommen, wir würden über den Kanal ins Außen gelangen. Wie würde es von dort aus weitergehen? Auch in den Outer-Rims und dem Inner Circle wimmelte es wahrscheinlich von Deltas, die Prospero gehorsam ergeben waren wie Fiffis ihrem Herrchen.

Schweigend packte ich die Vorräte, die Jo zubereitet hatte, in zwei Rucksäcke. Sandwiches, Obst, ein wenig rohes Gemüse. Viel Trinkwasser. Anscheinend rechnete sie mit einem längeren Marsch, und nach dem, was mir eben durch den Kopf gegangen war, lag sie damit vermutlich auch nicht falsch.

Vince löffelte den Eintopf im Stehen, und Maggie reichte mir eine dampfende Schüssel mit einem Stück Brot. Die Kartoffeln zerfielen weich in meinem Mund, ohne pampig zu sein, und die Karotten schmeckten süß – fast wie kandiert.

»Wo ist Lucius?« Ich stellte die Schüssel auf den Tisch und tunkte die Brotscheibe in die Soße. Die sämige Flüssigkeit blieb daran kleben wie ein Aufstrich.

Es klirrte, als Vince sein Besteck in die Spüle fallen ließ. »Er kümmert sich um die Verteidigung.«

Ich hielt mit der Brotscheibe auf dem Weg zu meinem Mund in der Luft inne. Natürlich mussten wir uns verteidigen können, aber ich hatte an dieser Stelle fest mit den schlagkräftigen Argumenten der Deltafäuste gerechnet.

»Körperkraft wird nicht ausreichen«, beantwortete Jo meine unausgesprochene Frage. »Auch nicht die einer Maschine.«

»Wir müssen mit mehreren Verfolgern rechnen.« Das Blau von Maggies Augen ähnelte Stahl und schien dunkler geworden zu sein. Alles an ihr war angespannt. Die Ungezwungenheit, die ich noch vor ein paar Minuten verspürt hatte, war verschwunden.

Vince warf mir einen vorwurfsvollen Blick zu. »Und wir sind spät dran. Einen großen Vorsprung werden wir uns nicht mehr verschaffen können.«

Jo legte ihm besänftigend die Hand auf den Arm. »Ich musste noch den Eintopf machen, mein Lieber.«

»Das meine ich nicht.«

»Doch, das ist genau das, was du meinst!«

Vince schwieg und schnürte den Proviantsack zu. »Es ist wie es ist«, murmelte er.

»Und es ist gut so«, bestätigte Jo und sah mir in die Augen. »Es ist gut so«, wiederholte sie mit Nachdruck.

Für ein paar Minuten sagte keiner von uns etwas, bis Lucius im Türrahmen auftauchte. Wir räumten die Schüsseln und Rucksäcke zur Seite, und er legte ein locker mit Stoff umwickeltes Paket auf den Tisch. Ohne sich dessen bewusst zu sein, erzeugte der Delta eine Spannung wie bei einem Kindergeburtstag oder Weihnachten. Keiner rührte sich, alle starrten auf das verschnürte Etwas.

Schließlich machte Lucius den Mund auf. »Es funktioniert. Ich habe den Mechanismus mehrere Male getestet.«

»Wie viele?«, wollte Vince wissen.

»Leider muss ich euch mitteilen, dass das Material, das ich sammeln konnte, nur für zwei gereicht hat.«

Vince nickte. »Leichte Handhabung?«

»Sehr leichtläufig, einfach zu bedienen.«

Verblüfft schaute ich von Lucius zu Vince. »Du hast eine Waffe gebaut?«

»Zwei, wie ich eben schon sagte«, korrigierte mich der Delta. »Es ist uns nicht möglich, Waffen ins Habitat zu schmuggeln, denn wir haben bis jetzt noch keine entsprechende Quelle gefunden.«

»Gott sei Dank«, flüsterte Jocelyn. »Wenn Prospero die auch noch einsetzen würde ...«

Der Delta nickte. »In der Tat eine schreckliche Vorstellung. Aber die Situation hat sich geändert. Es blieb mir nichts anderes übrig, als mit dem zu arbeiten, was mir zur Verfügung stand. Ihr werdet sehen, das Ergebnis ist nicht gerade ... modern oder hochtechnisiert ... aber dennoch effektiv.«

»Das reicht.« Vince hatte das Paket von seiner Umhüllung befreit und nahm eine der beiden Waffen in die Hand, die wie eine alte Pistole aussah. »So etwas Ähnliches hatte ich einmal in meinem Laden. Patronen?«

»Sechs Stück, neun Millimeter, natürlich Rückstoßlader.« Lucius nahm Vince die Waffe aus der Hand. »Einen Sicherungshebel habe ich ebenfalls eingebaut, ihr seid im Umgang ja nicht geübt.« Er zeigte uns, wie man entsicherte. »Sie ist nun schussbereit, kann aber in diesem Zustand getragen werden, ohne dass etwas passiert.«

Ich war mir da nicht so sicher und musterte das Schießeisen kritisch. Ich hatte noch nie eine Waffe in der Hand gehalten, geschweige denn eine benutzt, auch keine vorsintflutliche Variante, und ich war mir nicht sicher, ob ich es in Zukunft tun wollte. Gewiss funktionierte sie – ich vertraute Lucius' Fähigkeiten als Ingenieur, Konstrukteur und Heimwerker –, aber momentan war mir das alles zu viel.

Ich weiß nicht, was ich erwartet hatte. Lucius stand da, die Pistole lag in seiner flachen Hand, und die nächste Frage war nur folgerichtig. Trotzdem zuckte ich zusammen, als er sie stellte.

»Richard?«

»Hm?«

»Nimmst du sie?«

Ich schwieg. Betrachtete das todbringende Ergebnis seiner Bastelstunde, als ob ich mir meine Rolle in einer möglichen Schießerei erst genau überlegen müsste. Dabei wollte ich an so etwas überhaupt nicht teilnehmen. Ich wollte laufen, wegrennen, mich verstecken, aber nicht kämpfen. Vor allem nicht schießen.

»Ich nehme sie.« Maggie streckte die Hand aus.

Bevor ich überhaupt realisierte, dass ich den Mund aufmachte, sagte ich: »Nein, ich mach das schon.« Energisch nahm ich die Pistole vom Tisch und stopfte sie in einen der Rucksäcke. »Ich bewahre sie auf, bis wir sie brauchen.«

»Sie nicht am Körper zu tragen ist unklug«, stellte Lucius fest und wollte eben weitersprechen, als Jocelyn ihm mit einem Blick unmissverständlich klarmachte, dass sie bezüglich meiner Entscheidung keine Widerrede duldete. »Unklug, aber momentan wohl in Ordnung. Wenn es Jocelyn so sieht«, ergänzte der Delta zögernd.

Jo hatte auch ihn im Griff. Ich war ihr unendlich dankbar.

»Ihr solltet in den Kopf treffen«, erklärte Lucius nüchtern. »Es ist unvorteilhaft, wenn ihr einen anderen Teil des Androiden verletzt. Die Wirkung würde gleich null sein. Ein Schuss in den Kopf aber wird einen vorübergehenden Reparaturvorgang in Bewegung setzen, der uns ein Zeitfenster verschaffen könnte. Oder ihr habt sogar Glück und trefft den Schalter.«

Ich hatte keine Ahnung, ob ich überhaupt etwas anderes treffen würde als den nächsten Baum oder Busch, nickte aber, als ob ich genau wüsste, was zu tun war.

Vince steckte die zweite Pistole in ein provisorisches Halfter, das Lucius aus einem Ledergürtel konstruiert hatte, und machte dabei den Eindruck, als würde er jeden Tag mit einer Schusswaffe hantieren. Anscheinend war ich der Einzige im Raum, der bei dem Gedanken an diese Art der Gewaltanwendung Bauchschmerzen hatte.

»Warten wir noch auf Alonso?«, fragte Maggie.

»Er kommt ebenfalls mit?« Das erstaunte mich, da ich erwartet hatte, dass er im Überwachungsraum bleiben und dort Drohnen in die korrekte Flugparabel bringen oder sonst irgendwelche technischen Mätzchen anstellen würde. Eine Bleispritze im Rucksack wog schwer genug, aber zudem noch bei jeder sich bietenden Gelegenheit

Shakespeare-Zitaten lauschen zu müssen, ging weit über das hinaus, was ich momentan verkraften konnte. Ich war zum Heilsbringer erklärt worden, hatte eine Waffe, mit der ich den Deltas während meiner überstürzten Flucht in den Kopf schießen sollte, wusste nicht, wohin die Reise überhaupt ging, war dabei, mich in eine neue Liebesbeziehung zu stürzen – und all das würde nun mit einer Prise Hamlet gewürzt werden. Herzlichen Glückwunsch auch.

Lucius nahm einen der Rucksäcke und setzte ihn sich auf. »Alonso wird uns einholen müssen.«

Mein Kopfkino lieferte erneut Bilder von fliegenden Deltafäusten, untermalt mit dem Sound knirschender Gebeine.

»Alonso kennt den Weg, und sie werden die Verspätung schnell aufholen können.« Er sah meinen fragenden Blick. »Sie sind zu zweit«, erklärte er. »Dadurch werden sie etwas langsamer.«

»Sean wird uns begleiten«, fügte Vincent hinzu.

Maggie sah, wie mir die Gesichtszüge entglitten. »Jetzt schau nicht so skeptisch.«

»Können wir ihm denn trauen?« Ich war mir da alles andere als sicher.

»Hundertprozentig«, antwortete Jocelyn, die eben die Gurte des Rucksackes auf ihre Körpergröße justieren wollte, als Vincent ihn ihr schnaubend abnahm.

»Den trägt doch Richard, Jo. Da ist seine Waffe drin. Ich behalte meine am Körper.«

Ich nahm den Rucksack entgegen. »Ich will euch nicht aus dem Konzept bringen, aber ...« Ich kämpfte mit den Worten, »... Sean kam mir vor wie einer, der zwischen den Stühlen sitzt.«

»Aber er hat sich jetzt die richtige Seite entschieden«, sagte Lucius.

Daraufhin schwieg ich. Sean war ein Risikofaktor, den man nicht zum Teil des Plans hätte machen sollen. Ich mochte ihn, aber ich hatte Zweifel, die weder Jo noch Lucius vollständig ausräumen konnten.

»Es wird Zeit«, sagte Maggie. »Zeit, dass wir uns der Welt da draußen zeigen.«

»Ich bin bereit.« Jo reckte den Daumen nach oben und lächelte.

Der Eingang zum Kanal lag hinter dem Haus, verdeckt unter wucherndem Gras. Moos und Flechten hielten den eisernen Deckel in festem Griff umklammert, und niemand hätte vermutet, dass er nicht Teil der unkontrollierten Vegetation war.

Lucius nahm den Deckel mit einer lässigen Bewegung ab, als würde er Blumen pflücken, und wir blickten in einen Schacht, der quadratisch war und etwa siebzig Zentimeter im Quadrat maß. Ich hatte einen infernalischen Gestank erwartet, der jedoch ausblieb. Es roch muffig, das war alles.

An einer Wand befanden sich Stahlsprossen, die scheinbar ins Nichts führten. Ein Anblick, den ich inzwischen kannte und einigermaßen gelassen hinnahm. Panik wäre sinnlos gewesen. Was hätte ich auch machen sollen, mich umdrehen, mich weigern und mit dem Fuß aufstampfen?

Maggie stieg als Erste abwärts. Ich bot ihr meine Hand an, um ihr auf die erste Sprosse zu helfen, aber sie schüttelte den Kopf und kletterte behände wie eine Katze in die Tiefe. Hätte ich sie nicht eine Stunde zuvor als elegante Kunstturnerin im Bett erlebt, wären mir die Augen aus dem Kopf gefallen, aber so gefiel mir einfach nur, was ich sah.

Eine Weile passierte nichts, und wir hörten nur das schleifende Geräusch von Maggies Schuhen auf Stahl, bis auch das verstummte. Dann war Jocelyn an der Reihe. Mit zusammengekniffenen Lippen stützte sie sich auf Lucius' Arm, während ihr Fuß nach der ersten Sprosse tastete. Ich wusste genau, was sie empfand und kniete mich nieder.

»Langsam, Jo. Jetzt den anderen Fuß. Sehr gut.«

Ihr Griff lockerte sich nicht, und Lucius musste sich immer weiter zur Kanalöffnung hinunterbeugen.

»Du musst jetzt loslassen, Jocelyn.« Seine Stimme war eindringlich und ruhig. »Greif nach der Sprosse. Es wird dir nichts geschehen.«

»Du machst das gut, mein Liebes«, hörte ich hinter mir Vince mit angespannter Stimme flüstern.

Maggie war vielleicht schon unten angekommen und würde Jo wenig später in Empfang nehmen. Wie lange der Abstieg dauerte, hatte auch Grünauge nicht sagen können. Entweder war es in den alten Plänen nicht verzeichnet, oder er hatte es in all den Jahren des Leids vergessen.

Schließlich hing Jos Körper an der Wand wie der Kokon einer Raupe an einem Ast. Ihre Arme zitterten leicht, und ich hoffte, dass dies nur von der Aufregung herrührte und nicht die ersten Zeichen von Überanstrengung waren.

Ich drehte mich zu Vince um, der so dicht hinter mir stand, dass mir sein aufgeregter Atem ins Gesicht blies.

»Was hatte sie hier für eine Aufgabe?«, fragte ich, und er verstand sofort, auf was ich hinauswollte.

»Wir beide kommen aus der Obstzunft.« Seine Stimme war kaum zu hören. »Aber wir haben immer nur die Jungen auf die Bäume gelassen. Wir waren mehr für das Fallobst zuständig.« Er hustete trocken, als ihm das unbeabsichtigte Wortspiel bewusst wurde.

Ich nickte und versuchte, so optimistisch wie möglich dreinzuschauen. Insgeheim betete ich aber, dass die Kraft der beiden Alten reichen würde, bis sie unten angekommen waren.

Von Jo war nichts mehr zu sehen, und nun war ich dran. Nach mir sollte Vince klettern, und Lucius bildete das Schlusslicht. Ich blickte in das Loch vor mir, schloss kurz die Augen und atmete durch. Als ich den Sitz des Rucksacks überprüfen wollte, machte mich Lucius darauf aufmerksam, dass ich ihn abnehmen müsse, da ich mit meiner Statur und zusätzlichem Gepäck kaum durch die Kanalöffnung passen würde. Mir wurde übel. Das hieß, dass ich nach dem Rucksack greifen und ihn anziehen musste, wenn ich schon auf den Sprossen stand. Wahrscheinlich konnte ich von Glück sagen, dass ich seit einer Woche keine Dine-O-Mat-Kost mehr zu mir genommen hatte, sonst würde ich gleich zu Beginn stecken bleiben wie ein fetter Kater in einer Katzenklappe.

»Ich reiche ihn dir und helfe beim Anziehen«, erklärte der Delta, der wie immer in meinem Gehirn zu stecken schien, und ich nickte ihm dankbar zu.

Es war einfacher, als ich dachte. Vielleicht war ich inzwischen auch sportlicher geworden oder routinierter oder draufgängerischer oder … was weiß ich. Auf jeden Fall stand ich wie eine Eins auf den Sprossen und griff beherzt nach dem Rucksack, den Lucius mir reichte. Es gelang mir, das unförmige Ding ohne weitere Unterstützung anzulegen, indem ich es zuerst zwischen meinen Oberkörper und die Sprossen quetschte und dann einen Arm nach dem anderen durch die Gurte schob. Den dumpfen Schmerz in meinem Brustkorb ignorierte ich. Ich hatte im Badezimmerschrank von Mr Bentham noch ein Döschen mit abgelaufenen Schmerztabletten gefunden, deren Wirkung praktischerweise während meiner intimen Begegnung mit Maggie eingesetzt hatte. Inzwischen waren mir meine angeknacksten Rippen rechtschaffen egal. Ich musste grinsen, als ich daran dachte, dass mich diese eine Woche nicht nur psychisch völlig verwandelt hatte.

»Was ist so lustig?«, wollte Vince wissen.

Ich schüttelte den Kopf. »Alles gut.«

»Kannst du Jo noch sehen?«

Ich blickte nach unten. »Ja, kann ich. Ich werde versuchen, so nah wie möglich bei ihr zu bleiben, ohne sie zu behindern.«

»Guter Junge.«

Meine positive Stimmung verflog, als ich weiterkletterte. Man musste höllisch aufpassen, wenn man nicht neben die Sprossen treten wollte, denn mit jedem Schritt wurde es dunkler, bis die Kanalöffnung über mir nur noch ein helles Loch war, das wenig später von Vincents spillerigem Körper verdeckt wurde, als ob sich eine Wolke vor die Sonne schob. Die Dunkelheit war nun vollkommen.

»Jo?«, rief ich nach unten. Einen Augenblick passierte nichts, und mein Herz schlug unwillkürlich schneller. Der Abstieg musste ihr immens schwerfallen, wenn schon ich Angst davor hatte, ins Leere zu treten. »Jo!«, rief ich noch einmal, dieses Mal brüllte ich in die Dunkelheit.

»Verdammt, Richard, ich kann keinen Smalltalk machen und gleichzeitig klettern!«, schrie mir ein BBC-Akzent von unten zu, und erleichtert stieß ich den Atem aus, den ich unbewusst angehalten hatte.

»Willst du übers Wetter reden?«, entgegnete ich.

»Halt den Mund und beeil dich! Ich spüre Maggies Hand an meinem Knöchel! Wenn es ihre Hand ist …«

Ausgelassenes Kichern drang zu mir nach oben, was bedeutete, dass der Abstieg nicht mehr lange dauern konnte. Ich kletterte schneller und versuchte gleichzeitig, keine der Sprossen zu verfehlen.

Als meine Füße endlich festen Boden berührten, begrüßten die beiden Frauen mich, als ob wir uns seit Äonen nicht gesehen hätten. Wir klatschten uns auf den Rücken, umarmten uns und führten uns auf wie Zehnjährige, die eben über den Zaun des Nachbarn geklettert waren, um dessen Grundstück auszuspionieren.

»Hat jemand an eine Thermolampe gedacht?«, fragte ich aus einer Eingebung heraus.

»Der Delta hat eine eingepackt«, antwortete Jo. Sie war bereits hinter mich getreten und nestelte am Verschluss meines Rucksacks. Nur wenige Augenblicke später fiel ein Lichtstrahl an die Wand.

»Tadaaa!«, machte Maggie. »Wie lange wird sie halten?«

Ich drehte mich zu Jo und beugte mich über die Lampe in ihrer Hand. »Die Anzeige ist noch grün, aber bei der niedrigen Raumtemperatur hier wird das nicht ewig so sein.«

»Da sie sowieso immer eingeschaltet bleiben muss, wird sie sich durch die Körperwärme des Trägers ständig aufladen. Wollen wir hoffen, dass der Speicher noch in Ordnung ist, aber da die Androiden zugegebenermaßen gewissenhaft arbeiten, hat Lucius das bestimmt überprüft«, sagte Jo, während sie nach oben leuchtete. In der Ferne wurde Vincents Schatten auf der Leiter erkennbar, der sich langsam, aber stetig bewegte.

»Hoffentlich lässt der alte Esel nicht los«, murmelte sie, und im äußeren Rand des Lichtkegels sah ich, dass ihre Mundwinkel zitterten.

Maggie legte ihr beruhigend die Hand auf die Schulter. »Vince kriegt das schon hin.«

»Ich bringe ihn um, wenn er abstürzt.« Jo gluckste.

»Gute Idee. Ich helfe dir dabei.«

Die Frauen lachten immer noch, als Vince bereits sicher unten angekommen war und nur wenige Sekunden später auch Lucius' Füße den Boden berührten.

»Ich weiß, dass herzhaftes Lachen Stresshormone abbaut«, sagte er zur Begrüßung. »Aber jetzt sollten wir unseren Weg zügig fortsetzen.«

Jo warf ihm einen abschätzigen Blick zu. »Ein wenig Spaß ist hier nicht vorgesehen, oder?«

»Was ist mit Alonso?«, fragte ich, auch um das Gespräch in andere Bahnen zu lenken. »Warten wir auf ihn?«

Lucius nahm Jocelyn die Taschenlampe aus der Hand und drückte sie mir an die Brust. »Er wird uns finden.« Dann deutete er auf mich. »Du wirst vorgehen, Jocelyn bleibt hinter dir, danach folgen Maggie, Vince und ich.«

Ich leuchtete in den schmalen Kanal, in dem wir nur hintereinandergehen konnten. Die Sprossen der Leiter, die wir hinuntergeklettert waren, endeten auf einem breiten Absatz, der so groß war, dass wir alle auf ihm Platz hatten. Es gab nur einen Weg, und der führte über zwei Treppen hinab in den engen Gang, in dem Wasser stand, von dem auch Lucius nicht wusste, wie tief es war. Seiner Ansicht nach würden wir es sowieso gleich erfahren, also mache es auch keinen Sinn, sich darüber den Kopf zu zerbrechen. Ein Zurück gab es nicht. Schlauer Delta.

Die abgestandene Luft kitzelte in meiner Nase. Es schien, als könnte ich nicht tief einatmen – etwas, was mich an die Outer-Rims erinnerte, obwohl dort der Smog der Grund für die Atembeschwerden war. Trotz der Kühle im Kanal schwitzte ich.

Ich gab mir einen Ruck, zögerte aber trotzdem kurz, bevor ich die letzte Stufe verließ. Vorsichtig streckte ich den Schuh ins Wasser. Es war kalt, aber nicht eisig. Als ich meinen Knöchel versinken sah, stieß ich mit der Sandale auf Grund. Insgeheim hatte ich befürchtet, durch taillentiefes Nass waten zu müssen, und so war ich geradezu erleichtert, dass ich nicht bis auf die Knochen durchweicht sein würde, vorausgesetzt, ich hielt das Gleichgewicht. Das Licht der Thermolampe erhaschte weiße Schauminseln auf dem Wasser, das mir bis knapp unters Knie reichte, ansonsten sah ich nichts darin schwimmen. Ich hatte Ratten erwartet, Kolonien von Nagern, die ihr Revier mit Klauen und spitzen Zähnen verteidigten, schwimmende, nasse Fellklumpen – doch es war keine einzige zu sehen.

»Wie lange ein Nagetier die Luft wohl unter Wasser anhalten kann?«, vernahm ich Maggies leise Stimme hinter mir, und ich musste lächeln.

»Ratten, wissenschaftlich Rattus, sind keine Fische. Sie gehören zur Ordnung der Nagetiere«, dozierte Lucius überflüssigerweise vom Ende der Kette. Er hörte mit seinen Sensoren die Flügel einer Eintagsfliege schlagen. Und da er auch im Dunkeln wie ein Habicht sah, konnte er auf eine Lampe verzichten. Hier unten in der Schwärze der Röhre war ich heilfroh, dass wir ihn bei uns hatten.

Langsam wateten wir durch das Wasser, den Gang entlang. Das arrhythmische Platschen verursachte kleine Wellen, die sich an den Seiten des Tunnels brachen. An der Decke zogen sich mehrere gebündelte Rohre entlang, von denen Vince vermutete, sie hätten etwas mit der einstigen Strom- oder Gasversorgung zu tun. Aber er wusste es nicht hundertprozentig, und dieses Mal hielt sich Lucius mit Vorträgen über die frühere Energiegewinnung und -verteilung im Bezirk Greater London zurück. Solange keine Gefahr bestand, dass aus den Leitungen irgendwelche giftigen Schwaden austreten würden, war mir ihr ehemaliger Zweck auch gleichgültig.

Das Platschen hallte von den Steinwänden wider, und mit der Zeit wurden wir immer stiller. Ich dachte daran, wer uns wohl seit wann verfolgte und ob es Alonso gelingen würde, rechtzeitig zu uns zu stoßen. Was war, wenn Sean auf der falschen Seite stand?

Der zitternde Strahl der Thermolampe hüpfte von der Wasseroberfläche auf die Wand und wieder zurück. Bei jedem Schritt versuchte ich, so viel von der Umgebung wie möglich zu scannen. Erstaunlicherweise schienen wir hier die einzigen Lebewesen zu sein. Zumindest die einzig sichtbaren.

Gerade als meine Gedanken wieder zu Sean drifteten, hörte ich hinter mir ein Platschen, das so laut war, dass es nicht von Füßen, die in Wasser tauchten, stammen konnte. Abrupt fuhr ich herum, und der Lichtkegel streifte Jos Hinterkopf. Jeder versuchte, das Ende der Kette auszumachen.

Unruhe geriet in die Reihe. Alles schien in Bewegung zu sein. Die Brühe um unsere Unterschenkel schlug unnatürlich hohe Wellen und schwappte an die Mauer. Meine Hose wurde bis zu den Oberschenkeln nass, und vor mir schützte Jo ihr Gesicht mit der erhobenen Hand vor Spritzwasser.

»Was ist da hinten los?«, fragte ich.

»Der Delta ist verschwunden.« Sie starrte den Kanal entlang, und ihre Stimme klang brüchig, als sie weitersprach. »Siehst du ihn noch?«

Eine Art Autopilot schien bei mir zu übernehmen. Und ein kurzer Blick auf Maggie bestätigte mir, dass auch sie auf puren Instinkt schaltete. »Bleib hier stehen«, sagte ich zu Jo und quetschte mich an ihr vorbei. »Du rührst dich nicht von der Stelle, hast du verstanden?«

Sie schluckte, aber ihr Blick ruhte fest auf mir. »Lucius sagte, wir sollen auf jeden Fall weitergehen.«

»Was meinst du damit?«

»Wenn ihm was zustößt. Wir sollen nicht auf ihn warten, hat er gesagt.«

»Wann?«, schaltete sich Maggie ein.

»Als du mit Richard oben im Schlafzimmer der Benthams warst.«

»Ist mir egal.« Maggie warf mir einen Blick zu. »Ich lasse ihn nicht zurück. Auf keinen Fall lasse ich ihn zurück. Wir lassen niemanden zurück. Ist das klar?«

Jo zögerte kurz, aber dann nickte sie. »Ihr passt auf euch auf, nicht wahr? Ihr macht keine Dummheiten. Euch kann man nämlich nicht wieder aktivieren.«

Mir war klar, was sie damit sagen wollte, aber ich war anderer Meinung. Lucius mochte ein Delta sein, aber einer, der heimlich Abendgarderobe anprobierte, vor dem Spiegel posierte und dabei versuchte, sich eine Fliege zu binden. Er war einer von uns. Für mich war er das. Keine Ahnung, zu welchem Zeitpunkt er diesen Status erlangt hatte, aber nun war es in Stein gemeißelt. Für Jo mochte er eine Maschine sein, aber für mich war er der Blechmann aus dem *Zauberer von Oz*, der sich nichts sehnlicher als ein Herz wünschte.

»Wir lassen niemanden zurück, Jo«, wiederholte ich Maggies Satz. »Du und Vince, ihr bleibt hier.«

»Die Waffe«, sagte sie nur und kramte erneut in meinem Rucksack herum. »Vince wird seine benutzen, wenn es nötig ist.« Als sie mir den kalten Stahl in die Hand drückte, dachte ich keine Sekunde mehr darüber nach, ob ich in der Lage dazu wäre, die Pistole zu gebrauchen. Ich wusste einfach, dass ich das Ziel anvisieren und den Abzug drücken konnte.

Inzwischen hatten sich unmenschliche Laute in das Platschen gemischt. Geräusche, wie ich sie von meinem Zusammenstoß mit Publius kannte. Geräusche, die mir kurz den Magen umdrehten.

Wir rannten los. Ich musste Maggie nicht erst bitten, mir Platz zu machen; sie drückte sich an die Mauer, und

der Rucksack streifte ihre Wange, als ich mich vorwärts-
kämpfte. Ich drängte mich derart ungestüm an Vince
vorbei, dass ihn nur Jos schnelle Reaktion vor einem
Sturz ins Wasser bewahrte. Das Platschen hinter mir bedeutete, dass Maggie mir folgte, doch ich drehte mich
nicht um. Obwohl ich mir Sorgen um sie machte und sie
lieber bei Vince und Jo gesehen hätte, war ich froh, ihre
Schritte im Wasser zu hören. Sie war robust, sie war entschlossen, sie würde sich zu verteidigen wissen – und
mit dieser Kraft meine eigene Entschlossenheit nähren.
Das hoffte ich zumindest.

Neuer Plan

Der Kampf fand ungefähr sechs Meter von uns entfernt statt. Lucius musste schon lange, bevor wir überhaupt gemerkt hatten, dass er zurückgefallen war, attackiert worden sein. Zuerst fing der Strahl der Lampe nur ein wildes Durcheinander von Spritzwasser und Körperteilen ein, aber je näher wir kamen, desto deutlicher wurde das Bild. Zwei Deltas, erkennbar an den hellen Haaren und den blitzschnellen Reaktionen. Zwei Kampfmaschinen, die präzise aufeinander eindroschen.

Mit ausgestrecktem Arm, die Waffe in der Hand, stapfte ich, so schnell ich konnte, vorwärts. Da ich mit der anderen Hand immer noch die Thermolampe umklammerte, entwickelte sich das Ganze unverhofft zu einer nur schwer zu koordinierenden Aufgabe, und ich hatte Mühe, die Balance zu halten. Maggie konnte ich die Lampe aber nicht geben, denn wenn der Strahl von hinten käme, würde ich nichts mehr erkennen können.

Die Pistole in meiner Hand zitterte, und ich versuchte, mich daran zu erinnern, was Lucius mir über das Entsichern und Abdrücken eingeschärft hatte. Die Bewegungen der Kämpfer waren schnell. Verdammt, sie waren zu schnell! Wie sollte ich in dieses Gewirr von Körperteilen überhaupt einen treffsicheren Schuss abgeben? Es war, also ob ich in einen sich drehenden Propeller feuern müsste. Zumal ich nicht erkennen konnte, gegen wen Lucius kämpfte. Hatten sie Publius wieder aktiviert?

Meine Frage wurde schneller beantwortet, als mir lieb war, denn mit einem blitzartigen Schwinger wurde Lucius von den Beinen gefegt, und noch bevor ich begriffen hatte, dass sein Körper beinahe komplett vom Wasser verschluckt worden war, hatte sein Gegner ihn am Leinenanzug gepackt und in null Komma nichts wieder herausgezogen wie einen Ertrinkenden. Nur dass er nicht die Absicht hatte, ihn zu retten. Und jetzt sah ich auch, wer der Angreifer war. Ariel.

»Warum bewegt sich Lucius nicht mehr?«, hörte ich Maggies angstverzerrte Stimme hinter mir.

Tatsächlich hielt Ariel den triefenden Körper von Lucius wie eine Puppe am Kragen fest und bleckte die unechten Zähne.

»Hat er ihn … deaktiviert?«, flüsterte Maggie.

Ich hatte keine Ahnung. Fürchtete aber das Schlimmste. Langsam richtete ich die Waffe auf Ariels Kopf. »Lass ihn los. Lass ihn los, ich weiß genau, wohin ich schießen muss, damit du den Geist aufgibst!«, schrie ich. Meine Stimme hallte von den Wänden wider, und ohne dass ich es wollte, zuckte ich zusammen.

»Werter, Richard!«, dröhnte es durch den Tunnel. »Du denkst doch nicht wirklich, dass du mich treffen kannst? Weißt du denn nicht, dass ich die Kugel kommen sehe? Du hältst eine altmodische Replik in den Händen.« Er schwang Lucius' erschlafften Körper herum und ließ ihn ins Wasser plumpsen, als entledige er sich widerrechtlich einer vollen Mülltüte.

Lucius hatte nie etwas davon erzählt, dass die Deltas in der Lage waren, die Flugbahn einer Kugel zu verfolgen, und diese wichtige Information hätte er unter keinen Umständen unterschlagen. Ariels Erwiderung war also entweder Schaumschlägerei oder ein Bluff.

Maggie dachte das Gleiche, denn sie knuffte mir in den Rücken. »Das Arschloch lügt wie gedruckt. Mach ihn fertig!«, raunte sie.

Sicherungshebel nach oben schwenken, wiederholte ich in Gedanken. Beim ersten Schuss muss ein höheres Abzugsgewicht überwunden werden, danach geht das Abdrücken leichter, weil sich das Abzugsgewicht verringert, erinnerte ich mich an Lucius' Worte. Abzug komplett durchdrücken.

Ich wollte drücken. Ich wollte es. Das Problem war, dass mein Finger zitterte wie der Schwanz eines Eichhörnchens auf Brautschau. Er führte ein Eigenleben. Ich hatte Angst davor, Lucius zu treffen.

Und dann passierte es.

Ariel jagte an mir vorbei und schnappte sich Maggie.

Ich hatte nicht die leiseste Ahnung, wie das geschehen konnte. In einem Moment stand ich da, verfluchte innerlich mein Zögern, zwang mich, ruhig durchzuatmen und den im Augenblick wichtigsten Teil meines Körpers, nämlich das Gehirn, unter Kontrolle zu bekommen, und im nächsten ließ ich die Waffe fallen und fand mich im Wasser wieder, prustend, schnaubend und um mich schlagend.

Und als ich endlich wieder freie Sicht hatte, war Maggie verschwunden.

Alles fehlerhaft

Ich weiß nicht, wie lange es dauerte, bis ich so weit war, dass ich es tatsächlich begriff und sich meine zitternden Muskeln wieder beruhigten. Zuerst dachte ich, sie wäre ebenfalls umgerissen worden. Wollte schreien, bis meine Stimmbänder rissen. Tauchte die Hand ins Wasser, setzte mich ganz hinein, wühlte im aufgewirbelten Dreck des Tunnelbodens, konnte nichts erkennen oder finden, fluchte, brüllte und schrie ohne jeden Grund Jo an, die inzwischen gemeinsam mit Vince zu mir geeilt war.

Danach standen wir für einige Augenblicke nur stumm da. Dass meine Haare nass geworden waren, Wasser aus dem Rucksack floss, meine Kleidung durchnässt war und an mir klebte wie eine zweite Haut, bekam ich zuerst überhaupt nicht mit. Genauso wenig, dass Jo mir über den Rücken strich und mit mir redete wie mit einem kleinen Kind und dass aus Vince alles Leben gewichen zu sein schien. Das alles wurde mir erst bewusst, als ich beschloss, nach Lucius zu suchen. Und als Vince plötzlich schrie: »Ich gehe keinen Schritt weiter!«, um anschließend schluchzend auf die Knie zu sinken. Das gab mir den Rest. Der alte, hagere Mann, wie er schmerzerfüllt im brackigen Wasser saß, die Hände vor das Gesicht geschlagen und mit zuckenden Schultern.

Zornig suchte ich die Pistole auf dem Grund des Kanals, pflügte mir meinen Weg durchs Wasser zu Lucius. Nahm alle Kraft zusammen und riss ihn hoch. Schüttelte ihn. Brüllte ihn an. Ließ ihn wieder los, als er sich immer noch nicht rührte. Und fiel dann ausgepumpt neben ihn.

Ich fühlte mich derart alleingelassen, dass ich erst gar nicht bemerkte, wie sich schlanke Finger schnell und emsig wie Insektenbeine an Lucius' Hals zu schaffen machten. Es waren Alonsos Finger, die nach dem SPS-Schalter suchten.

Er sprach kein Wort, und ich ließ ihn arbeiten. Noch nie war ich so dankbar gewesen, den geschwätzigen Delta zu sehen, der ungewohnt still seinen Bruder abtastete, und erst jetzt fiel mir auch Sean auf, der ein Stück entfernt im Wasser stand und mit entsetzter Miene auf die Szenerie starrte. Langsam kam er näher und öffnete den Mund, um etwas zu sagen, aber ich deutete nur stumm hinter mich. Sollten Vince und Jo ihm die Ereignisse schildern, ich hatte jetzt weder die Kraft für Erklärungen noch das Bedürfnis danach. Lucius musste aufstehen, und er musste die Entscheidung treffen, was weiter geschehen sollte, denn ich fühlte mich dazu nicht in der Lage.

Schließlich konnte ich es nicht länger mitansehen. »Wie sieht's aus?«, fragte ich mit heiserer Stimme. »Wirst du ihn wieder hinbekommen?«

Alonso hielt für einen Moment inne und sah mich an. »Es liegt nicht am SPS-Schalter. Der ist intakt, ich könnte Lucius jederzeit aufwecken. Wir haben ein anderes Problem. Ich habe einige Tests durchgeführt und festgestellt, dass er nicht mehr in dem Umfang einsetzbar ist, wie wir es gewohnt sind.«

Der Begriff »kaputt« kam mir wieder in den Sinn, aber ich wollte ihn weder aussprechen noch bewusst denken. »Auch mit eingeschränkten Fähigkeiten kann er uns weiterhin sehr nützlich sein«, hörte ich mich sagen. Dabei dachte ich nur verzweifelt daran, dass wir Lucius unter keinen Umständen hier im Kanal liegen lassen konnten wie lebendig in Beton begraben.

Alonso schüttelte den Kopf. »Nein.«

Das war alles, was er sagte. Nein. Ich wurde wütend. »Das ist doch Unsinn!«, schrie ich. »Er hat den Plan im Kopf, er weiß, wie es weitergeht!« Dass ich in Wirklichkeit Angst um Lucius hatte, verschwieg ich. Es war ein tiefes, persönliches, ehrliches Gefühl. Etwas, was ich mit Alonso nicht teilen konnte.

»Werter Richard, wir können es uns nicht leisten, darüber zu debattieren, wie es weitergehen soll. Denn es muss weitergehen, verstehst du?«

Nein, ich verstand nicht. Mein Kopf war verstopft wie ein Cloud-Highway zu Stoßzeiten.

»Sie sind hinter uns her«, fuhr Alonso fort und blickte mir dabei immer noch aufmerksam ins Gesicht. »In Island City ist der Teufel los.«

»Das klingt nach einem alten Western-Titel«, murmelte ich.

»In meinen Datenbanken finde ich keinen solchen Vermerk.«

»Schlechte Software.«

»Richard. Bitte!«

Ich hatte die ganze Zeit über neben Lucius' reglosem Körper im Wasser gesessen. Da ich sowieso schon komplett durchnässt war, machte das keinen Unterschied mehr. Nun stand ich langsam auf wie ein alter Mann und zurrte umständlich den Rucksack fest, der tropfte wie ein vollgesogener Schwamm. »Was machen wir mit ihm?«

»Ich wecke ihn nicht auf, damit er keine … nun wie kann ich dir das erklären …«, begann Alonso.

»Du willst vermeiden, dass er mitbekommt, dass sein neuronales Netz oder was auch immer eine Macke bekommen hat.«

Der Delta nickte. »Er wäre gefangen. Er kann sich nicht mehr bewegen. Nicht mehr klar analysieren. Ich kann die Auto-Reparatur für die wichtigsten Funktionen in Gang setzen, aber die Feinarbeit muss später gemacht werden.«

»Später?« Ich zog die Augenbrauen hoch.

»Ich werde ihn mitnehmen.« Alonso war ebenfalls aufgestanden, zog Lucius' Körper aus dem Wasser und warf ihn sich über die Schulter. Und das alles in einer einzigen, fließenden Bewegung. »Ich werde Zeit dafür finden«, sagte er und watete los. »Wenn wir erst einmal aus dem Habitat herausgekommen sind.«

Lucius starrte mich mit leeren Augen an. Alonso hielt ihn mit nur einer Hand fest, als ob er ein kleines Kind tragen würde. Bei jedem Schritt schlug der Kopf des Deltas gegen den Verschluss des Rucksacks, den Alonso nun ebenfalls trug. Nach einer Weile konnte ich nicht mehr hinschauen und konzentrierte mich auf die Tunnelwände. Ich wollte weder die tot wirkenden Pupillen des Androiden sehen, noch die Abschürfungen an seiner Stirn oder die anderen Verletzungen, die ihm Ariel beigebracht hatte und die weitaus schlimmer waren. Der rechte Arm zum Beispiel schien nur noch lose im Gelenk zu hängen – oder an was auch immer er bei dem Androiden befestigt war – und schwang wild wie ein aus dem Takt geratenes Pendel. Die Kleidung des Deltas war zerrissen. Sein Anblick war trostlos und entmutigte mich noch mehr.

Jetzt kamen auch die Ratten. Als wollten sie die Hoffnungslosigkeit der Situation noch unterstreichen, huschte erst eine über ein Rohr an der Decke, wo sie vom tanzenden Schein der Thermolampe erfasst wurde, denn folgte die zweite, und schließlich waren es etwa ein Dutzend. Ihre Krallen kratzten über das Metall, und so schnell wie sie gekommen waren, verschwanden sie auch schon wieder in einem Loch in der Mauer. Das Ganze hatte nicht mehr als eine halbe Minute gedauert, und der Blick in ihre starrenden Augen war wie der in einen düsteren Abgrund gewesen. Seit ich die Pistole aus dem Dunkel des trüben Wassers zutage gefördert hatte, hielt ich sie umklammert. Das Bedürfnis, auf diese grauen Fellklumpen mit den roten Augen zu schießen, wurde fast übermächtig.

Wie schon während unserer ersten Schritte durch den Kanal schwiegen wir. Sean stapfte hinter mir und bildete das Schlusslicht. Vince ging mit der Thermolampe in der Hand voran. Jo folgte ihm. Dieses Mal lastete die Stille schwer wie ein Amboss auf meinen Schultern. Maggie war fort, Lucius bewusstlos – das Wort »defekt« weigerte ich mich zu denken –, und ich befürchtete, dass Sean die Gelegenheit nutzen könnte, mir von hinten eine zu verpassen.

Ich wusste nicht, warum ich das dachte. Er hatte mir bis jetzt keinen Grund gegeben, ihm zu misstrauen. Aber ob er sich nun wirklich den richtigen Stuhl ausgesucht hatte, wie es Lucius noch vor ein paar Stunden ausgedrückt hatte, wer konnte das schon mit Sicherheit sagen? Ian würde ich seinen Verrat nie verzeihen können. Er hatte Maggie verpfiffen, nachdem er sie zuvor in sein Haus eingeladen und Helen ihr den Honig abgenommen hatte, den Maggie wie stets ohne Argwohn und mit der Überzeugung, bei Freunden zu sein, hergegeben hatte. Und dann hatte Ian sie ans Messer geliefert.

»Warum bist du so still?«, kam es plötzlich von vorn, und ich dachte zuerst, ich hätte mich verhört. Schon überraschend, wenn diese Frage von jemandem kommt, der sonst in Zitaten und im Falsett plappert wie aufgezogen, aber einige Sekunden zuvor noch stumm wie ein Fisch war.

»Das sagt der Richtige«, brummte ich.

»Ich fühle mich anders. Ich habe das noch nie erfahren«, gab Alonso zurück. Obwohl ich hinter ihm lief, konnte ich jedes Wort verstehen, was wohl mit dem Gewölbe des Tunnels zu tun hatte.

»Behalt's für dich«, sagte ich.

Das tat er natürlich nicht. Soweit fortgeschritten war seine Wandlung nicht. »Wenn wir Änderungen an der Konfiguration, den Datenbanken oder am neuronalen Netzwerk vornehmen, das dem menschlichen Gehirn nachempfunden ist und dafür sorgt, dass auch bei uns unabhängiges Lernverhalten möglich ist, und dadurch …«

»Komm bitte zur Sache«, unterbrach ich ihn mürrisch.«

»Ich will damit sagen: Der SPS-Schalter wird nie betätigt. Wir sind immer wach, die ganze Zeit über.«

Er hatte also Lucius noch nie so gesehen. Kein Wunder, dass er aus dem Takt geraten war. Genauso wie ich.

»Wir unterhalten uns«, sprach er weiter. »Wir müssen das sogar tun, um die Auswirkungen der Kalibrierungen zu testen und, wenn nötig, sofort justierend eingreifen zu können.«

»Du hast selbst gemeint, es ist besser so«, dröhnte es von hinten. Anscheinend verstand Sean ebenfalls alles, was gesagt wurde. »Es ist besser, wenn er sich erholen kann, ohne dass er seinen Zustand kennt. Deine Worte.«

»Das ist es ja auch. Ich wollte damit nur zum Ausdruck bringen, dass ich Empfindungen habe, die mir unbekannt sind. Ich bin … Ich glaube, der passende Begriff könnte ›verwirrt‹ lauten.«

»Willkommen im Club«. Mehr fiel mir dazu nicht ein. Wie sollte man einen Androiden trösten, der sich um einen anderen Androiden sorgte? Der Worte wie »glaube«

oder »könnte« verwendete, anstatt klar zu formulieren, was Sache war? Vor allem dann, wenn man selbst nicht wusste, woran man war.

»Unser Streben nach einem ultimativen Update hat Emotionen hervorgebracht, mit denen wir erst lernen müssen umzugehen. Es ist erforderlich, sie zu erfahren, zu analysieren und sie dann einzuordnen«, sprach Alonso weiter.

»Ultimatives Update?«, fragte Sean.

»Wir streben die seelische, die emotionale Übereinstimmung mit euch an«, erklärte der Delta ohne das geringste Anzeichen von Überheblichkeit in der Stimme. »Der nächste Schritt wäre der Aufbau weiterer sensorischer Fähigkeiten, denn es geht nicht nur um das Empfinden, sondern auch darum, dass zum Beispiel Gerüche Erinnerungen triggern können. Verstehst du? Wir könnten außerdem Geschmacksrichtungen abspeichern. So wie ihr es tut. Danach hatten wir die Selbstreproduktion unserer Zellen ins Auge gefasst.«

Ich dachte an seine Ess- und Trinksimulation und musste gegen meinen Willen grinsen. Wenn Alonso den Schnaps, der am Abend meiner Ankunft gereicht worden war, wirklich hätte schmecken können, wäre er nicht in gespielte Begeisterung verfallen, sondern hätte ihn angewidert ausgespuckt. Kurz fragte ich mich, ob sie auch vorhatten, einen künstlichen Verdauungstrakt zu entwickeln, beschloss aber, nicht nachzuhaken, weil ich auf eine detaillierte Antwort darauf wirklich keine Lust verspürte.

Sean jedoch hatte beim zweiten Thema aufgehorcht. »Die Selbstreproduktion eurer Zellen? Du meinst etwas anderes als reine Regenerierung, oder?«

»Es geht um das Material, aus dem wir geformt sind. Wir wollen es zum Leben erwecken, damit es wachsen kann. Es soll in gleicher Weise funktionieren wie menschliche Haut und Organe. Es gibt noch einiges mehr zu tun, wie zum Beispiel, Hormone als Botenstoffe einzusetzen.«

»Und Prospero hat euch das versprochen?«, bohrte Sean erstaunt weiter, für den das alles neu war.

»Er hat nicht seinen Eid darauf gegeben, sondern sie einfach machen lassen. Und er hat sie in ihrem Streben unterstützt«, erklärte ich, und Alonso vor mir nickte. »Aber einigen Deltas war das wohl zu viel des Guten«, fügte ich hinzu. »Die wollten lieber bleiben, wie sie waren.«

»Du spielst damit auf Ariel und seine Spießgesellen an«, knurrte es hinter meinem Rücken. »Tja, manche wollen es eben lieber einfach haben, bequem oder so wie immer. Da ist jede Veränderung gleich eine Katastrophe. Auch wenn sie vom Herr und Meister befohlen wird, dem man ansonsten hinterherläuft wie ein Hündchen.«

Ich dachte an mein bisher ereignislos verlaufenes Leben, geschützt durch seine Routinen, und schwieg. War es besser gewesen? Ich wusste es nicht mehr.

»Ich hab ja auch lange gebraucht, bis ich meinen Bäckerhintern hochbekommen habe«, fuhr Sean fort. »Und verdammt noch mal, lasst mich das nicht bereuen!«

»Zuerst müssen wir Maggie finden«, sagte ich. »Ohne sie verlasse ich das Habitat nicht.«

»Das wird schwierig werden, jetzt, nachdem der Rat uns seine Bluthunde auf die Fersen gehetzt hat. Als ich mit Alonso fliehen konnte, waren sie eben dabei, die ersten Zunfthäuser auf den Kopf zu stellen.«

Hausdurchsuchungen, angeordnete Versammlungen, um die Personenzahl zu überprüfen, durch die Gegend streifende Deltas, die alles auseinandernahmen, Kinder, die weinten. Und Sofie? Mittendrin oder zurückgezogen in Prosperos Anwesen? Las sie in diesem Augenblick Berichte? Schmiedete sie Pläne gegen uns und kochte dabei vor Wut? Ich schloss für einen Moment die Augen. Das musste mir jetzt egal sein, auch wenn es schwerfiel, es auszublenden. Allein Maggie war wichtig.

»Lucius hatte den Lageplan des Tunnels im Kopf, ich kann leider nicht damit aufwarten. Aber ich erinnere mich daran, dass er erwähnt hatte, dass es keinen zweiten Ausgang innerhalb des Habitats gibt«, sagte Alonso.

»Willst du etwa andeuten, Ariel ist mit Maggie auf dem Weg zu den Outer-Rims?«

»Nicht andeuten, werter Richard. Es ist so. Da er nicht an uns vorbeigekommen ist, ist das die einzige Möglichkeit.«

Und draußen warteten dann Caliban und die anderen Laienschauspieler, wie auch immer sie hießen, auf ihn. Das bedeutete, dass wir es nicht nur mit einem Delta, sondern gleich mit einer ganzen Theatergruppe zu tun haben würden.

»Er wird dort erst einmal allein sein«, widersprach Alonso, als könne er meine Gedanken lesen. »Er hat keine Möglichkeit, so schnell Verstärkung zu rufen.«

Wenigstens etwas.

Aber Alonso kannte den Tunnel nicht. Und nur Lucius wusste, ob dieser auf direktem Weg nach draußen führte.

Der Marsch durch den Kanal wurde anstrengend. Meine vollgesogene Kleidung tropfte, die nassen Hosenbeine erschwerten das Gehen. Ich hatte die Waffe in meinen Hosenbund geschoben, und das kalte Metall sorgte zusätzlich für ein äußerst unangenehmes Gefühl auf meiner Haut. Das Wasser stand zwar nicht sehr hoch, aber man musste trotzdem bei jedem Schritt den Fuß heben;

es war einfach unmöglich hindurchzuwaten. Das Vorwärtskommen war anstrengend, und ich spürte, wie allmählich alles in mir erlahmte. Mein Blick klebte an der Tunnelwand, die Vince weiter vorn mit der Thermolampe erhellte. Das Licht wanderte hin und her, hüpfte auf und ab, und mit der Zeit wurde mir schwindelig. Das verwirrende Gefühl, mich in der Dunkelheit zu verlieren, wurde übermächtig. Ich zwang mich, nach unten zu sehen, und wurde immer ungeduldiger.

Als ich Alonso fragen wollte, ob er wenigstens wisse, wie lange wir noch laufen müssten, stieß meine Sandale gegen etwas Weiches. Ich hatte mich während der letzten Schritte der Mauer genähert, weil ich Alonsos Beinen ausweichen wollte, zu dem ich immer mehr aufgerückt war, und Sean hinter mir ebenfalls keine Anstalten machte, mir mehr Platz zu lassen. Wir alle waren begierig darauf vorwärtszukommen, was dazu geführt hatte, dass der Abstand zwischen uns immer kleiner geworden war. Alonso musste, wie Jo und Vince auch, an dem weichen Etwas vorbeigelaufen sein, ohne es registriert zu haben. Denn ansonsten konnte man es einfach nicht ignorieren. Es war groß. Keine Ratte, kein Abfall, kein herausgebrochenes Mauerstück, kein Rohr. Etwas Großes, Weiches, Langes.

»Stopp!«, schrie ich, und die Reihe erstarrte. »Da ist was.«

Jo, die mit Vince weitergegangen war, stieß einen alarmierten Laut aus, und ein Lichtstrahl fiel in unsere Richtung. Ich bat Vince, die Lampe weiterzureichen, deren Helligkeit nicht ausreichte, um auf die Entfernung sichtbar zu machen, was zu meinen Füßen trieb und mir an die Knöchel schlug.

Sean drängte sich an meinen Rücken. »Schneller mit der Lampe«, keuchte er.

»Kannst du was erkennen?«, fragte ich.

»Es ist groß«, antwortete er nur.

»Ja, verdammt, das sehe ich auch.« Ich blickte auf und folgte dem zitternden Lichtstrahl, der sein Ziel noch nicht gefunden hatte. Die Thermolampe hielt Alonso in der Hand.

»Es ist erstaunlich, dass mir das nicht aufgefallen ist«, sagte er in einem Ton, der mich aufhorchen ließ. Hatte er etwa Schwierigkeiten mit seinen Sensoren?

»Es tut mir leid, feststellen zu müssen, dass wir uns getäuscht haben«, fuhr er fort und drehte sich zu uns um. »Ich kann mich nicht ausreichend dafür entschuldigen. Doch auch ich spüre eine gewisse ... Trägheit. Die letzte Regenerationsphase liegt schon länger zurück als vorgeschrieben.«

Kurz sah ich zur Decke und betete innerlich darum, dass ihm der Saft nicht vorzeitig ausging. »Für was entschuldigen? In was getäuscht?«, fragte ich dann und entriss ihm ungeduldig die Lampe. Was ich sah, ließ mich würgen. Hinter mir hörte ich, wie Sean ebenfalls gegen seinen empordrängenden Mageninhalt ankämpfte.

»Oh Gott«, stieß er keuchend hervor und klammerte sich an meinen Oberarm.

»Was ist?«, rief Jo.

Der aufgeblähte Körper eines Mannes stieß an meine Wade, und ich drängte Sean zurück, sodass er fast das Gleichgewicht verlor. Ich hörte, wie Luft zischend entwich, und betete, dass dieses Geräusch von Sean und nicht von der Leiche kam.

»Verflucht, sagt, was los ist!« Jos BBC-Akzent hatte plötzlich eine Londoner Note.

Ich konnte nicht sprechen. Ich bekam den Mund einfach nicht auf. Außerdem wollte ich es vermeiden einzuatmen. Meine diversen Jobs hatten mich nie in das Innere einer Pathologie oder einer Notfallpraxis geführt, aber es brauchte keinen Arzt, um anhand der wächsernen Haut und des fortgeschrittenen Verwesungsstadiums sicher sagen zu können, dass dieser Mann schon eine ganze Weile tot war.

»Es ist Dylan.«

Einen derart kurzen Satz hatte ich von Alonso noch nie gehört.

»Bist du dir sicher?« Sean beugte sich ein wenig vor, und durch die vor den Mund gepresste Hand waren seine Worte nur undeutlich zu verstehen. »Wie kannst du das sagen, er ist … der Körper … wie kann man da sicher sein?«

»Die Ratten und das Wasser haben ihn übel zugerichtet, da gebe ich dir recht, aber es gibt Erkennungsmerkmale, durch die sich die Identität dieses Mannes eindeutig feststellen lässt«, gab Alonso zurück.

Das Wasser kam in Bewegung. Vince und Jo näherten sich nun ebenfalls. Vier Menschen und ein Android starrten auf die Leiche eines Mannes, der zur Gemeinde gehört hatte. Eine Leiche, die schon seit Wochen hier unten liegen musste. Plötzlich begriff ich, warum Alonso um Verzeihung gebeten hatte.

Vince schob den Kopf zwischen Jo und Alonso hindurch. »Sein Tattoo«, bestätigte er leise. »Auf dem Oberarm. Der walisische Drache.«

»In Rot.« Alonso nickte. »Mich faszinierte immer die feine Ausarbeitung der Schuppen.«

Jo fing an zu zittern und vergrub ihr Gesicht in Vince' Schulter. »Glaubst du, er hatte die Pestilenz? Hat man ihn deswegen hier entsorgt?«

Der Delta beugte sich über die Leiche, und ich musste wegsehen. Vielleicht würde er sich das mit den zusätzlichen sensorischen Updates noch einmal überlegen, wenn er wüsste, welchen Gestank der Körper verströmte.

»Er trägt nicht die Merkmale der Erkrankung, werte Jocelyn«, stellte er nach kurzer Zeit fest. »Ich erkenne neben den durch Ratten entstellten Gesichtszügen deutliche Spuren von Gewalteinwirkung. Jemand hat ihm offensichtlich den Schädel zertrümmert.«

»Außerdem würden sie einen infizierten Toten doch verbrennen, oder?«, gab ich zu bedenken.

Hinter mir hörte ich Sean tief durchatmen. »Was zählt ist: Der Tunnel ist nicht nur uns bekannt.«

Alonso schüttelte den Kopf. »Das ist es, was ich meinte. Ich verspüre das Bedürfnis, mich erneut bei euch …«

»Es ist nicht deine Schuld.«

»Das sehe ich nicht so, Sean«, entgegnete der Delta. »Ich muss etwas übersehen haben. Ich habe alle Ablagen, alle Ordner, einfach alles in den offiziellen Räumen des Rats durchsucht und keinen Beweis dafür gefunden, dass auch ihnen die Existenz des Tunnels bekannt war.«

»Dann waren die Beweise eben woanders. In den privaten Räumen zum Beispiel.«

»Aber woher wussten sie Bescheid?«

»Ist das nicht scheißegal, Vince?«, stieß Jo hervor und stellte damit die richtige Frage. Es war scheißegal. Fakt war, dass sie es wussten, alles andere zählte nicht.

»Sie hat recht«, warf ich ein. »Wir sollten uns lieber darüber Gedanken machen, was das bedeutet.«

»Ganz einfach«, sagte Sean. »Es bedeutet, dass es einen weiteren Zugang zum Tunnel gibt.«

Alonso schüttelte den Kopf. »Das ist unmöglich. Lucius hätte mich informiert.«

Ich dachte an das Londoner Kanalsystem. An das Netz aus Tunneln, unterirdischen Räumen und Wasserstraßen. An die dunkle Welt einer Großstadt, die im Verborgenen lag. An Flüsse, die unter Abdeckgittern gefangen waren. »Lucius hat es nicht gewusst. John hat es nicht gewusst. Es muss Abzweigungen geben. Nebenkanäle, eventuell sogar tiefer oder höher liegende.«

»Du weißt, was du damit andeutest, Richard?«, fragte Alonso.

»Es gibt Informationen, die euch vorenthalten wurden. Dir und Lucius. Sie waren euch immer einen Schritt voraus. Entweder sie wussten genau, was ihr vorhattet, oder sie ahnten es, auf jeden Fall …«

»… haben sie euch nicht vertraut«, vollendete Vince den Satz und starrte den Androiden an.

»Sie haben Zugang zu einem Nebenkanal. Vielleicht wussten sie nichts von Bentham House und dem Kanaldeckel dort, aber der Rat hat eine andere Möglichkeit gefunden«, führte ich den Gedanken weiter.

»Aber warum haben sie das geheim gehalten?« Sean war einige Schritte zurückgetreten und wedelte hilflos mit den Armen.

»Was glaubst du denn?«, zischte Jo. »Das ist ein Fluchttunnel! Und als solchen benutzen wir ihn gerade, schon vergessen? Wenn sie seine Existenz öffentlich gemacht hätten, dann wären sicherlich auch ein paar andere auf den Gedanken gekommen. Man hätte den Tunnel ständig bewachen müssen.«

Sean zuckte zusammen. Jo war eine praktisch veranlagte Frau, und sie äußerste ihre Ansichten unmissverständlich, was dieser Bär von einem Mann nicht gut zu ertragen schien. Trotzdem bohrte er nach einer Sekunde des Schweigens weiter. »Aber warum haben sie die vermeintlich Infizierten dann nicht über die Tunnel ins Habitat gebracht?«

»Vielleicht haben sie das ja?« Fragend sah ich den Delta an, doch der schüttelte den Kopf. »Nein, das lief immer über die Transporte. Die Option scheidet aus.«

»Woher willst du denn das wissen? Vielleicht haben sie euch das auch einfach nicht gesagt«, schnappte Jo, deren Gesicht im Lichtkegel der Lampe grimmig aussah. »Du hast uns in eine Falle gelockt! Du hättest es wissen müssen! Du hast Fehler in der Planung gemacht. Du hast Maggie auf dem Gewissen!«

»Jo!« Vince legte ihr beruhigend eine Hand auf den Arm. »Ihn und Lucius trifft keine Schuld! Sie sind genauso hereingelegt worden wie wir!«

Ich betrachtete den roten Drachen auf dem Oberarm des Toten. Den spitzen Schwanz, die emporgestreckte Krallenhand, die herausschießende Zunge, doch meine Gedanken waren woanders. Wenn der Kanal, in dem wir gerade standen, über Abzweigungen verfügte, dann hieß das, dass Maggie überall sein konnte.

Ich würde sie vielleicht nie mehr wiedersehen.

Die Kreuzung

Dylan war ein Mitglied der Gemüsezunft gewesen. Der Kern der Verschwörer hatte ihn schon lange beobachtet, sich ihm langsam genähert, und schließlich hatte Vince sich während eines Erntefests durchgerungen, ihn anzusprechen. Er konnte ihn erstaunlich schnell und ohne große Überredungskunst für die Sache gewinnen. Der Mann mit dem Drachentattoo war einer von ihnen geworden. Aber eines Tages war er plötzlich verschwunden. Man hatte gemunkelt, der Rat bereite ihn für einen Einsatz außerhalb des Habitats vor und bis dahin würde er in Prosperos Anwesen wohnen, aber weder Alonso noch Lucius konnten diese Gerüchte bestätigen. Dylan blieb unauffindbar, und da er keine Familie hatte, ersetzten die Gemüsebauern die fehlende Arbeitskraft schließlich durch einen Erntehelfer aus der Kartoffelzunft – und das Leben im Habitat ging weiter.

Und jetzt war er wiederaufgetaucht. Aufgedunsen trieb Dylan mit angefressenem und zerschmettertem Gesicht vor mir im Brackwasser mit dem Bauch Richtung Tunneldecke. Und wieder fragte ich mich, warum er hatte sterben müssen und nicht Jo oder Vince – die beiden Personen, die meiner Meinung nach die Schlüsselfiguren des Widerstands waren. Die Ersten, die von Alonso und Lucius angeheuert worden waren. Dass der Rat über die beiden Alten nicht Bescheid wusste und ihnen einen solchen Verrat nicht zutraute, wäre natürlich denkbar, aber sicher sein konnte ich mir da nicht. Das war ein weiteres Fragezeichen, das ich den anderen Fragezeichen hinzufügen musste und das mir weitere Bauchschmerzen bereitete.

Meine alte Paranoia kehrte zurück. Ich war mit einem Team unterwegs, das in meinen Augen einen großen Teil seiner Glaubwürdigkeit eingebüßt hatte. Alonso war nicht mehr Herr seiner Neuronen, Maggie war verschwunden, Jo trieb einen Keil zwischen uns. Und was folgte daraus? Musste ich fortan allein durch unterirdische Kanäle irren? Allein gegen Ariel kämpfen, allein gegen seine Brüder in den Krieg ziehen?

»Wir sollten weiter, bevor wir bei der Luftfeuchtigkeit hier unten noch Moos ansetzen«, murmelte Jo. Als sie in mein Gesicht sah, verzog sie die Lippen, und ihre Augenbrauen gingen fragend nach oben. »Wir werden sie finden, Richard. Mach dir keine Sorgen. Ohne sie verlassen wir das Habitat nicht.«

»Das ... ist nicht das, woran ich im Augenblick denke«, entgegnete ich ehrlich.

»Wie bitte meinst du das?«

Ich holte tief Luft. »Natürlich will ich Maggie zurückhaben. Das stellt hier hoffentlich niemand infrage. Aber wie gehen wir vor, jetzt, da wir wissen, dass nicht nur uns der Tunnel bekannt ist, und ...« Ich zögerte ein wenig, bevor ich den Satz beendete. »... woher weiß ich, wem ich noch trauen kann?«

»Was?« Meine Frage überraschte sie wirklich. Ihre Brauen tanzten weiter, und ihre Augen wurden groß.

Ich wurde ein wenig konkreter. »Woher weiß ich, wem ich in diesem Theaterstück noch trauen kann? In diesem Mix aus Schein und Sein. Von Anfang an hat mir hier jeder etwas vorgespielt. Ohne Ausnahme. Inklusive der Deltas. Passt eigentlich gut zu den Namen, die Prospero sich und einigen von euch verpasst hat.«

»Du sprichst also tatsächlich von uns?«, fragte Sean bitter und rieb sich den Nasenrücken. »Okay. Wenn ich drüber nachdenke ... Ich kann dir die Frage nicht verübeln.«

Aber Jo presste die Lippen aufeinander. Sie wehrte Vince ab, der verstört den Arm nach ihr ausstreckte. »Bei allem nötigen Respekt. Würdest du gütigst deine Gehirnzellen aktivieren, bevor du den Mund aufmachst, Richard? Wir haben uns in Todesgefahr begeben! Was glaubst du, was wir hier tun? Rebellenbetriebsausflug? Nein, Vince, lass mich ausreden, jetzt bin ich dran, du hast gerade keinen Text in diesem … Stück, um bei Richards Begrifflichkeit zu bleiben!« Noch einmal schob sie seinen Arm beiseite. »Wir begleiten dich zu deinem Bestimmungsort. Wir wollen dafür sorgen, dass die Menschen wieder frei entscheiden können. Wir werden helfen, dass niemand mehr elendiglich an dieser Pestilenz verrecken muss! Nie mehr! Wir schaffen das IRIR ab, wir schaffen die CDF ab. Wir bringen die Regierung dazu, das Habitat als eigenen Staat anzuerkennen und ihm bei der Demokratisierung zu helfen.«

Das klang für mich ein wenig zu siegessicher, aber im Grunde hatte sie recht. Das war genau das, was wir wollten. Deswegen atmeten wir die feuchte, abgestandene Luft des Kanals ein. Deswegen war Maggie verschwunden.

»Richard?«, hakte Jo nach, wobei sie sich ein wenig zu entspannen schien und ihre Züge eine Idee weicher wurden. »Richard?«, wiederholte sie.

»Es tut mir leid«, sagte ich mit einem Blick auf das, was von Dylan übriggeblieben war. »Wirklich leid … ich …«

»Es ist okay«, sagte Sean und wirkte verlegen, als er mir auf die Schulter klopfte. »Wir verstehen das.«

Jo schnaubte. »Nun eigentlich, Sean, verstehen wir das …«

»… sehr gut«, versicherte auch Vince mir und funkelte die Dame seines Herzens an. »Wir begreifen das sehr gut, Junge.«

Wir ließen Dylan hinter uns. Nach meinen Vorwürfen und Vincents Versicherung hatte es einige betretene Momente des

Schweigens gegeben, aber dann hatten wir beschlossen, Ariel und seinen Deltas nur mit unserer gesamten Truppe gegenüberzutreten. Lucius miteingeschlossen.

Das bedeutete allerdings, dass Alonso die Instandsetzung seines Bruders, die er eigentlich auf einen Punkt nach der erfolgreichen Flucht verschieben wollte, jetzt schon vornehmen musste, und da er sich schneller fortbewegen konnte als wir und uns mit Lucius innerhalb kurzer Zeit einholen würde, gingen wir für den Moment voraus.

Auch mir erschien das die beste Lösung, dennoch fühlte ich mich unwohl bei dem Gedanken, ohne den Delta weiterzugehen. Ab und zu fiel ein »Achtung!«, ansonsten sprachen wir nicht viel, sondern trotteten durchs Wasser den schnurgeraden Kanal entlang. Die Ratten, die sich immer wieder auf den Rohren über unseren Köpfen blicken ließen und uns neugierig aus Knopfaugen anstarrten, ignorierte ich inzwischen ebenso wie meine angeknacksten Rippen, die leicht faulig riechende, abgestandene Luft, meine nasse Kleidung und Seans schnaufenden Atem hinter mir.

Unerwartet hallte Vince' Stimme durch das Gewölbe. »Wir haben ein Problem!«

»Du meinst, ein zusätzliches?« Seans Bariton füllte den Tunnel und übertönte mein deprimiertes Stöhnen. Wir mussten weiterkommen, konnten uns keine Verzögerungen leisten.

»Was ist los?«, rief ich ungeduldig.

»Ein Nebenkanal«, kam es zurück. Das war Jo. »Der war nicht verzeichnet. Und er hat ein Gefälle!«

Bis jetzt hatte ich das starke Rauschen den Rohren über uns zugeschrieben, aber nun wurde mir bewusst, dass es in Wahrheit von vorn kam.

»Eine Art Wasserfall«, fügte sie hinzu.

»Wie tief?«, wollte ich wissen.

»Fünf Meter schätze ich. Vielleicht auch mehr.«

»Verfluchte Scheiße!«, entfuhr es Sean. »Ich glaube, die nennt man Entlastungskanäle. Sie sorgen dafür, dass der Hauptkanal nach starkem Regen nicht überflutet wird. Dann gibt es hier also auch welche.«

Wir rückten auf, bis wir dicht gedrängt vor einem Überlauf hielten, der das Wasser in einen Nebenkanal zwang, welcher sich wiederum in schwarzer Tiefe verlor. Der eigentliche Hauptgang führte geradeaus. An der Stelle, wo wir uns befanden, weitete er sich. Wir konnten zum ersten Mal seit unserem Abstieg wieder nebeneinanderstehen, zumindest zu zweit. Man sah nicht, wie steil der Nebenkanal nach unten verlief – eins aber war gewiss: Springen war keine Option.

»Wir sollten ihn erkunden«, sagte Vince. »Wir müssen sehen, wohin er führt. Wir können nicht sicher sein, welcher Kanal der richtige ist, denn unseren ursprünglichen Informationen können wir nicht mehr trauen.«

Nervös fuhr sich Jo durch ihr graues Haar, das sich wegen der Feuchtigkeit über der Stirn kräuselte. Wieder kam die trotzige Falte zwischen ihren Augenbrauen zum Vorschein. »Das schaffen wir nicht. Niemals. Wir sollten geradeaus weitergehen. Wir bleiben im Hauptgang.«

Ich sah das anders. »Was ist, wenn Maggie dort unten ist? Ariel könnte mit Leichtigkeit mit ihr hinuntergesprungen sein.«

Sean, der sich dicht an mich gedrängt hatte, da es trotz der Kreuzung des Tunnels für ihn mit seiner Statur neben mir nicht viel Platz gab, räusperte sich. »Nichts für ungut, Richard, aber – wie sollen wir das anstellen? Ich bin nicht gerade ein Freeclimber.«

»Abseilen«, antwortete ich kurz. »Wir haben doch ein Seil eingepackt. Das wird schon halten.«

»Um nachher festzustellen, dass wir den falschen Weg genommen haben?«, warf Jo ein.

»Dann müssen wir uns aufteilen. Oder wir schicken Alonso vor.«

»Unter keinen Umständen teilen wir uns auf«, sagte Vince, der bis jetzt geschwiegen hatte. »Das ist keine Option. Kommt nicht infrage!«

Auch Jo schüttelte den Kopf.

Sean rückte mir immer weiter auf die Pelle. Es war schwierig, im trüben Licht der Thermolampe, die Vince in der Hand hielt, nicht ins Schwanken zu geraten. Ich trat ein wenig vor, um mir Platz zu verschaffen, und stieß gegen Jo.

»'tschuldigung«, sagte ich. »Enger hier, als ich dachte. Was tun wir jetzt? Wir vertrödeln schon wieder Zeit, wenn wir hier herumdiskutieren.«

»Ich hole Alonso«, beschloss Sean und drehte sich abrupt um. »Er soll kurz nachsehen.«

Sein Ellbogen stieß unbeabsichtigt in meine angeknacksten Rippen. Ich stöhnte vor Schmerz auf und riss schützend die Arme hoch, ohne über die Bewegung nachzudenken. Meine Hände drückten ungewollt gegen Jo, die sich bemühte, das Gleichgewicht zu halten.

»Verdammt, Richard!«, presste sie hervor, stolperte einen Schritt vorwärts und prallte gegen Vince.

»Nein!«, schrie ich.

Sean und Jo erstarrten.

Vince geriet ins Trudeln. Wild wedelte er mit den Armen, nicht in der Lage, seine Motorik zu kontrollieren.

Und dann fiel er.

Ich dachte nicht darüber nach, was ich als Nächstes tat. Unsanft drängte ich Jo zur Seite, streifte den Rucksack in einer einzigen Bewegung ab, warf mich auf den Bauch, hörte nicht auf den brüllenden Schmerz in meinem Brustkorb und griff Vincents Arm, bevor dieser über der Kante verschwand. Der Ruck kugelte mir beinahe das Schultergelenk aus.

»Vince!«, schrie Jo neben mir. Sie hatte sich an die Tunnelwand gepresst.

Keine Antwort.

»Verflucht, Vince, sag was!«, brüllte auch ich. Seinen Arm hielt ich immer noch fest umklammert, spürte aber, wie ich nun unaufhaltsam auf die Kante des Wasserfalls zu rutschte. Es war dunkel geworden; entweder hatte Vince die Lampe fallen lassen, oder seine Hand befand sich unter dem strömenden Wasser, das sich an meinem Körper vorbei über den Rand drängte. Stück für Stück glitt ich nach vorn, ohne dass ich es verhindern konnte.

»Sean!«, rief ich. »Komm hierher, sofort!«

Wenige Sekunden später hörte ich ein Platschen, und dann durchfuhr mich ein höllischer Schmerz, als ob man eine Betonplatte auf meinen Beinen abgeladen hätte.

»Das Seil, Jo!«, befahl Sean, der sich offenbar auf meine Oberschenkel gesetzt hatte, um mich vor dem Absturz zu bewahren.

»Alonso hat den Rucksack«, antwortete Jo mit zitternder Stimme.

»Verdammt! Das darf nicht …« Mein Schultergelenk knackte, und ich biss mir auf die Lippen, bis ich einen metallischen Geschmack im Mund hatte. »Vince, kannst du dich mit den Füßen irgendwo abstützen?«, schrie ich ins Dunkel.

»Ich bekomme keine Luft.« Seine Stimme war durch das Rauschen des Wassers kaum zu hören. »Kann nicht atmen«, drang es heiser nach oben.

Jo keuchte. »Gleichmäßig, hörst du? Nicht hyperventilieren!«

Ich konnte mir gut vorstellen, dass das in Vincents Situation leichter gesagt als getan war. Vermutlich schmerzten seine alten Knochen und Gelenke noch schlimmer als meine, während er von Panik durchflutet wurde.

Das Platschen von Sandalen im Wasser war zu hören. Jo schlängelte sich an Sean und mir vorbei, als ihre überlegte Art wieder die Oberhand gewann. »Ich laufe zurück. Alonso … Wir brauchen Alonso.«

»Beeil dich«, stöhnte ich und war froh, dass ihre Abneigung gegen den Delta jetzt keine Rolle zu spielen schien. »Er rutscht mir langsam aus den Fingern.«

Seans gesamtes Gewicht presste mir schmerzhaft die Luft aus den Lungen, als seine Hand neben meinem Gesicht erschien. »Angenommen, ich beuge mich vor, dann könnte ich …«

»Nein!«, brüllte ich mit letzter Kraft. »Du bist zu schwer! Wenn du dich auf meinen Rücken legst, halte ich das nicht durch, und nebeneinander haben wir keinen Platz!«

Erleichtert merkte ich, wie er sich langsam zurückzog und damit auch die Betonmauer, die auf mir geruht hatte, verschwand. Ich traute mich, wieder tiefer einzuatmen. Erneut zuckte ich vor Schmerz zusammen.

Nachdem Vincents zittriges »Schaffe das nicht, Richard« aus dem Rauschen zu mir gedrungen war, hatte ich ihm ein »Ich will das nicht hören!« entgegengeschleudert, dabei war auch ich kurz davor aufzugeben. Meine Rippen brannten wie Feuer, und der Schmerz strahlte bis in meine Beine.

Wir brauchten Licht. Ich konnte so gut wie nichts erkennen. »Sean«, rief ich. »Such nach einer Kerze oder irgendetwas in der Art!«

»Dafür ist es doch viel zu feucht!«

Wie auf Befehl flog etwas Leuchtendes an mir vorbei, und ich begriff, dass Vince die Thermolampe über den Rand geworfen hatte. Der alte Gauner hatte es doch tatsächlich geschafft, sie festzuhalten, und nun seine Reserven mobilisiert! Ich hörte noch, wie Sean siegreich brüllte: »Ich habe sie!«, während ich dagegen ankämpfte, nicht das Bewusstsein zu verlieren. Gott, ich durfte Vince nicht loslassen! Helle Punkte begannen vor meinen Augen zu tanzen, und in meinen Ohren rauschte es. Ich zählte die Sekunden. Zählte jede verdammte, einzelne Sekunde.

In diesem Moment griff eine Hand nach Vincents Arm und zog den Körper des Alten mühelos über den Rand des Überlaufs. Sean stieß Triumphgeschrei aus. Bis ich begriff, dass Vince gerettet war, vergingen einige Augenblicke. Dann drehte ich mich mühsam auf den Rücken und japste. Sah auf. Zwischen meinen Beinen stand Lucius. Er hielt Vincent wie ein Kind in den Armen, aber der Ausdruck in seinen Augen war emotionslos.

»Dies war ein … unüberleg…tes … Vorgehen, werte … Gemeindemitglieder«, stotterte er.

Am liebsten hätte ich geweint, aber ich lachte. Ließ den Hinterkopf ins Wasser fallen und starrte die Rohre an. Noch nie hatte ich eine solche Erleichterung und gleichzeitig eine derartige Trauer empfunden. Vince war gerettet, Lucius war als funktionstüchtiger Teil unserer Gruppe wieder zu uns gestoßen, aber er war nicht mehr der, den ich gekannt hatte.

»Mir ist speiübel«, keuchte ich, als Sean mir auf die Füße half.

»Das ist vermutlich der Schock.« Der Hüne hatte den beruhigenden Ton eines Krankenpflegers.

Ich riss mich zusammen. »Oder es war dein fetter Hintern auf meinen Rippen.«

»Ich muss doch sehr bitten. Das war ein genialer Einfall!« Sein breites Grinsen im Schein der Thermolampe reichte fast von einem Ohr zum anderen und machte mir wieder ein wenig Mut.

Immer noch ungelenk und wie eingerostet drehte ich mich zu Vince, der an die Mauer des Kanals gelehnt dasaß und beschwerlich atmete. Neben ihm kniete Jo und strich ihm zärtlich eine nasse Strähne aus der Stirn.

»Wie fühlst du dich, Liebling?«

»Ausgesprochen furchtbar«, antwortete er heiser und zog sie näher zu sich.

Das galt für uns alle. Wir fühlten uns ausgesprochen furchtbar. Und wir hatten Zeit verloren. Zu viel Zeit, und es schmerzte fürchterlich, als ich begriff, dass Maggie inzwischen wer weiß wo sein konnte. Wenn sie überhaupt noch lebte.

Plötzlich ergriff Alonso meinen Arm, und ich zuckte zusammen. »Wie du unschwer bemerkt haben wirst, werter Richard, ist Lucius nicht wieder komplett hergestellt. Ich konnte die alten Daten sichern und laden und die Luxation des Arms beheben, sein Zustand ist jedoch …« Er rang mit den Worten, während er gegen seinen Kummer ankämpfte.

Ich wusste, es war unmöglich, aber Alonso sah aus, als wäre ihm ebenfalls schlecht.

»… die Updates sind verloren gegangen?«, half ich ihm.

»Unter anderem.« Er zögerte kurz, als habe er Schwierigkeiten zu sprechen. »Es gibt aber weitaus Dringlicheres, um das sich gekümmert werden muss.« Mit dem Finger deutete er auf Vincents linken Arm. Erst jetzt fiel mir die klaffende Wunde über dem Handgelenk auf, und ich musste schlucken. »Tief?«

»Beträchtlich. Aber es ist keine Arterie verletzt. Alle wichtigen Blutgefäße sind intakt. Gleichwohl braucht er professionelle medizinische Versorgung, und bevor du fragst: Das ist uns hier mit den vorhandenen Mitteln nicht möglich. Die Wunde muss dringend geschlossen werden.«

Natürlich hatte er recht. Es war notwendig, den Blutverlust zu stoppen und eine Infektion zu verhindern. »Wir könnten Stoff nehmen«, schlug ich vor.

Der Delta schüttelte den Kopf. »Zu dehnbar und zu durchlässig.«

»Was dann?«

»Klammern.«

»Das ist hoffentlich einer dieser Delta-Witze!«, stieß Sean aus, der das Gespräch verfolgt hatte.

»Ein Witz … ist ein Versuch … durch das gesprochene Wort … mit einer fik…tiven Erzählung den Zuhörer … zum Lachen … anzuregen«, deklamierte Lucius stockend, während sich Alonso schon am Rucksack zu schaffen machte.

»So schlimm steht es mit ihm?«, flüsterte Sean mir zu, und es war unklar, ob er damit Lucius oder Vincent meinte. Ich nickte dennoch, beide hatte es böse erwischt.

Mit was Alonso die Wunde klammern wollte, war mir ein Rätsel. Jo hatte eine Art Erste-Hilfe-Set eingepackt, aber moderne medizinische Hilfsmittel suchte man darin vergebens. Ich wollte eben vorschlagen, es doch mit einem altmodischen Druckverband zu versuchen, als im tanzenden Schein der Thermolampe ein kleiner Schatten an der Wand hinter Vince zu sehen war. Er war winzig, kaum auszumachen, aber er bewegte sich schnell, um dann zu stoppen, kehrtzumachen und zu seiner Ausgangsposition zurückzukehren.

»Sean?« Meine Stimme war nicht mehr als ein Flüstern. »Halt die Lampe still, bitte.« Ich griff nach seinem Handgelenk, um es zu stabilisieren.

»Was ist?«, fragte er.

Ich betrachtete den Schatten an der Wand eingehend, und mit einem Schlag fühlte ich mich hellwach und spürte alles um mich herum mit einer erbarmungslosen Klarheit. Die nassen Klamotten, die Kälte, die mir durch die Knochen kroch, meine Rippen, die Schulter. Zugleich hatte ich Schwierigkeiten, meine zitternden Muskeln zu beruhigen. »Gibt es hier unten Bienen? Können die bis hierher gelangen? Irgendwie? Machen Bienen so was?«

»Verf…«, setzte Sean an. Der Strahl der Lampe zuckte nach oben und verfolgte den kleinen Punkt, der sich auf der Mauer abzeichnete wie ein schwarzer Farbklecks. »Jetzt sehe ich es auch. Grundgütiger, verfluchter. Alonso!«

Aber der Delta hatte schon reagiert. Mit einer für das menschliche Auge kaum mehr sichtbaren Bewegung war seine Hand vorgeschossen, und nun hielt er die zappelnde Drohne zwischen seinen Fingern.

»Herrgott, nein«, flüsterte Jo, die sich inzwischen ebenfalls zu uns umgedreht hatte. Nur ein paar Sekunden zitterten ihre Lippen, dann hatte sie sich wieder gefasst. »Vince, mein Lieber«, sagte sie mit fester Stimme, »du musst aufstehen.«

Wasserblaue Pupillen starrten sie bittend an. »Jo, lass mir noch ein paar Minuten. Nur ein paar. Ich brauche Zeit.« Dann folgte sein erschöpfter Blick langsam ihrem Finger, der auf die modifizierte Robo-Biene deutete. Ich konnte fast spüren, wie er begriff. Die Augen weiteten sich, und ungläubige Verwunderung zeichnete sich auf dem faltigen Gesicht des Alten ab. Dann hob er in einer verzweifelten Geste die Hände und nickte. »Ich verstehe«, flüsterte er. Für ein paar Sekunden blieb er still, als überlegte er, dann wurde sein Tonfall bestimmt. »Ihr geht, ich bleibe hier.«

Keiner von uns schien zu atmen.

»Du machst mir Angst …«, begann Jo.

Seans Stimme kippte, als er mir die Thermolampe in die Finger drückte, Vince am gesunden Arm packte und sagte: »Humbug. So einen Schwachsinn habe ich noch nie gehört.«

»Bitte, Sean«, stöhnte der Alte. »Denk doch mal nach. Ich besitze nicht einmal mehr eine Waffe. Das Scheißding ist mir bei meinem Sturz ins Wasser gefallen.« Er senkte den Kopf. »Ich bin zu nichts mehr zu gebrauchen.« Seine Stimme klang wie im Delirium. Der Schmerz musste ihn fast umbringen.

Der Hüne schlug mit der freien Hand ins Wasser. »Nein! Ich will das nicht hören!« Das Licht zittere, als Wassertropfen auf die Lampe fielen.

Ich hatte die gleiche Entscheidung getroffen wie alle anderen auch. Vince würde niemals hierbleiben. Wir ließen keinen zurück. Da waren wir uns einig. »Lucius«, wandte ich mich an meinen Androidenfreund. »Das ist dein Name. Nicht Delta-1, nicht Delta-2. Lucius. Verstanden?«

Er deutete mein Kopfnicken Richtung Vince korrekt. Ich war ein Mensch, der seine Hilfe brauchte. Er würde tun, was ich ihm befahl, denn so war er programmiert, und tatsächlich beugte er sich ohne zu zögern zu Vince hinunter und legte ihm einen Arm um den Oberkörper.

Der Alte versuchte, den Griff abzuwehren, stemmte sich dagegen, beteuerte immer wieder, dass es ihm nichts ausmache zurückzubleiben und dass dieser Entschluss notwendig sei, dass wir noch einmal darüber nachdenken sollten – neutral und analytisch.

»Ich bin alt, verflucht«, knurrte er. »Seht ihr denn nicht, was für ein verdammt lästiger Knacker ich bin?«

Jo sprach besänftigend auf ihn ein, und wir übrigen taten unser Bestes, die Flüche zu ignorieren. Schließlich wurde Vince ruhiger, schlug jedoch noch ein letztes Mal Lucius' Hand fort. Zitternd stand er auf den dürren Beinen. »Ich tu's. Verdammt, wenn ihr so stur seid, dann tu ich's eben. Aber ich laufe selbst!« Die blauen Augen blickten trotzig. Mit der Hand hielt er seinen linken Arm. Blut tropfte ins Wasser. »Durch meine tatterige Unachtsamkeit haben wir schon genügend Zeit verloren, warum kapiert ihr das denn nicht? Wenn Maggie wegen mir …« Er presste die Lippen zusammen.

»Sie würde uns vierteilen, wenn sie wüsste, was hier gerade abgeht, mein Lieber!«, zischte Jo. »Vierteilen! Auch deshalb würden wir niemals ohne dich gehen!«

Gegen meinen Willen musste ich lächeln. Die Frau wusste genau, an welchem Strang sie zu ziehen hatte, damit Vince einknickte.

»Aber nur wegen ihr«, grummelte der Alte. »Nur wegen ihr.«

»Natürlich.« Jo nickte. »Jetzt lass dir noch kurz den Arm verbinden.«

Während Jocelyn Vincent behutsam einen Druckverband anlegte, zog Sean Alonso und mich zur Seite. »Gibt es so etwas wie eine mobile Fernsteuerung für die Dinger?«, fragte er. »Ehrlich gesagt, weiß ich erst seit ein paar Stunden, dass dieses Bienen-Miniatur-Dreckzeug überhaupt existiert, und ich habe keine Ahnung, wie es funktioniert.«

Der Delta schüttelte den Kopf. »Sie werden zentral gesteuert.«

»Und habt ihr so etwas wie eine …« Ich wusste nicht recht, wie ich es ausdrücken sollte. »… interne Androiden-Kommunikation?« Mir fiel nur der Begriff Telepathie ein, aber das klang mir dann doch ein wenig zu abstrus.

Sean schaute verständnislos in meine Richtung, Alonso jedoch verstand, auf was ich hinauswollte. »Nein. Keine Tablet-Armbänder, keine Holo-Anrufe, keine altmodischen Smartphones, keine Kommunikationsmöglichkeiten, wie du sie von draußen gewohnt bist. Und auch nichts, was in unseren eigenen Systemen verankert wäre.«

»Dann müssen Prosperos Leute also zum Überwachungsraum zurück, um über unseren Standort Bescheid zu wissen?«, fragte ich weiter. »Weil sie nur von dort einen Blick auf die Bildschirme werfen können. Und die Deltas, die ausgeschwärmt sind, um uns zu suchen, müssen sich erst auf ... steinzeitlichem Weg über ihr neues Ziel informieren.«

Alonso nickte. »Von Angesicht zu Angesicht.«

»Aber die sind schnell«, sagte Sean, der mittlerweile verstanden hatte, worum es ging. Kaum hatte er den Satz beendet, warf er einen entschuldigenden Blick auf Alonso. »Tut mir leid, ich meine damit ... also ... das Wort *die* klang vielleicht ungewollt abschätzig.«

»Ich verstehe schon«, antwortete Alonso.

»Ich ... verstehe ... nicht ...«, antwortete Lucius.

»Das macht nichts, werter Bruder. Ich werde dir das bald erklären.« Alonso strich ihm über den Rücken, als ob er ein kleines Kind beruhigen wollte, und Sean warf mir einen vielsagenden Blick zu.

Ja, dachte auch ich. Sie sind schnell. Und wir wussten nicht, wie lange uns die Drohnen schon beobachteten. Womöglich war uns Ariels Horde längst auf der Spur.

Vince, der so gut es ging von Jo erstversorgt worden war, trat von einem Bein auf das andere. Entweder wurde er ungeduldig, oder er wollte damit seinen Kreislauf ankurbeln. Jo nahm sein Gesicht in ihre Hände und drückte ihm einen Kuss auf die Lippen. Ich hatte den Eindruck, dass Alonso die zärtliche Szene geradezu in sich aufsaugte.

Für meinen Geschmack jedoch standen wir schon wieder viel zu lange untätig herum. Es wurde Zeit, sich zu bewegen, und zwar schnell. Insgeheim hoffte ich, Vince würde doch noch ein Einsehen haben und Lucius erlauben, ihn zu tragen. Der Alte hatte viel Blut verloren, mit Sicherheit starke Schmerzen, und der Schreck steckte ihm auch noch sichtbar in den spilligerigen Gliedern. Aber in dieser Sache benahm er sich eigensinnig wie ein Bock.

Er hatte eben die ersten zögerlichen Schritte getan, als ein schriller Pfiff durch den Tunnel brach und meine Ohren zum Klingeln brachte. Das hohe Geräusch übertönte das Platschen unserer Schuhe im Wasser. Ungeschickt leuchtete Jo, die jetzt die Gruppe anführte, nach hinten. Im Lichtkegel erinnerten unsere Schatten an monströse, knorrige Bäume, die aus den Mauerritzen zu wachsen schienen.

»Was war das?«, flüsterte Sean. »Ratten? Können Ratten so pfeifen?«

Das konnten sie mit Sicherheit nicht. »Weiter!«, drängte ich. »Jo«, rief ich nach vorn, »geh einfach weiter!«

Aber sie hörte nicht auf mich, und in der Dunkelheit hinter uns pfiff es erneut. Keine wohlklingende Tonfolge, sondern unmelodisch. Das Geräusch drang zu uns vor und wurde mit jeder Sekunde lauter. Für einen kurzen Moment fragte ich mich, wie Androiden ohne Lunge überhaupt pfeifen konnten.

Sie waren da – der Rest war nebensächlich.

Es hatte keinen Sinn mehr. Auch wenn Vince in der Lage gewesen wäre, zu rennen wie ein Hase auf dem Feld, hätten wir keine Chance. Nicht gegen das, was hinter uns platschend marschierte und konstant den Abstand verringerte.

»Wie viele sind es?«, fragte ich Alonso, der in die Finsternis spähte.

»Fünf«, antwortete er.

Ich zählte sie im Stillen auf: Caliban, Sebastian, Publius …

»Miranda, Prospero, Ariel, Publius und … Maggie«, antwortete der Delta, der keine Probleme damit hatte, in der Dunkelheit etwas zu erkennen.

»Oh mein Gott«, hauchte ich und atmete tief ein. Das kalte Metall der Waffe drückte gegen meinen Bauch.

»Hey!«, brüllte eine Stimme, und ihr Echo verlor sich im Gewölbe über uns. Ariel oder Publius. Ich konnte sie nicht auseinanderhalten. Auf jeden Fall war es einer der beiden, obwohl sie offenbar ihre Ausdrucksweise geändert hatten. Vom werten Richard keine Spur mehr. Jetzt war Gangslang angesagt.

Zischend stieß ich die angehaltene Luft aus. Sofie und Maggie. Ich versuchte, meine Emotionen zurückzuhalten. Und warum hatte sich Prospero persönlich die Mühe gemacht? Er hielt sich doch sonst von allem fern und delegierte seine Rekruten vom stillen Kämmerlein aus.

Ich drehte mich um, und im Schein der Thermolampe konnte ich in den Gesichtern meiner menschlichen Begleiter lesen. Jos zusammengepresste Lippen, Vince, dessen Lider fast geschlossen waren, Seans verkniffener Mund. Dann trafen sich unsere Blicke, und im Bruchteil einer Sekunde verstanden wir uns auch ohne Worte.

»Lucius«, sagte ich und hielt dem forschenden Augenpaar des Deltas stand. »Du führst unsere Anweisungen aus. Und die von Alonso ebenfalls.«

»A-lon-so?« Er klang zögerlich, als ob er hinter dem Wort etwas vermutete, was irgendwie greifbar war. Fast forschend betonte er jede Silbe.

»Der Delta vor dir«, erklärte ich. »Seine Instruktionen wirst du ebenfalls befolgen.«

Er nickte. Sein Körper schien sich anzuspannen, als ob er bereits ahnte, was kommen würde.

Im Gegensatz zu unseren Kontrahenten konnten wir wenigstens zu zweit nebeneinanderstehen. Ob das einen Vor- oder einen Nachteil brachte, war noch nicht abzusehen. Maggie hielten sie mit Sicherheit als Letzte im Glied hinter dem Rücken der anderen versteckt. Ich hatte nicht den geringsten Plan und wurde mir erneut bewusst, wie sehr ich in der Beziehung auf Lucius und Alonso vertraute.

Das Platschen kam näher, und nun tauchte die erste Silhouette aus der Düsternis im trüben Schein einer Lampe auf. Groß und breiter in der Mitte, was einen Bauchansatz vermuten ließ. Prospero.

Sean drängte sich neben mich. Die Deltas standen hinter uns und schirmten Jo und Vince ab. Das Licht der Thermolampe strahlte zwischen unseren Beinen hindurch, und ich verfluchte mich dafür, Jo nicht darum gebeten zu haben, sie mir zu geben. Alonso hatte mir angeboten, unsere Riege an seiner Stelle anzuführen, und ich hatte angenommen. Maggie war dort drüben. Zum Greifen nah. Durch den Rücken eines Androiden wollte ich nicht von ihr getrennt sein. Ich musste sie sehen, wollte sofort reagieren können. Das war jetzt ein wenig schwer – ohne Lampe.

Obwohl ich auf alles gefasst war, zuckte ich zusammen, als Prosperos Stimme zu uns herüberhallte.

»Wie konntest du mich nur so enttäuschen, mein Junge? Weißt du denn nicht, was deine Anwesenheit im Habitat dem Rat bedeutet hat?«

Die Luft fühlte sich mit einem Mal kälter an. Trotzdem wischte ich mir mit dem Jackenärmel den Schweiß von der Stirn. Der modrige Geruch des Tunnels hing mir in der Nase. Mein erster Versuch zu antworten scheiterte kläglich. Nach einem Räuspern versuchte ich es erneut.

»Ich habe mich entschieden. Gegen ein System, das ich nicht unterstützen kann. Es geht um den freien Willen. Aber das ist ein Begriff, dessen Bedeutung euch leider abhandengekommen ist!«, brüllte ich ein wenig zu laut. Es dauerte eine Weile, bis das Echo meiner Worte verhallt war.

Prospero lachte und zuckte betont die Achseln. »Freier Wille, mein Junge, wird überschätzt«, erklärte er. »Denn der menschliche Geist ist nicht so frei, wie du es dir vorstellst.«

Neben mir grunzte Sean, und sein muskulöser Arm streifte meinen Oberkörper, als er seinem Gegenüber den Mittelfinger zeigte; eine Geste, die in dieser Situation völlig fehl am Platz wirkte und mir deswegen ein Grinsen entlockte. Mit der anderen Hand drückte er mir Etwas an den Oberschenkel und ich atmete erleichtert auf, als meine Finger danach griffen: die Thermolampe. Jo hatte sie durchgereicht.

»Weißt du, Sean«, fuhr Prospero fort, dem dessen Gebärde im Schein der eigenen Lampe nicht entgangen war, »manch einer ist Bäcker und beschließt, seinen Aufgabenbereich zu verändern. Vielleicht meint er, dafür besser geeignet zu sein. Aber auch nach Jahren in der neuen Anstellung wird an seinen Händen immer noch Mehl kleben.«

»Was zum Henker willst du mir mit diesem Gehirnfurz von einer Metapher sagen?«, schnappte Sean. »Dass ich nicht überzeugt bin von dem, was ich hier tue? Dir ist schon klar, dass du ohne deine Redenschreiber komplett aufgeschmissen bist, oder?«

»Schließe einfach die Augen, und lausche in dein Inneres, Bäcker.«

Echauffiert schnaubend tat Sean, was ihm Prospero so geschwollen aufgetragen hatte. Das spöttische Lächeln auf seinem Gesicht wurde breiter. »Ich habe Hunger«, sagte er schließlich. »War es das, was du wissen wolltest?«

Fantastisch, dachte ich und feixte. Auch wenn Sean möglicherweise nicht verstand, was er da tat – es war genau das Richtige. Er beschäftigte sie und schenkte uns dadurch wertvolle Zeit, die wir hoffentlich zu nutzen wussten. Auch wenn ich im Moment keinen Schimmer hatte, wie wir das am besten tun sollten.

»Gehe ich recht in der Annahme, dass dieses Gespräch für Ablenkung sorgen soll?«, flüsterte mir Alonso von hinten ins Ohr.

Ich nickte kaum merklich.

»Dann wäre ich dir dankbar, wenn du ein wenig zu Seite rücken könntest, werter Richard«, fuhr der Delta leise fort. »Wir wollen dich nachher nicht umreißen.«

»Du hast uns belogen!«, schrie Sean.

Das war zwar nicht besonders originell, aber der Führer der Gemeinde würde versuchen, auch darauf wortgewandt zu antworten. Prospero war besessen von seiner Wirkung auf Außenstehende. Selbst in dieser Situation würde er das Beste aus sich herausholen wollen.

»Eine bunt zusammengewürfelte Gruppe von Überlebenden muss diszipliniert werden«, antwortete Prospero prompt. »Sie muss verinnerlichen, was Regeln bedeuten.«

»Das heißt aber nicht, dass derjenige, der sich selbst dazu berufen fühlt, Regeln aufzustellen, deren Nichtbeachtung mit der Todesstrafe sanktionieren darf!«, schrie Jo fuchsteufelswild von hinten. »Genauso wenig bedeutet es, dass diese Regeln unumstößlich sind.«

Prosperos Schnauben war unmissverständlich. »Hast du überhaupt eine Ahnung, was wir vollbringen können, wenn uns der Inner Circle gehört?«

»Du meinst wohl, nachdem du deine erpresserischen Maßnahmen angewandt hast? Ja, das weiß ich schon. Du wirst das Zepter nicht aus der Hand geben wollen, und nichts wird sich ändern. Es wird nur noch schlimmer werden!«, brüllte Vince keuchend.

»Ihr seid alle blind! Blind und naiv!« Die Lampe in Prosperos Hand fuhr herum, als er versuchte, das Gesicht des Alten zu erfassen. Schützend riss ich die Arme vor die Augen, als der Strahl mich direkt traf.

Insgeheim hatte ich gehofft, dass Vince und Jo einfach weitergehen und dem Hauptgang des Tunnels folgen würden, bis sie den rettenden Ausgang erreichten. Sich nicht mehr umdrehten, nicht mehr zurückschauten, sondern in der äußeren Zone der Rims auf uns warteten. Oder sich allein auf den Weg zum Inner Circle machten. Gleichzeitig konnte ich sehr gut verstehen, warum sie es nicht taten. Auch wenn es unvernünftig war.

Hinter meinem Rücken kam etwas in Bewegung, und ich rechnete damit, dass Alonso in Kürze den Startschuss geben würde. Ein Ellbogen stieß mir sanft gegen den Arm, und ich versuchte, so unauffällig wie möglich mein Gewicht zur Seite zu verlagern.

Die andere Gruppe war uns inzwischen so nahe, dass ich in Prosperos beleuchteten Zügen lesen konnte. Ein bemüht freundliches Lächeln umspielte seine Lippen, das es jedoch nicht fertigbrachte, von der Wut in seinen Augen abzulenken. Hinter ihm stand Publius, es folgte Ariel. Zu meinem Entsetzen konnte ich weder Sofie noch Maggie sehen. Hatten sie die beiden Frauen zurückgelassen?

Prospero senkte die Lampe, und der Strahl tanzte auf der Wasseroberfläche. »Von Menschen enttäuscht zu werden, denen man das Paradies geschenkt hat, schmerzt«, begann er. »Aber aller Illusionen beraubt zu sein, die man in seinem Herzen getragen hat, um die Verwandlung von Maschinen zu fühlenden Subjekten zu vollziehen ...« Er brach ab und machte eine Geste der Hilflosigkeit »... diese Pein ist mit Worten nicht zu beschreiben.«

Instinktiv griff ich nach Alonsos Arm, und eine Sekunde lang irritierte mich die Wärme seiner Haut aufs Neue. Wann würde ich mich daran gewöhnt haben?

»Geh nicht darauf ein«, zischte Sean nach hinten. »Das ist eine ganz peinliche Pinocchio-Masche.«

Der Hüne hatte recht. Geschickt hatte Prospero den Spieß umgedreht.

»Was ... ist Pinocchio?«, stotterte Lucius.

»Das tut jetzt nichts zur Sache, werter Bruder«, antwortete Alonso leise. »Er will uns treffen. Und das ist ihm auch gelungen.«

»Schluck's runter!« Seans Stimme klang mit jedem Wort gereizter. »Du bist dein eigener Herr, Alonso. Konzentrier dich lieber darauf, wen du dir als Ersten vorknöpfst. Lass dich nicht ablenken, verdammt.«

Unverständliche Laute zischten durch das Gewölbe. Prospero hatte sich nun Publius zugewandt. Die beiden schienen etwas miteinander zu besprechen.

»Es geht los«, stellte Sean nüchtern fest. »Und wir sollten den ersten Schritt machen.« Seine Muskeln spannten sich an, während ich versuchte, meine eigenen unter Kontrolle zu bekommen.

Mit einem Mal hörte ich hinter mir unterdrückte Flüche und spürte Gerangel. Etwas schlug mir gegen die Kniekehle und ließ mich beinahe einknicken. Dann drängte sich Jo keuchend vor, und ihr auf den Fersen war Vince, der sich ebenfalls mit einer für sein Alter erstaunlichen Behändigkeit und trotz seiner Verletzung wild entschlossen an mir vorbeischob. Zwei Sandalenpaare ließen das Wasser aufspritzen, als sie schnellen Schrittes auf Prospero zusteuerten, der daraufhin verblüfft zurückwich. Die Deltas hinter ihm rührten sich nicht. Anscheinend warteten sie auf ein Zeichen ihres Anführers.

Neben mir schnappte Sean nach Luft, machte Anstalten, den Alten zu folgen, wurde aber von Alonso zurückgehalten.

»Das ist pures Kalkül«, sagte er, und es klang bewundernd.

»Das ist dämlicher Leichtsinn«, stieß ich hervor.

»Eindeutig effektiver als Ablenkung durch leere Worte«, entgegnete er.

Sprachlos beobachtete ich, wie Jocelyn den Arm hob. Etwas Glänzendes reflektierte das Licht von Prosperos Thermolampe. Hektisch tastete ich meinen Hosenbund ab. Schweiß brach mir aus, als ich die Pistole nicht finden konnte. Jo musste sie mir aus dem Bund gefingert haben, als sie sich an mir vorbeigedrängt hatte.

Sean sah an mir herunter und begriff. »Diese ausgekochten Schlitzohren«, murmelte er verblüfft. »Ich weiß nicht, ob ich sie hassen oder lieben soll.«

Noch bevor wir den beiden hinterherstürmen konnten, riss mich ein höllischer Schmerz in meinem Ohr zu Boden.

Vince

Erst das Klingeln in meinem Kopf, dann der Dunstschleier vor meinen Augen. Der Schuss hatte meine grauen Zellen durcheinandergewirbelt, und es dauerte, bis sie wieder an ihre ursprüngliche Position zurückgefunden hatten. In der Zwischenzeit kauerte ich im Wasser, sah, wie sich Seans Mund und seine Hände direkt von meinen Augen aufgeregt bewegten, nahm daneben schemenhaft einen Körper wahr, der vor mir kniete, und spürte tastende Finger auf den Wangen.

Weiche, schlanke Finger, die mir aus der schmutzigen Dunkelheit heraus übers Gesicht strichen.

»Richard?«

Alles drehte sich, das Geräusch meines eigenen Atems, der über allem anderen zu hören war, machte mich fast verrückt. Jo hatte abgedrückt, aber wen hatte sie getroffen? Als die behutsamen Finger meinen Nasenrücken erreichten, entspannte ich mich ein wenig, ohne genau zu wissen, warum. Diese Berührung gab mir Halt, sie gab mir ... Kraft.

»Maggie?«, stöhnte ich. »Maggie!«

Das war unmöglich. Ihre zerschmetterten Knochen hatten mein geistiges Auge malträtiert – fahle Haut, leere Augen, die mich anblickten, aber mich nicht mehr sehen konnten. Wie hatte sie es geschafft, an Ariel und Publius vorbeizukommen?

Sie atmete aufgeregt. »Gott sei Dank! Ich dachte, der Knall hätte dir das Trommelfell zerrissen.«

Ihre Stimme war anfänglich nur ein undeutliches Rauschen, das jedoch mit jeder Silbe immer mehr dem samtweichen Klang Platz machte, den ich so mochte.

Ich packte ihre dünnen Arme und riss sie an mich, dann schob ich sie wieder ein wenig zurück, um sie genau in Augenschein zu nehmen. Zu meiner großen Erleichterung war sie unverletzt, das Haar unordentlich wie immer. Einige Strähnen hingen ihr ins Gesicht, und auf dem Oberkopf hatte sich das typische Nest gebildet. Ich konnte mir nicht helfen, ich lachte wie ein Idiot. Es gluckste geradezu aus mir heraus, als ob sie eine unsichtbare Taste in mir gedrückt hätte.

Maggie lächelte. Das wunderbarste Lächeln, das ich je gesehen hatte. »Das Weibsstück ist bewusstlos, Prospero verletzt, und deswegen sind auch Ariel und Publius abgelenkt«, sagte sie dann ernst. »Für den Moment zumindest. Wir haben nicht viel Zeit.«

Es dauerte eine Weile, bis ich begriff, dass mit dem »Weibsstück« Sofie gemeint war, und ich zweifelte keine Sekunde daran, dass Maggie hart zugeschlagen haben musste.

»Wenig Zeit für was? Wo sind Jo und Vince?« Ich sah mich um, aber der Dunst in meinem Kopf hatte sich noch nicht weit genug gelichtet. Alles, was etwas weiter von mir entfernt war, verschwamm vor meinen Augen.

Maggie kam so nah an mich heran, dass sich unsere Nasen berührten. »Wir müssen weiter, Richard.«

»Vince und Jo?«, wiederholte ich und strich ihr fahrig eine Strähne hinters Ohr. »Wo sind sie?«

Langsam lächelte sie und rieb ihre Nasenspitze an meiner. »Schon weitergegangen. Mit Alonso und Lucius. Wir sollen sofort nachkommen.«

Seans Pranke legte sich auf meine Schulter. Er hatte sich über uns gebeugt, zeigte in den Gang, der geradeaus weiter verlief, und ich folgte mit den Augen dem tanzenden Licht der Thermolampe, die einer der beiden Alten an sich gebracht haben musste. Beschämt wurde mir bewusst, dass mein Gleichgewichtsorgan anscheinend als einziges durch den Pistolenschuss derartigen Schaden genommen hatte, dass mir sowohl Maggies Flucht als auch die Rückkehr der beiden unversehrten Helden zu unserer Gruppe entgangen war.

So langsam sortierten sich meine Nervenbahnen wieder.

»Sie hat ihn also getroffen«, stellte ich fest und raffte mich mühsam auf.

»An der Schulter oder tiefer«, antwortete Maggie. »Ich konnte es nicht genau sehen, stand zu weit weg, und mir wurde die Sicht versperrt. Allerdings stürzten Ariel und Publius sofort zu ihrem Herrn und Meister, um ihn aufzufangen, was mir die Chance gab abzuhauen. Ich konnte mehr oder weniger über die drei hinübersteigen, keiner hat mir Beachtung geschenkt.«

Wenn Maggies Erzählung stimmte, war Prospero vermutlich schwer oder sogar lebensbedrohlich verletzt. Jo hatte ihn also wahrhaftig erwischt. Sie hatte eiskalt abgedrückt.

»Ich kann nicht glauben, dass es das gewesen sein soll«, sagte Sean beunruhigt und sprach damit genau das aus, was auch ich dachte. Ich traute der Sache nicht, aber für den Moment war es unsinnig, ihr auf den Grund gehen zu wollen. Wir mussten die Chance nutzen, die sich uns bot.

Ich wollte eben versuchen aufzustehen, als Maggies Körper gegen meinen prallte und wir beide zurück ins Wasser stürzten. Aus den Augenwinkeln sah ich, wie Sean mich mit einem Blick bedachte, der unmissverständlich ausdrückte, wir sollten keinen Muskel rühren, und nur eine Sekunde später warf er sich neben uns. Durch das hochspritzende Wasser blitzte etwas Weißes auf, verbunden mit einem Donnerschlag, der mich zusammenzucken ließ. Wie eine gleißende Peitsche durchbrach der Strahl die Dunkelheit und zuckte mit einem Zischen geradewegs auf den schwankenden Lichtkegel zu, den die Thermolampe in Jos Hand auf die Wasseroberfläche warf. Der Kegel hüpfte, und das Licht sprang zuerst auf die Mauer, dann auf Vince und anschließend, als Jo die Lampe fallen ließ, glitt es in einem Bogen über die Rohre der Tunneldecke. Jo schrie irgendetwas Unverständliches, als Vince wie von einer unsichtbaren Hand, die ihn an der Schulter packte, herumgerissen wurde, kurz ins Taumeln geriet und dann in sich zusammensackte. Erneut umhüllte uns Dunkelheit. Das gleißende Licht der Peitsche war verschwunden, und die Thermolampe lag offensichtlich im Wasser.

Maggies Finger, die meinen Arm gepackt hatten, zitterten. Sie gab ein ersticktes Geräusch von sich.

Neben mir atmete Sean schwer. »Was …?«, setzte er an.

Hinter uns ertönten klatschende Schritte im Wasser. »Ihr habt doch nicht wirklich geglaubt, ihr würdet als Einzige über eine Schusswaffe verfügen?«, dröhnte Ariels Stimme durch das Gewölbe. »Für wie blöd haltet ihr uns eigentlich?«

Wir hörten Jocelyn aus der entgegengesetzten Richtung schreien. Ein unmenschlicher Laut, der sich mit Maggies unterdrücktem Schluchzen mischte.

»Im Gegensatz zu euren … ach so mitfühlenden Deltas verfügen wir sogar über eine Waffe, die den Standards der heutigen Zeit entspricht«, war Ariels Stimme zu hören, die immer näher kam. »Das Ergebnis ist verblüffend, nicht?«

Sean griff nach mir. »Was tun wir jetzt?«, flüsterte er.

»Der Schock reißt einen menschlichen Körper, bei entsprechender vorheriger Justierung, nicht nur in Stücke, er sorgt auch dafür, dass die Organe vorher zu kochen anfangen«, kicherte Ariel.

»Antique«, wimmerte Maggie. »Gott, es tut mir so leid. So leid.«

Die kleinen Wellen, die Ariel im Wasser auslöste, schwappten jetzt an unsere Knie. Er konnte nicht mehr weit entfernt sein. Allem Anschein nach war Publius bei seinem verletzten Anführer geblieben. So wie Alonso und Lucius bei Vince verharrten, der die mörderische Attacke mit Sicherheit nicht überlebt hatte. Egal, wie Ariel die Waffe kalibriert haben mochte, der zischende Blitz, der an unseren Köpfen vorbeigesaust war, hatte dem Alten den Tod gebracht.

Obwohl ich wusste, dass es kompletter Unsinn war, klammerte sich ein Teil von mir an die Vorstellung, Ariels Sensoren könnten uns in der Dunkelheit, dicht aneinandergedrängt und mucksmäuschenstill, nicht wahrnehmen. Beruhigend strich ich Maggie immer wieder übers Haar, aber je näher Ariel kam und je stärker sich das Wasser um uns herumbewegte, desto mehr wurde mir bewusst, dass wir nicht länger darauf warten konnten, dass Lucius und Alonso die Sache in die Hand nahmen.

Ich drückte Maggie, die immer noch zitterte, aber aufgehört hatte zu weinen, einen flüchtigen Kuss auf die Stirn und streifte vorsichtig den Rucksack ab. »Jetzt«, flüsterte ich in die Dunkelheit, und Sean bestätigte den Befehl mit einem sanften Stoß in meine Seite.

»Machen wir die Arschlöcher fertig«, grunzte er.

»Für Vince«, sagte Maggie leise und mit belegter Stimme.

Dann stürmten wir los.

Während meine Sandalen ins Wasser klatschten, versuchte ich, mich zu orientieren. Stundenlang hielten wir uns jetzt schon im Dunkeln auf, und ich betete, dass sich auch Maggie und Sean inzwischen soweit an die Schwärze gewöhnt hatten, dass sie Umrisse erkannten. Wohin ich rannte, konnte ich nicht hundertprozentig sehen, aber Ariels Silhouette schien näher zu kommen. Maggies Atem folgte mir, also bildete Sean das Schlusslicht. Obwohl ich wusste, dass der Delta in der Nähe stehen musste, beschloss ich, mein Tempo nicht zu reduzieren.

»Beim allmächtigen Mondbruder, was tut ihr Menschen denn da?«, höhnte Ariels Stimme nur ein Stück weit entfernt. »Was soll das werden? Eine Art … Angriff?«

Der Zusammenprall presste mir die Luft aus den Lungen. Ein Gefühl, das ich mittlerweile sehr gut kannte und deswegen ebenso ignorierte wie meine angeknacksten Knochen.

Es war, als wäre ich direkt gegen die Mauer des Tunnels gerannt, doch ich fühlte den Delta schwanken. Aus dem Gleichgewicht geriet er aber erst, als ich Maggie ein wenig Platz gemacht hatte, die ihn daraufhin schreiend wie eine Furie anfiel. Ariel stürzte und riss sie mit sich zu Boden. Ich sah die Kontur ihres Körpers und wie sie flink wie eine Katze über seinen Kopf nach hinten sprang. Diese Frau war unglaublich. Auch durch ihre Adern schoss das Adrenalin wie Synthehol. Dazu kamen noch Wut und Trauer, die uns antrieben, als hätten unsere Muskeln nur auf den entsprechenden Befehl gewartet.

Jetzt thronte Seans massige Statur auf Ariels Brustkorb und bearbeitete ihn mit prasselnden Fausthieben. Bei jedem Schlag schrie Sean wie ein Irrer, und wenn Alonsos Sensoren nicht vollständig ausgefallen waren, musste dieser uns hören!

Ariel lachte und versuchte, seinen Angreifer mit lässigen Bewegungen fortzuwischen wie ein aufdringliches Insekt. Seine Überheblichkeit machte mich rasend. Aber Sean ließ nicht von ihm ab. Seine Hände schlugen ohne Unterlass auf den Androiden ein, als ob ein besessener Trommler sein Instrument traktierte.

Ich wollte mich eben mit der Hand von der Kanalmauer abstoßen, um mit meinem gesamten Gewicht auf die Beine des Deltas zu springen, als eine Stahlkralle mich am Anzugkragen packte. Ich hörte, wie der Stoff riss, und dann wurde ich nach hinten geschleudert. Wie ein Spielzeug, von einem trotzigen Kind weggeworfen, flog ich durch die Luft. Plötzlich schien die Zeit ohne Bedeutung zu sein. Es kam mir vor, als verzögerten sich meine Bewegungsläufe, als hinderte eine zähe Flüssigkeit mich daran, mich zu orientieren und zu wehren.

Die Realität holte mich nur wenige Sekunden später ein, als ich schmerzhaft mit dem Rücken gegen etwas Hartes prallte. Ich glaubte, gegen die Mauer geschlagen zu sein, doch es war etwas, was sich nun vorwärtsbewegte und mich beinahe vorsichtig zur Seite drängte, als es an mir vorbeipflügte.

Alonso oder Lucius – denn einer der beiden musste es sein, der meinen Flug aufgehalten hatte, näherte sich Sean, der immer noch wie ein Wilder auf Ariel eindrosch und dabei erstaunlich einfallsreiche Flüche ausstieß.

Maggie war außer Sichtweite, aber auch sie war offenbar nicht untätig, denn sie brüllte aus voller Kehle.

Ich preschte wieder vorwärts, versuchte, mich zu orientieren, Silhouetten zu erkennen, Geräusche zu filtern, Bewegungen auszumachen, die Bösen von den Guten zu unterscheiden. Inzwischen war es mir völlig egal, welcher meiner Gegner sich mir gegenüberstellte, und als ich einen schlanken Schatten vor mir auftauchen sah, durchfuhr mich nur ein Gedanke. Ich durfte mich nicht niederknüppeln lassen wie jenseits der Trockenmauer. Die Erinnerungen daran schlugen hinter meiner Stirn wie die Kugeln eines Newton-Pendels aneinander, und wie auf Bestellung begann der Schmerz in meinem Brustkorb erneut, heftig zu pochen.

Ich verdrängte ihn und fokussierte mich.

Ein Bein vor das andere gestellt ging ich leicht in die Knie, drehte die Taille ein wenig und nahm den Arm dabei mit. Brüllend ließ ich ihn dann mit Schwung auf den Schatten zuschießen, wobei mir wieder ein Schrei entfuhr, doch dieses Mal aus Verblüffung, da meine Faust auf etwas Weiches stieß – eine Rundung, die Brust einer Frau.

Sofie krümmte sich keuchend nach vorn, wobei ihr Kopf gegen meinen stieß.

»Was zum Henker machst du da?«, schrie ich sie fassungslos an und richtete mich auf. Sie sollte bewusstlos sein, sollte immer noch hinten bei Prospero liegen!

Mit ihr hatte ich nicht gerechnet. Aber ich kam nicht dazu, weiter darüber nachzudenken.

Sie stieß mir das Knie zwischen die Beine, sodass ich zischend ausatmete. Da ich zusammenknickte wie einer von Prosperos Ahornzweigen, brauchte ich ihr nicht ins Gesicht zu sehen. Aber ich konnte mir vorstellen, wie sich ihre Lippen zu einer dünnen Linie verzogen hatten und ihre Augen schmal geworden waren.

Dann legte sie mit einem Tritt auf mein Knie nach, und in mir ging etwas kaputt. Nicht in meinem Knie, sondern im übertragenen Sinn. Ich empfand nichts mehr für sie außer Verachtung. Tief einatmend schlug ich abermals zu.

Als ich ihr Kinn traf, ruckte ihr Kopf kurz nach hinten. Sie taumelte einen Schritt zurück, stolperte, stürzte und blieb liegen.

Der atonale Gesang des Kampfes um mich herum kam mir auf einmal dröhnend laut und gleichzeitig unwirklich vor. Das Geräusch von fallenden Körpern im Wasser, die Schreie, der dumpfe Laut von Hieben, ein Scharren und Schaben.

Und dann Maggies Stimme mitten in dem Gewühl und dem Lärm, die mich zurück in die Realität holte: »Ich werde dich derart auseinandernehmen, dass du mich anbetteln wirst, dir den Saft abzudrehen!«

Plötzlich wurde es kurz still. Dann folgte das inzwischen fast schon vertraute Geräusch von Deltafäusten auf hartem Material, wenn sie aufeinander einschlugen.

Das Wasser im Gang spritzte und wogte derart heftig, dass ich für einen Augenblick mit dem Gleichgewicht kämpfte.

»Maggie! Sean!«, schrie ich, als ob ich Kampfhunde zurückpfeifen wollte. »Nach hinten!«

»Ich komme nicht vorbei!«, hörte ich Maggie verzweifelt rufen.

In diesem Moment drückte mich eine Hand beinahe fürsorglich an die Mauer. »Mach ein wenig … Platz … werter Richard«, stotterte es neben mir. »Ich werde den Weg für deine … Kameraden räumen, und … mein Bruder benötigt … ebenfalls … Unterstützung.«

Der letzte Gang

Wir nahmen Vince mit. Es stand außer Diskussion, dass wir ihn im Tunnel zurücklassen würden.

Nachdem Lucius sich an mir vorbeigedrückt hatte, war mir nur noch Maggies Sicherheit wichtig gewesen. Mit Lucius an unserer Seite hatte sie eine echte Chance, ich selbst würde da nur im Weg sein. Also hielt ich mich zurück, schloss die Augen und fühlte meinen Körper vor Aufregung schwanken, während ich mich so eng wie möglich an die Tunnelwand presste. Mir war schwindelig, und ich hatte das Gefühl, ich könnte die Position jeden Muskels, jeden Knochens in meinem Körper allein durch den Schmerz, den sie mir bereiteten, bestimmen.

Wie Lucius es genau fertigbrachte, seinem ehemaligen Bruder und Weggefährten den Kopf abzureißen – ich wusste es nicht und war froh darum. Tatsache war, dass der Delta zu Sean und mir zurückkam wie ein römischer Legionär aus einer siegreichen Schlacht gegen die Pikten. Mit der abgeschlagenen Trophäe in der Hand, die im Rhythmus seiner Schritte und im schwachen Schein der Thermolampe, die Jo offensichtlich wiedergefunden hatte, vor und zurück schwang.

Als Maggie und Alonso hinter ihm in Sicht kamen, schnappte ich erleichtert nach der abgestandenen Tunnelluft und wurde mir gleichzeitig bewusst, dass ich die ganze Zeit über kaum geatmet hatte.

Wie selbstverständlich warf Lucius den Kopf von Publius, aus dessen Hals eine zähe weiße Flüssigkeit tropfte, ins Wasser und nickte uns kurz zu. Gemeinsam liefen wir schweigend zu Jocelyn. Sie war nicht von Vince' Körper gewichen, seitdem der tödliche gleißende Strahl ihn getroffen hatte.

Seine Haut war an vielen Stellen durch die Militärwaffe, die Ariel benutzt hatte, schwer verbrannt, und ich musste mich zwingen, nicht wegzusehen. Der Druckverband oberhalb seines Handgelenks war dunkel verfärbt, doch die Wunde hatte aufgehört zu bluten. Seine wasserblauen unversehrten Augen hatte Jo geschlossen, und nur sein halbgeöffneter Mund suggerierte Erstaunen. Dabei hatte er bestimmt nicht mitbekommen, was mit ihm passierte, dessen war ich mir sicher. Aber das konnte keinem von uns den Schmerz über seinen Verlust nehmen. Vor allem nicht Jocelyn.

Kein Wort wurde gewechselt, als der Delta den hageren Alten auf seine Arme nahm. Dann stapften wir los. Unsere Verfolger blieben hinter uns: ausgeschaltet, schwer verletzt, bewusstlos oder vielleicht schon tot.

Wir hatten gewonnen. Fürs Erste.

Während wir weiter den Hauptgang entlangschlurften, trotz unseres Sieges angeschlagen, unterhielt sich Alonso flüsternd mit Lucius, der vor ihm ging. Kurz versuchte ich, der Unterhaltung zu folgen, mein Interesse daran ließ aber schnell nach, und meine Gedanken kehrten wieder zu Vince zurück.

Schließlich dreht sich Alonso zu mir um. »Leider ist es Fakt, dass mein Bruder nicht sagen kann, ob wir den richtigen Weg eingeschlagen haben. Ich hatte gehofft, einige Routinen würden sich regenerieren, aber das ist bedauerlicherweise nicht der Fall.« Er blickte wieder nach vorn.

»Das macht nichts«, murmelte ich und versuchte, nicht an dem Delta vorbei auf Vincents baumelnde Beine zu schauen. Er hatte einen Schuh verloren, und der Stoff seiner Socke war an einigen Stellen derart durchlässig, dass die helle Haut durchschien. Der Anblick deprimierte mich noch mehr. »Ist egal.«

»Nun, streng genommen ist es das nicht, Richard. Es ist wichtig«, kam es von vorn.

»Ich will damit sagen, Alonso, dass ich momentan nicht fähig bin, eine Entscheidung zu treffen«, erklärte ich unwirsch. »Und ich will auch nicht beurteilen, ob die Entscheidung, die ein anderer trifft, die richtige ist. Verstehst du?«

»Nein. Wo liegt das Problem?«

»Du meinst, abgesehen davon, dass ich auf Sofie eingedroschen habe, Maggie fast von Publius erledigt worden wäre, wir alle kurz davorstanden, ins Gras zu beißen, und …« Ich lachte freudlos auf. »… Vince' toter Körper über der Schulter von Lucius hängt? Stimmt, da gibt es kein Problem, Alonso. Alles in Butter soweit.«

»Sarkasmus hilft dir nicht weiter, Richard.«

»Mag sein.«

»Es war vorauszusehen, dass wir Verluste erleiden würden. Nicht davon auszugehen wäre Träumerei gewesen«, stellte er fest.

»Oh! Und das von dir. Dem Oberträumer.«

»Was ich damit sagen will, ist: Wenn wir das hier in unserem Sinne hinter uns gebracht haben, wirst du einen Weg finden, mit Vince' Tod zu leben.«

Nach diesem Satz hätte ich ihn am liebsten um einen Kopf kürzer gemacht. Inzwischen wusste ich ja, dass das bei Deltas kein Ding der Unmöglichkeit war. Stattdessen presste ich die Lippen aufeinander.

»Ich meine nur …«, warf er ein.

»Das war eine echt schwachsinnige Bemerkung, Alonso«, unterbrach ich ihn gereizt. »Und ich habe keine Ahnung, woher um alles in der Welt du diesen aphoristischen Blödsinn hast.«

»Er stammt aus einer meiner Datenbanken über …«

»Und es interessiert mich einen Dreck!«

»Ich wollte nur …«

»Ich weiß, was du damit sagen wolltest, Alonso.«

»Gut.«

»Aber das hier ist kein Argumentations-Pisswettbewerb.«

»Bitte?«

War ja klar, dass er in seinen digitalen Schubladen dazu nichts fand. »So funktioniert das nicht«, setzte ich hinzu. »Und momentan will ich einfach nur laufen. Ein Schritt nach dem anderen … Kapiert?«

Für einige Sekunden hüllte sich Alonso in Schweigen. »Verstehe«, stieß er dann hervor.

Auf meinem Rücken spürte ich Maggies Hand, und ich war sicher, sie hatte das Gespräch mitbekommen. Ich streckte einen Arm nach hinten, und sie verschränkte ihre Finger mit meinen. Obwohl es nicht besonders bequem war, da sich mein Brustkorb bei dieser Bewegung schmerzhaft dehnte, ließ ich nicht los.

Eine Weile setzte ich nur mechanisch einen Fuß vor den anderen. Starrte auf Alonsos Kniekehlen, spürte der Berührung von Maggies Fingern nach, die nicht aufhörten, mich zu streicheln, und in meinem Kopf verdichtete sich das regelmäßige Platschen unserer Schritte zu einer hypnotischen Melodie, die mich mit jeder Minute träger und müder machte.

Selbst Sean war verstummt. Kein Brummen, kein Fluchen, kein lautes Atmen drang nach vorn. Aber das bärige Stampfen im Wasser bestätigte mir, dass er Maggie folgte.

Jo schritt zwar eilig voran, schien die Lampe jedoch gesenkt zu halten. Vielleicht fühlte sie sich zu schwach, um mit dem Lichtkegel über die Mauer zu wandern.

Unser Streben nach Freiheit, der Plan, das IRIR und mit ihm die CDF abzuschaffen, so wie es Jocelyn vor ein paar Stunden noch euphorisch und voller Überzeugung propagiert hatte – all das schien sich in eine andere Zeitebene, an einen anderen Ort verflüchtigt zu haben.

Mein Kopf begann, rhythmisch zum Platschen zu nicken. Auf und ab. Auf und ab.

Für Alonso und Lucius konnte ich nicht sprechen, aber wir anderen begannen, uns zu benehmen wie hospitalisierte Tiere im Käfig. Eine passive Grundstimmung, Teilnahmslosigkeit, Apathie: Die Symptome waren eindeutig. Und ich war drauf und dran, mich in ihnen zu verlieren.

Doch plötzlich hallte ein weiterer Pfiff durch das Gewölbe. Dieses Mal ohne jeden Zweifel von vorn kommend. Und er glich nicht dem Ton, den Ariel ausgestoßen hatte.

Die Deltas blieben stehen. Lucius schien Jocelyn am Weitergehen zu hindern, denn sie stieß einige Verwünschungen aus, denen eine kleine Rangelei, begleitet von emporzuckenden Lichtstrahlen, folgte. Einige Sekunden später aber wurde es auch am Anfang unserer Kette still, und jeder von uns lauschte angespannt in die Dunkelheit.

Ein Patschen und Kratzen. Das Krabbeln kleiner Füße auf Stein. Kleiner Zehen auf Metall. Rascheln. Dann wieder ein schriller Laut, mehr ein Fiepen als ein Pfiff. Durchdringend, grell und langgezogen wie ein Hilfeschrei – oder ein Kommando. Ein Kommando, das aufgenommen und weitergegeben wurde. Eine Befehlskette, die ihren Anfang bei uns hatte, und deren Ende nicht zu bestimmen war.

Der Geräuschteppich schwoll innerhalb von Sekunden zu einem ohrenbetäubenden Lärm an. Maggies Griff um meine Finger wurde fester.

Und dann kamen sie.

Jeder weiß, dass Ratten schwimmen können. Nur vergisst man es häufig, weil es Wissen ist, das man im Normalfall nicht benötigt. Und woran man auch nicht mehr denkt, ist, wie schnell diese Viecher sind. Egal, wohin sie sich bewegen. Egal, ob sie schwimmen oder laufen.

Jedenfalls saßen die ersten Tiere schon auf Vince, bevor ich in der Lage war, von Apathie auf komplette Panik umzuschalten. Allem Anschein nach hatten sie sich während unserer Reibereien mit Prospero und seinem Trupp zurückgezogen und dabei klug die Lage sondiert. Uns aus ihren Verstecken heraus beobachtet. Bestimmt hatten sie sich einen Schlachtplan überlegt und ausgeheckt, wie sie den Zweibeinern am meisten Schaden zufügen konnten, die es sich in den Kopf gesetzt hatten, ein Revier zu durchqueren, das nicht ihnen gehörte, und dabei auch noch für enormen Aufruhr sorgten.

Und jetzt setzten die Ratten ihren Plan in die Tat um. Von links und rechts stürmten sie auf uns ein. Hatte ich anfangs naiv vermutet, es befänden sich nicht allzu viele Exemplare der Spezies im Tunnel, wurde ich nun eines Besseren belehrt. Graue Kaskaden flossen durch das Wasser, krochen an den Wänden entlang, ließen sich von der Decke auf uns fallen.

Keine Spur mehr von Teilnahmslosigkeit. Maggie schrie. Ich brüllte. Sean fluchte. Lucius ließ Vince fallen und stellte sich breitbeinig mit erhobenen Armen in den Gang.

»Rattus«, kommentierte Alonso überflüssigerweise mit der ihm eigenen Bestimmtheit und Ruhe. »Aus der Familie der Muroidea.«

Sean grunzte.

»Auseinander«, befahl der Delta dann barsch. »Wir stehen zu eng zusammen!«

Den letzten Satz jedoch musste er brüllen, um überhaupt Gehör zu finden. Das kriegerische Quieken schien alles zu übertönen. Mir war, als könnte ich Stimmen aus der fiependen Masse heraushören, Befehle, die erteilt, Informationen, die weitergegeben wurden. Ich hatte das Gefühl, sukzessive durchzudrehen.

Jocelyn hatte sich zu uns gewandt, und der Lichtkegel ihrer Thermolampe fiel auf Vince' Körper im Wasser. Gigantische Ratten mit einer Körperlänge von sicherlich dreißig Zentimetern saßen auf seinem Bauch, rannten über sein Gesicht, zerrten an seiner Hose, gruben ihre scharfen Zähne in sein Fleisch. Wer weiß, wann sie das letzte Mal etwas zu fressen bekommen hatten. Wir mussten wie ein Galadiner auf das Rudel wirken. Dabei war den Tieren völlig egal, dass wir noch lebten.

Jo begann, sich ihre Jacke auszuziehen. Mit verzerrter Miene streifte sie umständlich die Ärmel ab, riss daran, schrie vor Verzweiflung und Wut und schlug dann schließlich mit dem Stoff auf Vince ein, immer und immer wieder, um die Ratten von seinem Körper zu vertreiben. Der Lichtstrahl fuhr mit jeder ihrer Bewegungen auf und ab.

Ich spürte, wie sich etwas an meinen Zehen zu schaffen machte, fühlte einen stechenden Schmerz, hob panisch den Fuß und schüttelte gleich mehrere Tiere ab, die sich in meinem Schuh verbissen hatten. Gleichzeitig wurde ich das Gefühl nicht los, als hätten sich die Ratten schon längst auf meine Schulter gesetzt und wären nun dabei, in meine Kleidung zu kriechen, mir in die Hosenbeine zu schleichen und an meinen Kronjuwelen zu zerren, die seit Sofies Attacke ohnehin bei jedem Schritt, den ich tat, wütend protestierten.

Meine Brust schnürte sich zusammen, meine Rippen ächzten lauter denn je, und durch den Schleier der

Angst, der sich über meine Augen gelegt hatte, sah ich Alonso – über und über von Ratten bedeckt, der das aber nicht einmal zu bemerken schien, sondern Lucius irgendwelche Zeichen gab, die ich in dem Tohuwabohu nicht deuten konnte.

Maggie presste ihren Körper an meinen und stieß mir mit dem Arm in die Seite, als sie versuchte, sich einiger Tiere zu entledigen. Sean stampfte und brüllte wie am Spieß.

Lucius aber beobachtete seinen Bruder und verstand.

Im zitternden Strahl der Thermolampe, der durch den Tunnel fuhr wie ein Scheinwerfer in einer Disco und unsere Glieder beleuchtete, die auf einer imaginären Tanzfläche zu unhörbarer Musik zuckten, vertrieb der angeschlagene Delta die letzten Ratten vom toten Körper des Alten, schulterte die Leiche erneut, packte Jocelyn am Arm und trieb sie mit Bestimmtheit vorwärts. Gemeinsam stolperten sie den Hauptgang entlang, und kurz bevor ich den Lichtkegel der Lampe völlig aus den Augen verlor, sah ich in der Entfernung etwas glitzern. Stahlstreben, übereinander angeordnet.

Der Ausgang.

Ich mobilisierte das letzte bisschen Adrenalin in meinem Körper und stürmte hinterher.

Draußen

Alonso schloss das Kanalgitter und versteckte es unter einem Haufen Dreck, den er gemeinsam mit Maggie darüberschaufelte.

Die Dunkelheit und der modrige Geruch waren mir derart in den Körper gedrungen, dass mir der Schein der Abendsonne in den Augen schmerzte und ich zuerst nur behutsam einatmete, bevor ich meine Lungen ganz mit Sauerstoff füllte. Am meisten irritierte mich jedoch der nasskalte Wind, der an meinen Haaren zerrte. Erst jetzt begriff ich, wie sehr er mir gefehlt hatte, obwohl er jede Faser meines Körpers erzittern ließ.

Auf unserem Weg zu den Stahlsprossen hatte uns eine Hundertschaft von Ratten wie eine Eskorte des Grauens begleitet. Die Nager schwammen zwischen unseren Füßen hindurch, hetzten an der Mauer vor und hinter uns entlang, wuselten über die Tunneldecke. Wir ignorierten sie, versuchten, ihre Bisse als Mückenstiche abzutun, wedelten mit den Armen, um sie abzuschütteln, und hatten nur noch ein Ziel: ans Tageslicht zu gelangen.

An den Sprossen konnte Alonso sie endlich abhängen, indem er Sean, Maggie und mich an sich vorbeiließ und als letzte, standhafte Ein-Delta-Armee mit allem, was ihm zur Verfügung stand, dafür sorgte, dass die Ratten uns nicht folgten. Er trat auf sie, zerquetschte ihre Körper, schleuderte die kleinen Fellleiber von sich. Ein letztes Mal schwoll das Quieken und Fiepen zu einem trommelfellzerfetzenden Gesang an, bevor es leiser wurde und schließlich ganz erstarb.

Sie hatten sich zurückgezogen.

Erst danach hatte auch Alonso mit dem Aufstieg begonnen.

»Wir sollten ihn begraben«, sagte Maggie leise.

Ich sah auf das kleine Tal unter uns. Wir standen immer noch in einem Teil des Green Belts, das Band der traditionellen Trockenmauern zog sich hier jedoch durch matschiges Braun statt durch sattes Grün. Aber das Gezwitscher von Vögeln fühlte sich derart ursprünglich und vertraut an, dass sich in mir gleich wieder die Paranoia meldete. Waren wir tatsächlich draußen? Doch die Mauer erhob sich in weiter Entfernung hinter uns in den Himmel, und ein milchiges Glimmern über ihr ließ die Kuppel erahnen.

»Ja. Ich denke, das ist eine gute Idee«, stimmte ich Maggie zu und sah dabei zu Jo. »Dort drüben vielleicht?« Ich deutete auf einen nahen, ausladenden Strauch, dessen ausgedünntes Geäst auffallend rotgetönte Blätter trug.

»Eine Felsenbirne«, sagte Jo. Ihre Augen waren mit Tränen gefüllt. »Das würde ihm gefallen. Wegen der Früchte und der sternförmigen Blüten …« Ihre Stimme brach, und sie sank auf die Knie.

Schluchzend saß sie auf der Erde, und ihre Schultern zuckten. Maggie nahm sie in den Arm, und nach einer Weile setzten wir uns hilflos dazu.

Irgendwann erhob sich Alonso und ging zu dem Ort, an dem wir von Vince Abschied nehmen wollten. Der Delta kniete sich hin und begann, mit den Händen im lehmigen Boden zu wühlen. Lucius folgte ihm, und gemeinsam schaufelten die Androiden ein Grab für den Alten.

»Wie geht es jetzt weiter?«, fragte Alonso, nachdem jeder von uns etwas von der ausgehobenen Erde auf den toten Körper hatte rieseln lassen und Lucius sich daranmachte, das Grab wieder zuzuschütten.

»Wir werden uns in den Inner Circle vorkämpfen«, antwortete ich. »So wie geplant. Wir werden Kontakt mit der Gesundheitsbehörde aufnehmen oder es vielleicht zuerst in einem Krankenhaus versuchen. Maggie sagte, sie kennt einen Arzt im Sacred Heart.« Vorausgesetzt er lebt noch, dachte ich.

»Das meine ich nicht. Ich denke an Vince.«

Erst jetzt begriff ich. »Ich habe keine Ahnung«, sagte ich wahrheitsgemäß. »Was passiert denn, wenn man euch komplett deaktiviert?«

»Ist das vergleichbar?«

Ich zuckte mit den Schultern.

»Ich dachte, da wäre mehr.«

»Mehr als was?«, fragte ich.

»Mehr als Leben«, antwortete Alonso. »Klingt das unlogisch?«

»Reicht dir das denn nicht? Das Leben?«

Der Delta überlegte. »Dir?«

Mein Blick folgte der Trockenmauer, die am Horizont zusammen mit der Sonne verschwand. »Manchmal denke ich, es reicht, manchmal nicht.«

Alonso versuchte etwas, was vermutlich einem Räuspern ähneln sollte, produzierte jedoch nur ein gluckerndes Geräusch. »Ich bin davon überzeugt, dass Prospero mir meine Upgrades wieder weggenommen hätte, werter Richard. Eher früher als später.«

Ich war der gleichen Meinung.

»Aber jetzt entscheide ich allein, was mit ihnen passiert«, fuhr er in bestimmtem Ton fort.

Fragend sah ich ihn an.

»Ich werde sie ausbauen«, erklärte er. »Die sensorischen Updates einspielen, versuchen, mein Gewebe zu optimieren. Lucius und ich sind da einer Meinung. Ich bin mir sicher, er hat begriffen, was für uns auf dem Spiel steht. Bist du damit einverstanden?«

»Du bittest mich um Erlaubnis?« Dieser Delta war immer für eine Überraschung gut.

»Wir sind eine Familie, oder nicht?«

»Wer – wir?«, dröhnte Seans Bariton neben uns. »Meine Güte, habe ich das vermisst.« Er beschrieb eine allumfassende Geste, als wollte er die Landschaft umarmen. »Natürlich war es im Habitat grüner … du weißt, was ich damit sagen will, oder?«

»Den Zahn muss ich dir ziehen«, murmelte ich. »In den Rims sieht es noch deprimierender aus. Nicht nur landschaftlich.« Bäume, Blüten und Sträucher spielten dort keine Rolle, aber das wollte ich nicht schon jetzt herausposaunen.

»Das sind wir doch?«, bohrte Alonso weiter.

Sean grunzte. »Eine Familie? Was soll ich deiner Meinung nach sein, dein Onkel dritten Grades oder so was? Lass das ja Jo nicht hören. Die reißt dir den Kopf ab und wirft ihn zu dem von Ariel.«

Der Delta runzelte die Stirn. »Dafür müsste sie aber wieder in den Tunnel zurück und …« Er unterbrach sich, als er Seans Blick sah und richtig deutete. »Ah, ein Witz. Ich verstehe.«

»Na ja, wir können's ja mal miteinander versuchen«, murmelte der Hüne versöhnlich.

Wir verharrten noch ein paar Minuten am Grab des Alten, auf das Jo und Maggie rot leuchtende Zweige der Felsenbirne gelegt hatten. Dann setzte ich den einzigen uns verbliebenen Rucksack auf. Pistole und Thermolampe waren im brackigen Wasser bei den Ratten zurückgeblieben.

Ein Grollen über uns ließ Sean zusammenfahren. Beunruhigt drehte er sich um, als erwartete er einen weiteren Angriff. »Ich dachte, Prospero wäre zu verletzt, um die Scheißer wieder zusammenzusetzen. Kann er das überhaupt?«

»Ich hatte gehofft, er wäre tot«, stammelte Maggie, die ebenfalls alarmiert herumgefahren war.

Jo wischte sich eine letzte Träne aus dem Gesicht. »Freunde«, sagte sie endlich mit einem kleinen Lächeln. »Schaut mal nach oben. Wisst ihr denn nicht mehr, wie das war? Das könnt ihr doch unmöglich vergessen haben!«

Als die ersten Tropfen vom Himmel fielen, versuchte Maggie, sie wie ein Kind mit der Zunge aufzufangen. Auch Alonso legte den Kopf in den Nacken, blinzelte in den sich verdunkelnden Himmel, öffnete zaghaft den Mund und imitierte in der ihm eigenen Art ein Schlucken.

»Man hört drinnen nichts«, sagte Sean, der meinem Blick zu der monströsen Mauer, die das Habitat umspannte, gefolgt war. »Ob es regnet, schneit oder donnert: Wir haben davon nie Notiz genommen. Einmal habe ich das Zucken eines Blitzes erhascht. Vielleicht war das aber auch nur Einbildung. Gleichbleibende Temperaturen können einem mit der Zeit ganz schön auf die Nerven gehen, ob du's glaubst oder nicht. Abgesehen davon …« Er seufzte und verschränkte die Arme vor dem ausladenden Brustkorb. »… ich will nicht alles verteufeln. Du weißt, wie ich im Einzelnen darüber denke.«

»Und dir ist klar, was wir für die Gemeindemitglieder erreichen müssen«, entgegnete ich. »Der Plan hat sich nicht geändert.« Ich war selbst erstaunt, wie locker mir die Worte über die Lippen kam, nachdem ich noch zwei Stunden zuvor der Apathie im Tunnel die Hand gereicht und bereitwillig gedrückt hatte.

»Wenn sie sich vorher nicht in einem Bürgerkrieg gegenseitig die Kehlen aufschlitzen«, murmelte der Hüne. »Und vergiss nicht den Rest der Insel, der noch nicht einmal ahnt, dass die Heilung zum Greifen nah ist«, fügte er verschmitzt hinzu und wusste dabei genauso gut wie ich, dass mir das niemals passieren würde.

Für reinen Optimismus bestand für mich dennoch kein Anlass.

»Deswegen sollten wir uns ranhalten, Freunde«, fuhr Sean fort und warf einen Blick zurück auf den kleinen Erdhügel.

Die Sonne feuerte ihre letzten Strahlen auf die darauf liegenden Zweige und ließ sie aufflammen.

»Weil es sonst keiner tut.«

– ENDE –